Der Ritt nach Narnia
Prinz Kaspian von Narnia

Die »Chroniken von Narnia«
bestehen aus folgenden Bänden:

Das Wunder von Narnia
Der König von Narnia
Der Ritt nach Narnia
Prinz Kaspian von Narnia
Die Reise auf der Morgenröte
Der silberne Sessel
Der letzte Kampf

C. S. Lewis

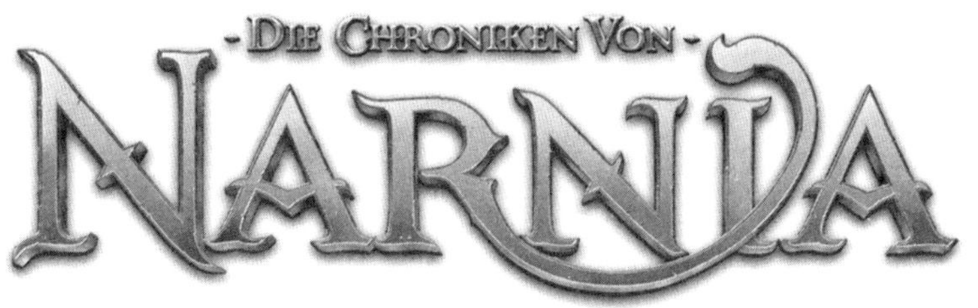

Der Ritt nach Narnia
Prinz Kaspian von Narnia

Aus dem Englischen von
Wolfgang Hohlbein und Christian Rendel

ueberreuter

Published by Ueberreuter Verlag GmbH under license from the C.S. Lewis Company Ltd.

1. Auflage 2018

ISBN 978-3-7641-5136-2

Kompilation aus folgenden im Ueberreuter Verlag erschienenen Einzeltiteln:
Der Ritt nach Narnia. Band 3
© Ueberreuter Verlag GmbH, Berlin 2014
ISBN 978-3-7641-7023-3
Prinz Kaspian von Narnia. Band 4
© Ueberreuter Verlag GmbH, Berlin 2014
ISBN 978-3-7641-5044-7

Die Originalausgaben erschienen
1954 unter dem Titel »The Horse and His Boy« (Band 3) und
1951 unter dem Titel »Prince Caspian« (Band 4)
bei Geoffrey Bles in Großbritannien

Aus dem Englischen von Wolfgang Hohlbein und Christian Rendel

Umschlaggestaltung: Vivien Heinz
Druck und Bindung: CPI books GmbH
Gedruckt auf Papier aus geprüfter nachhaltiger Forstwirtschaft.

www.ueberreuter.de
www.narnia.com

Der Ritt nach Narnia

Inhalt

Wie Shasta sich auf den Weg machte

Dies ist die Geschichte eines Abenteuers, das sich in Narnia und Kalormen und den Ländern dazwischen zutrug, im Goldenen Zeitalter, als Peter Hochkönig in Narnia war und sein Bruder und seine beiden Schwestern als König und Königinnen unter ihm herrschten.

In jenen Tagen lebte weit im Süden in Kalormen an einer kleinen Meeresbucht ein armer Fischer namens Arsheesh, und bei ihm lebte ein Junge, der ihn Vater nannte. Der Junge hieß Shasta. An den meisten Tagen fuhr Arsheesh in seinem Boot hinaus zum Fischen, und am Nachmittag spannte er seinen Esel vor einen Karren, belud den Karren mit Fischen und fuhr etwa eine Meile nach Süden ins Dorf, um sie zu verkaufen. Hatte er viel verkauft, so war er einigermaßen gut gelaunt, wenn er nach Hause kam, und ließ Shasta in Ruhe; doch wenn er wenig verkauft hatte, fand er immer etwas an ihm auszusetzen und schlug ihn manchmal sogar. Irgendetwas auszusetzen gab es immer, denn Shasta hatte viele Arbeiten zu verrichten: Er flickte und wusch die Netze, kochte das Essen und putzte die Hütte, in der sie beide wohnten.

Alles, was südlich von seinem Zuhause lag, interessierte Shasta nicht, denn er war schon hin und wieder mit Arsheesh im Dorf gewesen und wusste, dass es dort nichts besonders Interessantes zu sehen gab. Im Dorf hatte er nur andere Männer getroffen, die genauso waren wie sein Vater – Männer mit langen, schmutzigen Gewändern und Holzschuhen, die an der Spitze nach oben gebogen waren, mit Turbanen auf den Köpfen und Bärten; sie redeten mit schleppender Stimme über Sachen, die sich langweilig anhörten. Doch für alles, was im Norden lag, interessierte er sich sehr, weil dort nie jemand hinging und er selbst auch nicht dorthin durfte. Wenn er vor der Tür saß und die Netze flickte und ganz allein war, spähte er oft sehnsüchtig in Richtung Norden. Zu sehen war dort nichts, nur ein grasbewachsener Hang, der zu einem geraden Kamm anstieg, und dahinter der Himmel und vielleicht ein paar Vögel.

Manchmal, wenn Arsheesh zu Hause war, fragte Shasta: »O mein Vater, was liegt hinter diesem Hügel dort?« Und wenn der Fischer dann schlechte Laune hatte, gab er Shasta eine Ohrfeige und sagte ihm, er solle sich um seine Arbeit kümmern. Und wenn er friedlich gestimmt war, sagte er: »O mein Sohn, lass dich nicht von müßigen Fragen ablenken. Denn einer unserer Dichter sagte: ›Fleißige Arbeit ist die Wurzel des Wohlstandes, doch wer nach Dingen fragt, die ihn nichts angehen, lenkt das Schiff der Torheit auf den Felsen der Mittellosigkeit.‹«

Shasta hatte den Verdacht, dass sich hinter dem Hügel dort ein köstliches Geheimnis befinden musste, das sein Vater vor ihm verbergen wollte. In Wirklichkeit aber redete der Fischer nur so, weil er keine Ahnung hatte, was im Norden lag. Es war ihm auch gleichgültig. Er war ein sehr praktisch denkender Mann.

Eines Tages kam aus dem Süden ein Fremder, der anders aussah als alle Männer, die Shasta je zuvor gesehen hatte. Er ritt auf einem kräftigen gescheckten Pferd mit fließender Mähne und wehendem Schweif, und seine Steigbügel und sein Zaumzeug waren mit Silber besetzt. Aus der Mitte seines seidenen Turbans ragte die Spitze seines Helms hervor, und er war mit einem Kettenhemd bekleidet. An seiner Seite hing ein Krummsäbel; ein runder Schild, mit Messingbuckeln verziert, hing auf seinem Rücken, und mit der rechten Hand umklammerte er eine Lanze. Sein Gesicht war dunkel, aber das überraschte Shasta nicht, da in Kalormen alle Leute so aussahen; verblüffend fand er nur den Bart des Mannes, der hochrot gefärbt und gelockt war und vor duftendem Öl schimmerte. Arsheesh jedoch erkannte an dem Gold, das der Fremde an seinem bloßen Arm trug, dass er ein Tarkaan war, ein hoher Herr, und er fiel vor ihm auf die Knie und verneigte sich, bis sein Bart den Erdboden berührte, und gab Shasta Zeichen, ebenfalls niederzuknien.

Der Fremde verlangte Gastfreundschaft für die Nacht, was der Fischer ihm natürlich nicht abzuschlagen wagte. Das Beste, was sie hatten, wurde dem Tarkaan zum Essen vorgesetzt (der nicht viel davon hielt), und Shasta wurde, wie immer, wenn der Fischer Besuch hatte, mit einem Kanten Brot aus der Hütte geschickt. Bei diesen Gelegenheiten schlief er meistens bei dem Esel in dem kleinen strohgedeckten Stall. Heute jedoch war es noch viel zu früh zum Schlafengehen, und Shasta, der nie gelernt hatte, dass es ungehörig ist, an der Tür zu lauschen, setzte sich hin, legte das Ohr an einen Spalt in der Holzwand der Hütte und hörte zu, was die Erwachsenen zu reden hatten. Und was er hörte, war dies.

»Und nun, o mein Gastgeber«, sagte der Tarkaan, »habe ich die Absicht, dir deinen Knaben abzukaufen.«

»O mein Meister“, erwiderte der Fischer (und an seinem schmeichelnden Ton glaubte Shasta den gierigen Ausdruck zu erkennen, den sein Gesicht bei diesen Worten annahm), »welcher Preis könnte Euren Knecht, so arm er auch ist, je dazu bewegen, sein einziges Kind, sein eigen Fleisch und Blut, in die Sklaverei zu verkaufen? Hat nicht einer unserer Dichter gesagt: ›Natürliche Zuneigung ist stärker als Suppe und Nachwuchs kostbarer als Karfunkel‹?«

»Ganz recht«, erwiderte sein Gast ungerührt. »Doch ein anderer Dichter hat auch gesagt: ›Wer den Klugen zu täuschen versucht, entblößt schon seinen Rücken für die Peitsche.‹ Besudle nicht deine welken Lippen mit Unwahrheiten. Dieser Knabe ist offenkundig nicht dein Sohn, denn deine Wange ist so dunkel wie meine, doch der Junge ist hell und weiß wie die verfluchten, aber schönen Barbaren, die im fernen Norden hausen.«

»Wie treffend ist doch das Dichterwort«, antwortete der Fischer, »dass man Schwerter mit Schilden abwehren kann, das Auge der Weisheit aber jede Rüstung durchdringt! Wisset also, o mein hoch zu fürchtender Gast, dass ich meiner großen Armut wegen nie geheiratet und kein Kind habe. Doch im selben Jahr, in dem der Tisroc (möge er ewig leben) seine erhabene und segensreiche Herrschaft antrat, in einer Nacht, da der Mond im vollen Rund stand, gefiel es den Göttern, mich meines Schlummers zu berauben. Darum erhob ich mich von meinem Bett in dieser Baracke und trat hinaus an den Strand, um mich am Anblick des Wassers und des Mondes und am Atemhauch der kühlen Luft zu erquicken. Und alsbald hörte ich ein Geräusch wie von Rudern, das sich mir übers Wasser näherte, und dann etwas wie einen schwächlichen Schrei. Und kurz darauf trieb die Flut ein kleines Boot an Land, in dem sich nichts befand außer einem Mann, ausgezehrt von schrecklichem Hunger und Durst, der offenkundig erst vor wenigen Augenblicken gestorben war (denn er war noch warm), einem leeren Wasserschlauch und einem Kind, das noch lebte. ›Ohne Zweifel‹, sprach ich, ›sind diese Unglücklichen dem Untergang eines großen Schiffes entronnen, doch die Götter haben in ihrer wundersamen Weisheit beschlossen, dass der Ältere hungern sollte, um das Kind am Leben zu halten, und in Sichtweite des rettenden Landes zugrunde ging.‹ Da ich also daran dachte, dass die Götter niemals denen den Lohn versagen, die sich der Verzweifelten annehmen, und von Mitleid getrieben war (denn Euer Knecht ist ein Mann von weichem Herzen) –«

»Spar dir all die unnützen Worte zu deinem Eigenlob«, unterbrach der Tarkaan. »Mir reicht es zu wissen, dass du das Kind zu dir nahmst – und dir sein tägliches Brot durch seine Arbeit zehnfach vergelten ließest, wie jeder sehen kann. Und nun nenne mir ohne Umschweife den Preis, den du für ihn verlangst, denn ich bin deiner Geschwätzigkeit müde.«

»Ihr selbst habt in Eurer Weisheit gesagt«, antwortete Arsheesh, »dass die Arbeit des Knaben für mich von unschätzbarem Wert war. Dies muss bedacht werden, wenn ich einen Preis festsetze. Denn wenn ich den Knaben verkaufe, muss ich zweifellos einen anderen kaufen oder in Dienst nehmen, der seine Arbeit tut.«

»Ich gebe dir fünfzehn Kreszente dafür«, sagte der Tarkaan.

»Fünfzehn!«, rief Arsheesh mit einer Stimme, die zwischen einem Jammern und einem Aufschrei lag. »Fünfzehn! Für die Stütze meines Alters und die Labsal meiner Augen! Habt Respekt vor meinem grauen Bart, auch wenn Ihr ein Tarkaan seid. Mein Preis ist siebzig.«

An diesem Punkt stand Shasta auf und schlich sich auf Zehenspitzen davon. Er hatte genug gehört, denn er hatte die Männer im Dorf schon oft beim Feilschen erlebt, und wusste, wie das gemacht wurde. Ganz sicher würde Arsheesh ihn schließlich für erheblich mehr als fünfzehn und erheblich weniger als siebzig Kreszente verkaufen, aber er und der Tarkaan würden Stunden brauchen, um sich auf einen Preis zu einigen.

Ihr dürft nicht denken, Shasta hätte sich nun so gefühlt, wie ihr oder ich uns fühlen würden, wenn wir gerade mit angehört hätten, wie unsere Eltern darüber reden, uns als Sklaven zu verkaufen. Zum einen war sein Leben sowieso schon kaum besser als Sklaverei; es mochte sogar durchaus sein, dass der vornehme Fremde auf seinem mächtigen Pferd ihn freundlicher behandeln würde als Arsheesh. Zum anderen hatte die Geschichte, wie er selbst in dem Boot gefunden worden war, ihn mit Erregung und einem Gefühl der Erleichterung erfüllt. Er hatte es nie vermocht, den Fischer zu lieben, so sehr er sich auch bemühte, und das hatte ihn oft bekümmert, denn er wusste, dass ein Junge seinen Vater lieben sollte. Und nun war er offenbar gar nicht mit Arsheesh verwandt. Das nahm ihm eine schwere Last von der Seele. »Wer weiß, wer ich in Wirklichkeit bin!«, dachte er. »Vielleicht bin ich ja selbst der Sohn eines Tarkaans – oder der Sohn des Tisrocs (möge er für immer leben) – oder der eines Gottes!«

Er stand draußen auf der Grasfläche vor der Hütte, während er dies dachte. Es wurde rasch dämmrig, und hier und da zeigte sich schon ein Stern, doch im Westen war immer noch der letzte Rest des Sonnenuntergangs zu sehen. Nicht weit von ihm entfernt stand das Pferd des Fremden lose an einen Eisenring in der Wand des Eselsstalles gebunden und graste. Shasta schlenderte zu ihm hinüber und tätschelte ihm den Hals. Es fuhr fort, das Gras aus dem Boden zu rupfen, und nahm keine Notiz von ihm.

Dann kam Shasta ein anderer Gedanke in den Sinn. »Ich frage mich, was dieser Tarkaan wohl für ein Mann ist«, sagte er laut vor sich hin. »Es wäre großartig, wenn er nett wäre. Manche Sklaven in den Häusern hoher Herren haben fast gar nichts zu tun. Sie tragen schöne Kleider und bekommen jeden Tag Fleisch zu essen. Vielleicht nimmt er mich mit in den Krieg und ich rette ihm in einer Schlacht das Leben, und dann schenkt er mir die Freiheit und nimmt mich an Sohnes statt an und schenkt mir einen Palast und einen Streitwagen und eine Rüstung. Es könnte aber auch sein, dass er ein furchtbar grausamer Mann ist. Vielleicht schickt er mich in Ketten zum Arbeiten auf die Felder. Wenn ich es bloß wüsste! Wie kann ich es herausfinden? Ich wette, das Pferd hier weiß es. Wenn es mir nur etwas darüber sagen könnte!«

Das Pferd hatte den Kopf gehoben. Shasta streichelte seine seidenweiche Nase und sagte: »Ich wünschte, du könntest sprechen, alter Junge.«

Und dann glaubte er einen Augenblick lang zu träumen, denn das Pferd sagte zwar leise, aber ganz deutlich: »Aber das kann ich doch.«

Shasta starrte ihm in die großen Augen, und seine eigenen Augen wurden vor Staunen fast ebenso groß.

»Wie hast *du* denn sprechen gelernt?«, fragte er.

»Pst! Nicht so laut«, erwiderte das Pferd. »Wo ich herkomme, können fast alle Tiere sprechen.«

»Woher kommst du denn?«, fragte Shasta.

»Aus Narnia«, antwortete das Pferd. »Aus dem glücklichen Land Narnia – Narnia mit den Bergen voller Heide und den Tälern voller Thymian, Narnia mit den vielen Flüssen, den feuchten Senken, den moosigen Höhlen und den tiefen Wäldern, durch die die Hammerschläge der Zwerge hallen. Oh, süße Luft von Narnia! Eine Stunde dort zu leben ist besser als tausend Jahre in Kalormen.« Es endete mit einem Wiehern, das sich genau wie ein Seufzen anhörte.

»Wie bist du hierhergekommen?«, fragte Shasta.

»Entführt«, sagte das Pferd. »Oder gestohlen oder gefangen genommen – wie immer du es nennen willst. Ich war damals noch ein Fohlen. Meine Mutter warnte mich davor, auf den südlichen Hängen umherzustreifen, nach Archenland und noch weiter, aber ich wollte nicht auf sie hören. Und bei der Mähne des Löwen, ich habe teuer für meine Dummheit bezahlt. All die Jahre war ich ein Sklave der Menschen, musste meine wahre Natur verheimlichen und so tun, als wäre ich stumm und ohne Verstand wie *ihre* Pferde.«

»Warum hast du ihnen nicht gesagt, wer du bist?«

»Weil ich so dumm nun auch wieder nicht bin, darum. Hätten die erst einmal gemerkt, dass ich sprechen kann, so hätten sie mich auf den Jahrmärkten zur Schau gestellt und mich strenger bewacht denn je. Dann wäre jede Aussicht auf Flucht dahin gewesen.«

»Und wieso –«, fing Shasta an, aber das Pferd unterbrach ihn.

»Pass auf«, sagte es, »wir dürfen unsere Zeit nicht mit müßigen Fragen vergeuden. Du willst etwas über meinen Herrn wissen, den Tarkaan Anradin. Nun, er ist grausam. Zu mir nicht so sehr; ein Streitross ist zu teuer, als dass man es ganz schlecht behandeln könnte. Aber für dich wäre es besser, noch heute Nacht tot umzufallen, als morgen ein menschlicher Sklave in seinem Haus zu sein.«

»Dann laufe ich lieber davon«, sagte Shasta und wurde ganz bleich.

»Ja, das wäre besser«, sagte das Pferd. »Aber warum läufst du nicht mit mir davon?«

»Willst du denn auch davonlaufen?«, fragte Shasta.

»Ja, wenn du mitkommst«, antwortete das Pferd. »Das ist die Gelegenheit für uns beide. Weißt du, wenn ich ohne einen Reiter davonlaufe, sagt jeder, der mich sieht: ›Ein streunendes Pferd!‹, und ist sofort hinter mir her, so schnell er kann. Mit einem Reiter habe ich eine Chance. So kannst du mir helfen. Umgekehrt wirst du nicht sehr weit kommen mit deinen zwei komischen Beinchen (was haben Menschen doch für lächerliche Beine!), ohne dass man dich einholt. Auf mir dagegen kannst du jedes andere Pferd in diesem Land hinter dir lassen. Übrigens, du weißt doch wohl, wie man reitet?«

»O ja, natürlich«, sagte Shasta. »Zumindest bin ich schon auf dem Esel geritten.«

»Auf dem *was?*«, gab das Pferd mit einem höchst verächtlichen Schnauben zurück. (Das war es zumindest, was es hatte sagen wollen. Aber es klang eher wie ein Wiehern – »Auf dem wa-ha-ha-ha-ha.« Die Aussprache sprechender Pferde wird immer sehr pferdig, wenn sie wütend sind.)

»Mit anderen Worten«, fuhr es fort, »du kannst also *nicht* reiten. Das ist ein Nachteil. Ich werde es dir unterwegs beibringen müssen. Wenn du nicht reiten kannst, kannst du wenigstens herunterfallen?«

»Herunterfallen kann doch jeder«, erwiderte Shasta.

»Ich meine, kannst du herunterfallen und wieder aufstehen, ohne zu weinen, und wieder aufsitzen und noch einmal herunterfallen und trotzdem keine Angst vor dem Herunterfallen haben?«

»Ich – ich werd's versuchen«, sagte Shasta. »Armes Tierchen«, sagte das Pferd in freundlicherem Ton. »Ich habe ganz vergessen, dass du ja noch ein Fohlen bist. Wir werden schon noch einen vorzüglichen Reiter aus dir machen. Und nun – wir dürfen nicht aufbrechen, ehe die beiden in der Hütte eingeschlafen sind. In der Zwischenzeit können wir Pläne schmieden. Mein Tarkaan ist unterwegs nach Norden in die große Stadt, nach Tashbaan selbst und an den Hof des Tisrocs –«

»Sag mal«, warf Shasta in etwas schockiertem Ton ein, »müsstest du nicht ›Möge er ewig leben‹ sagen?«

»Wieso?«, fragte das Pferd. »Ich bin ein freier Narniane.

Wieso sollte ich dann reden wie Sklaven und Dummköpfe? Ich will nicht, dass er ewig lebt, und ich weiß, er wird auch nicht ewig leben, ob ich es will oder nicht. Und wie ich sehe, kommst du auch aus dem freien Norden. Also lassen wir dieses südländische Gerede, du und ich! Aber zurück zu unseren Plänen. Wie gesagt, mein Mensch war auf dem Weg nach Norden in Richtung Tashbaan.«

»Heißt das, wir sollten besser nach Süden reiten?«

»Ich glaube nicht«, sagte das Pferd. »Weißt du, er denkt ja, ich sei stumm und ohne Verstand wie seine anderen Pferde. Wenn ich das tatsächlich wäre, würde ich mich, sobald ich mich losgerissen hätte, auf den Weg nach Hause zu meinem Stall und meiner Koppel machen; zurück zu seinem Palast, zwei Tagesreisen südlich von hier. Dort wird er nach mir suchen. Dass ich allein weiter nach Norden ziehe, darauf käme er im Traum nicht. Und überhaupt, wahrscheinlich wird er denken, jemand aus dem letzten Dorf habe ihn durchreiten sehen, sei uns bis hierher gefolgt und hätte mich gestohlen.«

»Oh, hurra!«, rief Shasta. »Dann gehen wir nach Norden. Ich habe mich schon mein ganzes Leben lang danach gesehnt, nach Norden zu gehen.«

»Natürlich hast du das«, sagte das Pferd. »Das liegt an dem Blut in deinen Adern. Ich bin sicher, du bist ein waschechter Nördler. Aber nicht so laut. Ich nehme an, sie werden jetzt bald schlafen.«

»Besser, ich schleiche mich zurück und sehe nach«, schlug Shasta vor.

»Gute Idee«, sagte das Pferd. »Aber lass dich nicht erwischen.«

Inzwischen war es viel dunkler und ganz still geworden bis auf das Geräusch der Wellen am Strand, das Shasta kaum bemerkte, weil er es Tag und Nacht gehört hatte, seit er sich erinnern konnte. In der Hütte war kein Licht zu sehen, als er näherkam. Er lauschte an der Vorderseite. Kein Laut war zu vernehmen. Dann ging er herum zum einzigen Fenster, und dort hörte er nach einigen Augenblicken das vertraute, pfeifende Schnarchen des alten Fischers. Komischer Gedanke, dass er es nie wieder hören würde, wenn alles gut ging. Shasta hielt die Luft an und wurde fast ein wenig wehmütig, wenn auch längst nicht so wehmütig, wie er froh war. Er glitt über das Gras davon und ging zum Eselsstall, tastete sich daran entlang zu der Stelle, wo der Schlüssel versteckt war, wie er wusste, öffnete die Tür und fand den Sattel und das Zaumzeug des Pferdes, die dort für die Nacht eingeschlossen worden waren. Er beugte sich vor und küsste den Esel auf die Nase. »Tut mir leid, aber dich können wir nicht mitnehmen«, sagte er.

»Da bist du ja endlich«, sagte das Pferd, als er zu ihm zurückkehrte. »Ich habe mich schon gefragt, was aus dir geworden ist.«

»Ich habe deine Sachen aus dem Stall geholt«, erwiderte Shasta. »Kannst du mir sagen, wie ich sie anbringe?«

Ganz vorsichtig, damit nichts klimperte, machte sich Shasta an die Arbeit und hatte für die nächsten Minuten allerhand zu tun, während das Pferd ihm Anweisungen gab wie: »Zieh den Gurt etwas fester«, oder »Weiter unten findest du eine Schnalle«, oder »Die Steigbügel wirst du ein ganzes Stück kürzer machen müssen.« Als alles fertig war, sagte es:

»So, die Zügel brauchen wir, damit es echt aussieht, aber du wirst sie nicht benutzen. Binde sie am Sattelknauf fest; aber ganz locker, damit ich meinen Kopf bewegen kann, wie ich will. Und vergiss nicht – fass sie nicht an.«

»Wozu sind sie denn dann gut?«, fragte Shasta.

»Normalerweise sind sie dazu da, mich zu führen«, erwiderte das Pferd. »Aber da ich vorhabe, auf dieser Reise selbst die Führung zu übernehmen, lässt du bitte deine Hände bei dir. Und noch etwas. Ich will nicht, dass du mir in die Mähne greifst.«

»Aber hör mal«, flehte Shasta. »Wenn ich mich weder an den Zügeln noch an deiner Mähne festhalten darf, woran *soll* ich mich dann festhalten?«

»Du hältst dich mit deinen Knien fest«, sagte das Pferd. »Das ist das Geheimnis eines guten Reiters. Du kannst meinen Leib mit den Knien umklammern, so fest du willst; setz dich gerade auf, kerzengerade; lass die Ellbogen angelegt. Ach, übrigens, was hast du eigentlich mit den Sporen gemacht?«

»Die habe ich mir natürlich an die Fersen geschnallt«, sagte Shasta. »So viel verstehe ich schon davon.«

»Dann kannst du sie gleich wieder abnehmen und in die Satteltasche stecken. Vielleicht können wir sie verkaufen, wenn wir nach Tashbaan kommen. Fertig? Dann kannst du ja jetzt aufsitzen, denke ich.«

»Uff! Du bist aber schrecklich hoch«, keuchte Shasta nach seinem ersten erfolglosen Versuch.

»Ich bin ein Pferd, das ist alles«, war die Antwort. »So, wie du dich beim Hochklettern anstellst, würde jeder denken, ich wäre ein Heuhaufen! So, schon besser. Und jetzt setz dich *aufrecht* hin und denk an das, was ich dir über deine Knie gesagt habe. Ist schon lustig – da habe ich Kavallerieattacken angeführt und Rennen gewonnen, und jetzt sitzt mir so einen Kartoffelsack wie du im Sattel! Aber sei's drum, auf geht's.« Sein Kichern hörte sich nicht unfreundlich an.

Und es begann ihre nächtliche Reise wirklich mit großer Umsicht. Zuerst ging es von der Fischerhütte direkt nach Süden bis zu dem kleinen Fluss, der dort ins Meer mündete, und achtete darauf, im Schlamm ein paar deutlich sichtbare Hufspuren zu hinterlassen, die nach Süden wiesen. Doch sobald sie die Furt bis zur Mitte durchquert hatten, wandte es sich stromaufwärts und watete, bis sie etwa hundert Meter weiter landeinwärts waren als die Hütte. Dann suchte es sich ein schön steiniges Uferstück, wo keine Abdrücke zu sehen sein würden, und stieg an der nördlichen Seite wieder heraus. Dann ging es, immer noch im Schritt, nach Norden, bis die Hütte, der eine Baum, der Eselsstall und der Fluss – also alles, was Shasta je gekannt hatte – im grauen Dunkel der Sommernacht außer Sicht verschwanden. Sie waren bergauf gegangen und hatten nun die Kuppe des Bergkammes erreicht – jenes Kammes, der bisher immer die Grenze der Welt gewesen war, die Shasta kannte. Was vor ihm lag, konnte er nicht sehen, außer dass es eine freie, grasbewachsene Fläche war. Sie schien unendlich zu sein; wild und einsam und frei.

»Großartig!«, bemerkte das Pferd. »Hier lässt es sich herrlich galoppieren, was?«

»Oh, bitte nicht«, sagte Shasta. »Noch nicht. Ich weiß noch nicht, wie – bitte, Pferd. Ich kenne noch gar nicht deinen Namen.«

»Breehy-hinny-brinny-hoohy-hah«, sagte das Pferd.

»Das kann ich im Leben nicht aussprechen«, erwiderte Shasta. »Darf ich dich einfach Bree nennen?«

»Nun, das musst du wohl, wenn du es nicht besser kannst«, sagte das Pferd. »Und wie soll ich dich nennen?«

»Ich heiße Shasta.«

»Hm«, machte Bree. »Na, das ist doch mal ein Name, der *wirklich* schwer auszusprechen ist. Aber zurück zum Galoppieren. Das ist viel einfacher als Traben, wenn du weißt, wie es geht, denn du brauchst nicht immer im Sattel auf- und abzusteigen. Klammere dich mit den Knien fest und schau geradeaus zwischen meinen Ohren hindurch. Sieh nicht auf den Boden. Falls du glaubst, du fällst, klammere dich einfach fester und setz dich aufrechter hin. Fertig? Na dann: auf nach Narnia in den Norden!«

Ein Abenteuer am Wegesrand

Es war schon fast Mittag am folgenden Tag, als Shasta davon erwachte, dass etwas Warmes, Weiches über sein Gesicht strich. Er schlug die Augen auf und starrte geradewegs in das lange Gesicht eines Pferdes, dessen Nase und Lippen fast die seinen berührten. Da fielen ihm die aufregenden Ereignisse der vergangenen Nacht wieder ein, und er setzte sich auf. Dabei entfuhr ihm ein lautes Stöhnen.

»Au, Bree«, keuchte er. »Mir tut alles weh. Überall. Ich kann mich kaum rühren.«

»Guten Morgen, Kleiner«, sagte Bree. »Ich habe schon befürchtet, dass du dich ein bisschen steif fühlen würdest. An den Stürzen kann es nicht liegen. Es waren nicht mehr als vielleicht ein Dutzend und immer auf schöne, weiche, federnde Erde, bei der es fast Spaß gemacht haben muss, zu fallen. Das einzige Mal, wo es übler hätte ausgehen können, ist der Sturz durch den Stechginster abgefedert worden. Nein; es ist das Reiten selbst, das am Anfang schwerfällt. Wie wär's mit Frühstück? Ich hatte meines schon.«

»Ach, zum Kuckuck mit dem Frühstück. Zum Kuckuck mit allem«, meinte Shasta. »Ich sage dir doch, ich kann mich überhaupt nicht rühren.« Doch das Pferd rieb seine Nase an ihm und stupste ihn sanft mit einem Huf, bis er schließlich doch aufstehen musste. Und dann schaute er sich um und sah, wo sie waren. Hinter ihnen lag ein kleines Gehölz. Vor ihnen fiel der mit weißen Blumen gesprenkelte Boden ab bis zum Rand einer Klippe. Weit unter ihnen lag das Meer, dessen Brandung nur noch ganz schwach zu hören war. Shasta hatte es noch nie aus so großer Höhe und noch nie so viel davon auf einmal gesehen, und er hätte sich auch nicht träumen lassen, wie viele Farben es hatte. Zu beiden Seiten erstreckte sich die Küste in die Ferne, eine Landzunge nach der anderen, und an den Spitzen sah man den weißen Schaum an den Felsen emporbranden, ohne etwas davon zu hören, weil es so weit weg war. Über ihnen flogen Möwen dahin, und die Hitze flimmerte über der Erde; es war ein sengend heißer Tag. Doch was Shasta besonders auffiel, war die Luft. Irgendetwas fehlte, aber er kam nicht darauf, bis er schließlich begriff, dass sie nicht nach Fisch roch. Denn natürlich hatte ihn bisher in seinem Leben, in der Hütte und bei den Netzen, immerzu dieser Geruch umgeben. Und diese neue Luft war so köstlich, und sein ganzes altes Leben erschien ihm so weit weg, dass er einen Augenblick lang ganz seine blauen Flecken und seine schmerzenden Muskeln vergaß und sagte:

»Sag mal, Bree, hast du nicht gerade etwas von Frühstück gesagt?«

»Doch, habe ich«, antwortete Bree. »Ich glaube, in den Satteltaschen wirst du etwas finden. Sie sind da drüben an dem Baum, wo du sie gestern Abend aufgehängt hast – oder heute am frühen Morgen, besser gesagt.«

Sie untersuchten die Satteltaschen, und die Ausbeute war erfreulich – eine Fleischpastete, nur ein bisschen altbacken, ein Klumpen getrockneter Feigen und ein Stück Käse, ein kleines Fläschchen Wein und etwas Geld; insgesamt etwa vierzig Kreszente, was mehr war, als Shasta je gesehen hatte.

Während Shasta sich – ganz vorsichtig und unter Schmerzen – mit dem Rücken an einem Baum hinsetzte und sich über die Pastete hermachte, genehmigte sich Bree noch ein paar Mundvoll Gras, um ihm Gesellschaft zu leisten.

»Ist es nicht Diebstahl, wenn wir das Geld verwenden?«, fragte Shasta.

»Oh«, sagte das Pferd und blickte mit dem Maul voller Gras auf. »Daran habe ich gar nicht gedacht. Ein freies und sprechendes Pferd darf natürlich nicht stehlen. Aber ich glaube, es ist schon in Ordnung. Wir sind Gefangene und Geiseln im Feindesland. Das Geld ist Kriegsbeute. Außerdem, wovon sollten wir sonst etwas zu essen für dich kaufen? Ich schätze, wie alle Menschen wirst du auch kein normales Futter wie Gras und Hafer essen wollen.«

»Das kann ich nicht.«

»Hast du es je versucht?«

»Ja, habe ich. Ich kriege es überhaupt nicht runter. Du könntest es auch nicht, wenn du ich wärst.«

»Ihr seid schon ulkige kleine Geschöpfe, ihr Menschen«, bemerkte Bree.

Als Shasta mit seinem Frühstück fertig war (das bei Weitem das Beste war, das er je bekommen hatte), sagte Bree: »Ich denke, ich wälze mich noch ein bisschen, bevor wir den Sattel wieder auflegen.« Und sogleich fing er damit an. »Das tut gut. Oh, tut das gut«, rief er, während er seinen Rücken am Boden rieb und mit allen vier Beinen in der Luft strampelte. »Solltest du auch mal machen, Shasta«, schnaubte er. »Es ist sehr erfrischend.«

Doch Shasta musste lachen und sagte: »Du siehst vielleicht komisch aus, wenn du auf dem Rücken liegst!«

»Tue ich überhaupt nicht«, entgegnete Bree. Doch dann wälzte er sich plötzlich auf die Seite, hob den Kopf und sah Shasta mit leicht bebenden Nüstern eindringlich an.

»Sieht es wirklich komisch aus?«, fragte er besorgt.

»Und ob«, erwiderte Shasta. »Aber was macht das schon?«

»Meinst du«, sagte Bree, »das ist vielleicht etwas, was *sprechende* Pferde niemals tun – eine dumme, alberne Angewohnheit, die ich mir nur bei den stummen abgeschaut habe? Es wäre furchtbar, wenn ich nach Narnia zurückkäme und feststellen müsste, dass ich mir alle möglichen schlechten, ungehobelten Manieren zugelegt habe. Was meinst du, Shasta? Ganz ehrlich. Versuch nicht meine Gefühle zu schonen. Glaubst du, die echten, freien Pferde – die von der sprechenden Sorte – wälzen sich?«

»Woher soll ich das wissen? Überhaupt, wenn ich du wäre, würde ich mir darüber keine Gedanken machen. Erst mal müssen wir hinkommen. Kennst du den Weg?«

»Ich kenne den Weg bis nach Tashbaan. Danach kommt die Wüste. Oh, wir werden die Wüste schon irgendwie schaffen, keine Angst. Bis dahin ist ja schon das Gebirge im Norden in Sicht. Denk nur! Nach Narnia in den Norden! Nichts kann uns dann noch aufhalten. Aber ich werde froh sein, wenn Tashbaan hinter uns liegt. Für dich und mich ist es sicherer, wenn wir uns von Städten fernhalten.«

»Können wir es nicht umgehen?«

»Nicht, ohne weit landeinwärts zu reiten, und das bringt uns in dicht besiedeltes Gebiet und auf Hauptstraßen; außerdem kenne ich mich da nicht aus. Nein, wir werden uns einfach an der Küste entlangschleichen müssen. Hier oben auf den Hügeln wird uns außer Schafen und Kaninchen und Möwen und ein paar Hirten niemand begegnen. Wo wir gerade dabei sind, wie wär's, wenn wir aufbrechen?«

Shastas Beine taten furchtbar weh, als er Bree sattelte und aufsaß, aber das Pferd hatte ein Einsehen mit ihm und schlug den ganzen Nachmittag eine gemächliche

Gangart an. Als die Abenddämmerung hereinbrach, stiegen sie über einen steilen Pfad hinab in ein Tal, wo sie ein Dorf fanden. Shasta saß ab und ging zu Fuß ins Dorf, um ein Brot und ein paar Zwiebeln und Radieschen zu kaufen. Das Pferd trabte an den Feldern entlang durch die Dämmerung außen herum und traf Shasta auf der anderen Seite wieder. Genauso machten sie es von nun an jeden zweiten Abend.

Dies waren herrliche Tage für Shasta, und dadurch, dass seine Muskeln fester wurden und er immer seltener hinunterfiel, wurde jeder Tag besser als der vorherige. Auch am Ende seiner Ausbildung sagte Bree immer noch, er säße im Sattel wie ein Sack Mehl. »Und selbst wenn wir es wagen könnten, Kleiner, würde ich mich schämen, mit dir auf der Hauptstraße gesehen zu werden.« Doch trotz dieser strengen Worte war Bree ein geduldiger Lehrer. Niemand kann einem das Reiten so gut beibringen wie ein Pferd. Shasta lernte zu traben, zu galoppieren, zu springen und im Sattel zu bleiben, selbst wenn Bree plötzlich anhielt oder unerwartet nach links oder rechts ausscherte – was, wie Bree ihm erklärte, in einer Schlacht jeden Augenblick notwendig sein konnte. Und natürlich bedrängte Shasta Bree dann, ihm von den Schlachten und Kriegen zu erzählen, in die er den Tarkaan getragen hatte. Und Bree erzählte von Gewaltmärschen, von Überquerungen wilder Flüsse, von Angriffen und heftigen Gefechten zwischen Kavallerie und Kavallerie, in denen die Streitrosse ebenso kämpften wie die Männer, denn sie waren allesamt mächtige Hengste, die gelernt hatten, zu beißen und zu treten und sich im richtigen Moment aufzubäumen, sodass mit dem Schwert oder der Kampfaxt das Gewicht des Pferdes mitsamt dem Reiter auf den Helm des Feindes niedersauste. Doch Bree wollte nicht so oft über die Kriege reden, wie Shasta davon hören wollte. »Sprich nicht davon, Fohlen«, sagte er immer. »Es waren nur des Tisrocs Kriege, und ich habe als Sklave und als stummes Tier in ihnen gekämpft. Gib mir lieber die Kriege Narnias, in denen ich als freies Pferd unter meinen eigenen Landsleuten kämpfen werde! Das werden Kriege sein, von denen sich zu erzählen lohnt. Nach Narnia in den Norden! Bra-ha-ha! Bru-huh!«

Shasta lernte bald, sich auf einen Galopp gefasst zu machen, wenn er Bree so reden hörte.

Nachdem sie Wochen über Wochen unterwegs gewesen waren, vorbei an so vielen Buchten und Landzungen und Flüssen und Dörfern, dass Shasta sich längst nicht mehr an alle erinnern konnte, kam eine mondbeschienene Nacht, in der sie sich abends auf den Weg machten, nachdem sie den Tag über geschlafen hatten. Das Hügelland hatten sie hinter sich gelassen und überquerten nun eine weite Ebene, an einem Wald entlang, der etwa eine halbe Meile weit entfernt zu ihrer Linken lag. Das Meer, verborgen hinter flachen Dünen, befand sich etwa genauso weit rechts von ihnen. Nachdem sie etwa eine Stunde lang dahingetrottet waren, mal im Trab, mal im Schritt, blieb Bree plötzlich stehen.

»Was ist los?«, fragte Shasta.

»Schsch!«, machte Bree, reckte den Hals herum und zuckte mit den Ohren. »Hast du auch etwas gehört? Horch.«

»Hört sich an wie ein anderes Pferd – zwischen uns und dem Wald«, sagte Shasta, nachdem er etwa eine Minute lang gelauscht hatte.

»Es *ist* ein anderes Pferd«, sagte Bree. »Und das gefällt mir gar nicht.«

»Meinst du nicht, es wird ein Bauer sein, der spät auf dem Heimweg ist?«, fragte Shasta gähnend.

»Erzähl mir nichts!«, entgegnete Bree. »Das ist doch kein

Bauer, der da reitet. Und es ist auch kein Bauerngaul. Merkst du das nicht an dem Geräusch? Das ist etwas ganz Edles, dieses Pferd. Und es wird von einem richtigen Reiter geritten. Ich sage dir, was das ist, Shasta. Da reitet ein Tarkaan am Waldrand entlang. Nicht auf seinem Streitross – dafür ist es zu leicht. Auf einer Stute von feinstem Geblüt, würde ich sagen.«

»Nun, jetzt ist es stehen geblieben, was immer es ist«, sagte Shasta.

»Du hast Recht«, sagte Bree. »Aber warum hält er ausgerechnet dann an, wenn wir auch anhalten? Shasta, mein Junge, ich glaube, jetzt ist uns doch noch jemand auf den Fersen.«

»Was sollen wir tun?«, fragte Shasta leiser als zuvor. »Meinst du, er kann uns nicht nur hören, sondern auch sehen?«

»Nicht in diesem Licht, solange wir ganz still stehen«, antwortete Bree. »Aber schau! Da zieht eine Wolke heran. Ich werde warten, bis sie sich vor den Mond schiebt. Dann machen wir uns, so leise wir können, nach rechts hinunter zum Ufer. Im schlimmsten Fall können wir uns zwischen den Dünen verstecken.

Sie warteten ab, bis der Mond hinter der Wolke verschwunden war, und hielten zuerst im Schritt, dann in einem behutsamen Trab, aufs Ufer zu.

Die Wolke war größer und dichter, als sie im ersten Moment ausgesehen hatte, und bald wurde die Nacht stockfinster. Gerade als Shasta bei sich dachte: »Wir müssten jetzt fast bei den Dünen sein«, machte sein Herz einen Satz, denn vor ihnen in der Dunkelheit war plötzlich ein entsetzliches Geräusch erklungen; ein lang gezogenes, fauchendes Brüllen, wehmütig und voller Wildheit. Sofort schwenkte Bree herum und jagte in seinem schnellsten Galopp wieder landeinwärts.

»Was war das?«, keuchte Shasta.

»Löwen!«, gab Bree zurück, ohne seine Schritte zu verlangsamen oder seinen Kopf zu drehen.

Danach gab es eine Zeit lang nichts außer Galoppieren. Endlich jagten sie spritzend über einen breiten, flachen Bach hinweg, und auf der anderen Seite hielt Bree an. Shasta merkte, dass er am ganzen Leib zitterte und schwitzte.

»Durch das Wasser hat die Bestie vielleicht unsere Fährte verloren«, keuchte Bree, als er ein wenig zu Atem gekommen war. »Jetzt können wir eine Weile im Schritt gehen.«

Als sie sich wieder in Bewegung setzten, sagte Bree: »Shasta, ich schäme mich. Ich bin genauso ängstlich wie ein gewöhnliches, stummes kalormenisches Pferd. Wirklich. Ich komme mir überhaupt nicht vor wie ein Sprechendes Pferd. Schwerter und Lanzen und Pfeile machen mir nichts aus, aber – solche Kreaturen kann ich nicht ertragen. Ich glaube, ich trabe lieber ein wenig.«

Doch etwa eine Minute später fiel er wieder in Galopp, und das war kein Wunder. Denn das Gebrüll erklang erneut, diesmal zu ihrer Linken, vom Wald her.

»Es sind zwei!«, stöhnte Bree.

Als sie einige Minuten lang galoppiert waren, ohne noch einen Laut von den Löwen zu hören, sagte Shasta: »Hör mal! Das andere Pferd galoppiert jetzt neben uns her. Nur einen Steinwurf entfernt.«

»Um so b-besser«, keuchte Bree. »Der Tarkaan – hat bestimmt ein Schwert – kann uns alle beschützen.«

»Aber Bree!«, protestierte Shasta. »Wenn wir gefangen werden, ist das auch nicht besser, als wenn uns die Löwen umbringen. Wenigstens für *mich*. Man wird mich wegen Pferdediebstahls aufhängen.« Er hatte nicht so viel Angst vor Löwen wie Bree, weil er noch nie einem Löwen begegnet war; Bree schon.

Bree gab nur ein Schnauben zur Antwort, aber er schwenkte nach rechts ab. Seltsamerweise schien das andere Pferd zugleich nach links abzuschwenken, sodass der Abstand zwischen ihnen wenige Sekunden später schon viel größer geworden war. Doch sofort brüllten wieder die beiden Löwen, unmittelbar nacheinander, einer zur Rechten und der andere zur Linken, und die Pferde näherten sich einander erneut. Dasselbe taten anscheinend die Löwen. Das Gebrüll der Bestien auf beiden Seiten klang furchtbar nahe, und sie hatten offensichtlich keinerlei Mühe, mit den galoppierenden Pferden Schritt zu halten. Dann verzog sich die Wolke. Der Mond strahlte so hell, dass man fast so gut sehen konnte, als wäre es mitten am Tag. Die beiden Pferde mit ihren Reitern galoppierten Hals an Hals und Knie an Knie wie in einem Wettrennen. Bree sagte sogar (hinterher), ein prächtigeres Rennen habe es in Kalormen nie gegeben.

Shasta machte sich nun keine Hoffnungen mehr und begann sich zu fragen, ob Löwen einen schnell töteten oder mit einem spielten wie eine Katze mit einer Maus und ob es wohl sehr wehtun würde. Gleichzeitig (wie es manchmal in Augenblicken größter Gefahr der Fall ist) bemerkte er jede Einzelheit. Er sah, dass der andere Reiter von sehr kleiner, zierlicher Gestalt war, einen Kettenpanzer trug (der Mond spiegelte sich auf dem Panzer) und dass er großartig reiten konnte. Er trug keinen Bart.

Etwas Flaches, Schimmerndes breitete sich vor ihnen aus. Bevor Shasta auch nur dazu kam, zu raten, was es sein könnte, gab es ein großes Platschen und er hatte den Mund halb voll mit Salzwasser. Das schimmernde Ding war ein langer, schmaler Meeresarm gewesen. Beide Pferde schwammen nun, und das Wasser reichte Shasta bis zu den Knien. Von hinten war ein wütendes Brüllen zu hören, und als er sich umschaute, sah Shasta eine große, zottige und furchteinflößende Gestalt am Rand des Wassers kauern; aber nur eine. »Den anderen Löwen müssen wir wohl abgehängt haben«, dachte er.

Der Löwe fand anscheinend, für diese Beute lohne es sich nicht, nass zu werden; jedenfalls machte er keinerlei Anstalten, sie über das Wasser hinweg zu verfolgen. Die beiden Pferde waren nun Seite an Seite weit hinaus in die Mitte des Meeresarms geschwommen, und das gegenüberliegende Ufer war deutlich zu erkennen. Der Tarkaan hatte noch kein Wort gesprochen. »Aber das wird er«, dachte Shasta. »Sobald wir an Land sind. Was soll ich dann sagen? Ich muss mir schleunigst eine Geschichte ausdenken.«

Dann hörte er plötzlich zwei Stimmen neben sich.

»Oh, *bin* ich müde«, sagte die eine. »Halt den Mund, Hwin, und sei nicht albern«, sagte die andere.

»Ich muss wohl träumen«, dachte Shasta. »Ich hätte schwören können, dass das andere Pferd gesprochen hat.«

Bald schwammen die Pferde nicht mehr, sondern gingen wieder, und wenig später floss das Wasser mit großem Rauschen von ihren Flanken und Schweifen ab, und es gab ein mächtiges Knirschen von Kieselsteinen unter acht Hufen, als sie am anderen Ufer herauskamen. Der Tarkaan zeigte zu Shastas Verblüffung überhaupt keine Neigung, Fragen zu stellen. Er würdigte Shasta nicht einmal eines Blickes, sondern schien nur darauf aus zu sein, sein Pferd weiterzutreiben. Freilich drängte sich Bree sogleich dem anderen Pferd in den Weg.

»Bru-hu-hah!«, schnaubte er. »Nicht so schnell! Ich habe dich gehört. Es hat keinen Sinn, es zu bestreiten, Verehrteste. Ich habe dich gehört. Du bist ein Sprechendes Pferd, ein narnianisches Pferd, genau wie ich.«

»Was geht es dich an, was sie ist?«, sagte der fremde Reiter wütend und legte seine Hand auf den Schwertgriff. Doch die Stimme, mit der die Worte gesprochen wurden, hatte Shasta bereits etwas verraten.

»He, das ist ja nur ein Mädchen!«, rief er.

»Und was geht es dich an, ob ich *nur* ein Mädchen bin?«, fuhr ihn die Fremde an. »Wahrscheinlich bist du nur ein Junge: ein ungehobelter, gewöhnlicher kleiner Junge – ein Sklave vermutlich, der seinem Herrn das Pferd gestohlen hat.«

»Was weißt *du* denn!«, sagte Shasta.

»Er ist kein Dieb, kleine Tarkheena«, warf Bree ein. »Oder falls es einen Diebstahl gegeben hat, könnte man genauso gut sagen, dass ich *ihn* gestohlen habe. Und was deine Frage betrifft, ob mich das etwas angeht – du erwartest doch wohl nicht von mir, dass ich in diesem fremden Land an einer Dame von meiner eigenen Art vorbeilaufe, ohne sie anzusprechen, oder? Das versteht sich doch von selbst.«

»Das finde ich eigentlich auch«, sagte die Stute.

»Ich wünschte, du würdest den Mund halten, Hwin«, sagte das Mädchen. »Sieh mal, in was für Schwierigkeiten du uns gebracht hast.«

»Wieso Schwierigkeiten?«, entgegnete Shasta. »Ihr könnt euch davonmachen, wann immer ihr wollt. Wir werden euch nicht aufhalten.«

»Nein, werdet ihr nicht«, sagte das Mädchen.

»Was sind doch diese Menschen für streitlustige Geschöpfe«, sagte Bree zu der Stute. »Genauso schlimm wie Maultiere. Versuchen wenigstens wir ein paar vernünftige Worte zu wechseln. Ich nehme an, Verehrteste, deine Geschichte ist dieselbe wie meine? In früher Jugend gefangen – seit Jahren versklavt unter den Kalormenen?«

»So ist es, mein Herr«, erwiderte die Stute mit einem wehmütigen Wiehern.

»Und nun etwa – auf der Flucht?«

»Sag ihm, er soll sich um seine Angelegenheiten kümmern, Hwin«, meinte das Mädchen.

»Nein, das tue ich nicht, Aravis«, sagte die Stute und legte die Ohren nach hinten. »Dies ist genauso meine Flucht wie deine. Und ich bin sicher, ein edles Streitross wie dieses wird uns nicht verraten. Ja, wir versuchen zu entkommen und nach Narnia zu gelangen.«

»Und dasselbe wollen wir natürlich«, sagte Bree. »Das habt ihr sicher sofort erraten. Ein kleiner Junge in Lumpen, der mitten in der Nacht auf einem Streitross reitet (oder es wenigstens versucht), das kann nichts anderes bedeuten als eine Flucht. Und, wenn ich das sagen darf, eine hochwohlgeborene Tarkheena, die allein durch die Nacht reitet – in der Rüstung ihres Bruders – und die großen Wert darauf legt, dass alle sich um ihre eigenen Angelegenheiten kümmern und ihr keine Fragen stellen – nun, ich will ein Pony sein, wenn da alles mit rechten Dingen zugeht!«

»Also schön«, sagte Aravis. »Du hast es erraten. Hwin und ich sind auf der Flucht. Wir versuchen nach Narnia zu kommen. Und nun? Was ist damit?«

»Nun, wenn es so ist, was sollte uns davon abhalten, alle gemeinsam zu gehen?«, erwiderte Bree. »Ich hoffe doch, verehrte Hwin, du wirst auf dieser Reise meine Hilfe und meine Schutz annehmen?«

»Warum sprichst du dauernd zu meinem Pferd statt zu mir?«, fragte das Mädchen.

»Verzeih, Tarkheena«, sagte Bree (wobei er die Ohren kaum merklich nach hinten legte), »aber das ist kalormenisches Gerede. Wir sind freie Narnianen, Hwin und ich, und das willst du auch werden, nehme ich an, wenn du auf der Flucht nach Narnia bist. Hwin ist nicht mehr *dein* Pferd. Man könnte genauso gut sagen, du wärst *ihr* Mensch.«

Das Mädchen machte den Mund auf, um etwas zu sagen, und tat es dann doch nicht. Offensichtlich hatte sie die Sache noch nie von dieser Warte aus betrachtet.

»Trotzdem«, sagte sie nach einer kurzen Pause. »Ich weiß nicht, ob es so viel Sinn hätte, zusammen zu reisen. Würden wir nicht viel mehr auffallen?«

»Viel weniger«, sagte Bree; und die Stute warf ein: »Oh, lasst uns gemeinsam gehen. Mir wäre dann viel wohler. Wir sind uns nicht einmal ganz sicher über den Weg. Bestimmt kennt ein großes Streitross wie dieses sich viel besser aus als wir.«

»Ach, komm schon, Bree«, sagte Shasta, »lass sie doch gehen. Siehst du nicht, dass sie uns nicht dabeihaben wollen?«

»Doch, wir wollen euch dabeihaben«, entgegnete Hwin.

»Also«, sagte das Mädchen, »ich habe nichts dagegen, mit *dir* zu gehen, Herr Streitross, aber was ist mit diesem Jungen? Woher soll ich wissen, dass er kein Spion ist?«

»Warum sagst du nicht gleich, dass du meinst, ich sei nicht gut genug für dich?«, fragte Shasta.

»Sei still, Shasta«, sagte Bree. »Die Frage der Tarkheena ist ganz berechtigt. Ich verbürge mich für den Jungen, Tarkheena. Er war mir bislang ein treuer, guter Freund. Und er ist offenkundig entweder ein Narniane oder ein Archenländer.«

»Also gut. Dann gehen wir eben zusammen.« Doch zu Shasta sagte sie nichts, und es war nicht zu übersehen, dass sie Bree wollte, nicht ihn.

»Großartig!«, sagte Bree. »Und da wir nun das Wasser zwischen uns und jenen furchtbaren Tieren haben, wie wär's, wenn ihr beiden Menschen uns den Sattel abnehmt und wir alle uns ein wenig ausruhen und unsere Geschichten anhören.«

Beide Kinder sattelten ihre Pferde ab; die Pferde grasten ein wenig, und Aravis holte ein paar sehr leckere Sachen zu essen aus ihrer Satteltasche. Doch Shasta schmollte und sagte nein danke, er sei nicht hungrig. Und er gab sich alle Mühe, sich besonders steif und vornehm zu benehmen, doch da eine Fischerhütte normalerweise nicht der geeignete Ort ist, um gute Manieren zu lernen, fiel das Ergebnis ziemlich kläglich aus. Und er merkte selbst ein bisschen, dass es ihm nicht gelang, woraufhin er noch mehr schmollte und noch unbeholfener wurde als zuvor. Die beiden Pferde indessen verstanden sich prächtig. Sie erinnerten sich an dieselben Orte in Narnia – »die Weidegründe oberhalb von Bibersdamm« – und fanden heraus, dass sie so etwas wie Großcousins zweiten Grades waren. Das machte die Sache für die Menschen immer peinlicher, bis Bree endlich sagte: »Und nun, Tarkheena, erzähl uns deine Geschichte. Und du brauchst dich nicht dabei zu beeilen – mir ist jetzt ganz behaglich zumute.«

Aravis begann sofort, wobei sie ganz still saß und in einem ganz anderen Tonfall und Stil sprach als sonst. Denn in Kalormen ist das Geschichtenerzählen (ob es nun wahre oder erfundene Geschichten sind) etwas, was man beigebracht bekommt, genauso wie englischen Jungen und Mädchen das Aufsatzschreiben beigebracht wird. Der Unterschied ist, dass die Leute die Geschichten gerne hören wollen, während ich noch nie jemanden getroffen habe, der Lust hatte, die Aufsätze zu lesen.

Vor den Toren Tashbaans

»Mein Name«, sagte das Mädchen sofort, »ist Aravis Tarkheena, und ich bin die einzige Tochter von Kidrash Tarkaan, dem Sohn von Rishti Tarkaan, dem Sohn von Kidrash Tarkaan, dem Sohn von Ilsombreh Tisroc, dem Sohn von Ardeeb Tisroc, der in direkter Linie von dem Gott Tash abstammte. Mein Vater ist der Herr der Provinz Calavar und einer, der das Recht hat, vor dem Angesicht des Tisrocs selbst (möge er ewig leben) aufrecht zu stehen und die Schuhe anzubehalten. Meine Mutter (mit der der Friede der Götter sein möge) ist tot, und mein Vater hat eine neue Frau geheiratet. Einer meiner Brüder ist im Kampf gegen die Rebellen im fernen Westen gefallen, und der andere ist noch ein Kind. Nun begab es sich, dass die Frau meines Vaters, meine Stiefmutter, mich hasste, und die Sonne erschien düster in ihren Augen, solange ich im Haus meines Vaters lebte. Darum überredete sie meinen Vater, mich dem Ahoshta Tarkaan als Frau zu versprechen. Dieser Ahoshta nun ist von niederer Geburt, wenngleich er sich in den letzten Jahren durch Schmeichelei und bösen Rat die Gunst des Tisrocs (möge er ewig leben) erschleichen konnte und nun zum Tarkaan und Herrn über viele Städte erhoben wurde und wahrscheinlich zum Großwesir ernannt werden wird, wenn der jetzige Großwesir stirbt. Außerdem ist er mindestens sechzig Jahre alt und hat einen Buckel, und sein Gesicht ähnelt dem eines Affen. Dennoch sandte mein Vater wegen des Reichtums und der Macht dieses

Ahoshta und wegen der Überredungskünste seiner Frau Boten zu ihm, um ihm meine Hand anzubieten. Das Angebot wurde freudig angenommen, und Ahoshta sandte Nachricht, er werde mich noch in diesem Jahr zur Hochsommerzeit heiraten.

Als mir diese Nachricht überbracht wurde, verdüsterte sich die Sonne in meinen Augen, und ich legte mich auf mein Bett und weinte einen Tag lang. Doch am zweiten Tag stand ich auf und wusch mir das Gesicht und befahl, meine Stute Hwin zu satteln, und nahm einen scharfen Dolch an mich, den mein Bruder in den Kriegen im Westen getragen hatte, und ritt alleine aus. Und als das Haus meines Vaters außer Sicht war und ich eine grüne, freie Fläche in einem Wald erreicht hatte, wo es keine menschlichen Behausungen gab, stieg ich von Hwin, meiner Stute, ab und zog den Dolch hervor. Dann band ich mir die Bluse über dem Herzen auf, und ich betete zu allen Göttern, ich möge mich, sobald ich tot sei, bei meinem Bruder befinden. Danach schloss ich die Augen und biss die Zähne zusammen und schickte mich an, mir den Dolch ins Herz zu stoßen. Doch bevor ich dazu kam, hob diese Stute mit der Stimme einer Menschentochter zu sprechen an und sagte: ›O Gebieterin, gib dich doch nicht der Vernichtung anheim, denn wenn du lebst, magst du noch großes Glück erfahren, doch die Toten sind alle gleichermaßen tot.‹«

»Ich habe es nicht halb so vornehm ausgedrückt«, murmelte die Stute.

»Pst, Verehrteste, leise«, sagte Bree, der seine helle Freude an der Geschichte hatte. »Sie erzählt es auf die prachtvolle kalormenische Art, wie es kein Geschichtenerzähler am Hof des Tisrocs besser könnte. Bitte fahrt fort, Tarkheena.«

»Als ich Menschenworte aus dem Mund meiner Stute

hörte«, fuhr Aravis fort, »sagte ich mir: Die Angst vor dem Tod hat mir den Sinn verwirrt und lässt mich Wahnbilder sehen. Und es erfüllte mich mit Scham, denn niemand meiner Herkunft sollte den Tod mehr fürchten als einen Mückenstich. Also holte ich abermals zum Stoß aus, doch Hwin kam näher und schob ihren Kopf zwischen mich und den Dolch und entfaltete mir die vorzüglichsten Einwände und ermahnte mich, wie eine Mutter ihre Tochter ermahnt. Und nun war mein Staunen so groß, dass ich gar nicht mehr an Ahoshta denken konnte und daran, mich zu töten, und ich sprach: ›O meine Stute, wie kommt es, dass du sprechen kannst wie eine Menschentochter?‹ Und Hwin berichtete mir, was in diesem Kreis allen bekannt ist, dass es in Narnia Tiere gibt, die sprechen, und dass sie selbst von dort geraubt wurde, als sie noch ein kleines Fohlen war. Sie erzählte mir auch von den Wäldern und Wassern Narnias, von den Schlössern und den großen Schiffen, bis ich sagte: ›Im Namen Tashs und Azaroths und Zardeenahs, der Dame der Nacht, mich verlangt es sehr, jenes Land Narnia zu sehen.‹ ›O Gebieterin‹, antwortete die Stute, ›wärst du in Narnia, so wärst du glücklich, denn in jenem Land wird keine Jungfrau gegen ihren Willen zur Heirat gezwungen.‹

Und nachdem wir lange miteinander geredet hatten, kehrte die Hoffnung zu mir zurück, und ich war glücklich, dass ich nicht Hand an mich gelegt hatte. Außerdem kamen Hwin und ich überein, dass wir uns gemeinsam davonstehlen wollten, und wir fassten folgenden Plan. Wir kehrten ins Haus meines Vaters zurück, und ich zog meine farbenfrohsten Kleider an und sang und tanzte vor meinem Vater und tat, als wäre ich über die Maßen entzückt über die Heirat, die er mir zugedacht hatte. Weiter sagte ich zu ihm: ›O mein Vater und o du Wonne meiner Augen, gib mir deine Erlaubnis und deinen Segen, dass ich mit einer meiner Zofen drei Tage lang allein in die Wälder ziehe, geheime Opfer zu bringen für Zardeenah, die Herrin der Nacht und der Jungfrauen, wie es sich ziemt und Brauch ist für eine Maid, wenn sie dem Dienste Zardeenahs Lebewohl sagen und sich für die Hochzeit bereit machen muss.‹ Und er antwortete: ›O meine Tochter und o du Wonne meiner Augen, also soll es sein.‹

Doch als ich mich aus dem Angesicht meines Vaters entfernte, ging ich sogleich zu dem ältesten seiner Sklaven, seinem Sekretär, der mich auf seinen Knien geschaukelt hatte, als ich ein Kindlein war, und mich mehr liebte als die Luft und das Licht. Und ich ließ ihn schwören, das Geheimnis zu wahren, und flehte ihn an, einen gewissen Brief für mich zu schreiben. Und er weinte und beschwor mich, meinen Entschluss zu verwerfen, doch zuletzt sagte er: ›Dein Wunsch ist mir Befehl‹ und tat alles, was ich wollte. Und ich versiegelte den Brief und barg ihn an meiner Brust.«

»Aber was stand denn in dem Brief?«, fragte Shasta.

»Sei still, Fohlen«, sagte Bree. »Du verdirbst die Geschichte. Sie wird uns schon an der richtigen Stelle alles über den Brief erzählen. Weiter, Tarkheena.«

»Dann rief ich die Zofe, die mit mir in die Wälder gehen sollte, um der Zardeenah zu huldigen, und trug ihr auf, mich im ersten Morgengrauen zu wecken. Und ich feierte mit ihr und gab ihr Wein zu trinken; doch in ihren Becher hatte ich etwas hineingemischt, und ich wusste, dass sie eine Nacht und einen Tag lang schlafen würde. Sobald der ganze Haushalt meines Vaters sich dem Schlaf hingegeben hatte, erhob ich mich und legte eine Rüstung meines Bruders an, die ich zu seinem Andenken stets in meiner Kammer aufbewahrte. In meinen Gürtel steckte ich alles Geld, das ich besaß, und ein paar besonders kostbare Juwelen, und ich versorgte mich auch mit Speisen und sattelte die Stute mit meinen eigenen Händen und ritt in der zweiten Nachtwache auf und davon. Nicht zu den Wäldern hin wandte ich mich, wo mein Vater glaubte, dass ich hingehen würde, sondern nordöstlich in Richtung Tashbaan.

Nun wusste ich, dass mein Vater für drei Tage oder länger nicht nach mir suchen würde, denn meine Worte hatten ihn getäuscht. Und am vierten Tag erreichten wir die Stadt Azim Balda. Bei Azim Balda nun treffen viele Straßen zusammen, und von dort reiten die Kuriere des Tisrocs (möge er ewig leben) auf schnellen Pferden in alle Teile des Reiches; und es gehört zu den Rechten und Privilegien der höheren Tarkaane, Nachrichten durch sie überbringen zu lassen. Also ging ich zu dem Hauptmann der Reiterboten im Haus der Kaiserlichen Kuriere in Azim Balda und sprach: ›O Überbringer der Botschaften, hier ist ein Brief von meinem Onkel, Ahoshta Tarkaan, an Kidrash Tarkaan, den Herrn von Calavar. Nimm diese fünf Kreszente und veranlasse, dass er ihm geschickt wird.‹ Und der Hauptmann der Reiterboten sagte: ›Dein Wunsch ist mir Befehl.‹

Dieser Brief täuschte vor, von Ahoshtas Hand zu stammen, und das Geschriebene hatte folgenden Inhalt: ›Ahoshta Tarkaan an Kidrash Tarkaan, Friede zum Gruß. Im Namen Tashs, des Unwiderstehlichen, des Unerbittlichen. Wisset, dass es während meiner Reise zu Eurem Hause, um den Ehebund zwischen mir und Eurer Tochter Aravis Tarkheena zu schließen, dem Glück und den Göttern gefiel, dass ich ihr im Wald begegnete, als sie die Huldigungen und Opfer für Zardeenah nach der Sitte der Jungfrauen beendet hatte. Und als ich erfuhr, wer sie sei, entzückt von ihrer Schönheit und Keuschheit, entbrannte ich in Liebe, und mir war, als würde die Sonne mir düster werden, wenn ich sie nicht auf der Stelle heiratete. Daher bereitete ich die nötigen Opfer vor und heiratete Eure Tochter noch zur selben Stunde, da ich ihr begegnet war, und bin nun mit ihr in mein Haus zurückgekehrt. Und wir beide bitten und beschwören Euch, herzukommen, so rasch Ihr könnt, auf dass Euer Antlitz und Eure Rede uns erquicken mögen; des Weiteren, dass Ihr die Mitgift meiner Frau mitbringt, die ich aufgrund meiner großen Kosten und Ausgaben ohne Verzug benötige. Und da Ihr und ich nun Brüder sind, wiege ich mich in der Gewissheit, dass die Eile unserer Hochzeit, die ganz und gar meiner großen Liebe zu Eurer Tochter entsprang, Euch nicht erzürnen wird. Und ich befehle Euch dem Schutz aller Götter an.‹

Sobald ich das getan hatte, ritt ich in aller Eile von Azim Balda fort, ohne Verfolgung zu fürchten und in der Erwartung, dass mein Vater nach dem Erhalt eines solchen Briefes Botschaften an Ahoshta senden oder ihn selbst aufsuchen würde und dass ich, bevor die Sache aufgeklärt wäre, schon über Tashbaan hinaus sein würde. Und das ist der Kern meiner Geschichte bis zur heutigen Nacht, in der ich von Löwen gejagt wurde und euch begegnete, als wir durch das Salzwasser schwammen.«

»Und was ist mit dem Mädchen passiert – dem, das du betäubt hast?«, fragte Shasta.

»Zweifellos wurde sie geschlagen, weil sie verschlafen hatte«, sagte Aravis ungerührt. »Aber sie war eine Handlangerin und Spionin meiner Stiefmutter. Ich bin sehr froh, dass man sie geschlagen hat.«

»Das finde ich aber nicht sehr fair«, wandte Shasta ein.

»Ich habe nichts von alledem getan, um *dir* zu gefallen«, gab Aravis zurück.

»Und da ist noch etwas an dieser Geschichte, was ich nicht verstehe«, fuhr Shasta fort. »Du bist nicht erwachsen; ich glaube nicht, dass du älter bist als ich. Nicht einmal so alt, würde ich sogar sagen. Wie kann es sein, dass du in deinem Alter heiraten solltest?«

Aravis antwortete nicht, doch Bree warf sofort ein: »Shasta, stell deine Unwissenheit nicht so zur Schau. In den großen Tarkaan-Familien werden sie immer in diesem Alter verheiratet.«

Shasta lief puterrot an (obwohl es kaum hell genug war, dass die anderen es hätten sehen können) und fühlte sich vor den Kopf gestoßen. Nun fragte Aravis Bree nach seiner Geschichte. Bree erzählte sie, und Shasta fand, dass er sich erheblich ausführlicher über seine Stürze und sein schlechtes Reiten ausließ, als nötig gewesen wäre. Bree fand das offensichtlich sehr lustig, aber Aravis lachte nicht. Als Bree geendet hatte, gingen sie alle schlafen.

Am nächsten Tag setzten sie alle vier, zwei Pferde und zwei Menschen, ihre Reise gemeinsam fort. Shasta hatte es viel netter gefunden, als er und Bree noch allein gewesen waren. Denn jetzt unterhielten sich fast nur noch Bree und Aravis miteinander. Bree hatte lange Zeit in Kalormen gelebt und war immer unter Tarkaanen und Pferden von Tarkaanen gewesen, sodass er natürlich sehr viele von den Leuten und Orten kannte, die auch Aravis kannte. Sie sagte ständig Dinge wie: »Aber wenn du in der Schlacht von Zulindreh gewesen bist, dann musst du doch meinen Vetter Alimash gesehen haben«, und Bree antwortete dann: »Ach ja, Alimash, der war nur Hauptmann der Streitwagen, weißt du. Ich halte nicht so viel von Streitwagen oder von der Sorte Pferde, die Streitwagen ziehen. Das ist keine richtige Kavallerie. Aber er ist ein achtbarer Edelmann. Er füllte mir den Futterbeutel mit Zucker, nachdem wir Teebeth eingenommen hatten.« Oder Bree sagte: »Ich war in jenem Sommer unten am See von Mezreel«, und Aravis fiel ein: »Oh, Mezreel! Da hatte ich eine Freundin, Lasaraleen Tarkheena. Ein wunderschöner Ort. All die Gärten dort und das Tal der Tausend Düfte!« Bree hatte überhaupt nicht die Absicht, Shasta auszuschließen, obwohl Shasta manchmal fast den Verdacht hatte. Leute, die die gleichen Dinge kennen, können kaum anders als darüber zu reden, und wenn man dabei ist, kann man kaum anders als sich ausgeschlossen zu fühlen.

Die Stute Hwin war sehr schüchtern gegenüber einem großen Streitross wie Bree und sagte kaum etwas. Und Aravis sprach überhaupt nicht mit Shasta, wenn sie es vermeiden konnte.

Bald jedoch gab es Wichtigeres, worüber sie nachdenken mussten. Sie näherten sich Tashbaan. Die Dörfer wurden zahlreicher und größer, und auf den Straßen waren mehr Leute unterwegs. Sie ritten jetzt fast nur noch nachts und versteckten sich tagsüber, so gut sie konnten. Und bei jeder Rast debattierten sie endlos darüber, was sie tun sollten, wenn sie Tashbaan erreichten. Dieses Problem hatten alle vor sich hergeschoben, doch nun ließ es sich nicht länger hinausschieben. Während dieser Diskussionen wurde Aravis ein bisschen, ein kleines bisschen weniger unfreundlich Shasta gegenüber; man kommt meistens besser mit Leuten aus, wenn man Pläne schmiedet, als wenn man über nichts Besonderes redet.

Das Wichtigste, meinte Bree, sei jetzt, einen Ort auf der anderen Seite von Tashbaan zu bestimmen, wo sie sich wieder treffen wollten – dies sollten alle versprechen –, falls sie durch irgendein Unglück getrennt wurden, während sie die Stadt durchquerten. Er sagte, der beste Platz dafür seien die Gräber der Alten Könige, direkt am Rande der Wüste. »Sie sehen aus wie große Bienenkörbe aus Stein«, sagte er, »man kann sie gar nicht verfehlen. Und das Beste ist, dass kein Kalormene sich in ihre Nähe traut, weil sie glauben, dort gingen Ghule um, und sich deshalb fürchten.« Aravis wollte wissen, ob denn dort nicht wirklich Ghule umgingen. Doch Bree entgegnete, er sei ein freies narnianisches Pferd und glaube nicht an diese kalormenischen Geschichten. Daraufhin sagte Shasta, er sei auch kein Kalormene und schere sich keinen Pfifferling um diese alten Geschichten von Ghulen. Das stimmte nicht ganz. Aber es machte ziemlichen Eindruck auf Aravis (obwohl es sie im ersten Moment auch ärgerte), und natürlich sagte sie dann, ihr machten Ghule auch nichts aus, und wenn es noch so viele wären. Also einigten sie sich darauf, dass die Gräber ihr Treffpunkt auf der anderen Seite von Tashbaan sein würden, und sie hatten das Gefühl, alles laufe bestens, bis Hwin schüchtern darauf hinwies, die eigentliche Schwierigkeit bestehe nicht darin, wohin sie gehen sollten, wenn sie Tashbaan durchquert hätten, sondern wie sie überhaupt hindurchkommen sollten.

»Das werden wir morgen entscheiden, Verehrteste«, sagte Bree. »Jetzt ist es Zeit, ein bisschen zu schlafen.«

Aber es war nicht so leicht zu entscheiden. Aravis machte als Erstes den Vorschlag, sie sollten während der Nacht unterhalb der Stadt den Fluss durchschwimmen und Tashbaan überhaupt nicht betreten. Doch dagegen hatte Bree zwei Einwände. Der eine war, dass die Flussmündung sehr breit war und für Hwin viel zu weit zu schwimmen sein würde, besonders mit einer Reiterin auf ihrem Rücken. (Für ihn selbst wäre es auch zu weit, dachte er, aber darüber verlor er nicht so viele Worte.) Der andere Einwand lautete, dass dort lauter Schiffe unterwegs waren, und natürlich würde jeder an Deck eines Schiffes, der zwei Pferde vorbeischwimmen sah, sofort neugierig werden.

Shasta meinte, sie sollten flussaufwärts gehen und den

Fluss oberhalb von Tashbaan durchqueren, wo er schmaler war. Doch Bree erklärte, dort lägen meilenweit Gärten und Sommerhäuser an beiden Ufern des Flusses, in denen Tarkaane und Tarkheenas wohnten, die auf den Straßen umherreiten und Wasserfeste auf dem Fluss feiern würden. Ja, dies sei geradezu der Ort, wo die Gefahr, jemandem zu begegnen, der Aravis oder sogar ihn selbst wiedererkannte, am größten sei.

»Dann werden wir uns eben verkleiden müssen«, sagte Shasta.

Hwin meinte, ihr scheine es am sichersten, geradewegs von Tor zu Tor durch die Stadt selbst zu gehen, weil sie in der Menge weniger auffallen würden. Doch die Idee, sich zu verkleiden, gefiel ihr auch. Sie sagte: »Die beiden Menschen werden sich in Lumpen kleiden müssen, sodass sie aussehen wie Bauern oder Sklaven. Und Aravis' Rüstung und unsere Sättel und Sachen müssen zu Bündeln geschnürt und uns auf den Rücken gelegt werden, und die Kinder müssen so tun, als ob sie uns antreiben, damit die Leute denken, wir wären nur Packpferde.«

»Meine liebe Hwin!«, entgegnete Aravis verächtlich. »Als ob irgendjemand Bree für etwas anderes halten könnte als ein Streitross, wie sehr man ihn auch verkleidet!«

»Das möchte ich doch meinen«, sagte Bree, schnaubte und legte die Ohren kaum merklich nach hinten.

»Ich weiß, es ist kein besonders guter Plan«, erwiderte Hwin. »Aber ich glaube, es ist unsere einzige Chance. Immerhin sind wir seit einer Ewigkeit nicht mehr gestriegelt worden und haben schon einmal besser ausgesehen (das gilt zumindest für mich). Ich denke wirklich, wenn wir uns schön mit Schlamm einschmieren und mit gesenkten Köpfen dahintrotten, als ob wir müde und faul wären, und beim Gehen kaum die Hufe heben, fallen wir vielleicht nicht auf. Und unsere Schwänze sollten kürzer geschnitten werden; nicht ordentlich, verstehst du, sondern ganz ausgefranst.«

»Aber Verehrteste«, sagte Bree. »Hast du daran gedacht, wie außerordentlich unangenehm es wäre, in diesem Zustand in Narnia anzukommen?«

»Nun«, erwiderte Hwin bescheiden (sie war eine sehr vernünftige Stute), »die Hauptsache ist, dass wir überhaupt dort ankommen.«

Obwohl er niemandem recht gefiel, war es Hwins Plan, für den sie sich letztlich entscheiden mussten. Es war ein mühseliges Vorhaben, das nicht ohne den einen oder anderen Diebstahl, wie Shasta es nannte – Bree nannte es »Plünderung« –, zu bewerkstelligen war. Auf einem Bauernhof verschwanden an jenem Abend ein paar Säcke, auf einem anderen am nächsten ein Stück Seil. Ein paar abgerissene alte Jungensachen zum Anziehen für Aravis mussten sie allerdings in einem Dorf ehrlich kaufen und bezahlen. Shasta kehrte triumphierend damit zurück, als gerade der Abend hereinbrach. Die anderen erwarteten ihn zwischen den Bäumen am Fuß einer langen Kette bewaldeter Hügel, die sich quer über ihren Weg zog. Alle waren aufgeregt, weil dies die letzte Erhebung war; sobald sie den Kamm erreichten, würden sie Tashbaan vor sich liegen sehen. »Ich wünschte nur, wir wären schon sicher hindurch«, murmelte Shasta Hwin zu. »Oh, ich auch, ich auch«, erwiderte Hwin inbrünstig.

In der Nacht folgten sie einem Holzfällerpfad durch den Wald hinauf zum Kamm. Und als sie oben aus den Bäumen heraustraten, sahen sie unter sich im Tal Tausende von Lichtern. Shasta hatte keine Vorstellung davon gehabt, wie eine große Stadt aussehen würde, und es erschreckte ihn. Sie aßen etwas, und die Kinder legten sich ein wenig schlafen. Doch schon früh am Morgen wurden sie von den Pferden geweckt.

Die Sterne standen noch am Himmel, und das Gras war schrecklich kalt und feucht, doch weit zu ihrer Rechten hinter dem Meer zeigte sich der erste Schimmer des anbrechenden Tages. Aravis ging ein paar Schritte in den Wald hinein, und als sie zurückkam, sah sie seltsam aus in ihren neuen, zerlumpten Kleidern. Ihre richtigen hatte sie zu einem Bündel zusammengeschnürt. Sie wurden zusammen mit ihrer Rüstung, ihrem Schild und Krummsäbel und den beiden Sätteln und dem übrigen feinen Zaumzeug der Pferde in den Säcken verstaut. Bree und Hwin hatten sich bereits so schmutzig und verwahrlost gemacht, wie sie konnten, sodass nur noch ihre Schwänze gestutzt werden mussten. Da das einzige Werkzeug, das dafür zur Verfügung stand, Aravis' Säbel war, musste einer der Säcke wieder geöffnet werden, um ihn herauszuholen. Es war eine langwierige Arbeit und recht schmerzhaft für die Pferde.

»Ich sage dir«, schnaubte Bree, »wenn ich kein Sprechendes Pferd wäre, hättest du schon längst einen hübschen Hufabdruck mitten im Gesicht! Ich dachte, du wolltest ihn abschneiden, nicht herausreißen. So fühlt es sich nämlich an.«

Doch trotz des Halbdunkels und der klammen Finger war es schließlich geschafft; die großen Säcke waren auf den Pferden festgebunden, die aus Seil geknüpften Halfter (die sie jetzt statt ihres Zaumzeugs und ihrer Zügel trugen) lagen in den Händen der Kinder, und der Marsch begann.

»Denkt daran«, mahnte Bree. »Wenn irgend möglich, bleiben wir zusammen. Wenn nicht, treffen wir uns an den Gräbern der Alten Könige, und wer zuerst dort ist, muss auf die anderen warten.«

»Und vergesst nicht«, setzte Shasta hinzu. »Lasst ihr beiden Pferde euch bloß nicht zum *Sprechen* verleiten, was immer passiert.«

Shasta begegnet den Narnianen

Zuerst konnte Shasta in dem Tal zu seinen Füßen überhaupt nichts erkennen außer einem Nebelmeer, aus dem sich ein paar Kuppeln und Turmspitzen erhoben; doch als es allmählich heller wurde und der Nebel sich verzog, sah er immer mehr Einzelheiten. Ein breiter Strom teilte sich in zwei Flüsse, und auf der Insel dazwischen stand die Stadt Tashbaan, eines der Wunder der Welt. Rund um den Rand der Insel, sodass das Wasser gegen die Steine plätscherte, verliefen hohe Mauern, befestigt mit so vielen Türmen, dass er bald den Versuch aufgab, sie zu zählen. Innerhalb der Mauern erhob sich die Insel zu einem Hügel, und jede Handbreit dieses Hügels, bis hinauf zum Palast des Tisrocs und dem großen Tash-Tempel auf der Kuppe, war ganz und gar mit Gebäuden bedeckt – eine Terrasse über der anderen, eine Straße über der anderen, Orangenbäume und Zitronenbäume, Dachgärten, Balkone, tiefe Torbögen, Säulengänge, Türme, Zinnen, Minarette, Spitzdächer. Und als endlich die Sonne sich aus dem Meer erhob und die mächtige, versilberte Kuppel des Tempels ihr Licht widerspiegelte, da wurde ihm fast schwindelig.

»Weiter, Shasta«, sagte Bree immer wieder.

Die Flussufer zu beiden Seiten des Tals waren ein solches Gewirr von Gärten, dass sie zuerst aussahen wie ein Wald, bis man näher kam und die weißen Wände unzähliger Häuser zwischen den Bäumen hervorblinken sah. Kurz darauf bemerkte Shasta einen köstlichen Duft von Blüten und Früchten. Etwa fünfzehn Minuten später waren sie mitten unter ihnen und zogen eine ebene Straße entlang, mit weißen Mauern zu beiden Seiten und Bäumen, die über die Mauern hinausragten.

»Donnerwetter!«, sagte Shasta voller Ehrfurcht. »Was für ein herrlicher Ort!«

»Kann man wohl sagen«, meinte Bree. »Aber trotzdem wäre ich lieber schon sicher hindurch und auf der anderen Seite wieder draußen. Nach Narnia in den Norden!«

In diesem Moment ertönte ein tiefes, pulsierendes Geräusch, das allmählich anschwoll und immer lauter wurde, bis das ganze Tal davon zu schwanken schien. Es war ein musikalischer Klang, aber so stark und feierlich, dass es ein bisschen erschreckend wirkte.

»Das sind die Hörner, die zum Öffnen der Stadttore geblasen werden«, erklärte Bree. »Wir werden gleich da sein. Also, Aravis, lass die Schultern hängen und mach schwerere Schritte und versuche, weniger wie eine Prinzessin auszusehen. Versuch dir vorzustellen, du wärst dein ganzes Leben lang getreten und geschlagen und beschimpft worden.«

»Wo wir gerade dabei sind«, gab Aravis zurück, »wie wär's, wenn du deinen Kopf ein bisschen mehr hängen ließest und deinen Hals nicht so biegen und versuchen würdest, weniger wie ein Streitross auszusehen?

»Still«, sagte Bree. »Wir sind da.«

Und so war es. Sie hatten das Flussufer erreicht, und vor ihnen führte die Straße über eine Brücke mit vielen Bögen. Das Wasser tanzte funkelnd im Licht der frühen Sonne; zu ihrer Rechten, näher an der Flussmündung, erhaschten sie einen Blick auf Schiffsmasten. Etliche andere Reisende waren vor ihnen auf der Brücke, zumeist Bauern, die beladene Esel und Maultiere vor sich hertrieben oder Körbe auf den Köpfen trugen. Die Kinder und Pferde schlossen sich dem Strom an.

»Stimmt etwas nicht?«, flüsterte Shasta Aravis zu, die ein ganz merkwürdiges Gesicht machte.

»Ach, für *dich* ist ja alles in bester Ordnung«, flüsterte Aravis erbost zurück. »Was kümmert *dich* schon Tashbaan? Aber ich sollte eigentlich hier in einer Sänfte getragen werden, mit Soldaten vor mir und Sklaven hinter mir, und vielleicht zu einem Festmahl im Palast des Tisrocs unterwegs sein – statt mich so hineinzuschleichen. Für dich ist das etwas anderes.«

Das fand Shasta ziemlich albern.

Am anderen Ende der Brücke ragten die Stadtmauern hoch über ihnen auf, und die Messingtore in dem Torbogen, der in Wirklichkeit sehr breit war, aber schmal wirkte, weil er so unendlich hoch war, standen offen. Ein halbes Dutzend Soldaten wachten auf ihre Speere gestützt auf jeder Seite. Aravis musste unwillkürlich denken: »Wenn die wüssten, wessen Tochter ich bin, würden sie alle Haltung annehmen und mir salutieren.« Doch die anderen dachten nur daran, wie sie hindurchkommen würden, und hofften, die Soldaten würden ihnen keine Fragen stellen. Doch einer von ihnen schnappte sich eine Karotte aus dem Korb eines Bauern, warf sie mit einem rauen Lachen nach Shasta und sagte:

»He! Pferdejunge! Wenn dein Herr herausfindet, dass du sein Reitpferd als Lasttier benutzt, kannst du was erleben.«

Das jagte ihm einen gehörigen Schrecken ein, denn natürlich bewies es, dass niemand, der etwas von Pferden verstand, Bree je für etwas anderes halten würde als ein Streitross.

»Mein Herr hat es so befohlen und basta!«, gab Shasta zurück. Doch er hätte besser den Mund gehalten, denn der Soldat versetzte ihm einen Hieb seitlich ins Gesicht, dass er beinahe zu Boden gegangen wäre, und sagte:

»Da, nimm das, du kleine Rotznase, damit du lernst, wie man mit Freien spricht.« Doch sie konnten sich alle in die Stadt stehlen, ohne angehalten zu werden. Shasta weinte nur ein kleines bisschen; er war harte Schläge gewohnt.

Innerhalb der Tore schien Tashbaan zuerst nicht so prächtig, wie es aus der Ferne gewirkt hatte. Die erste Straße war schmal, und es gab kaum Fenster in den Mauern zu jeder Seite. Es herrschte auch viel mehr Gedränge, als Shasta erwartet hatte; teils durch die Bauern (auf dem Weg zum Markt), die mit ihnen hereingekommen waren, aber auch durch Wasserverkäufer, Bonbonhändler, Pförtner, Soldaten, Bettler, abgerissene Kinder, Hühner, streunende Hunde und barfüßige Sklaven. Was ihr vor allem bemerkt hättet, wenn ihr dort gewesen wärt, wären die Gerüche gewesen. Sie stammten von ungewaschenen Menschen, ungewaschenen Hunden, Parfüm, Knoblauch, Zwiebeln und von den Abfallhaufen überall.

Shasta tat so, als ob er die Gruppe führte, doch in Wirklichkeit war es Bree, der den Weg kannte und ihm die Richtung wies, indem er ihn immer wieder leicht mit der Nase anstupste. Bald bogen sie nach links ab und begannen einen steilen Hang zu erklimmen. Hier war es viel frischer und angenehmer, denn die Straße war von Bäumen begrenzt und Häuser gab es nur auf der rechten Seite; auf der anderen schauten sie über die Dächer der Häuser in der Unterstadt hinweg und konnten ein ganzes Stück den Fluss hinaufblicken. Dann ging es um eine Haarnadelkurve nach rechts und weiter hinauf. So gelangten sie im Zickzack ins Zentrum Tashbaans. Bald kamen sie in vornehmere Straßen. Große Statuen der Götter und Helden von Kalormen – die meistens eher beeindruckend als schön anzuschauen sind – erhoben sich auf glänzenden Sockeln. Palmen und Säulengänge warfen Schatten auf die glühend heißen Pflastersteine. Und durch die Torbögen vieler Paläste erhaschte Shasta einen Blick auf grüne Zweige, kühle Springbrunnen und glatte Rasenflächen. Es muss schön sein da drinnen, dachte er.

Bei jeder Biegung hoffte Shasta, sie würden gleich aus dem Gedränge draußen sein, aber die Hoffnung erfüllte sich nie. Dadurch kamen sie nur sehr langsam vorwärts und hin und wieder mussten sie ganz haltmachen. Meist war der Grund, dass eine Stimme laut ausrief: »Macht Bahn, macht Bahn, macht Bahn für den Tarkaan« oder »für die Tarkheena« oder »für den fünfzehnten Wesir« oder »für den Botschafter«; und dann presste sich die ganze Menschenmenge gegen die Mauern, und über ihre Köpfe hinweg konnte Shasta manchmal den hohen Herrn oder die hohe Herrin sehen, um die so viel Aufhebens gemacht wurde, wie er oder sie auf einer Sänfte schaukelte, die vier oder sogar sechs riesenhafte Sklaven auf ihren bloßen Schultern trugen. Denn in Tashbaan gibt es nur eine Verkehrsregel, nämlich die, dass jeder, der weniger wichtig ist, für jeden, der wichtiger ist, aus dem Weg gehen muss; es sei denn, man hat Lust auf einen Peitschenhieb oder einen Stoß mit dem stumpfen Ende eines Speers.

In einer prachtvollen Straße, schon ganz weit oben in der Stadt (der Palast des Tisrocs war das einzige Gebäude, das noch höher lag), brachte dann eine dieser Unterbrechungen eine verheerende Wendung mit sich.

»Macht Bahn! Macht Bahn! Macht Bahn!«, ertönte die Stimme. »Macht Bahn für den König der Weißen Barbaren, den Gast des Tisrocs (möge er ewig leben)! Macht Bahn für die narnianischen Herren.«

Shasta versuchte auszuweichen und Bree zum Rückwärtsgehen zu bringen. Doch keinem Pferd, nicht einmal einem Sprechenden Pferd aus Narnia, fällt das Rückwärtsgehen leicht. Und eine Frau, die einen sehr kantigen Korb in den Händen hielt und direkt hinter Shasta stand, rammte ihm den Korb hart gegen die Schultern und sagte: »Also so was! Was fällt dir ein, so zu schubsen!« Und dann rempelte ihn jemand von hinten an, sodass ihm im allgemeinen Durcheinander Brees Halfter aus der Hand glitt. Im nächsten Moment stand die Menschenmenge hinter ihm so reglos und dicht gedrängt, dass er sich überhaupt nicht mehr rühren konnte. So kam es, dass er unbeabsichtigt in der ersten Reihe landete und den besten Blick auf die Gesellschaft hatte, die dort die Straße entlangkam.

Sie war ganz anders als alle anderen Gesellschaften, die sie an jenem Tag gesehen hatten. Der Ausrufer, der ihr vorausging und »Macht Bahn, macht Bahn!« rief, war der einzige Kalormene unter ihnen. Und es gab auch keine Sänfte; alle gingen zu Fuß. Es waren etwa ein halbes Dutzend Männer, und solche Leute wie sie hatte Shasta noch nie zuvor gesehen. Zum einen waren sie alle ebenso hellhäutig wie er selbst, und die meisten von ihnen hatten helle Haare. Auch ihre Kleidung war nicht wie die kalormenischer Männer. Die meisten von ihnen hatten die Beine von den Knien abwärts unbedeckt. Ihre Tuniken leuchteten in schönen, robusten Farben – Waldgrün, ein fröhliches Gelb oder ein frisches Blau. Statt Turbanen trugen sie Helme aus Stahl oder Silber, manche davon mit Edelsteinen besetzt, und einer hatte kleine Flügel an jeder Seite. Einige trugen gar keine Kopfbedeckung. Die Schwerter an ihrer Seite waren lang und gerade, nicht krumm wie die kalormenischen Säbel. Und statt ernst und geheimnisvoll dreinzublicken wie die meisten Kalormenen, gingen sie mit beschwingten Schritten und bewegten ihre Arme und Schultern locker, und sie plauderten und lachten. Einer pfiff sogar. Man sah ihnen an, dass sie gern bereit waren, Freundschaft mit jedem zu schließen, der freundlich war, und sich keinen Pfifferling um

Leute scherten, die es nicht waren. Shasta dachte, so etwas Herrliches habe er noch nie im Leben gesehen.

Aber ihm blieb keine Zeit, es zu genießen, denn sogleich passierte etwas ganz Furchtbares. Der Anführer der hellhaarigen Männer deutete plötzlich auf Shasta, rief aus: »Da ist er ja! Da ist ja unser Ausreißer!«, und packte ihn an der Schulter. Im nächsten Moment gab er Shasta einen Klaps – keinen grausamen Klaps, der einen zum Weinen bringt, sondern einen kurzen und bestimmten, der zeigt, dass man in Ungnade gefallen ist – und fügte mit drohendem Zeigefinger hinzu:

»Schäm dich, junger Herr! Pfui, schäm dich! Königin Susan hat sich deinetwegen schon die Augen ausgeweint. So etwas! Eine ganze Nacht lang herumzustreunen! Wo hast du gesteckt?«

Shasta hätte einen Hechtsprung unter Brees Bauch hindurch gemacht und versucht, sich in der Menge zu verkrümeln, wenn er auch nur die geringste Chance gehabt hätte; doch die hellhaarigen Männer umringten ihn jetzt von allen Seiten und er wurde festgehalten.

Sein erster Gedanke war natürlich zu sagen, er sei doch nur der Sohn des armen Fischers Arsheesh und der fremde Herr müsse ihn mit jemand anderem verwechseln. Aber natürlich war das Letzte, was er mitten auf dieser belebten Straße tun wollte, zu erklären, wer er war und was er hier tat. Wenn er davon anfing, würde man ihn bald fragen, woher er sein Pferd habe und wer Aravis sei – und dann waren ihre Aussichten, durch Tashbaan zu kommen, ein für alle Mal dahin. Sein nächster Gedanke war, dass Bree ihm helfen könnte. Doch Bree, der nicht die Absicht hatte, alle Umstehenden wissen zu lassen, dass er sprechen konnte, stand nur da und schaute so dumm drein, wie es nur ein Pferd kann. Und nach Aravis wagte Shasta sich nicht einmal umzusehen, aus Angst, die

Aufmerksamkeit auf sie zu lenken. Und zum Nachdenken blieb ihm keine Zeit, denn der Anführer der Narnianen sagte sofort:

»Nehmt Ihr eine Hand seiner kleinen Lordschaft, Peridan, seid so gut, und ich nehme die andere. Und nun weiter. Unsere königliche Schwester wird über die Maßen erleichtert sein, wenn sie unseren jungen Taugenichts hier sicher in unserer Obhut sieht.«

Und so waren all ihre Pläne zunichte, bevor sie Tashbaan zur Hälfte durchquert hatten, und Shasta wurde, ohne sich auch nur von den anderen verabschieden zu können, von Fremden abgeführt und wagte nicht sich auszumalen, was wohl als Nächstes geschehen würde. Der narnianische König – denn Shasta merkte bald an der Art, wie die anderen ihn anredeten, dass er ein König sein musste – stellte ihm immer neue Fragen; wo er gewesen sei, wie er aus dem Haus gekommen sei, was er mit seinen Kleidern gemacht habe und ob er denn nicht wisse, dass er sehr ungezogen gewesen sei. Nur dass der König es »impertinent« statt ungezogen nannte.

Und Shasta gab überhaupt keine Antwort, weil ihm nichts Unverfängliches einfiel, was er hätte sagen können.

»Wie denn? Stumm geworden?«, fragte der König. »Ich muss dir klipp und klar sagen, mein Prinz, dass dieses jämmerliche Schweigen jemandem von deinem Geblüt noch schlechter ansteht als die Eskapade selbst. Das Ausreißen könnte man noch als Jungenschabernack aus Übermut durchgehen lassen. Doch der Sohn des Königs von Archenland sollte zu seiner Tat stehen und nicht den Kopf hängen lassen wie ein kalormenischer Sklave.«

Das war sehr unangenehm, denn Shasta hatte die ganze Zeit über das Gefühl, dass dieser junge König ein Erwachsener von der allernettesten Sorte war, und er hätte sehr gern einen guten Eindruck auf ihn gemacht.

Die Fremden führten ihn – an beiden Händen mit eisernem Griff festgehalten – durch eine schmale Straße und eine flache Treppe hinunter, dann eine andere wieder hinauf zu einem breiten Durchgang in einer weißen Mauer, zu dessen beiden Seiten zwei hohe, dunkle Zypressen standen. Als sie durch den Torbogen hindurch waren, befand sich Shasta in einem Innenhof, der zugleich ein Garten war. In der Mitte stand ein Marmorbecken mit klarem Wasser, das sich unter dem Wasserstrahl eines Springbrunnens unablässig kräuselte. Ringsum ragten Orangenbäume aus der glatten Grasfläche empor, und die vier weißen Mauern, die den Rasen umgaben, waren von Rosenranken bedeckt. Der Lärm, der Staub und das Gedränge auf den Straßen schienen plötzlich in weite Ferne gerückt. Rasch wurde er durch den Garten und dann in einen dunklen Eingang geführt. Der Ausrufer blieb draußen. Danach gingen sie mit ihm einen Korridor entlang, dessen Steinfußboden sich herrlich kühl unter seinen heißen Füßen anfühlte, und dann eine Treppe hinauf. Im nächsten Moment blinzelte er im hellen Licht eines großen, luftigen Raums mit weit geöffneten Fenstern, die alle nach Norden zeigten, sodass keine Sonne hereinkam. Auf dem Fußboden lag ein Teppich in prächtigeren Farben als alles, was er je gesehen hatte, und seine Füße versanken darin, als ginge er über dickes Moos. Ringsum an den Wänden standen niedrige Sofas mit üppigen Kissen, und der Raum schien voller Leute zu sein; darunter auch einige sehr merkwürdige Leute, fand Shasta. Aber er kam gar nicht dazu, darüber nachzudenken, als sich schon die schönste Dame, die er je erblickt hatte, von ihrem Platz erhob, ihn in die Arme schloss und ihn küsste und zu ihm sagte:

»O Corin, Corin, wie konntest du nur? Wo du und ich doch so enge Freunde waren, seit deine Mutter starb. Was hätte ich denn deinem königlichen Vater sagen sollen, wenn ich ohne dich heimgekehrt wäre? Das wäre ja beinahe ein Grund für Krieg zwischen Archenland und Narnia gewesen, die doch seit undenklichen Zeiten befreundet sind. Es war ungezogen, Spielkamerad, sehr ungezogen von dir, uns so einen Streich zu spielen.«

»Offenbar«, dachte Shasta bei sich, »werde ich mit einem Prinzen von Archenland verwechselt, wo immer das ist. Und dies müssen die Narnianen sein. Wo wohl der echte Corin steckt?« Doch diese Gedanken halfen ihm nicht dabei, ein hörbares Wort herauszubringen.

»Wo bist du gewesen, Corin?«, fragte die Dame. Ihre Hände lagen immer noch auf Shastas Schultern.

»Ich – ich weiß nicht«, stammelte Shasta.

»Da hast du es, Susan«, sagte der König. »Ich habe kein Wort aus ihm herausbekommen, kein wahres und kein falsches.«

»Eure Majestäten! Königin Susan! König Edmund!«, sagte eine Stimme; und als Shasta sich umdrehte, um den Sprecher anzusehen, hätte ihn vor Überraschung beinahe der Schlag getroffen. Denn dies war eine der merkwürdigen Personen, die er aus den Augenwinkeln bemerkt hatte, als er in den Raum gekommen war. Er war ungefähr genauso groß wie Shasta selbst. Von der Taille aufwärts sah er aus wie ein Mensch, doch seine Beine waren behaart und geformt wie die eines Ziegenbocks, und er hatte Ziegenhufe und einen Schwanz. Seine Haut war ziemlich rötlich, und er hatte lockiges Haar und einen kurzen Spitzbart und zwei kleine Hörner. Er war nämlich ein Faun, ein Geschöpf, von dem Shasta noch nie ein Bild gesehen und noch nicht einmal gehört hatte. Und falls du ein Buch namens *Der König von Narnia* gelesen hast, interessiert es dich vielleicht, dass dies derselbe Faun mit Namen Tumnus war, den Lucy, die Schwester der Königin Susan, am allerersten Tag getroffen hatte, als sie den Weg nach Narnia fand. Nur war er jetzt erheblich älter, denn Peter und Susan und Edmund und Lucy waren inzwischen schon seit einigen Jahren Könige und Königinnen von Narnia.

»Eure Majestäten«, sagte er, »Seine kleine Hoheit hat zu viel Sonne abbekommen. Schaut ihn an! Er ist ganz benommen. Er weiß nicht einmal, wo er ist.«

Daraufhin hörten natürlich alle auf, mit Shasta zu schimpfen und ihm Fragen zu stellen, und man machte viel Aufhebens um ihn, legte ihn auf ein Sofa, steckte ihm Kissen unter den Kopf und gab ihm eiskaltes Sorbet in einem goldenen Becher zu trinken und sagte ihm, er müsse sich ganz still halten.

So etwas war Shasta noch nie zuvor in seinem Leben passiert. Er hätte nicht einmal zu träumen gewagt, jemals auf etwas so Bequemem wie diesem Sofa zu liegen oder etwas so Köstliches wie dieses Sorbet zu trinken. Natürlich machte er sich immer noch Gedanken, was aus den anderen geworden war und wie in aller Welt er entkommen sollte, um sie bei den Gräbern wiederzutreffen, und was passieren würde, wenn der echte Corin auftauchte. Aber jetzt, wo ihm so behaglich war, schien ihm keine dieser Sorgen mehr so dringend. Und später würde es vielleicht sogar leckere Sachen zu essen geben!

Einstweilen waren die Leute in diesem kühlen, luftigen Raum äußerst interessant. Außer dem Faun waren zwei Zwerge (auch eine Art von Geschöpfen, die er noch nie gesehen hatte) und ein sehr großer Rabe da. Bei den übrigen handelte es sich um Menschen; Erwachsene, aber noch jung, und alle, Männer wie Frauen, hatten nettere Gesichter und Stimmen als die meisten Kalormenen. Schon bald verfolgte Shasta die Gespräche mit großer Aufmerksamkeit. »Nun, Hoheit«, sagte der König zu Königin Susan (der Dame, die Shasta geküsst hatte). »Was denkt Ihr? Seit vollen drei Wochen sind wir nun in dieser Stadt. Habt Ihr schon einen Entschluss gefasst, ob Ihr Euren dunklen Verehrer, jenen Prinz Rabadash, heiraten wollt oder nicht?«

Die Dame schüttelte den Kopf. »Nein, Bruder«, antwortete sie, »nicht für alles Geschmeide in Tashbaan.« (»Nanu!«, dachte Shasta. »Sie sind zwar König und Königin, aber sie sind Bruder und Schwester und nicht miteinander verheiratet.«)

»Wahrlich, Schwester«, sagte der König, »es hätte meine Liebe zu Euch getrübt, so Ihr ihn erhört hättet. Und ich sage Euch, schon als die ersten Botschafter des Tisrocs nach Narnia kamen und Euch die Ehe antrugen, und auch später, als der Prinz als unser Gast auf Cair Paravel weilte, war es mir ein Rätsel, dass Ihr es über Euch brachtet, ihm so viel Gunst zu erweisen.«

»Das war meine Torheit, Edmund«, sagte Königin Susan, »für die ich Eure Nachsicht erflehe. Doch als er bei uns in Narnia war, gab sich dieser Prinz wahrlich ganz anders, als er es nun in Tashbaan tut. Denn Ihr alle seid meine Zeugen, welch ruhmreiche Taten er in jenem großen Turnier und in den Kampfspielen vollbrachte, die unser Bruder, der Hochkönig, für ihn abhielt, und wie sanftmütig und höflich er jene sieben Tage mit uns verkehrte. Hier aber, in seiner eigenen Stadt, zeigt er ein anderes Gesicht.«

»Ah!«, krächzte der Rabe. »Ein altes Sprichwort sagt: Schau dir den Bären in seiner eigenen Höhle an, bevor du über ihn urteilst.«

»Das ist nur zu wahr, Patschfuß«, sagte einer der Zwerge. »Und ein anderes heißt: Komm bei mir wohnen und du wirst mich kennenlernen.«

»Fürwahr«, sagte der König. »Wir haben nun gesehen,

was er wirklich ist: nämlich ein äußerst stolzer, blutgieriger, verschwenderischer, grausamer und selbstsüchtiger Tyrann.«

»Dann, im Namen Aslans«, sagte Susan, »lasst uns Tashbaan noch heutigen Tages verlassen.«

»Leichter gesagt als getan, Schwester«, erwiderte Edmund. »Denn nun muss ich Euch alles offenbaren, was mir in den letzten beiden Tagen und davor in den Sinn gekommen ist. Peridan, wollt Ihr so gut sein und an der Tür nachsehen, ob kein Spion uns belauscht. Alles zum Besten? Gut. Denn nun tut Verschwiegenheit not.«

Alle hatten nun sehr ernste Mienen. Königin Susan sprang auf und lief zu ihrem Bruder. »Oh, Edmund«, rief sie. »Was ist? Euer Antlitz lässt Entsetzliches ahnen.«

Prinz Corin

»Meine liebe Schwester und hohe Herrin«, erwiderte König Edmund, »Ihr müsst nun Eure Tapferkeit unter Beweis stellen. Denn ich sage Euch ohne Umschweife, dass wir in erheblicher Gefahr schweben.«

»Inwiefern, Edmund?«, fragte die Königin.

»Insofern«, antwortete Edmund, »als wir, so glaube ich, Tashbaan nicht ohne Schwierigkeiten werden verlassen können. Solange sich der Prinz der Hoffnung hingab, Ihr würdet ihn erhören, waren wir seine Ehrengäste. Doch bei der Mähne des Löwen, sobald Ihr ihn abweist, wird es uns nicht besser als Gefangenen ergehen.«

Einer der Zwerge stieß einen leisen Pfiff aus.

»Ich habe Eure Majestäten gewarnt, ich habe Euch gewarnt«, sagte Patschfuß der Rabe. »Leicht hinein, aber nicht leicht hinaus, wie der Hummer im Hummertopf sagte!«

»Ich hatte heute Morgen eine Unterredung mit dem Prinzen«, fuhr Edmund fort. »Er ist es nicht gewohnt (bedauerlicherweise), dass sein Wille durchkreuzt wird. Und er ist sehr gereizt über Euer langes Zögern und Eure ausweichenden Antworten. Heute Morgen bedrängte er mich sehr, Euren Willen zu erfahren. Ich tat es – in der Absicht, zugleich seine Hoffnungen zu dämpfen – mit ein paar leichten, altbekannten Scherzen über die Launen der Frauen ab und machte Andeutungen, seine Werbung werde wahrscheinlich vergeblich sein. Er wurde wütend und gefährlich. Jedes Wort, das er sprach, hatte etwas

Drohendes, wenn auch der Anschein von Höflichkeit noch gewahrt wurde.«

»Ja«, sagte Tumnus. »Und als ich gestern Abend mit dem Großwesir speiste, war es genauso. Er fragte mich, wie mir Tashbaan gefalle. Und ich (dass mir jeder Stein davon verhasst ist, konnte ich ihm ja nicht sagen, und lügen wollte ich nicht) antwortete ihm, nun, da der Hochsommer nahe, sehne sich mein Herz nach den kühlen Wäldern und taubenetzten Hängen Narnias. Er lächelte auf eine Weise, die nichts Gutes verhieß, und sagte: ›Nichts wird Euch daran hindern, wieder dort zu tanzen, kleiner Ziegenfuß; *immer vorausgesetzt, Ihr lasst uns zum Austausch eine Braut für unseren Prinzen hier.*‹«

»Meint Ihr, er würde mich mit Gewalt zum Weibe nehmen?«, rief Susan.

»Das ist meine Befürchtung, Susan«, sagte Edmund. »Zum Weibe; oder zur Sklavin, was noch schlimmer wäre.«

»Aber wie könnte er? Glaubt denn der Tisroc, unser Bruder, der Hochkönig, würde eine solche Schandtat dulden?«

»Sire«, wandte sich Peridan an den König. »So wahnsinnig können sie nicht sein. Meinen sie denn, es gäbe keine Schwerter und Speere in Narnia?«

»Wehe«, sagte Edmund. »Ich ahne, dass der Tisroc nur sehr wenig Furcht vor Narnia hat. Wir sind ein kleines Land. Und kleine Länder an den Grenzen eines großen Reiches waren den Herrschern des großen Reiches schon immer verhasst. Es verlangt ihn danach, sie auszulöschen, sie zu verschlingen. Als er duldete, dass der Prinz als Euer Freier nach Cair Paravel kam, Schwester, mag er vielleicht nur einen Anlass zum Streit mit uns gesucht haben. Höchstwahrscheinlich hofft er, sich Narnia und Archenland beide mit einem Biss einzuverleiben.«

»Soll er es versuchen«, sagte der zweite Zwerg. »Auf See sind wir so stark wie er. Und wenn er uns auf dem Landweg angreift, muss er zuerst die Wüste durchqueren.«

»Fürwahr, mein Freund«, erwiderte Edmund. »Aber ist die Wüste ein sicherer Schutz? Was meint Patschfuß?«

»Ich kenne jene Wüste gut«, antwortete der Rabe. »Denn ich bin in meinen jüngeren Jahren kreuz und quer darüber hinweggeflogen« (ihr könnt euch vorstellen, dass Shasta an dieser Stelle die Ohren spitzte). »Und eines ist gewiss: Wenn der Tisroc über die große Oase zieht, kann er niemals eine große Armee hinüber nach Archenland führen. Denn obwohl sie die Oase bis zum Ende ihres ersten Tagesmarsches erreichen könnten, würden doch die Quellen dort nicht ausreichen, um den Durst all jener Soldaten und ihrer Tiere zu stillen. Aber es gibt noch einen anderen Weg.«

Shasta lauschte noch aufmerksamer.

»Wer diesen Weg finden will«, fuhr der Rabe fort, »muss von den Gräbern der Alten Könige aus nach Nordwesten reiten, sodass er den Doppelgipfel des Berges Pire stets genau vor sich sieht. Auf diese Weise wird er nach einem Tagesritt oder etwas mehr den Eingang zu einem felsigen Tal erreichen, das so schmal ist, dass sich ihm ein Mann tausend Mal bis auf eine Achtelmeile nähern könnte, ohne je zu ahnen, dass es sich dort befindet. Und wenn er in dieses Tal hinabblickt, wird er weder Gras noch Wasser noch sonst etwas Nützliches entdecken. Reitet er jedoch in das Tal hinunter, so wird er auf einen Bach stoßen und kann am Wasser entlang den ganzen Weg bis nach Archenland reiten.«

»Und kennen die Kalormenen diese westliche Route?«, fragte die Königin.

»Meine Freunde, meine Freunde«, warf Edmund ein, »was nützen uns all diese Reden? Unsere Frage ist nicht, ob Narnia oder Kalormen siegen würde, wenn es zum Krieg zwischen ihnen käme. Unsere Frage ist, wie wir die Ehre der Königin und unser eigenes Leben aus dieser teuflischen Stadt retten sollen. Denn wenn auch mein Bruder Peter, der Hochkönig, den Tisroc ein Dutzend Mal besiegen würde, so wären doch lange vor jenem Tag unsere Kehlen durchschnitten und Ihre Gnaden, die Königin, wäre die Frau oder wahrscheinlicher noch die Sklavin dieses Prinzen.«

»Wir haben unsere Waffen, o König«, wandte der erste Zwerg ein. »Und dieses Haus ist einigermaßen gut zu verteidigen.«

»Was das betrifft«, sprach der König, »so zweifle ich nicht daran, dass jeder von uns sein Leben am Tor teuer verkaufen würde und sie nur über unsere Leiche zur Königin gelangen. Doch letzten Endes wären wir nichts als Ratten, die in einer Falle kämpfen.«

»Fürwahr«, krächzte der Rabe. »Dergleichen letzte Gefechte in Häusern ergeben gute Geschichten, aber herausgekommen ist noch nie etwas dabei. Nach den ersten zurückgeschlagenen Angriffen setzen die Feinde stets das Haus in Brand.«

»Ich bin schuld an alledem«, sagte Susan und brach in Tränen aus. »Ach, hätte ich doch nie Cair Paravel verlassen. Unser letzter glücklicher Tag war der, bevor jene Botschafter aus Kalormen kamen. Die Maulwürfe pflanzten gerade einen Obstgarten für uns an … oh … oh.« Und sie vergrub ihr Gesicht in den Händen und schluchzte.

»Nur Mut, Su, seid tapfer«, sagte Edmund. »Denkt daran – aber was ist denn mit *Euch* los, Meister Tumnus?« Der Faun hielt nämlich seine beiden Hörner mit den Händen fest, als könne er anders seinen Kopf nicht auf den Schultern halten, und wand sich hin und her, als hätte er Leibschmerzen.

»Sprecht mich nicht an, sprecht mich nicht an«, sagte Tumnus. »Ich denke nach. Ich denke so sehr nach, dass ich kaum atmen kann. Wartet, wartet, bitte wartet.«

Einen Moment lang herrschte verdutztes Schweigen, dann blickte der Faun auf, holte tief Luft, tupfte sich die Stirn ab und sagte: »Die einzige Schwierigkeit ist, wie wir – mitsamt ein paar Vorräten – hinunter zu unserem Schiff kommen, ohne gesehen und aufgehalten zu werden.«

»Ja«, sagte einer der Zwerge trocken. »So wie die einzige Schwierigkeit des Bettlers beim Reiten die ist, dass er kein Pferd hat.«

»Wartet, wartet«, sagte Herr Tumnus ungeduldig. »Alles, was wir brauchen, ist irgendein Vorwand, um heute hinunter zu unserem Schiff zu gehen und Sachen an Bord zu bringen.«

»Ja«, sagte König Edmund zweifelnd.

»Nun denn«, sagte der Faun, »wie wäre es, wenn Eure Majestäten den Prinzen für morgen Abend zu einem großen Bankett an Bord unserer eigenen Galeone, der *Kristallpracht*, einlüden? Und lasst die Botschaft so wohlwollend abfassen, wie es die Königin vermag, ohne ihre Ehre zu verpfänden; auf dass der Prinz Hoffnung schöpft und meint, sie würde schwach.«

»Das ist ein sehr guter Rat, Sire«, krächzte der Rabe.

»Und dann«, fuhr Tumnus aufgeregt fort, »wird jeder damit rechnen, dass wir den ganzen Tag hinunter zum Schiff laufen und Vorbereitungen für unsere Gäste treffen. Und einige von uns müssen auf die Basare gehen und jeden Heller, den wir haben, bei den Obsthändlern und den Spezereienverkäufern ausgeben, genau wie wir es täten, wenn wir wirklich ein Festmahl veranstalten würden. Und lasst uns Zauberer und Jongleure und Tänzerinnen und Flötenspieler bestellen, die allesamt morgen Abend an Bord erscheinen sollen.«

»Ich verstehe, ich verstehe«, sagte König Edmund und rieb sich die Hände.

»Und dann«, fuhr Tumnus fort, »werden wir alle heute Abend an Bord sein. Und sobald es ganz dunkel ist –«

»Die Segel gehisst und die Ruder hinaus –«, ergänzte der König.

»Und so hinaus aufs Meer«, rief Tumnus, tat einen Luftsprung und fing an zu tanzen.

»Und den Bug nach Norden«, sagte der erste Zwerg.

»Auf nach Hause! Hurra auf Narnia und den Norden!«, rief der andere.

»Und wenn der Prinz am nächsten Morgen erwacht, muss er feststellen, dass seine Vögelchen ausgeflogen sind!«, sagte Peridan und klatschte in die Hände.

»O Meister Tumnus, lieber Meister Tumnus«, sagte die Königin, ergriff seine Hände und schwang sich mit ihm im Tanz herum. »Ihr habt uns alle gerettet.«

»Der Prinz wird uns verfolgen«, sagte ein anderer hoher Herr, dessen Namen Shasta noch nicht gehört hatte.

»Das ist meine geringste Sorge«, erwiderte Edmund. »Ich habe alle Schiffe auf dem Fluss gesehen, und ein großes Kriegsschiff oder eine schnelle Galeere sind nicht dabei. Ich wünschte geradezu, er würde uns verfolgen! Denn die *Kristallpracht* könnte alles versenken, was er uns hinterher zu schicken vermag – falls wir überhaupt eingeholt würden.«

»Sire«, sagte der Rabe. »Ihr werdet keinen besseren Plan hören als den des Fauns, auch wenn wir sieben Tage lang zu Rat säßen. Und nun, wie wir Vögel sagen, erst das Nest, dann die Eier. Was heißen soll, lasst uns etwas essen und uns dann sofort an die Arbeit machen.«

Daraufhin erhob sich alles; die Türen wurden geöffnet, und die Herren und die Geschöpfe traten zur Seite, um den König und die Königin zuerst hinausgehen zu lassen.

Shasta fragte sich, was er tun sollte, doch Herr Tumnus sagte: »Bleibt dort liegen, Eure Hoheit, ich werde Euch in wenigen Augenblicken Euer eigenes kleines Mahl heraufbringen. Es ist nicht nötig, dass Ihr Euch erhebt, bis wir alle bereit sind an Bord zu gehen.« Shasta legte den Kopf wieder auf die Kissen, und bald war er allein im Raum.

»Das ist ja ein schöner Schlamassel«, dachte Shasta. Es kam ihm nie in den Sinn, diesen Narnianen die ganze Wahrheit zu sagen und sie um Hilfe zu bitten. Da er von einem so harten, knauserigen Mann wie Arsheesh großgezogen worden war, war es ihm in Fleisch und Blut übergegangen, Erwachsenen nie irgendetwas zu erzählen, wenn es sich vermeiden ließ; er ging davon aus, dass sie immer verderben oder verhindern würden, was man gerade tun wollte. Und er dachte sich, selbst wenn der narnianische König vielleicht zu den beiden Pferden freundlich sein würde, weil sie Sprechende Tiere aus Narnia waren, würde er doch Aravis hassen, weil sie eine Kalormenin war, und sie entweder als Sklavin verkaufen oder zurück zu ihrem Vater schicken. Und was ihn selbst betraf: »*Jetzt* kann ich es nicht mehr wagen, ihnen zu sagen, dass ich nicht Prinz Corin bin«, dachte Shasta. »Ich habe doch all ihre Pläne mit angehört. Wenn sie wüssten, dass ich gar keiner von ihnen bin, würden sie mich nie wieder lebend aus diesem Haus lassen. Sie hätten Angst, ich könnte sie an den Tisroc verraten. Sie würden mich umbringen. Und wenn der echte Corin auftaucht und alles herauskommt, dann *werden* sie das auch!« Wisst ihr, er hatte nun einmal keine Vorstellung davon, wie sich edelmütige, frei geborene Leute benehmen.

»Was soll ich bloß machen? Was soll ich bloß machen?«, sagte er immerzu vor sich hin. »Was – hallo, da kommt ja dieses kleine Ziegenmännchen wieder.«

Halb tänzelnd trabte der Faun herein, auf den Händen ein Tablett, das fast so groß war wie er selbst. Dieses stellte er auf einem Intarsientisch neben Shastas Sofa ab und setzte sich dann mit gekreuzten Ziegenbeinen auf den Teppich.

»Nun, kleiner Prinz«, sagte er. »Lasst es Euch schmecken. Dies wird Eure letzte Mahlzeit in Tashbaan sein.«

Es war ein köstliches Essen nach kalormenischer Art. Ich weiß nicht, ob es euch geschmeckt hätte oder nicht, aber Shasta schmeckte es. Es gab Hummer, Salat und Schnepfen, gefüllt mit Mandeln und Trüffeln, und ein kompliziertes Gericht aus Hühnerleber, Reis, Rosinen und Nüssen, und dazu gab es kühle Melonen und Stachelbeersahne und Maulbeersahne und alle möglichen leckeren Sachen, die sich aus Eis herstellen lassen. Außerdem bekam er ein kleines Fläschchen von der Sorte Wein, die man »weiß« nennt, obwohl er eigentlich gelb ist.

Während Shasta aß, erzählte ihm der gute kleine Faun, der dachte, er sei immer noch benommen von seinem Sonnenstich, von den herrlichen Zeiten, die auf sie alle warteten, wenn sie erst wieder zu Hause waren; von seinem lieben alten Vater König Lune von Archenland und dem kleinen Schloss am Südhang des Passes, in dem er lebte. »Und vergesst nicht«, sagte Herr Tumnus, »dass Euch zu Eurem nächsten Geburtstag Eure erste Rüstung und Euer erstes Streitross versprochen worden sind. Dann wird Eure Hoheit anfangen, sich im Lanzenkampf zu üben. Und in ein paar Jahren, wenn alles gut geht, wird König Peter Euch persönlich auf Cair Paravel zum Ritter schlagen. Das hat er Eurem königlichen Vater versprochen. Bis dahin wird es noch viel Kommen und Gehen geben über den Bergpass zwischen Narnia und Archenland. Und sicher wisst Ihr noch, dass Ihr versprochen habt, mich zum Sommerfest für eine ganze Woche zu besuchen. Dann wird es riesige Lagerfeuer geben, und die Faune und die Dryaden werden tief in den Wäldern die ganze Nacht hindurch tanzen, und – wer weiß? – vielleicht werden wir sogar Aslan selbst zu Gesicht bekommen!«

Als Shasta zu Ende gegessen hatte, trug ihm der Faun auf, sich still zu verhalten und zu bleiben, wo er war. »Und es könnte sicher nicht schaden, wenn Ihr ein wenig schlaft«, fügte er hinzu. »Ich rufe Euch rechtzeitig zum Einschiffen. Und dann nach Hause. Nach Narnia in den Norden!«

Shasta hatte sein Essen und all die Dinge, die Tumnus ihm erzählt hatte, so sehr genossen, dass seine Gedanken eine völlig neue Wendung nahmen, als er wieder allein war. Jetzt war seine ganze Hoffnung die, der echte Prinz Corin möge erst wieder auftauchen, wenn es zu spät wäre, sodass er selbst mit dem Schiff nach Narnia gebracht würde. Ich fürchte, er dachte überhaupt nicht darüber nach, was aus dem echten Corin werden würde, wenn er in Tashbaan zurückbliebe. Sorgen machten ihm nur Aravis und Bree, die bei den Gräbern vergeblich auf ihn warten würden. Aber dann sagte er sich: »Na, was kann ich schon dagegen tun?« und »Diese Aravis ist sich ja sowieso zu gut, um mit mir unterwegs zu sein; da kann sie genauso gut alleine gehen«, und außerdem wurde er das Gefühl nicht los, es würde viel angenehmer sein, über das Meer nach Narnia zu segeln, als sich quer durch die Wüste zu schleppen.

Nachdem ihm all das durch den Kopf gegangen war, tat er das, was ihr wohl auch getan hättet, wenn ihr schon seit dem frühen Morgen auf den Beinen gewesen und lange marschiert wärt und alle möglichen aufregenden Abenteuer erlebt und schließlich etwas Köstliches zu essen bekommen hättet, und wenn ihr nun auf einem Sofa in einem kühlen Raum läget, in dem nichts zu hören war außer hin und wieder eine Biene, die durch die weit offenen Fenster hereinsummte. Er schlief ein.

Was ihn weckte, war ein lautes Krachen. Er sprang vom Sofa auf und starrte um sich. An den Lichtern und Schatten im Zimmer, die ganz anders aussahen, erkannte er sofort, dass er mehrere Stunden geschlafen haben musste. Er sah auch, was das Krachen gewesen war: Eine kostbare Porzellanvase lag in etwa dreißig Stücke zerbrochen auf dem Boden. Aber all das nahm er kaum wahr. Was er jedoch bemerkte, waren zwei Hände, die sich von außen an die Fensterbank klammerten. Sie packten immer fester zu (sodass die Knöchel ganz weiß wurden), und dann kamen ein Kopf und ein Paar Schultern zum Vorschein. Im nächsten Augenblick saß ein Junge in Shastas Alter rittlings auf dem Fenstersims und ließ eines seiner Beine ins Zimmer hängen.

Shasta hatte noch nie sein eigenes Gesicht in einem Spiegel gesehen. Und selbst wenn, so hätte er möglicherweise gar nicht gemerkt, dass der andere Junge (normalerweise) fast genauso aussah wie er selbst. Im Moment sah dieser Junge niemandem besonders ähnlich, denn er hatte das schönste blaue Auge, das ihr je gesehen habt; ein Zahn fehlte ihm und seine Kleider (die prächtig gewesen sein mussten, als er sie angezogen hatte) waren zerrissen und schmutzig. Das Gesicht war mit Blut und Schlamm verschmiert.

»Wer bist du?«, fragte der Junge flüsternd.

»Bist du Prinz Corin?«, fragte Shasta zurück.

»Ja, natürlich«, erwiderte der andere. »Aber wer bist du?«

»Ich bin niemand; niemand Besonderes, meine ich«, sagte Shasta. »König Edmund hat mich auf der Straße erwischt und mit dir verwechselt. Ich schätze, wir sehen uns wohl ähnlich. Kann ich auf dem Weg hinaus, auf dem du hereingekommen bist?«

»Ja, wenn du einigermaßen klettern kannst«, sagte Corin. »Aber warum hast du es denn so eilig? Hör mal: Wollen wir uns nicht einen Spaß daraus machen, dass wir miteinander verwechselt werden?«

»Nein, nein«, erwiderte Shasta. »Wir müssen sofort die Plätze wechseln. Es wäre einfach furchtbar, wenn Herr Tumnus zurückkommen und uns beide hier antreffen würde. Ich musste so tun, als wäre ich du. Und ihr brecht heute Nacht auf – heimlich. Wo warst du überhaupt die ganze Zeit?«

»Ein Junge auf der Straße hat einen ganz miesen Witz über Königin Susan gemacht«, antwortete Prinz Corin, »und da habe ich ihn vertrimmt. Dann rannte er heulend in ein Haus und sein großer Bruder kam heraus. Also habe ich den großen Bruder auch vertrimmt. Dann haben sie mich alle verfolgt, bis wir auf drei alte Männer mit Speeren stießen, die die Wache genannt werden. Also habe ich gegen die Wache gekämpft und die Wache hat mich vertrimmt. Inzwischen wurde es schon dunkel. Dann nahm die Wache mich mit, um mich irgendwo einzusperren. Da habe ich sie gefragt, ob sie vielleicht einen Krug Wein möchten, und sie sagten, da hätten sie nichts dagegen. Also bin ich mit ihnen in eine Weinstube gegangen und habe ihnen welchen besorgt, und sie setzten sich alle hin und tranken, bis sie einschliefen. Ich fand, jetzt sei es Zeit, mich aus dem Staub zu machen; also schlich ich mich leise hinaus, doch dann sah ich, dass der erste Junge – der, mit dem der ganze Ärger angefangen hatte – immer noch da herumlungerte. Also habe ich ihn noch einmal vertrimmt. Danach bin ich an einem Rohr aufs Dach eines Hauses hinaufgeklettert und habe mich still hingelegt, bis es heute Morgen wieder hell wurde. Seitdem habe ich versucht, den Weg zurück zu finden. Sag mal, gibt es hier etwas zu trinken?«

»Nein, ich habe alles ausgetrunken«, sagte Shasta. »Und jetzt zeig mir, wie du hereingekommen bist. Wir haben keine Minute zu verlieren. Am besten legst du dich aufs Sofa und tust so – ach nein, daran habe ich nicht gedacht. Das hat ja keinen Zweck mit deinen ganzen Beulen und dem blauen Auge. Du wirst ihnen einfach die Wahrheit sagen müssen, sobald ich weg und in Sicherheit bin.«

»Was dachtest du denn, was ich ihnen sagen würde?«, fragte der Prinz mit wütender Miene. »Und wer bist *du* überhaupt?«

»Keine Zeit«, erwiderte Shasta mit einem hektischen Flüstern. »Ich bin ein Narniane, glaube ich; jedenfalls irgendwo aus dem Norden. Aber ich habe mein ganzes Leben in Kalormen zugebracht. Und jetzt bin ich auf der Flucht; durch die Wüste, zusammen mit einem sprechenden Pferd namens Bree. Aber jetzt schnell! Wie komme ich hier weg?«

»Schau her«, sagte Corin. »Lass dich von diesem Fenster hinunter auf das Dach der Veranda fallen. Aber du musst ganz leicht aufkommen, auf den Zehenspitzen, sonst wird dich jemand hören. Dann gehst du nach links, und von dort aus kommst du auf diese Mauer da hinauf, wenn du ein bisschen klettern kannst. Dann auf der Mauer entlang bis zur Ecke. Lass dich auf den Abfallhaufen fallen, den du draußen sehen wirst, und weg bist du.«

»Danke«, sagte Shasta, der bereits auf dem Fenstersims saß. Die beiden Jungen sahen einander ins Gesicht und merkten plötzlich, dass sie Freunde waren.

»Mach's gut«, sagte Corin. »Und viel Glück. Ich hoffe, du kommst sicher weg.«

»Mach's gut«, erwiderte Shasta. »Du hast ja ganz schön was erlebt.«

»Nichts im Vergleich zu dir«, sagte der Prinz. »Jetzt hinunter mit dir, aber ganz leicht – sag mal«, fügte er hinzu, als Shasta sich fallen ließ. »Ich hoffe, wir begegnen uns mal in Archenland. Geh zu meinem Vater, König Lune, und sag ihm, du seist ein Freund von mir. Pass auf! Ich höre jemanden kommen.«

Shasta bei den Gräbern

Shasta lief vorsichtig auf Zehenspitzen das Dach entlang. Es fühlte sich heiß an unter seinen bloßen Füßen. Er brauchte nur ein paar Sekunden, um am anderen Ende an der Mauer emporzuklettern, und als er die Ecke erreichte, schaute er hinab in eine schmale, stinkende Gasse, und an der Außenseite der Mauer lag ein Abfallhaufen, genau wie Corin es ihm beschrieben hatte. Bevor er hinuntersprang, schaute er rasch in alle Richtungen, um sich zu orientieren. Offenbar hatte er nun die Kuppe des Inselberges überschritten, auf dem Tashbaan erbaut ist. Vor ihm neigte sich alles nach unten, eine Terrasse flacher Dächer unter der anderen bis hinunter zu den Türmen und Zinnen der nördlichen Stadtmauer. Dahinter war der Fluss und jenseits des Flusses ein kurzer Abhang voller Gärten. Doch hinter diesen Gärten wiederum war etwas, was er noch nie gesehen hatte – eine riesige, gelblich graue Landschaft, die sich, flach wie das Meer bei Windstille, über unzählige Meilen erstreckte. Weit dahinter lagen riesige blaue Gebilde, wie Klumpen, aber mit zerklüfteten Rändern, und manche davon hatten weiße Spitzen. »Die Wüste! Das Gebirge!«, dachte Shasta.

Er sprang hinunter auf den Abfall, setzte sich in Trab und lief, so schnell er konnte, bergab die schmale Gasse entlang, die ihn bald auf eine breitere Straße führte, auf der mehr Leute unterwegs waren. Niemand würdigte einen abgerissenen kleinen Jungen, der auf bloßen Füßen die Straße entlangrannte, eines Blickes. Dennoch war ihm bang und unbehaglich zumute, bis er um eine Ecke bog und dort das Stadttor vor sich sah. Hier wurde er ein bisschen eingezwängt und hin und her geschubst, denn es wollten eine Menge Leute zugleich zum Tor hinaus; und auf der Brücke jenseits des Tores kamen die Menschen nur noch sehr langsam voran, eher wie eine Warteschlange als wie eine Menschenmasse. Dort draußen, umgeben von klarem, fließendem Wasser auf beiden Seiten, war es köstlich frisch nach dem Gestank, der Hitze und dem Lärm von Tashbaan.

Als Shasta endlich das andere Ende der Brücke erreicht hatte, schmolz die Menge um ihn her rasch dahin; alle schienen entweder nach rechts oder nach links am Flussufer entlangzugehen. Er dagegen ging geradeaus eine Straße hinauf, die anscheinend nicht oft benutzt wurde und zwischen Gärten hindurchführte. Nach ein paar Schritten war er allein, und wieder ein paar Schritte weiter hatte er die Kuppe der Steigung erreicht. Dort blieb er stehen und schaute mit großen Augen vor sich. Es war, als wäre er ans Ende der Welt gekommen, denn nur ein paar Meter vor ihm hörte das Gras ganz plötzlich auf und der Sand fing an: endloser flacher Sand wie am Strand, nur etwas gröber, weil er nie nass wurde. Die Berge, die jetzt weiter entfernt schienen als zuvor, ragten vor ihm auf. Zu seiner großen Erleichterung sah er zu seiner Linken, etwa fünf Minuten zu Fuß entfernt, etwas, das genauso aussah wie die Gräber, so wie Bree sie beschrieben hatte; große Haufen aus verwittertem Stein, geformt wie riesige Bienenkörbe, nur etwas schmaler. Sie sahen sehr schwarz und düster aus, denn eben ging die Sonne direkt hinter ihnen unter.

Er wandte sich nach Westen und trabte auf die Gräber zu. Unwillkürlich hielt er angestrengt Ausschau nach irgendwelchen Anzeichen von seinen Freunden, obwohl ihm die untergehende Sonne ins Gesicht schien, sodass er kaum etwas erkennen konnte. »Und überhaupt«, dachte er, »sind sie bestimmt hinten auf der Rückseite des hintersten Grabes, nicht auf dieser Seite, wo jeder sie von der Stadt aus sehen könnte.«

Es waren ungefähr zwölf Gräber und jedes hatte einen niedrigen, bogenförmigen Eingang, der in völlige Schwärze führte. Sie standen ohne irgendeine erkennbare Ordnung verteilt, sodass es eine ganze Weile dauerte, eines nach dem anderen zu umrunden, bis man sicher sein konnte, dass man jedes davon von allen Seiten betrachtet hatte. Das war es, was Shasta nun tun musste. Es war niemand da.

Es war sehr still hier draußen am Rande der Wüste. Inzwischen war die Sonne ganz untergegangen.

Plötzlich ertönte irgendwo hinter ihm ein schreckliches Geräusch. Shastas Herz machte einen Riesensatz und er musste sich auf die Zunge beißen, um nicht zu schreien. Im nächsten Moment wurde ihm klar, was es war: Die Hörner von Tashbaan bliesen zum Schließen der Tore. »Sei nicht so ein jämmerlicher Feigling«, sagte Shasta zu sich selbst. »Das ist doch nur dasselbe Geräusch, das du heute Morgen auch schon gehört hast.« Aber es ist ein großer Unterschied, ob man ein Geräusch hört, das einen morgens mit seinen Freunden hereinlässt, oder eines, das einen bei Einbruch der Nacht alleine draußen aussperrt. Und nun, da die Tore geschlossen waren, wusste er, es bestand keine Aussicht, dass die anderen noch an diesem Abend zu ihm stoßen würden. »Entweder sitzen sie die Nacht über in Tashbaan fest«, dachte Shasta, »oder sie sind schon ohne mich weitergezogen. Das würde Aravis ähnlich sehen. Aber Bree nicht. Nein, der würde so etwas nicht machen. – Würde er doch nicht, oder?«

Darin, wie er Aravis einschätzte, lag Shasta wieder einmal völlig falsch. Sie war stolz, ja, und konnte ganz schön garstig sein, aber sie war treu wie Gold und hätte nie einen Gefährten im Stich gelassen, ob sie ihn nun mochte oder nicht.

Jetzt, wo Shasta klar war, dass er die Nacht allein würde verbringen müssen (es wurde mit jeder Minute dunkler), gefiel es ihm an diesem Ort immer weniger. Jene großen, schweigsamen Steingestalten erzeugten ein sehr beklommenes Gefühl in ihm. Lange Zeit hatte er sich alle Mühe gegeben, nicht an Ghule zu denken; doch jetzt konnte er den Gedanken nicht mehr abwehren.

»Au! Au! Hilfe!«, schrie er plötzlich, denn in diesem Moment spürte er eine Berührung an seinem Bein. Ich glaube, man kann niemandem einen Vorwurf daraus machen, dass er aufschreit, wenn etwas von hinten kommt und ihn berührt; jedenfalls nicht an einem solchen Ort und zu einer solchen Zeit und wenn er sowieso schon Angst hat. Shasta jedenfalls hatte zu viel Angst, um davonzulaufen. Alles war ihm lieber, als kreuz und quer durch die Begräbnisstätten der Alten Könige gejagt zu werden, mit etwas auf den Fersen, wonach er sich nicht umzudrehen wagte. Was er stattdessen tat, war eigentlich das Vernünftigste, was er tun konnte. Er sah sich um; und ihm platzte fast das Herz vor Erleichterung. Es war nur eine Katze, die ihn gestreift hatte.

Das Licht war jetzt zu schwach, als dass Shasta noch viel von der Katze hätte erkennen können, außer dass sie groß und sehr würdevoll war. Sie sah aus, als hätte sie viele lange Jahre allein zwischen den Gräbern gelebt. Ihre Augen brachten einen auf den Gedanken, dass sie Geheimnisse kannte, die sie nicht verraten würde.

»Miez, miez«, sagte Shasta. »Ich nehme an, du bist keine *sprechende* Katze.«

Die Katze starrte ihn noch eindringlicher an als zuvor. Dann setzte sie sich in Bewegung, und natürlich folgte ihr Shasta. Sie führte ihn quer durch die Gräber und hinaus auf die der Wüste zugewandte Seite. Dort setzte sie sich kerzengerade hin, den Schwanz um die Pfoten gerollt, und wandte das Gesicht der Wüste und Narnia und dem Norden zu, reglos, als hielte sie Ausschau nach irgendeinem Feind. Shasta legte sich neben sie, mit dem Rücken zu der Katze und dem Gesicht zu den Gräbern, denn wenn man sich vor etwas fürchtet, dann ist es das Allerbeste, der Gefahr das Gesicht zuzuwenden und etwas Warmes, Festes im Rücken zu haben. Ihr hättet es auf dem Sand nicht sehr bequem gefunden, aber Shasta hatte schon seit Wochen auf dem Erdboden geschlafen und bemerkte es kaum. Schon bald war er eingeschlafen, wenn er sich auch in seinen Träumen immer noch Gedanken darum machte, was wohl aus Bree und Aravis und Hwin geworden war.

Plötzlich wurde er von einem Geräusch geweckt, das er noch nie zuvor gehört hatte. »Vielleicht war es nur ein Albtraum«, sagte sich Shasta. Im selben Moment bemerkte er, dass die Katze hinter seinem Rücken verschwunden war, und er wünschte sich, sie wäre noch da. Aber er blieb ganz still liegen, ohne auch nur die Augen zu öffnen, denn er war sicher, er würde sich noch mehr fürchten, wenn er sich aufsetzte und die Gräber und die einsame Umgebung betrachtete; so wie ihr oder ich vielleicht manchmal still daliegen und uns die Decke über den Kopf ziehen. Doch dann kam das Geräusch wieder – ein rauer, durchdringender Schrei aus der Wüste hinter ihm. Da musste er natürlich die Augen öffnen und sich aufsetzen.

Der Mond schien hell. Die Gräber – viel größer und näher, als er gedacht hatte – schimmerten grau im Mondlicht. Sie sahen auf erschreckende Weise wie riesige Leute aus, gekleidet in graue Roben, mit denen sie ihre Köpfe und Gesichter verhüllten. Es war ganz und gar kein gutes Gefühl, sie um sich zu haben, wenn man eine Nacht allein an einem fremden Ort verbrachte. Aber das Geräusch war aus der anderen Richtung gekommen, von der Wüste her. Shasta musste den Gräbern den Rücken zukehren (was ihm gar nicht behagte) und hinaus über die Sandebene spähen. Wieder ertönte der wilde Schrei.

»Hoffentlich nicht schon wieder Löwen«, dachte Shasta. Aber eigentlich hörte es sich ganz anders an als das Löwengebrüll, das er in der Nacht gehört hatte, als sie Hwin und Aravis begegnet waren, und in Wirklichkeit war es der Schrei eines Schakals. Aber das wusste Shasta natürlich nicht. Selbst wenn er es gewusst hätte, hätte er nicht viel Wert darauf gelegt, einem Schakal zu begegnen.

Immer wieder ertönten die Schreie. »Es ist mehr als einer davon da, was immer das für Wesen sind«, dachte Shasta. »Und sie kommen näher.«

Ich nehme an, wäre er ein ganz und gar vernünftiger Junge gewesen, so wäre er zwischen den Gräbern hindurch zurück zum Fluss gegangen, wo es Häuser gab, an die sich wilde Tiere wahrscheinlich nicht heranwagen würden. Aber da waren ja noch (oder zumindest dachte er, sie seien da) die Ghule. Durch die Gräber zurückzugehen hätte bedeutet, an jenen dunklen Öffnungen in den Gräbern vorbeizumüssen; und was mochte da alles herauskommen? Vielleicht war es albern, aber Shasta war es lieber, es mit den wilden Tieren aufzunehmen. Doch als die Schreie immer näher und näher kamen, begann er, es sich anders zu überlegen.

Er wollte gerade die Beine in die Hand nehmen, als plötzlich zwischen ihm und der Wüste mit einem mächtigen Satz ein riesiges Tier in Sicht kam. Da der Mond dahinter stand, sah es völlig schwarz aus, und Shasta erkannte nicht, was es war, außer dass es einen sehr großen, zottigen Kopf hatte und auf vier Beinen ging. Es schien Shasta nicht bemerkt zu haben, denn es blieb plötzlich stehen, wandte den Kopf der Wüste zu und stieß ein Brüllen hervor, das durch die Gräber widerhallte und den Sand unter Shastas Füßen erzittern zu lassen schien. Die Schreie der anderen Wesen brachen plötzlich ab, und er glaubte Füße davonhasten zu hören. Dann wandte sich das große Tier um und betrachtete Shasta.

»Es ist ein Löwe, ich weiß, es ist ein Löwe«, dachte Shasta. »Ich bin verloren. Ob es wohl sehr wehtun wird? Wäre es nur schon vorbei. Ich frage mich, ob irgendetwas mit einem passiert, nachdem man tot ist. O-o-oh! Jetzt kommt er!« Und er kniff die Augen zu und biss die Zähne zusammen.

Doch statt der Zähne und Klauen spürte er nur etwas Warmes, das sich zu seinen Füßen auf den Boden legte. Und als er die Augen aufschlug, sagte er: »Nanu, er ist ja längst nicht so groß, wie ich dachte! Höchstens halb so groß. Nein, nicht einmal ein Viertel so groß. Also wirklich, das ist ja nur die Katze! Ich muss wohl geträumt haben, dass sie so groß wie ein Pferd war.«

Und ob er nun tatsächlich nur geträumt hatte oder nicht, was da jetzt zu seinen Füßen lag und ihn mit großen, grünen, niemals blinzelnden Augen anstarrte, bis er die Fassung verlor, war die Katze; wenn es auch sicherlich eine der größten Katzen war, die er je gesehen hatte.

»O Miez«, stieß Shasta hervor. »Bin ich froh, dich wiederzusehen. Ich habe so schreckliche Träume gehabt.« Und sofort legte er sich wieder hin, Rücken an Rücken mit der Katze, wie er es zu Beginn der Nacht getan hatte. Ihre Wärme breitete sich durch und durch in ihm aus.

»Ich werde nie wieder gemein zu einer Katze sein, solange ich lebe«, sagte Shasta, halb zu der Katze und halb zu sich selbst. »Einmal war ich ziemlich gemein, weißt du. Ich habe einen halb verhungerten, krätzigen alten Streuner mit Steinen beworfen. He! Hör auf.« Die Katze hatte sich nämlich umgedreht und ihn gekratzt. »Lass das«, sagte Shasta. »Tu nicht so, als könntest du verstehen, was ich sage.« Dann döste er ein.

Als er am nächsten Morgen erwachte, war die Katze weg; die Sonne war schon aufgegangen und der Sand heiß. Shasta, der sehr durstig war, setzte sich auf und rieb sich die Augen. Die Wüste war von einem blendenden Weiß, und obwohl von der Stadt hinter ihm ein Gemurmel von Geräuschen zu ihm drang, war es da, wo er saß, vollkommen still. Als er ein wenig nach links in Richtung Westen schaute, damit die Sonne ihm nicht so in die Augen schien, konnte er das Gebirge auf der anderen Seite der Wüste erkennen, so scharf und deutlich, dass es aussah, als wäre es nur einen Steinwurf weit entfernt. Besonders fiel ihm eine blaue Erhebung auf, die sich an der Spitze in zwei Gipfel teilte, und er kam zu dem Schluss, dies müsse der Berg Pire sein. »In diese Richtung müssen wir, nachdem, was der Rabe gesagt hat«, dachte er. »Ich markiere sie lieber, damit wir keine Zeit verlieren, wenn die anderen auftauchen.« Und er zog mit dem Fuß eine ordentliche, tiefe, gerade Furche, die genau auf den Berg Pire deutete.

Als Nächstes musste er natürlich etwas zu essen und zu trinken auftreiben. Shasta lief zwischen den Gräbern hindurch zurück – sie sahen jetzt ganz gewöhnlich aus, sodass er sich fragte, wie er sich je vor ihnen hatte fürchten können – und hinunter zu den Gärten am Flussufer. Ein paar Leute waren unterwegs, aber nicht sehr viele, denn die Stadttore waren schon seit einigen Stunden offen und die morgendliche Menschenmenge war bereits hineingeströmt. So fiel es ihm nicht schwer, ein wenig zu »plündern« (wie Bree es nannte). Dazu musste er über eine Gartenmauer klettern, und seine Beute bestand aus drei Orangen, einer Melone, ein paar Feigen und einem Granatapfel. Danach ging er hinunter ans Flussufer, nicht zu nahe an die Brücke, und trank. Das Wasser war so erfrischend, dass er seine heißen, schmutzigen Kleider auszog und hineinhüpfte; denn natürlich hatte Shasta, der sein ganzes Leben an der Küste zugebracht hatte, das Schwimmen nicht viel später gelernt als das Laufen. Als er wieder hinauskam, legte er sich aufs Gras und schaute über das Wasser hinweg nach Tashbaan hinüber, das sich dort in all seiner Pracht und Stärke und Herrlichkeit erhob. Doch das erinnerte ihn auch wieder daran, welche Gefahren dort lauerten. Als ihm plötzlich einfiel, dass die anderen möglicherweise schon die Gräber erreicht hatten, während er gebadet hatte (»und höchstwahrscheinlich ohne mich weitergegangen sind«), zog er sich hastig an und rannte in solchem Tempo zurück, dass er ganz verschwitzt und durstig war, als er ankam. So war die ganze Wohltat seines Bades schon wieder verflogen.

Wie die meisten Tage, an denen man allein ist und auf etwas wartet, schien auch dieser Tag ungefähr hundert Stunden lang zu sein. Natürlich hatte er viel Stoff zum Nachdenken, doch wenn man alleine dasitzt und nur nachdenkt, vergeht die Zeit ziemlich langsam. Er dachte viel an die Narnianen und besonders an Corin. Was wohl passiert war, als sie entdeckten, dass der Junge, der dort auf dem Sofa gelegen und all ihre geheimen Pläne mit angehört hatte, überhaupt nicht Corin gewesen war? Der Gedanke, dass all diese netten Leute ihn für einen Verräter halten könnten, war ihm sehr unangenehm.

Doch als die Sonne ganz, ganz langsam zum höchsten

Punkt des Himmels emporstieg und dann ganz, ganz langsam nach Westen hin zu sinken begann und niemand kam und überhaupt nichts passierte, wurde er allmählich immer unruhiger. Und natürlich wurde ihm jetzt auch bewusst, dass sie zwar verabredet hatten, bei den Gräbern aufeinander zu warten, dass aber niemand etwas davon gesagt hatte, wie lange. Er konnte schließlich nicht für den Rest seines Lebens hier warten! Und bald würde es wieder dunkel werden und dann erwartete ihn noch so eine Nacht wie die letzte. Ein Dutzend verschiedener Pläne ging durch seinen Kopf, die alle nichts taugten, und schließlich entschied er sich für den schlechtesten Plan von allen. Er beschloss zu warten, bis es dunkel würde, und dann noch einmal zurück an den Fluss zu gehen und so viele Melonen zu stehlen, wie er tragen konnte. Dann wollte er sich allein auf den Weg zum Berg Pire machen und der Richtung vertrauen, die seine Linie ihm wies, die er am Morgen im Sand gezogen hatte. Es war eine verrückte Idee, und wenn er so viele Bücher über Reisen durch Wüsten gelesen hätte wie ihr, hätte er sich so etwas nicht im Traum einfallen lassen. Aber Shasta hatte noch überhaupt keine Bücher gelesen.

Doch bevor die Sonne unterging, passierte etwas. Shasta saß im Schatten eines der Gräber, als er aufblickte und zwei Pferde auf sich zukommen sah. Da tat sein Herz einen mächtigen Sprung, denn er erkannte sie als Bree und Hwin. Doch im nächsten Moment rutschte ihm das Herz wieder in die Zehenspitzen. Von Aravis war keine Spur zu sehen. Die Pferde wurden von einem fremden Mann geführt, einem bewaffneten Mann, der recht gut gekleidet war, wie ein hochrangiger Sklave in einer bedeutenden Familie. Bree und Hwin waren nicht mehr als Packpferde verkleidet, sondern gesattelt und gezäumt. Was hatte das zu bedeuten? »Bestimmt eine Falle«, dachte Shasta. »Jemand hat Aravis erwischt und vielleicht haben sie sie gefoltert und sie hat alles verraten. Sie wollen, dass ich hervorgesprungen komme und auf sie zurenne, um mit Bree zu reden, und dann werde ich auch erwischt! Aber trotzdem, wenn ich es nicht tue, vertue ich vielleicht meine einzige Chance, die anderen wieder zu treffen. Oh, wenn ich doch nur wüsste, was passiert ist!« Und so kauerte er hinter dem Grab, lugte alle paar Minuten hervor und zerbrach sich den Kopf, was das Ungefährlichste sei, was er tun konnte.

Aravis in Tashbaan

In Wirklichkeit war Folgendes passiert. Als Aravis sah, wie Shasta von den Narnianen mitgenommen wurde, und allein mit den beiden Pferden zurückblieb, die (klugerweise) kein Wort von sich gaben, verlor sie keinen Augenblick lang den Kopf. Sie griff nach Brees Halfter, hielt beide Pferde fest und blieb still stehen; und obwohl ihr das Herz in der Brust schlug wie ein Hammer, ließ sie sich nichts davon anmerken. Sobald die narnianischen Herren vorbei waren, versuchte sie wieder weiterzugehen. Doch bevor sie auch nur den ersten Schritt tun konnte, ließ sich ein weiterer Ausrufer vernehmen (»Zum Kuckuck mit diesen ganzen Leuten«, dachte Aravis), der rief: »Macht Bahn, macht Bahn, macht Bahn! Macht Bahn für die Tarkheena Lasaraleen!«, und unmittelbar hinter dem Ausrufer kamen vier bewaffnete Sklaven und dann vier Träger mit einer Sänfte, die ganz und gar von seidenen Vorhängen umflattert war und an der lauter silberne Glöckchen klingelten und die in der ganzen Straße einen Duft von Parfüm und Blüten verbreitete. Nach der Sänfte kamen ein paar Sklavinnen in schönen Kleidern und dann einige Diener, Läufer, Pagen und dergleichen. Und nun machte Aravis ihren ersten Fehler.

Sie kannte Lasaraleen recht gut – fast so, als wären sie miteinander zur Schule gegangen –, weil sie oft in denselben Häusern zu Gast gewesen waren und dieselben Feste besucht hatten. Und Aravis konnte es sich nicht verkneifen, aufzublicken, um zu erfahren, wie Lasaraleen jetzt aussah, wo sie verheiratet und eine außerordentlich bedeutende Persönlichkeit war.

Das war fatal. Die Blicke der beiden Mädchen begegneten sich. Und sogleich setzte sich Lasaraleen auf ihrer Sänfte auf und rief aus vollem Halse:

»Aravis! Was in aller Welt tust du hier? Dein Vater –«

Es gab keinen Moment zu verlieren. Ohne eine Sekunde zu zögern, ließ Aravis die beiden Pferde los, erfasste die Kante der Sänfte, schwang sich empor neben Lasaraleen und flüsterte ihr eindringlich ins Ohr.

»Sei still! Hörst du! Sei still. Du musst mich verstecken. Sag deinen Leuten –«

»Aber Schätzchen –«, begann Lasaraleen mit ebenso lauter Stimme wie zuvor. (Es machte ihr überhaupt nichts aus, wenn die Leute sie anstarrten; es gefiel ihr sogar.)

»Tu, was ich dir sage, oder ich rede nie wieder ein Wort mit dir«, zischte Aravis. »Bitte, bitte beeil dich, Las. Es ist furchtbar wichtig. Sag deinen Leuten, sie sollen die beiden Pferde da mitnehmen. Dann zieh alle Vorhänge der Sänfte zu und lass uns irgendwohin verschwinden, wo ich nicht gefunden werden kann. Und bitte mach *schnell.*«

»Schon gut, Schätzchen«, erwiderte Lasaraleen mit ihrer trägen Stimme. »Hier. Zwei von euch nehmen die Pferde der Tarkheena.« (Das war an die Sklaven gerichtet.) »Und jetzt nach Hause. Sag, Schätzchen, meinst du wirklich, wir sollten an einem so herrlichen Tag die Vorhänge zuziehen? Ich meine –«

Doch Aravis hatte die Vorhänge bereits geschlossen, sodass Lasaraleen und sie wie in einem üppig eingerichteten, duftenden, aber auch ziemlich stickigen Zelt saßen.

»Ich darf nicht gesehen werden«, sagte sie. »Mein Vater weiß nicht, dass ich hier bin. Ich bin auf der Flucht.«

»O Schätzchen, wie schrecklich aufregend!«, sagte Lasaraleen. »Du musst mir unbedingt alles erzählen. Schätzchen, du sitzt auf meinem Kleid. Rückst du bitte mal? – So ist es besser. Es ist nämlich neu. Gefällt es dir? Ich habe es von –«

»Ach Las, jetzt sei doch mal ernst«, sagte Aravis. »Wo ist mein Vater?«

»Wusstest du das nicht?«, erwiderte Lasaraleen. »Er ist doch hier. Er kam gestern in die Stadt und fragt überall nach dir. Und jetzt sind wir beide hier zusammen und er weiß nichts davon! Nicht auszudenken! Das ist das Komischste, was ich je gehört habe.« Und sie brach in Gekicher aus. Sie hatte schon immer einen schrecklichen Hang zum Kichern gehabt, wie Aravis jetzt wieder einfiel.

»Es ist überhaupt nicht komisch«, sagte sie. »Es ist furchtbar ernst. Wo kannst du mich verstecken?«

»Gar kein Problem, mein liebes Mädchen«, sagte Lasaraleen. »Ich nehme dich mit nach Hause. Mein Mann ist weg und es wird dich niemand sehen. Puh! Es macht nicht viel Spaß mit geschlossenen Vorhängen. Ich möchte die Leute sehen. Was nützt es, ein neues Kleid anzuhaben, wenn man dann so versteckt durch die Stadt zieht.«

»Ich hoffe, es hat dich niemand gehört, als du eben meinen Namen so laut gerufen hast«, sagte Aravis.

»Nein, nein, wo denkst du hin, Schätzchen«, erwiderte Lasaraleen abwesend. »Aber du hast mir noch nicht einmal gesagt, wie du das Kleid findest.«

»Noch etwas«, fuhr Aravis fort. »Du musst deinen Leuten sagen, dass sie diese beiden Pferde sehr respektvoll behandeln sollen. Das ist ein Teil des Geheimnisses. Es sind in Wirklichkeit Sprechende Pferde aus Narnia.«

»Also so etwas!«, rief Lasaraleen. »Wie aufregend! Ach, übrigens, Schätzchen, hast du schon die Barbarenkönigin aus Narnia gesehen? Sie hält sich gerade in Tashbaan auf.

Es heißt, Prinz Rabadash sei ganz verrückt vor Liebe zu ihr. Es gab die letzten vierzehn Tage über die herrlichsten Feste und Jagden und dergleichen. Ich persönlich finde sie gar nicht so hübsch. Aber einige der narnianischen *Männer* sehen sehr gut aus. Vorgestern war ich zu einem Fest auf dem Fluss eingeladen und ich trug mein –«

»Wie können wir deine Leute davon abhalten, überall zu erzählen, dass du Besuch im Haus hast – gekleidet wie eine Bettlergöre? Das könnte sich sehr leicht bis zu meinem Vater herumsprechen.«

»Ach, nun hör schon auf, so ein Theater zu machen, Schätzchen«, erwiderte Lasaraleen. »Wir werden dir gleich etwas Richtiges zum Anziehen beschaffen. Da sind wir schon!«

Die Träger hatten angehalten und die Sänfte wurde zu Boden gesenkt. Als die Vorhänge zurückgezogen wurden, sah Aravis, dass sie sich in einem Innenhofgarten befand, ganz ähnlich dem, in den Shasta einige Minuten zuvor in einen anderen Teil der Stadt geführt worden war. Lasaraleen wollte sofort hineingehen, doch Aravis erinnerte sie fieberhaft flüsternd daran, den Sklaven einzuschärfen, dass sie niemandem von dem seltsamen Gast ihrer Herrin erzählen durften.

»Tut mir leid, Schätzchen, das hatte ich ganz vergessen«, sagte Lasaraleen. »Herhören, ihr alle. Und du, Pförtner. Niemand darf heute das Haus verlassen. Und wenn ich jemanden dabei erwische, dass er von dieser jungen Dame erzählt, so wird er erst zu Tode geprügelt und dann bei lebendigem Leib verbrannt und schließlich für sechs Wochen bei Wasser und Brot in den Kerker geworfen. So.«

Obwohl Lasaraleen gesagt hatte, Aravis müsse ihr unbedingt ihre Geschichte erzählen, ließ sie nicht erkennen, dass sie sie tatsächlich hören wollte. Im Grunde konnte sie viel besser reden als zuhören. Sie bestand darauf, dass Aravis ein langes, ausgiebiges Bad nahm (die Kalormenen sind berühmt für ihre Bäder) und dann die schönsten Kleider anzog, bevor sie irgendwelche Erklärungen von ihr hören wollte. Das Aufhebens, das sie um die Auswahl der Kleider machte, trieb Aravis schier zum Wahnsinn. Sie erinnerte sich jetzt, dass Lasaraleen schon immer so gewesen war und sich nur für Kleider und Feste und Klatsch interessiert hatte. Aravis dagegen hatte viel mehr für Pfeil und Bogen und Pferde und Hunde und Schwimmen übrig. Ihr könnt euch denken, dass jede der beiden die andere albern fand. Doch als sie schließlich nach einer Mahlzeit (die hauptsächlich aus Schlagsahne, Gelee, Obst und Eis bestand) in einem schönen Säulenzimmer saßen (das Aravis noch besser gefallen hätte, wenn nicht Lasaraleens verwöhntes Äffchen überall darin herumgeklettert wäre), fragte Lasaraleen sie endlich, warum sie von zu Hause weglief.

Als Aravis ihr ihre Geschichte bis zum Ende erzählt hatte, sagte Lasaraleen. »Aber Schätzchen, *warum* willst du denn Ahoshta Tarkaan nicht heiraten? Die Leute sind alle ganz verrückt nach ihm. Mein Mann sagt, er sei im Begriff, einer der größten Männer in Kalormen zu werden. Er wurde gerade zum Großwesir ernannt, nachdem der alte Axartha gestorben ist. Wusstest du das nicht?«

»Es ist mir egal. Ich kann seinen Anblick nicht ertragen«, sagte Aravis.

»Aber Schätzchen, denk doch mal nach! Drei Paläste, und einer davon ist dieser wunderschöne unten am See in Ilkeen. Regelrechte Berge von Perlen, wie ich höre. Bäder mit Eselsmilch. Und wir beide könnten uns immerzu besuchen!«

»Er kann seine Perlen und Paläste behalten, was mich angeht«, erwiderte Aravis.

»Du warst schon immer ein komisches Mädchen, Aravis«, sagte Lasaraleen. »Was willst du denn noch mehr?«

Schließlich jedoch gelang es Aravis, ihre Freundin davon zu überzeugen, dass es ihr ernst war, und sie sogar dazu zu bringen, Pläne zu schmieden. Es würde nun keine Schwierigkeit sein, die beiden Pferde zum nördlichen Tor hinaus und dann weiter zu den Gräbern zu bringen. Niemand würde einen Diener in vornehmer Kleidung, der ein Streitross und das Reitpferd einer Dame hinunter an den Fluss führte, aufhalten oder ihm Fragen stellen, und Lasaraleen hatte reichlich Diener, die sie losschicken konnte. Schwieriger war zu entscheiden, was mit Aravis selbst geschehen sollte. Sie schlug vor, sie könnte mit zugezogenen Vorhängen in der Sänfte hinausgetragen werden. Doch Lasaraleen sagte ihr, dass Sänften nur in der Stadt benutzt wurden und der Anblick einer Sänfte, die durchs Tor hinausgetragen wurde, sicherlich Fragen nach sich ziehen würde.

Nachdem sie lange miteinander geredet hatten – umso länger, als Aravis alle Mühe hatte, ihre Freundin dazu zu bringen, beim Thema zu bleiben –, klatschte Lasaraleen schließlich in die Hände und sagte: »Oh, ich habe eine Idee. *Einen* Weg gibt es, aus der Stadt zu kommen, ohne durch die Tore zu gehen. Der Garten des Tisrocs (möge er ewig leben) reicht bis hinunter ans Wasser und dort gibt es eine kleine Schleuse. Nur für die Palastbewohner, versteht sich – aber weißt du, Schätzchen (hier kicherte sie ein wenig), wir *sind* ja beinahe Palastbewohner. Du hast wirklich Glück, dass du gerade zu *mir* gekommen bist. Der liebe Tisroc (möge er ewig leben!) ist *so* nett. Wir sind fast jeden Tag im Palast eingeladen und es ist für uns wie ein zweites Zuhause. Ich liebe all die entzückenden Prinzen und Prinzessinnen und Prinz Rabadash *vergöttere* ich regelrecht. Ich kann zu jeder Tages- oder Nachtstunde vorbeikommen und irgendeine der Damen des Palastes besuchen. Wie wär's, ich schleiche mich nach Einbruch der Dunkelheit mit dir hinein und lasse dich beim Schleusentor hinaus? Davor sind immer ein paar Ruderboote und so festgemacht. Und selbst wenn wir erwischt würden –«

»Dann wäre alles verloren«, warf Aravis ein.

»Ach Schätzchen, reg dich doch nicht so auf«, sagte Lasaraleen. »Ich wollte gerade sagen, selbst wenn wir erwischt werden sollten, würden alle nur sagen, das sei wieder einer meiner verrückten Scherze. Ich bin schon richtig bekannt dafür. Erst neulich – hör zu, Schätzchen, das ist wirklich schrecklich komisch –«

»Ich meinte, *für mich* wäre alles verloren«, unterbrach Aravis sie ein wenig scharf.

»Oh – ah – ja – ich verstehe, was du meinst, Schätzchen. Nun, fällt dir vielleicht ein besserer Plan ein?«

Aravis fiel keiner ein, und sie antwortete: »Nein. Wir werden es riskieren müssen. Wann können wir aufbrechen?«

»Oh, heute Abend nicht«, erwiderte Lasaraleen. »Natürlich nicht heute Abend. »Heute ist ein großes Fest (ich muss in ein paar Minuten anfangen, mir die Haare machen zu lassen), und da wird das ganze Palastgelände vor Lichtern erstrahlen. Und alles voller Menschen! Wir werden bis morgen Abend warten müssen.«

Das war eine schlechte Neuigkeit für Aravis, aber sie musste das Beste daraus machen. Der Nachmittag verging sehr langsam, und es war eine Erleichterung, als Lasaraleen sich auf den Weg zu dem Bankett machte, denn Aravis war ihr Gekicher und ihr Gerede über Kleider und Feste, Hochzeiten und Verlobungen und Skandale ziemlich leid. Sie ging früh zu Bett, und dieser Teil machte ihr sogar richtig Spaß: Es war herrlich, wieder einmal Kissen und Decken zu haben.

Doch der nächste Tag verging sehr langsam. Lasaraleen wollte das ganze Vorhaben noch einmal überdenken und erzählte Aravis immer wieder, Narnia sei ein Land, das immer von Schnee und Eis bedeckt und von Dämonen und Zauberern bewohnt sei, und sie sei verrückt, dass sie dort hinwolle. »Und auch noch mit einem Fischerjungen!«, sagte Lasaraleen. »Schätzchen, überleg dir das! Es ist nicht fein.« Aravis hatte es sich gründlich überlegt, aber sie war Lasaraleens Albernheit inzwischen so leid, dass sie zum ersten Mal das Gefühl hatte, das Reisen mit Shasta würde ihr viel mehr Spaß machen als das vornehme Leben in Tashbaan. Darum antwortete sie nur: »Du vergisst, dass ich ein Niemand sein werde, genau wie er, wenn wir nach Narnia kommen. Und außerdem habe ich mein Versprechen gegeben.«

»Und wenn ich daran denke«, sagte Lasaraleen den Tränen nahe, »dass du, wenn du nur Vernunft annehmen wolltest, die Frau eines Großwesirs werden könntest!« Aravis ging weg, um in Ruhe ein paar Worte mit den Pferden zu wechseln.

»Ihr müsst kurz vor Sonnenuntergang mit einem Diener hinunter zu den Gräbern gehen«, sagte sie. »Mit den Säcken ist Schluss. Ihr werdet wieder gesattelt und gezäumt. Aber in Hwins Satteltaschen muss etwas zu essen gepackt werden und hinter deine ein voller Wasserschlauch, Bree. Der Mann hat Anweisung, euch beide auf der anderen Seite der Brücke ausgiebig trinken zu lassen.«

»Und dann auf nach Narnia und in den Norden!«, flüsterte Bree. »Aber was, wenn Shasta nicht bei den Gräbern ist?«

»Dann warten wir natürlich auf ihn«, sagte Aravis. »Ich hoffe, ihr hattet es bequem hier.«

»Ich war noch nie in meinem Leben in einem besseren Stall untergebracht«, sagte Bree. »Aber falls der Ehemann deiner kichernden Tarkheena-Freundin seinen obersten Stallknecht dafür bezahlt, den besten Hafer zu besorgen, dann glaube ich, dass der oberste Stallknecht ihn betrügt.«

Aravis und Lasaraleen aßen in dem Säulenzimmer zu Abend.

Etwa zwei Stunden später waren sie abmarschbereit. Aravis war gekleidet wie ein hochrangiges Sklavenmädchen in einem bedeutenden Haus und trug einen Schleier über dem Gesicht. Sollte jemand Fragen stellen, so hatten sie verabredet, würde Lasaraleen so tun, als wäre Aravis eine Sklavin, die sie als Geschenk für eine der Prinzessinnen mitbrachte.

Die beiden Mädchen machten sich zu Fuß auf den Weg. Schon nach wenigen Minuten hatten sie die Palasttore erreicht. Hier standen natürlich Soldaten Wache, doch der Offizier erkannte Lasaraleen sofort; er befahl seinen Männern, Haltung anzunehmen, und salutierte. Sie gingen sogleich weiter in die Halle des Schwarzen Marmors. Hier waren noch etliche Höflinge, Sklaven und andere unterwegs, aber dadurch fielen die beiden Mädchen nur noch weniger auf. Weiter ging es in die Halle der Säulen und dann in die Halle der Standbilder und den Säulengang hinunter, vorbei an den mächtigen kupfernen Türen des Thronsaals. Alles war von unbeschreiblicher Pracht; selbst das Wenige, das sie im trüben Licht der Lampen sehen konnten.

Bald gelangten sie hinaus in den Hofgarten, der sich über eine Reihe von Terrassen bergab neigte. Auf seiner anderen Seite kamen sie zum Alten Palast. Inzwischen war es schon fast ganz dunkel, und sie befanden sich jetzt in einem Labyrinth aus Korridoren, die nur hier und da von Fackeln in Wandhalterungen erleuchtet waren. Lasaraleen blieb an einer Stelle stehen, an der man sich entweder nach links oder nach rechts wenden musste.

»Weiter, weiter«, flüsterte Aravis, deren Herz wie wild klopfte und die immer noch das Gefühl hatte, dass ihnen hinter jeder Ecke ihr Vater über den Weg laufen könnte.

»Ich frage mich …«, sagte Lasaraleen. »Ich bin mir nicht ganz sicher, wo es hier entlanggeht. Aber ich *glaube*, es geht nach links. Ja, ich bin fast sicher, wir müssen nach links. Ach, was für ein Spaß!«

Sie wandten sich nach links und kamen in einen Gang, der fast überhaupt nicht erleuchtet war und bald darauf über Stufen abwärts führte.

»Oh, gut«, sagte Lasaraleen. »Jetzt bin ich sicher, dass wir richtig sind. Ich erinnere mich an diese Stufen.« Doch in diesem Moment tauchte vor ihnen ein Licht auf, das sich bewegte. Eine Sekunde später erschienen um eine weit entfernte Biegung die dunklen Gestalten zweier Männer, die mit großen Kerzen in der Hand rückwärts gingen. Und natürlich geht man nur in Gegenwart von königlichen Hoheiten rückwärts. Aravis spürte, wie Lasaraleen sie am Arm packte – ein plötzlicher Griff, fast ein Kneifen, das einem verrät, dass die Person, die einen da packt, zutiefst erschrocken ist. Aravis fand es merkwürdig, dass Lasaraleen sich so sehr vor dem Tisroc fürchtete, wenn sie doch so gut mit ihm befreundet war, aber zum Nachdenken blieb jetzt keine Zeit. Lasaraleen zerrte sie in Windeseile zurück die Treppe hinauf, auf Zehenspitzen und wild an der Wand entlangtastend.

»Hier ist eine Tür«, flüsterte sie. »Schnell.«

Sie gingen hinein, zogen ganz leise die Tür hinter sich zu und fanden sich in tiefster Finsternis wieder. Aravis hörte an Lasaraleens Atem, dass sie große Angst hatte.

»Tash schütze uns!«, flüsterte Lasaraleen. »Was sollen wir nur tun, wenn er hier hereinkommt? Können wir uns verstecken?«

Unter ihren Füßen lag ein weicher Teppich. Sie tappten vorwärts durch den Raum und stießen gegen ein Sofa.

»Komm, wir legen uns dahinter«, wimmerte Lasaraleen. »Oh, wären wir nur nicht hergekommen.«

Zwischen dem Sofa und der mit Vorhängen bedeckten Wand war gerade genug Platz, dass sich die beiden Mädchen auf den Boden legen konnten. Lasaraleen konnte sich die bessere Position sichern und war völlig verdeckt. Von Aravis ragte der obere Teil des Gesichts hinter dem Sofa hervor, sodass jemand, der mit einer Lampe ins Zimmer käme und zufällig genau in die richtige Richtung schaute, sie sehen würde. Doch da sie einen Schleier trug, würde er das, was er sah, nicht sogleich als eine Stirn und ein Augenpaar erkennen. Aravis versuchte verzweifelt, Lasaraleen durch Drängeln und Schieben dazu zu bringen, ihr ein bisschen mehr Platz zu machen. Doch Lasaraleen, die jetzt in ihrer Panik nur noch an sich dachte, wehrte sich und kniff sie in die Füße. Schließlich gaben sie es auf, blieben still liegen und keuchten ein wenig. Ihr eigener Atem erschien ihnen furchtbar laut, aber sonst war nichts zu hören.

»Sind sie vorbei?«, fragte Aravis endlich in einem kaum hörbaren Flüstern.

»Ich – ich – *glaube*«, fing Lasaraleen an. »Aber meine armen Nerven –«, und dann kam das erschreckendste Geräusch, das sie in diesem Moment hätten hören können: das Geräusch der sich öffnenden Tür. Und dann kam ein Lichtschein. Und da Aravis ihren Kopf nicht weiter hinter das Sofa zurückziehen konnte, sah sie alles.

Zuerst kamen die beiden Sklaven (Taubstumme, wie Aravis richtig erriet, die deshalb bei den geheimsten Beratungen eingesetzt wurden) rückwärts mit den Kerzen herein. Sie gingen jeder an einem Ende des Sofas in Stellung. Das war auch gut so, denn natürlich war es jetzt, wo ein Sklave vor ihr stand und sie zwischen seinen Fersen hindurchlugte, erheblich schwerer, Aravis zu entdecken. Dann kam ein alter, ungemein dicker Mann mit einer seltsamen, spitzen Mütze, an der sie sofort erkannte, dass er der Tisroc war. Der wertloseste der Edelsteine, die ihn über und über bedeckten, war mehr wert als alle Kleider und Waffen der narnianischen Herren zusammen; doch er war so dick und so ein Gewirr von Rüschen und Bügelfalten und Troddeln und Knöpfen und Quasten und Talismanen, dass Aravis unwillkürlich der Gedanke kam, die narnianische Kleidung sei (zumindest für Männer) viel hübscher. Nach ihm kam ein hochgewachsener junger Mann mit einem gefiederten und edelsteinbesetzten Turban auf dem Kopf und einem Krummsäbel in einer Elfenbeinscheide an der Hüfte. Er schien sehr aufgeregt zu sein und seine Augen und Zähne blitzten furchterregend im Kerzenlicht. Als Letzter kam ein kleiner, buckeliger, faltiger alter Mann, in dem sie mit einem Schauder den neuen Großwesir und ihren eigenen Bräutigam erkannte, Ahoshta Tarkaan persönlich.

Sobald die drei den Raum betreten hatten und die Tür wieder geschlossen war, ließ sich der Tisroc mit einem zufriedenen Seufzer auf dem Diwan nieder; der junge Mann stellte sich vor ihm auf, und der Großwesir warf sich auf seine Knie und Ellbogen nieder und legte das Gesicht flach auf den Teppich.

Im Hause des Tisrocs

»O mein Vater und o du Wonne meiner Augen«, begann der junge Mann und murmelte diese Worte sehr hastig und missmutig und überhaupt nicht so, als ob der Tisroc wirklich die Wonne seiner Augen wäre. »Mögest du ewig leben, aber du hast mich ins tiefste Verderben gestürzt. Hättest du mir gleich bei Sonnenaufgang, als ich merkte, dass das Schiff der verfluchten Barbaren nicht mehr da war, die schnellste unserer Galeeren gegeben, so hätte ich sie vielleicht noch eingeholt. Aber du hast mich überredet, zuerst Kundschafter zu senden und zu sehen, ob sie vielleicht nur um die Landzunge herumgefahren waren, um einen besseren Ankerplatz zu suchen. Und jetzt ist der ganze Tag vergeudet. Und sie sind fort – fort – außerhalb meiner Reichweite! Dieses falsche Weib, diese –«, und hier fügte er eine endlose Kette von Bezeichnungen für Königin Susan hinzu, die gedruckt überhaupt nicht schön aussehen würden. Denn dieser junge Mann war natürlich Prinz Rabadash, und das falsche Weib war natürlich Susan von Narnia.

»Fasse dich, o mein Sohn«, erwiderte der Tisroc. »Denn der Abschied von Gästen reißt eine Wunde, die im Herzen eines klugen Gastgebers leicht zu heilen ist.«

»Aber ich *will* sie«, rief der Prinz. »Ich muss sie haben. Ich werde sterben, wenn ich sie nicht bekomme – und wenn sie noch so eine falsche, stolze, bösartige Tochter einer Hündin ist! Ich kann nicht mehr schlafen, das Essen schmeckt mir nicht mehr und meine Augen sind verdunkelt von ihrer Schönheit. Ich muss die Barbarenkönigin haben.«

»Wie treffend sagte doch ein weiser Dichter«, bemerkte der Wesir, indem er sein Gesicht (in etwas angestaubtem Zustand) vom Teppich erhob, »dass ein tiefer Trunk aus der Quelle der Vernunft sehr zu begehren ist, um das Feuer der jugendlichen Liebe zu löschen.«

Das machte den Prinzen sichtlich wütend. »Hund«, schrie er und versetzte dem Hinterteil des Wesirs ein paar wohlgezielte Tritte, »wage es nicht, mir mit Dichterworten zu kommen. Ich bin den ganzen Tag mit Maximen und Versen überschüttet worden und ich kann sie nicht mehr ertragen.« Ich fürchte, Aravis verspürte nicht das geringste Mitleid mit dem Wesir.

Der Tisroc schien tief in Gedanken versunken zu sein, doch als er nach einer langen Pause bemerkte, was vor sich ging, sagte er gelassen:

»Mein Sohn, ich ersuche dich, lass ab davon, den ehrenwerten und erleuchteten Wesir zu treten; denn wie ein kostbarer Edelstein seinen Wert behält, auch wenn er unter einem Misthaufen verborgen liegt, so darf man dem Alter und der Klugheit selbst in den niederen Gestalten unserer Untertanen die Achtung nicht versagen. Darum halt ein und sag uns, was dein Wunsch und Ansinnen ist.«

»Mein Wunsch und Ansinnen, o mein Vater«, antwortete Rabadash, »ist, dass du unverzüglich deine unbesiegbaren Armeen zu den Waffen rufen und in das dreifach verfluchte Land Narnia einmarschieren lassen und es mit Feuer und Schwert verwüsten und deinem grenzenlosen Reich einverleiben mögest, wobei der Hochkönig und alle von seinem Geblüt getötet werden sollen mit Ausnahme der Königin Susan. Denn sie muss ich zu meinem Weibe haben, auch wenn ihr zuerst eine schmerzhafte Lektion erteilt werden soll.«

»Begreife, o mein Sohn«, entgegnete der Tisroc, »dass du mich auch mit der höchsten Redekunst niemals zum offenen Krieg gegen Narnia veranlassen könntest.«

»Wärest du nicht mein Vater, o ewig lebender Tisroc«, sagte der Prinz zähneknirschend, »so würde ich sagen, dass dies die Worte eines Feiglings sind.«

»Und wärest du nicht mein Sohn, o überaus hitzköpfiger Rabadash«, erwiderte sein Vater, »so wäre dein Leben kurz und dein Tod langsam, nachdem du das gesagt hättest.« (Der kühle, gelassene Ton, in dem er diese Worte sprach, ließen Aravis das Blut in den Adern gefrieren.)

»Aber warum, o mein Vater«, sagte der Prinz – diesmal in viel respektvollerem Tonfall –, »warum sollten wir vor einer Bestrafung Narnias mehr zurückschrecken als davor, einen faulen Sklaven aufzuhängen oder ein abgearbeitetes Pferd zum Metzger zu schicken, dass er Hundefutter daraus mache? Es hat nicht einmal ein Viertel der Größe einer deiner geringsten Provinzen. Tausend Speere könnten es in fünf Wochen erobern. Es ist ein unziemlicher Fleck auf den Rockschößen deines Reiches.«

»Ganz zweifellos«, sagte der Tisroc. »Diese kleinen Barbarenländer, die sich *frei* nennen (was nichts anderes heißt als faul, unordentlich und unrentabel), sind den Göttern und allen Menschen von Urteilskraft verhasst.«

»Warum aber haben wir dann geduldet, dass ein Land wie Narnia so lange unbehelligt blieb?«

»Wisse, o erleuchteter Prinz«, sagte der Großwesir, »dass bis zu dem Jahr, in dem Euer erhabener Vater seine segensreiche und niemals endende Herrschaft antrat, das Land Narnia mit Eis und Schnee bedeckt und überdies von einer überaus mächtigen Zauberin beherrscht war.«

»Das ist mir wohl bekannt, o beredsamer Wesir«, antwortete der Prinz. »Aber ich weiß auch, dass die Zauberin tot ist. Und das Eis und der Schnee sind verschwunden, sodass Narnia nun gesund, fruchtbar und köstlich ist.«

»Und diese Veränderung, o hochgelehrter Prinz, wurde zweifellos durch die machtvollen Zauberkünste jener üblen Menschen herbeigeführt, die sich nun Könige und Königinnen von Narnia nennen.«

»Ich bin eher der Meinung«, entgegnete Rabadash, »dass es durch den veränderten Gang der Sterne und die Wirkung natürlicher Ursachen dazu kam.«

»All dies«, sagte der Tisroc, »ist eine Frage für die Disputationen gelehrter Männer. Ich werde niemals glauben, dass eine so große Veränderung und der Tod der alten Zauberin ohne die Hilfe eines mächtigen Zaubers bewerkstelligt wurden. Und mit solcherlei Dingen ist zu rechnen in jenem Land, das hauptsächlich von Dämonen in Gestalt von Tieren bewohnt ist, die wie Menschen sprechen, und von Ungeheuern, die halb Mensch, halb Tier sind. Es wird allgemein berichtet, dass der Hochkönig von Narnia (den die Götter weit von sich stoßen mögen) von einem Dämon von grausiger Erscheinung und unwiderstehlicher Bosheit unterstützt wird, der in der Gestalt eines Löwen erscheint. Darum ist ein Angriff gegen Narnia ein dunkles und zweifelhaftes Unterfangen, und ich bin entschlossen, meine Hand nur so weit auszustrecken, dass ich sie wieder zurückziehen kann.«

»Glücklich ist Kalormen«, sagte der Wesir und hob wieder das Gesicht, »denn es hat den Göttern wohlgefallen, seinem Herrscher Klugheit und Umsicht zu verleihen! Doch wie der unwiderlegbare Tisroc sagte, ist es sehr bitter, gezwungen zu sein, uns einen solchen Leckerbissen wie Narnia entgehen zu lassen. Begnadet war jener Dichter, der sagte –«, doch an dieser Stelle bemerkte Ahoshta, dass die Fußspitze des Prinzen ungeduldig zuckte, und verstummte plötzlich.

»Es ist außerordentlich bitter«, sagte der Tisroc mit tiefer, leiser Stimme. »Jeden Morgen wird die Sonne in meinen Augen dunkler, und jede Nacht vermag mich der Schlaf weniger zu erfrischen, weil ich daran denken muss, dass Narnia immer noch frei ist.«

»O mein Vater«, sagte Rabadash. »Und wenn ich dir nun einen Weg zeigte, wie du deinen Arm ausstrecken könntest, um Narnia einzunehmen, und ihn dennoch unbeschadet wieder zurückziehen könntest, falls der Versuch missglücken sollte?«

»Wenn du mir einen solchen Weg zeigst, o Rabadash«, erwiderte der Tisroc, »wirst du mir der beste aller Söhne sein.«

»So höre, o Vater. Noch diese Nacht und diese Stunde werde ich mit nur zweihundert Reitern aufbrechen und durch die Wüste reiten. Und allenthalben wird man denken, du wüsstest nichts davon, dass ich gegangen bin. Am zweiten Morgen werde ich vor den Toren von König Lunes Schloss Anvard in Archenland sein. Sie befinden sich im Frieden mit uns und sind unvorbereitet, sodass ich Anvard eingenommen haben werde, ehe sie sichs versehen. Dann werde ich über den Pass oberhalb von Anvard und hinunter durch Narnia bis nach Cair Paravel reiten. Der Hochkönig wird nicht dort sein; als ich von dort aufbrach, war er schon dabei, einen Feldzug gegen die Riesen an seiner nördlichen Grenze vorzubereiten. Cair Paravel werde ich höchstwahrscheinlich mit offenen Toren vorfinden und hineinreiten. Ich werde Klugheit und Rücksicht üben und so wenig narnianisches Blut vergießen, wie ich kann. Und was bleibt dann noch zu tun, als dort zu sitzen, bis die *Kristallpracht* mit Königin Susan an Bord einläuft, mein ausgeflogenes Vögelchen zu fangen, sobald es den Fuß ans Ufer setzt, sie in meinen Sattel zu schwingen und dann wie der Wind zurück nach Anvard zu reiten?«

»Aber musst du nicht damit rechnen, o mein Sohn«, erwiderte der Tisroc, »dass bei der Ergreifung der Frau entweder König Edmund den Tod findet oder du dein Leben verlierst?«

»Sie werden nur eine kleine Schar sein«, sagte Rabadash, »und ich werde zehn von meinen Männern befehlen, ihn zu entwaffnen und zu fesseln; mein heftiges Verlangen nach seinem Blut werde ich zügeln, sodass es keinen tödlichen Kriegsgrund zwischen dir und dem Hochkönig geben wird.«

»Und was ist, wenn die *Kristallpracht* vor dir Cair Paravel erreicht?«

»Damit rechne ich nicht, so wie die Winde stehen, o mein Vater.«

»Und schließlich, o mein findiger Sohn«, sagte der Tisroc, »hast du zwar erklärt, wie all das dir die Barbarenfrau verschaffen wird, aber nicht, wie mir das zum Sieg über Narnia verhelfen soll.«

»O mein Vater, kann es dir denn entgangen sein, dass ich und meine Reiter zwar durch Narnia kommen und gehen werden wie ein abgeschossener Pfeil, dass wir aber Anvard für immer besitzen werden? Und wenn du Anvard hast, sitzt du direkt an den Toren Narnias, und deine Garnison in Anvard kann Stück für Stück verstärkt werden, bis sie zu einer mächtigen Heerschar geworden ist.«

»Das ist mit Verstand und Weitblick gesprochen. Aber wie soll ich meinen Arm zurückziehen, wenn all dies fehlschlägt?«

»Indem du sagst, dass ich es ohne dein Wissen und gegen deinen Willen unternommen habe und ohne deinen Segen, getrieben von der Heftigkeit meiner Liebe und dem Ungestüm der Jugend.«

»Wenn aber nun der Hochkönig dann verlangt, dass wir seine Schwester, die Barbarenfrau, zu ihm zurücksenden?«

»O mein Vater, sei gewiss, dass er das nicht tun wird. Denn wenn auch diese Hochzeit aus der Laune einer Frau heraus verschmäht wurde, ist doch der Hochkönig Peter ein Mann von Klugheit und Verstand, der sich keinesfalls die hohe Ehre und den Vorteil entgehen lassen wird, mit unserem Haus verbunden zu sein und seinen Neffen und Großneffen auf dem Thron Kalormens sitzen zu sehen.«

»Was er freilich nie erleben wird, wenn ich ewig lebe, wie es zweifellos dein Wunsch ist«, sagte der Tisroc in noch trockenerem Ton als sonst.

»Und außerdem, o mein Vater und o du Wonne meiner Augen«, fuhr der Prinz nach einem verlegenen Schweigen fort, »werden wir im Namen der Königin Briefe schreiben, in denen es heißt, dass sie mich liebt und nicht danach verlangt, nach Narnia zurückzukehren. Denn es ist wohlbekannt, dass Frauen so wechselhaft sind wie Wetterhähne. Und selbst wenn sie von den Briefen nicht gänzlich überzeugt sein sollten, werden sie es doch nicht wagen, unter Waffen nach Tashbaan zu kommen, um sie zu holen.«

»O erleuchteter Wesir«, sagte der Tisroc, »lasst uns Anteil haben an Eurer Weisheit, was dieses seltsame Vorhaben betrifft.«

»O ewiger Tisroc«, antwortete Ahoshta, »mir ist nicht unbekannt, welch starke Macht die väterliche Zuneigung ist, und ich habe oft gehört, dass Söhne in den Augen ihrer Väter kostbarer sind als Karfunkelsteine. Wie kann ich es dann wagen, Euch in einer Angelegenheit, die das Leben dieses erhabenen Prinzen gefährden könnte, offen meine Gedanken zu enthüllen?«

»Ihr werdet es zweifellos wagen«, erwiderte der Tisroc, »denn Ihr werdet feststellen, dass es mindestens ebenso gefährlich wäre, es zu unterlassen.«

»Euer Wunsch ist mir Befehl«, stöhnte der Unglückliche. »So wisset denn, o höchst verständiger Tisroc, dass die Gefahr für den Prinzen nicht ganz so groß ist, wie es erscheinen mag. Denn die Götter haben jenen Barbaren das Licht der Urteilskraft vorenthalten, sodass ihre Dichtung nicht wie die unsere voller gewählter Denksprüche und nützlicher Maximen ist, sondern nur von Liebe und Krieg handelt. Darum wird nichts ihnen nobler und bewundernswerter erscheinen als ein solch verrücktes Unternehmen der – au!« Denn der Prinz hatte ihm bei dem Wort »verrückt« einen neuerlichen Tritt versetzt.

»Halt ein, o mein Sohn«, sagte der Tisroc. »Und Ihr, geschätzter Wesir, lasst Euch, ob er einhält oder nicht, keinesfalls im Fluss Eurer Beredsamkeit unterbrechen. Denn nichts steht einem Manne von Rang und Würde besser an, als kleine Unannehmlichkeiten mit Gleichmut zu ertragen.«

»Euer Wunsch ist mir Befehl«, sagte der Wesir und rutschte ein wenig herum, um mehr Abstand zwischen sein Hinterteil und Rabadashs Fußspitze zu bringen. »Nichts, sage ich, wird in ihren Augen so verzeihlich, wenn nicht gar achtenswert erscheinen wie dieses – äh – halsbrecherische Unterfangen, besonders da es um der Liebe einer Frau willen gewagt wird. Würde ihnen also durch ein Missgeschick der Prinz in die Hände fallen, so würden sie ihn gewiss nicht töten. Nein, obwohl es ihm misslang, die Königin zu rauben, würde der Anblick seines großen Wagemutes und seiner unbezähmbaren Leidenschaft ihm vielleicht sogar ihr Herz zuneigen.«

»Das ist ein guter Gedanke, alter Schwätzer«, sagte Rabadash. »Sehr gut, wie auch immer er in deinen hässlichen Schädel gekommen sein mag.«

»Das Lob meiner Herren ist Licht in meinen Augen«, sagte Ahoshta. »Und zweitens, o Tisroc, dessen Herrschaft unendlich sein muss und wird, glaube ich, dass es mit Hilfe der Götter sehr wahrscheinlich ist, dass Anvard in die Hände des Prinzen fällt. Und wenn es so kommt, dann haben wir Narnia im Würgegriff.«

Es entstand eine lange Pause, während der es im Zimmer so still wurde, dass die beiden Mädchen kaum zu atmen wagten. Endlich ergriff der Tisroc wieder das Wort.

»Geh, mein Sohn«, sagte er. »Und tu, wie du gesagt hast. Aber erwarte keine Hilfe und keine Unterstützung von mir. Ich werde dich nicht rächen, wenn du getötet wirst, und ich werde dich nicht befreien, wenn die Barbaren dich in den Kerker werfen. Und wenn du, sei es im Sieg oder in der Niederlage, auch nur einen Tropfen königlichen narnianischen Blutes mehr vergießt als nötig und offener Krieg daraus entsteht, wird meine Gunst nie wieder auf dich scheinen und dein nächstjüngerer Bruder wird deinen Platz in Kalormen einnehmen. Nun geh. Sei schnell, verschwiegen und erfolgreich. Möge die Stärke Tashs, des Unerbittlichen, des Unwiderstehlichen, dein Schwert und deine Lanze beseelen.«

»Dein Wunsch ist mir Befehl«, rief Rabadash, und nachdem er sich einen Moment niedergekniet hatte, um die Hände seines Vaters zu küssen, stürmte er aus dem Zimmer. Zur großen Enttäuschung von Aravis, die inzwischen schrecklich verkrampft war, blieben der Tisroc und der Wesir zurück.

»O Wesir«, fragte der Tisroc, »ist es gewiss, dass keine lebende Seele von der Beratung weiß, die wir heute Nacht hier abgehalten haben?«

»O mein Meister«, erwiderte Ahoshta, »es ist unmöglich, dass jemand davon wissen könnte. Eben aus diesem Grund habe ich ja vorgeschlagen – und Ihr in Eurer Weisheit habt zugestimmt –, dass wir hier im Alten Palast zusammentreffen, wo nie Beratungen stattfinden und niemand aus dem Haushalt sich je aufzuhalten Veranlassung hat.«

»Nun gut«, sagte der Tisroc. »Wüsste irgendjemand davon, so würde ich dafür sorgen, dass er den Tod fände, bevor eine Stunde um wäre. Und auch Ihr, o kluger Wesir, solltet all das vergessen. Ich wasche aus meinem eigenen Herzen und dem Euren jegliche Kunde von den Plänen des Prinzen. Er ist ohne mein Wissen und Einverständnis aufgebrochen, wohin, weiß ich nicht, getrieben von seinem Jähzorn und nach der hitzigen und ungehorsamen Art der Jugend. Niemand wird erstaunter sein als Ihr und ich, wenn wir hören, dass Anvard in seine Hände gefallen ist.«

»Euer Wunsch ist mir Befehl«, antwortete Ahoshta.

»Und darum werdet Ihr auch niemals, nicht einmal im geheimsten Winkel Eures Herzens, den Gedanken hegen, ich sei der hartherzigste aller Väter, der ich meinen erstgeborenen Sohn in ein Abenteuer sende, das so leicht sein Tod sein könnte; so angenehm das Euch sein muss, der Ihr den Prinzen nicht liebt. Denn ich blicke bis auf den Grund Eurer Seele.«

»O untadeliger Tisroc«, erwiderte der Wesir. »Verglichen mit Euch liebe ich weder den Prinzen noch mein eigenes Leben noch Brot noch Wasser noch das Licht der Sonne.«

»Eure Gefühle«, sagte der Tisroc, »sind erhaben und richtig. Auch ich liebe keines dieser Dinge, verglichen mit der Herrlichkeit und Kraft meines Throns. Wenn dem Prinzen sein Vorhaben glückt, haben wir Archenland und später vielleicht Narnia. Wenn er scheitert – nun, ich habe noch achtzehn andere Söhne, und Rabadash begann gefährlich zu werden, wie es für die ältesten Söhne von Königen üblich ist. Mehr als fünf Tisrocs in Tashbaan sind vor der Zeit verblichen, weil ihre ältesten Söhne, erleuchtete Prinzen, es leid wurden, auf ihren Thron zu warten.

Besser, er kühlt sein Blut in der Fremde, als dass es hier vor Untätigkeit zu kochen beginnt. Und nun, o vorzüglicher Wesir, macht mich das Übermaß meiner väterlichen Sorge zum Schlafe geneigt. Beordert die Musikanten in mein Gemach. Bevor Ihr Euch jedoch zur Ruhe bettet, widerruft noch die Begnadigung, die wir für den dritten Koch unterzeichnet haben. Ich spüre in mir die deutlichen Vorzeichen einer Magenverstimmung.«

»Euer Wunsch ist mir Befehl«, sagte der Großwesir. Dann kroch er rückwärts auf allen vieren zur Tür, verneigte sich und ging hinaus. Selbst dann blieb der Tisroc noch schweigend auf dem Diwan sitzen, bis Aravis schon fast fürchtete, er sei eingeschlafen. Endlich jedoch hievte er unter großem Ächzen und Seufzen seinen gewaltigen Leib empor, winkte den Sklaven, ihm mit den Lichtern voranzugehen, und verließ das Zimmer. Die Tür schloss sich hinter ihm, es wurde wieder vollkommen dunkel, und die beiden Mädchen konnten endlich wieder frei atmen.

Durch die Wüste

»Wie furchtbar! Wie entsetzlich furchtbar!«, jammerte Lasaraleen. »O Schätzchen, ich habe ja solche Angst. Ich zittere am ganzen Leib. Fühl mal.«

»Los, komm«, sagte Aravis, die selbst auch zitterte. »Sie sind zurück zum neuen Palast gegangen. Wenn wir erst aus diesem Zimmer heraus sind, sind wir in Sicherheit. Aber wir haben schrecklich viel Zeit verloren. Bring mich so schnell wie möglich hinunter zum Schleusentor.«

»Aber Schätzchen, wie *kannst* du nur?«, quiekte Lasaraleen. »Ich bin zu gar nichts imstande – nicht jetzt. Meine armen Nerven! Nein; wir müssen nur eine Weile still liegen bleiben und dann zurückgehen.«

»Warum denn zurück?«, fragte Aravis.

»Oh, du verstehst mich nicht. Du hast kein Mitgefühl«, sagte Lasaraleen und fing an zu weinen. Aravis fand, jetzt sei keine Zeit für Mitleid.

»Hör zu!«, sagte sie, während sie Lasaraleen packte und ordentlich durchschüttelte. »Wenn du noch ein Wort von zurückgehen sagst und dich nicht auf der Stelle aufmachst, um mich zur Schleuse zu bringen – weißt du, was ich dann tun werde? Ich werde hinaus auf den Gang laufen und laut schreien. Dann werden wir beide erwischt.«

»Aber dann wird man uns beide t-t-töten!«, sagte Lasaraleen. »Hast du denn nicht gehört, was der Tisroc (möge er ewig leben) gesagt hat?«

»Ja, und ich möchte lieber tot sein als Ahoshtas Frau zu werden. Also komm schon.«

»Oh, du bist aber überhaupt nicht nett zu mir«, beklagte sich Lasaraleen. »Wo ich doch so mitgenommen bin.«

Doch am Ende musste sie sich Aravis fügen. Sie ging voraus die Stufen hinunter, die sie schon einmal hinabgestiegen waren, und dann durch einen angrenzenden Gang und schließlich hinaus ins Freie. Nun befanden sie sich im Palastgarten, der über mehrere Terrassen bis hinunter zur Stadtmauer abfiel. Der Mond schien hell. Einer der Nachteile an Abenteuern ist, dass man oft, wenn man an die schönsten Orte kommt, viel zu ängstlich ist und es viel zu eilig hat, um sie richtig zu genießen; deshalb bekam Aravis nur einen undeutlichen Eindruck (obwohl sie sich noch Jahre später daran erinnerte) von grauen Rasenflächen, leise plätschernden Springbrunnen und den langen schwarzen Schatten der Zypressen.

Als sie ganz unten waren und die Mauer düster über ihnen aufragte, zitterte Lasaraleen so sehr, dass sie es nicht fertigbrachte, das Tor zu entriegeln. Aravis schaffte es. Nun endlich lag der Fluss vor ihnen, schillernd vom Mondlicht, das sich darin spiegelte, und an einem kleinen Landungssteg lagen ein paar Vergnügungsboote.

»Auf Wiedersehen«, sagte Aravis, »und vielen Dank. Tut mir leid, wenn ich eklig zu dir war. Aber denk daran, wovor ich auf der Flucht bin!«

»Oh, Aravis, Schätzchen«, sagte Lasaraleen. »Willst du es dir denn nicht anders überlegen? Wo du doch jetzt gesehen hast, was für ein großer Mann Ahoshta ist!«

»Ein großer Mann!«, rief Aravis. »Ein hässlicher, kriecherischer Sklave, der mit Schmeicheleien antwortet, wenn er getreten wird, aber alles in seinem Herzen verschließt und darauf lauert, sich zu rächen, indem er diesen grässlichen Tisroc dazu verleitet, den Tod seines eigenen Sohnes zu planen. Pfui! Lieber würde ich den Küchenjungen meines Vaters heiraten als eine Kreatur wie ihn.«

»Oh, Aravis, Aravis! Wie kannst du nur so etwas Furchtbares sagen; und sogar über den Tisroc (möge er ewig leben). Es muss doch richtig sein, wenn *er* es beschlossen hat!«

»Lebewohl«, sagte Aravis, »und deine Kleider fand ich übrigens wunderschön. Und auch dein Haus finde ich wunderschön. Ich bin sicher, du wirst ein herrliches Leben führen – wenn es auch für mich nichts wäre. Mach das Tor leise hinter mir zu.«

Damit riss sie sich aus den innigen Umarmungen ihrer Freundin los, stieg in ein Boot, stieß sich ab und war im nächsten Moment mitten in der Flussströmung, mit dem riesigen echten Mond über sich und einem riesigen Spiegelbild des Mondes tief, tief unten im Fluss. Die Luft war frisch und kühl, und als sie sich dem anderen Ufer näherte, hörte sie eine Eule schreien. »Ah! Das ist besser!«, dachte Aravis. Sie hatte ihr ganzes Leben auf dem Land zugebracht und jede Minute gehasst, die sie in Tashbaan gewesen war.

Als sie an Land ging, war es dunkel um sie her, da das ansteigende Gelände und die Bäume das Mondlicht verdeckten. Dennoch schaffte sie es, dieselbe Straße zu finden, die auch Shasta gefunden hatte, und kam genau wie er ans Ende des Grases und den Beginn der Sandfläche, wo sie (so wie er) nach links schaute und die großen, schwarzen Gräber entdeckte. Und obwohl sie so ein tapferes Mädchen war, sank ihr doch jetzt endlich der Mut. Wenn nun die anderen nicht da waren! Wenn es die Ghule doch gab! Dennoch streckte sie das Kinn (und auch ein kleines Stück ihrer Zunge) nach vorn und ging direkt auf die Gräber zu.

Noch bevor sie sie erreicht hatte, sah sie Bree und Hwin und den Diener.

»Du kannst jetzt zurück zu deiner Herrin gehen«, sagte

Aravis zu ihm (sie vergaß völlig, dass er das erst konnte, wenn am nächsten Morgen die Stadttore geöffnet wurden). »Hier ist etwas Geld für deine Mühe.«

»Euer Wunsch ist mir Befehl«, sagte der Diener und setzte sich sogleich mit beachtlicher Geschwindigkeit in Richtung Stadt in Bewegung. Es war nicht nötig, ihn zur Eile anzutreiben; auch er hatte sehr viel an Ghule gedacht.

Während der nächsten Sekunden war Aravis vollauf damit beschäftigt, Hwin und Bree die Nasen zu küssen und die Hälse zu tätscheln, so als wären sie ganz gewöhnliche Pferde.

»Und da kommt Shasta! Dem Löwen sei Dank!«, sagte Bree.

Aravis schaute sich um, und tatsächlich, da war Shasta, der aus seinem Versteck hervorgekommen war, sobald er sah, dass der Diener sich entfernte.

»So«, sagte Aravis. »Wir dürfen keinen Moment Zeit verlieren.« Und hastig berichtete sie ihnen von Rabadashs Feldzug.

»Verräterische Hunde!«, sagte Bree, schüttelte seine Mähne und stampfte mit dem Huf auf. »Ein Angriff in Friedenszeiten, ohne eine Herausforderung zu senden. Aber dem werden wir den Hafer versalzen. Wir werden vor ihm da sein.«

»Können wir das?«, fragte Aravis, während sie sich in Hwins Sattel schwang. Shasta wünschte sich, er könnte auch so aufsteigen.

»Bruh-huh!«, schnaubte Bree. »Hinauf mit dir, Shasta. Und ob wir das können! Und zwar mit einem ordentlichen Vorsprung!«

»Er sagte, er werde sofort aufbrechen«, sagte Aravis.

»Das ist Menschengeschwätz«, erwiderte Bree. »Aber man kann nun einmal nicht in einer Minute eine Schar von zweihundert Pferden und Reitern mit Wasser und Proviant versehen und bewaffnen und satteln und in Bewegung setzen. Also dann: Welche Richtung schlagen wir ein? Genau nach Norden?«

»Nein«, sagte Shasta. »Ich weiß, welchen Weg wir nehmen müssen. Ich habe eine Linie gezeichnet. Ich erkläre es euch später. Haltet euch ein bisschen nach links, ihr Pferde. Ah – da ist sie ja!«

»Also dann«, sagte Bree. »Tag und Nacht galoppieren, wie sie es in Geschichten immer tun, ist in Wirklichkeit nicht zu schaffen. Es muss im Schritt und im Trab gehen; aber im flotten Trab und nur kurze Strecken im Schritt. Und immer wenn wir im Schritt gehen, könnt ihr beiden Menschen absteigen und auch zu Fuß gehen. So. Bist du bereit, Hwin? Dann los. Nach Narnia in den Norden!«

Zu Anfang machte es richtig Spaß. Es war inzwischen schon so lange Nacht, dass der Sand bereits fast alle Sonnenwärme wieder abgegeben hatte, die er während des Tages empfing, und die Luft war kühl, frisch und klar. Unter dem Mondlicht schimmerte der Sand in allen Richtungen, so weit sie blicken konnten, wie eine glatte Wasserfläche oder ein riesiges Silbertablett. Außer Brees und Hwins Hufschlägen war kein Laut zu hören. Shasta wäre fast eingeschlafen, hätte er nicht hin und wieder absteigen und zu Fuß gehen müssen.

So schien es mehrere Stunden lang zu gehen. Dann kam eine Zeit, in der der Mond nicht mehr zu sehen war. Stunden um Stunden schienen sie durch tiefste Finsternis zu reiten. Und danach kam ein Moment, in dem Shasta bemerkte, dass er Brees Hals und Kopf etwas deutlicher vor sich sehen konnte als zuvor; und langsam, ganz langsam fing er an, die unermessliche graue Fläche wahrzunehmen, die sie von allen Seiten umgab. Sie sah vollkommen tot aus, wie eine Landschaft in einer toten Welt; und

Shasta wurde schrecklich müde und merkte, dass ihm kalt wurde und seine Lippen ganz trocken waren. Und die ganze Zeit über das Quietschen des Leders, das Klingeln des Zaumzeugs und das Geräusch der Hufschläge – nicht *proppati-proppati*, wie es auf einer gepflasterten Straße geklungen hätte, sondern *sabbadi-sabbadi* im trockenen Sand.

Nach stundenlangem Ritt schließlich wurde weit entfernt zu seiner Rechten ein einziger langer Streifen von hellerem Grau sichtbar, tief unten am Horizont. Dann ein roter Streifen. Es wurde endlich Morgen, doch kein Vogel begrüßte ihn mit seinem Gesang. Jetzt war er froh, hin und wieder zu Fuß gehen zu können, denn ihm war kälter als je zu vor.

Dann ging plötzlich die Sonne auf und alles veränderte sich in einem Augenblick. Der graue Sand wurde gelb und funkelte, als wäre er mit Diamanten übersät. Links von ihnen jagten die Schatten von Shasta und Hwin und Bree und Aravis, endlos in die Länge gezogen, neben ihnen her. Weit voraus blitzte der Doppelgipfel des Berges Pire im Sonnenlicht, und Shasta sah, dass sie ein wenig vom Kurs abgekommen waren. »Ein bisschen nach links, ein bisschen nach links«, rief er. Das Beste aber war: wenn sie sich umschauten, sah Tashbaan schon ganz klein und weit entfernt aus. Die Gräber waren überhaupt nicht mehr zu sehen; verschlungen von jenem einsamen Buckel mit zerklüfteten Rändern, der die Stadt des Tisrocs war. Alle fühlten sich besser.

Aber das währte nicht lange. Tashbaan wirkte zwar sehr weit entfernt, als sie es zuerst sahen, aber es wollte und wollte nicht weiter zurückbleiben, als sie dahinritten. Shasta gab es schließlich auf, sich danach umzuschauen; denn das gab ihm nur das Gefühl, sie kämen überhaupt nicht voran. Dann wurde das Licht allmählich lästig. Der gleißende Sand tat seinen Augen weh, aber er wusste, dass er sie nicht schließen durfte. Er musste sie mit aller Kraft offenhalten und seinen Blick geradeaus auf den Berg Pire richten und Richtungsanweisungen rufen. Dann kam die Hitze. Er bemerkte sie zum ersten Mal, als er absteigen und zu Fuß gehen musste; als er auf den Sand hinabglitt, schlug ihm die aufsteigende Hitze ins Gesicht, wie wenn er eine Ofentür geöffnet hätte. Beim nächsten Mal war es noch schlimmer. Doch als seine bloßen Füße beim dritten Mal den Sand berührten, schrie er vor Schmerz auf und hatte einen Fuß wieder im Steigbügel und den anderen halb über Brees Rücken, bevor man hätte piep sagen können.

»Tut mir leid, Bree«, keuchte er. »Ich kann nicht zu Fuß gehen. Das verbrennt einem ja die Füße.«

»Natürlich!«, hechelte Bree. »Daran hätte ich selbst denken sollen. Bleib oben. Es lässt sich nicht ändern.«

»Bei *dir* ist das etwas anderes«, sagte Shasta zu Aravis, die neben Hwin ging. »Du hast Schuhe an.«

Aravis sagte nichts und machte ein hochnäsiges Gesicht. Hoffen wir, dass sie das gar nicht wollte, aber sie tat es.

Und weiter ging es, Trab und Schritt und Trab, klingel-klingel-klingel, quietsch-quietsch-quietsch, Geruch von Pferdeschweiß, Geruch vom eigenen Schweiß, blendend grelles Sonnenlicht, Kopfschmerzen. Meile um Meile voran, und nichts veränderte sich. Tashbaan schien sich niemals weiter entfernt zu haben. Die Berge schienen nie näher gekommen zu sein. Man hatte das Gefühl, als wäre es schon immer so gegangen – klingel-klingel-klingel, quietsch-quietsch-quietsch, Geruch von Pferdeschweiß, Geruch vom eigenen Schweiß.

Natürlich versuchte man alle möglichen Spiele mit sich selbst zu spielen, damit die Zeit schneller verging; und natürlich halfen sie einem alle nicht weiter. Und man gab sich alle Mühe, nicht an Getränke zu denken – an das eiskalte Sorbet in einem Palast in Tashbaan, an klares Quellwasser, das mit dunkel-erdigem Klang dahinplätscherte, an kalte, frische Milch, gerade sahnig genug, aber nicht zu sahnig – und je mehr man sich bemühte, nicht daran zu denken, desto mehr dachte man daran.

Endlich gab es eine Abwechslung – eine Felsformation, etwa fünfzig Meter lang und zehn Meter hoch, die aus dem Sand emporragte. Viel Schatten warf sie nicht, denn die Sonne stand jetzt sehr hoch, aber immerhin ein bisschen. In jenem Schatten kauerten sie sich zusammen. Dort aßen sie etwas und tranken ein wenig Wasser. Es ist gar nicht so einfach, einem Pferd aus einem Wasserschlauch etwas zu trinken zu geben, aber Bree und Hwin waren geschickt mit ihren Lippen. Niemand bekam auch nur annähernd genug. Niemand sagte etwas. Die Pferde hatten Schaumflocken an den Flanken und ihr Atem ging deutlich vernehmbar. Die Kinder waren blass.

Nach einer viel zu kurzen Pause zogen sie weiter. Dieselben Geräusche, dieselben Gerüche, dasselbe Gleißen, bis endlich ihre Schatten nach rechts zu wandern begannen und dann länger und länger wurden, bis sie sich bis ans östliche Ende der Welt zu erstrecken schienen. Ganz langsam sank die Sonne dem westlichen Horizont entgegen. Und dann endlich war sie untergegangen, und Gott sei Dank hörte das erbarmungslose Gleißen auf, wenn auch die Hitze, die vom Sand aufstieg, immer noch genauso schlimm war wie vorher. Vier Augenpaare hielten begierig Ausschau nach irgendeinem Anzeichen von dem Tal, das Patschfuß der Rabe erwähnt hatte. Doch Meile um Meile sahen sie nichts als die ebene Sandfläche. Und nun war der Tag unbestreitbar vorüber; die meisten Sterne waren schon zu sehen, und immer noch donnerten die Pferde voran, und die Kinder wiegten sich in den Sätteln, völlig elend vor Durst und Erschöpfung. Erst als schon der Mond aufgegangen war, erklang plötzlich – mit der merkwürdigen, bellenden Stimme von jemandem, dessen Mund völlig ausgetrocknet ist – Shastas Ausruf:

»Da ist es!«

Jetzt war es nicht mehr zu übersehen. Vor ihnen, ein wenig zur Rechten, begann endlich ein Gefälle; ein Abhang mit Felshügeln auf jeder Seite. Die Pferde waren viel zu müde, um etwas zu sagen, aber sie schwenkten in die Richtung herum und trabten nach ein paar Minuten in die Rinne hinein. Zuerst war es dort drinnen schlimmer, als es draußen in der offenen Wüste gewesen war, denn zwischen den Felswänden stand die Luft stickig und heiß und es drang weniger Mondlicht herein. Der Hang führte steil weiter nach unten und die Felsen zu beiden Seiten erhoben sich bis zur Höhe von Klippen. Dann stießen sie auf erste Spuren von Vegetation – stachelige, kaktusähnliche Pflanzen und ein raues Gras von der Sorte, an der man sich die Finger stechen kann. Bald trafen die Pferdehufe auf Kiesel und Steine statt auf Sand. Nach jeder Biegung des Tals – und es hatte viele Biegungen – schauten sie begierig nach Wasser aus. Die Pferde waren jetzt fast am Ende ihrer Kräfte, und Hwin stolperte keuchend ein Stück hinter Bree her. Sie waren schon fast am Verzweifeln, als sie endlich auf eine schlammige Stelle trafen, wo ein winziges Rinnsal Wasser durch weicheres, besseres Gras sickerte. Aus dem Rinnsal wurde ein Wasserlauf, und der Wasserlauf wurde zu einem Bach mit Büschen auf beiden Seiten, und der Bach wurde zu einem Flüsschen, und schließlich (nach so vielen Enttäuschungen, dass ich sie unmöglich alle schildern könnte) kam ein Moment, in dem Shasta, der in eine Art Dämmerzustand verfallen war, plötzlich merkte, dass Bree angehalten hatte, und spürte, wie er aus dem Sattel glitt. Vor ihnen ergoss sich ein kleiner Wasserfall in ein breites Becken; und beide Pferde standen bereits mit gesenkten Köpfen in dem Becken und tranken, tranken, tranken. »O-o-oh«, sagte Shasta, stürzte sich hinein – es ging ihm etwa bis zu den Knien – und tauchte seinen Kopf geradewegs in den Wasserfall. Es war vielleicht der herrlichste Augenblick in seinem Leben.

Etwa zehn Minuten später kamen alle vier (die Kinder fast völlig durchnässt) wieder heraus und begannen sich in der Umgebung umzuschauen. Der Mond stand jetzt hoch genug, um in das Tal hineinzuleuchten. Zu beiden Seiten des Flüsschens stand weiches Gras, und jenseits des Grases zogen sich Bäume und Sträucher an den Hängen hinauf bis zum Fuß der Klippen. Es mussten ein paar wunderbare blühende Büsche dort im dunklen Unterholz verborgen sein, denn die ganze Schneise war erfüllt von frischen, köstlichen Düften. Und aus dem dunkelsten Winkel zwischen den Bäumen kam ein Laut, den Shasta noch nie zuvor gehört hatte – eine Nachtigall.

Alle waren jetzt viel zu müde, um zu sprechen oder zu essen. Die Pferde warteten gar nicht erst ab, bis sie abgesattelt wurden, sondern legten sich sofort hin. Das taten auch Aravis und Shasta.

Ungefähr zehn Minuten später sagte die umsichtige Hwin: »Aber wir dürfen nicht einschlafen. Wir müssen unseren Vorsprung vor diesem Rabadash halten.«

»Nein«, sagte Bree ganz langsam. »Dürfen nicht einschlafen. Nur ein bisschen ausruhen.«

Shasta begriff (für einen Moment), dass sie alle einschlafen würden, wenn er nicht aufstand und etwas dagegen tat, und hatte das Gefühl, er sollte es. Er fasste sogar den Entschluss, aufzustehen und die anderen zu überreden, weiterzugehen. Aber gleich, noch nicht jetzt, nicht jetzt sofort …

Bald darauf schien der Mond und sang die Nachtigall über zwei Pferden und zwei Menschenkindern, die alle fest schliefen.

Aravis war es, die als Erste erwachte. Die Sonne stand schon hoch am Himmel und die kühlen Morgenstunden waren bereits vertan. »Meine Schuld«, sagte sie wütend zu sich selbst, während sie aufsprang und anfing, die anderen zu wecken. »Von Pferden kann man nicht erwarten, dass sie nach einem so anstrengenden Arbeitstag wach bleiben, selbst wenn sie sprechen können. Und von dem Jungen natürlich auch nicht; er hat ja nie eine anständige Erziehung erhalten. Aber *ich* hätte es besser wissen müssen.«

Die anderen waren noch ganz benommen und dumpf vom tiefen Schlaf.

»Hey-ho – bruh-huh«, sagte Bree. »Habe wohl mit meinem Sattel geschlafen, was? Das mache ich nie wieder. Furchtbar unbequem –«

»Nun kommt schon, beeilt euch«, sagte Aravis. »Wir haben schon den halben Vormittag vertan. Wir dürfen keinen Augenblick mehr verlieren.«

»Ohne einen Bissen Gras geht es nicht«, sagte Bree.

»Ich fürchte, wir können nicht warten«, erwiderte Aravis.

»Wieso die schreckliche Eile?«, fragte Bree. »Wir haben doch die Wüste durchquert, oder etwa nicht?«

»Aber wir sind noch nicht in Archenland«, entgegnete Aravis. »Und wir müssen vor Rabadash dort sein.«

»Ach, dem sind wir doch um Meilen voraus«, erwiderte Bree. »Haben wir nicht einen kürzeren Weg genommen? Sagte nicht dein Freund, der Rabe, dies sei eine Abkürzung, Shasta?«

»Von *kürzer* hat er nichts gesagt«, antwortete Shasta. »Er sagte nur *besser*, weil man auf diesem Weg auf einen

Fluss trifft. Wenn die Oase direkt nördlich von Tashbaan liegt, fürchte ich, dieser Weg könnte sogar weiter sein.«

»Nun, ohne einen Bissen kann ich trotzdem nicht weiter«, sagte Bree. »Nimm mir das Zaumzeug ab, Shasta.«

»B-bitte«, sagte Hwin ganz schüchtern. »Ich habe genau wie Bree das Gefühl, dass ich nicht weiter *kann*. Aber wenn Pferde Menschen (mit Sporen und dergleichen) auf dem Rücken haben, werden sie dann nicht oft dazu gezwungen, weiterzugehen, wenn sie sich so fühlen wie wir jetzt? Und dann merken sie, dass sie es auch können. Ich m-meine – sollten wir nicht sogar zu noch mehr imstande sein, jetzt, wo wir frei sind? Es ist doch alles für Narnia.«

»Ich glaube, Verehrteste«, sagte Bree mit einem vernichtenden Blick, »ich verstehe ein bisschen mehr von Feldzügen und Gewaltmärschen und davon, was ein Pferd ertragen kann, als du.«

Darauf gab Hwin, die wie die meisten hochgezüchteten Stuten eine sehr nervöse und sanfte Persönlichkeit hatte und sich leicht einschüchtern ließ, keine Antwort. In Wirklichkeit hatte sie vollkommen Recht, und hätte Bree in diesem Moment einen Tarkaan auf dem Rücken gehabt, um ihn anzutreiben, hätte er festgestellt, dass noch mehrere Stunden strammen Trabs in ihm steckten. Doch eine der schlimmsten Folgen des Sklavenlebens, in dem man zu allem gezwungen wird, ist, dass man, wenn keiner mehr da ist, der einen zwingt, fast keine Kraft mehr hat, es selbst zu tun.

Also mussten sie warten, bis Bree ein wenig gegrast und etwas getrunken hatte, und natürlich nahmen Hwin und die Kinder auch etwas zu sich. Als sie sich endlich auf den Weg machten, war es wohl schon fast elf Uhr vormittags. Und selbst dann ging Bree die Sache sehr viel gemächlicher an als am Tag zuvor. Eigentlich war es Hwin, obwohl sie die Schwächere und Erschöpftere der beiden war, die das Tempo vorgab.

Das Tal selbst mit seinem braunen, kühlen Fluss, mit dem Gras und dem Moos, den Wildblumen und den Rhododendren war eine so angenehme Umgebung, dass man unwillkürlich langsamer ritt.

Der Einsiedler der Südmark

Nachdem sie einige Stunden lang durch das Tal geritten waren, wurde es breiter, und sie konnten sehen, was vor ihnen lag. Das Flüsschen, dem sie gefolgt waren, mündete hier in einen größeren Fluss, breit und ungestüm, der von links nach rechts in Richtung Osten strömte. Jenseits dieses neuen Flusses befand sich eine liebliche Landschaft, die über niedrige Hügel Kamm um Kamm bis zum Nördlichen Gebirge selbst anstieg. Zur Rechten waren felsige Gipfel, an deren Hängen sich hier und da Schneefelder hielten. Zur Linken erstreckten sich, so weit das Auge reichte, von Kiefern bedeckte Hänge, schroffe Klippen, enge Schluchten und blaue Gipfel. Der Berg Pire war nicht mehr auszumachen. Gerade voraus senkte sich die Bergkette zu einem bewaldeten Sattel ab, der natürlich der Pass von Archenland nach Narnia sein musste.

»Bru-hu-huh, der Norden, der grüne Norden!«, wieherte Bree; und tatsächlich: Die flacheren Hügel sahen grüner und frischer aus als alles, was Aravis und Shasta mit ihren Augen, die nur den Süden kannten, sich je hätten träumen lassen. Ihre Stimmung hob sich, als sie hinunter zu der Stelle eilten, wo die beiden Flüsse aufeinandertrafen.

Der ostwärts strömende Fluss, der von den höheren Bergen am westlichen Ende der Kette herabkam, war viel zu reißend und von zu vielen Stromschnellen durchsetzt, als dass sie ihn hätten durchschwimmen können; doch nachdem sie eine Weile lang aufwärts und abwärts am

Ufer gesucht hatten, fanden sie eine Stelle, die flach genug zum Waten war. Das Donnern und Plätschern des Wassers, das kräftig um die Fesseln der Pferde sprudelte, die kühle, rege Luft und die hin und her schießenden Libellen erfüllten Shasta mit einer seltsamen Erregung.

»Freunde, wir sind in Archenland!«, sagte Bree stolz, während er sich unter großem Geplansche ans nördliche Ufer kämpfte. »Ich glaube, der Fluss, den wir gerade überquert haben, heißt Schlängelpfeil.«

»Ich hoffe, wir kommen noch rechtzeitig«, murmelte Hwin.

Von nun an ging es bergauf, langsam und in vielen Zickzackkurven, denn die Hügel waren steil. Das Gelände war offen und parkähnlich; von Straßen oder Häusern war nichts zu sehen. Überall verstreut standen Bäume, doch nie dicht genug, um einen Wald zu bilden. Shasta, der sein ganzes Leben in einem fast baumlosen Grasland zugebracht hatte, hatte noch nie so viele oder so viele verschiedene Arten gesehen. Wärt ihr dort gewesen, so hättet ihr (im Gegensatz zu ihm) wahrscheinlich gewusst, dass er Eichen, Buchen, Silberbirken, Ebereschen und Kastanien vor sich hatte. Kaninchen huschten in alle Richtungen davon, als sie näher kamen, und bald darauf sahen sie ein ganzes Rudel Damwild zwischen den Bäumen hindurchfliehen.

»Ist das nicht einfach herrlich!«, rief Aravis.

Auf dem ersten Kamm drehte sich Shasta im Sattel um und schaute zurück. Von Tashbaan war nichts mehr zu sehen; die Wüste erstreckte sich ohne Unterbrechung, mit Ausnahme des schmalen grünen Spaltes, durch den sie gekommen waren, bis zum Horizont aus.

»Hallo!«, sagte er plötzlich. »Was ist denn das?«

»Was ist was?«, fragte Bree und drehte sich um. Hwin und Aravis taten es ihm nach.

»Das da«, sagte Shasta und deutete. »Es sieht aus wie Rauch. Ist das ein Feuer?«

»Ein Sandsturm, würde ich sagen«, erwiderte Bree.

»Sehr windig ist es aber nicht«, wandte Aravis ein.

»Oh!«, rief Hwin. »Schaut! Da blitzt etwas. Schaut! Das sind Helme – und Rüstungen. Und es bewegt sich; es kommt in unserer Richtung.«

»Bei Tash!«, sagte Aravis. »Das ist die Armee. Es ist Rabadash.«

»Natürlich«, sagte Hwin. »Genau wie ich es befürchtet habe. Schnell! Wir müssen vor ihnen in Anvard sein.« Und ohne ein weiteres Wort wirbelte sie herum und galoppierte nach Norden los. Bree schüttelte den Kopf und folgte ihr.

»Komm schon, Bree, los doch«, schrie Aravis über die Schulter zurück.

Das Rennen war eine schlimme Strapaze für die Pferde. Immer wenn sie den Kamm einer Hügelkette erreichten, fanden sie dahinter wieder ein Tal und noch eine Hügelkette; und obwohl sie wussten, dass sie mehr oder weniger in die richtige Richtung liefen, ahnte keiner von ihnen, wie weit es noch bis Anvard war. Vom zweiten Kamm aus blickte sich Shasta wieder um. Statt einer Staubwolke weit draußen in der Wüste sah er nun eine wimmelnde schwarze Masse, etwa wie Ameisen, am gegenüberliegenden Ufer des Schlängelpfeils. Zweifellos waren sie auf der Suche nach einer Furt.

»Sie sind am Fluss!«, schrie er aufgeregt.

»Schnell! Schnell!«, rief Aravis. »Wenn wir nicht rechtzeitig in Anvard sind, hätten wir genauso gut überhaupt nicht zu kommen brauchen. Galopp, Bree, Galopp. Denk daran, dass du ein Streitross bist.«

Shasta verkniff sich nur mit Mühe ähnliche Anfeuerungsrufe, doch er dachte: »Der arme Kerl tut sowieso schon, was er kann«, und hielt den Mund. Und wirklich taten beide Pferde vielleicht nicht alles, was sie konnten, aber doch alles, was sie zu können glaubten; was nicht ganz dasselbe ist. Bree hatte Hwin eingeholt und Seite an Seite donnerten sie über das Gras. Es sah nicht so aus, als ob Hwin noch lange würde durchhalten können.

In diesem Moment änderte sich die Situation durch ein Geräusch von hinten völlig. Es war nicht das Geräusch, mit dem sie gerechnet hatten – der Lärm von Hufen und klirrenden Rüstungen, vielleicht vermischt mit kalormenischen Schlachtrufen. Doch Shasta erkannte es sofort. Es war dasselbe fauchende Brüllen, das er in jener mondhellen Nacht gehört hatte, als sie Aravis und Hwin begegnet waren. Bree erkannte es auch. Seine Augen schimmerten rot und seine Ohren legten sich flach nach hinten an den Schädel. Und jetzt fand Bree heraus, dass er in Wirklichkeit noch nicht so schnell gelaufen war – nicht ganz so schnell –, wie er konnte. Shasta spürte die Veränderung sofort. Erst jetzt galoppierten sie wirklich mit aller Kraft. Nach wenigen Sekunden hatten sie Hwin ein ganzes Stück hinter sich gelassen.

»Das ist nicht fair«, dachte Shasta. »Ich hatte geglaubt, wenigstens vor Löwen wären wir hier sicher!«

Er schaute sich über die Schulter um. Alles war nur zu deutlich zu sehen. Eine riesige braune Kreatur war hinter ihnen her, den Leib dicht am Boden wie bei einer Katze, die quer über den Rasen auf den nächsten Baum zujagt, wenn ein fremder Hund in den Garten eingedrungen ist. Und sie kam mit jeder Sekunde, ja mit jeder halben Sekunde näher.

Als er wieder nach vorn blickte, sah er etwas, das er gar nicht richtig wahrnehmen konnte, geschweige denn darüber nachdenken. Ein glatter grüner Wall, etwa drei Meter hoch, versperrte ihnen den Weg. In der Mitte des Walls stand ein Tor offen. Und mitten in dem Tor stand ein großer Mann, gekleidet in ein Gewand in der Farbe von Herbstlaub, das ihm bis auf die bloßen Füße reichte, und stützte sich auf einen geraden Stab. Sein Bart fiel fast bis zu seinen Knien herab.

All das erfasste Shasta mit einem Blick, dann schaute er sich wieder um. Der Löwe hatte Hwin jetzt fast eingeholt. Er schnappte nach ihren Hinterbeinen, und in ihrem schaumbefleckten Gesicht und ihren weit aufgerissenen Augen war jetzt keine Hoffnung mehr.

»Halt!«, brüllte Shasta in Brees Ohr. »Wir müssen zurück. Wir müssen helfen!«

Bree sagte hinterher stets, er habe dies überhaupt nicht gehört oder nicht verstanden; und da er im Allgemeinen ein sehr wahrheitsliebendes Pferd war, müssen wir seinem Wort glauben.

Shasta zog die Füße aus den Steigbügeln, schwang beide Beine über die linke Seite, zögerte eine grauenhafte Hundertstelsekunde lang und sprang. Er tat sich furchtbar weh und bekam kaum noch Luft; doch ehe er die Schmerzen überhaupt spürte, taumelte er schon zurück, um Aravis zu Hilfe zu eilen. Etwas Derartiges hatte er noch nie in seinem Leben getan, und er wusste kaum, warum er es jetzt tat.

Von Hwins Lippen brach einer der schrecklichsten Laute auf der Welt hervor, der Schrei eines Pferdes. Aravis lag flach über Hwins Hals und versuchte anscheinend gerade, ihr Schwert zu ziehen. Und nun waren alle drei – Aravis, Hwin und der Löwe – fast bei Shasta angekommen. Bevor sie ihn ganz erreichten, richtete sich der Löwe auf die Hinterbeine auf, höher, als man es von einem Löwen geglaubt hätte, und schlug mit seiner rechten Pranke nach Aravis. Shasta konnte sehen, wie er all seine schrecklichen Krallen ausspreizte. Aravis schrie auf und taumelte im Sattel. Der Löwe zog ihr seine Krallen über die Schultern. Vor Entsetzen halb wahnsinnig schaffte es Shasta, auf die Bestie zuzuspringen. Er hatte keine Waffe, nicht einmal einen Knüppel oder einen Stein. Idiotisch schrie er den Löwen an, wie man einen Hund anschreien würde: »Geh heim! Geh heim!« Einen Sekundenbruchteil lang starrte er direkt in das weit offene, wütende Maul. Dann hielt zu seinem grenzenlosen Erstaunen der Löwe plötzlich inne, überschlug sich, rappelte sich auf und raste davon.

Shasta bildete sich keinen Moment lang ein, er würde nicht wiederkommen. Er drehte sich um und rannte auf das Tor in dem grünen Wall zu, an das er sich jetzt zum ersten Mal wieder erinnerte. Hwin durchquerte gerade strauchelnd und der Ohnmacht nahe das Tor; Aravis hielt sich noch im Sattel, doch ihr Rücken war voller Blut.

»Herein, meine Tochter, herein«, sagte der bärtige Mann in dem langen Gewand, und dann: »Herein, mein Sohn«, als Shasta sich ihm keuchend näherte. Er hörte, wie sich das Tor hinter ihm schloss. Der bärtige Fremde war bereits dabei, Aravis von ihrem Pferd zu helfen.

Sie befanden sich im Innern einer weitläufigen, vollkommen kreisförmigen Einfriedung, geschützt von einem hohen, grasbewachsenen Erdwall. Vor ihm lag ein Teich mit völlig stillem Wasser, so voll, dass das Wasser fast genau in einer Ebene mit dem Boden stand. An einem Ende des Teiches wuchs der größte und schönste Baum, den Shasta je gesehen hatte, und überschattete ihn vollständig mit seinen Ästen. Hinter dem Teich stand ein kleines, niedriges Steinhaus, gedeckt mit dickem, altem Reet. Ein Blöken war zu hören und drüben auf der anderen Seite der Einfriedung gab es ein paar Ziegen. Der ebene Boden war ganz und gar von feinstem Gras bedeckt.

»Seid – seid – seid Ihr«, keuchte Shasta. »Seid Ihr König Lune von Archenland?«

Der alte Mann schüttelte den Kopf. »Nein«, erwiderte er mit leiser Stimme. »Ich bin der Einsiedler der Südmark. Und nun, mein Sohn, vergeude keine Zeit mit Fragen, sondern gehorche. Diese Maid ist verwundet. Eure Pferde sind erschöpft. Rabadash findet in diesem Moment eine Furt über den Schlängelpfeil. Wenn du jetzt losrennst, ohne einen Moment auszuruhen, wirst du König Lune noch rechtzeitig warnen können.«

Bei diesen Worten sank Shastas Herz, denn er hatte das Gefühl, am Ende seiner Kräfte zu sein. Und er sträubte sich innerlich gegen die, wie ihm schien, grausame und ungerechte Forderung. Er hatte noch nicht gelernt, dass einem, wenn man eine gute Tat vollbringt, als Lohn meist gleich noch eine aufgetragen wird, eine noch schwerere und noch bessere. Doch alles, was er laut sagte, war:

»Wo ist der König?«

Der Einsiedler drehte sich um und deutete mit seinem Stab. »Schau«, sagte er. »Dort ist noch ein Tor, direkt gegenüber dem, durch das ihr gekommen seid. Öffne es und geh geradeaus; immer geradeaus, über Berg und Tal, über Stock und Stein, über Bach und Gras. Ich weiß dank meiner Künste, dass du König Lune in gerader Linie von hier finden wirst. Aber renne, renne; renne immerzu.«

Shasta nickte, rannte zum Nordtor und verschwand dahinter. Dann nahm der Einsiedler Aravis, die er die ganze Zeit über mit seinem linken Arm gestützt hatte, und brachte sie, indem er sie halb führte und halb trug, ins Haus. Nach langer Zeit kam er wieder heraus.

»Und nun, Vettern«, sagte er zu den Pferden, »seid ihr an der Reihe.«

Ohne auf eine Antwort zu warten – und sie waren ohnehin zu erschöpft, um zu sprechen – nahm er ihnen beiden das Zaumzeug und die Sättel ab. Dann striegelte er sie nacheinander so gut, dass es ein Pferdeknecht im Stall eines Königs nicht besser hätte machen können.

»So, Vettern«, sagte er, »nun verbannt alles aus euren Gedanken und seid getrost. Hier ist Wasser und dort ist Gras. Ihr sollt auch einen warmen Brei bekommen, sobald ich meine anderen Vettern, die Ziegen, gemolken habe.«

»Herr«, sagte Hwin, die endlich ihre Stimme wiederfand, »wird die Tarkheena überleben? Hat der Löwe sie getötet?«

»Ich weiß zwar durch meine Künste vieles aus der Gegenwart«, erwiderte der Einsiedler lächelnd, »doch von der Zukunft habe ich nur wenig Kenntnis. Darum weiß ich nicht, ob irgendein Mann, eine Frau oder ein Tier auf der ganzen Welt noch am Leben sein wird, wenn heute Abend die Sonne untergeht. Aber sei getrost. Die Maid wird wahrscheinlich ebenso lange leben wie irgendeine ihrer Altersgenossinnen.«

Als Aravis wieder zu sich kam, stellte sie fest, dass sie auf dem Bauch auf einem außerordentlich weichen, niedrigen Bett lag, in einem kühlen, kahlen Zimmer mit unverputzten, gemauerten Wänden. Sie verstand nicht, wieso sie auf dem Bauch gelegen hatte; doch als sie sich umzudrehen versuchte und den heißen, brennenden Schmerz an ihrem ganzen Rücken spürte, fiel es ihr wieder ein, und der Grund wurde ihr klar. Sie konnte sich nicht erklären, aus welch herrlich federndem Zeug das Bett gemacht war, denn es war aus Heidekraut (dem besten Bettpolster, das es gibt), und Heidekraut war etwas, das sie noch nie gesehen und wovon sie noch nie gehört hatte.

Die Tür ging auf, und der Einsiedler trat mit einer großen Holzschüssel in der Hand ein. Nachdem er sie sorgfältig abgesetzt hatte, kam er ans Bett und fragte:

»Wie geht es dir, meine Tochter?«

»Mein Rücken tut sehr weh, Vater«, antwortete Aravis, »aber sonst fehlt mir nichts.«

Er kniete sich neben sie, legte ihr die Hand auf die Stirn und fühlte ihren Puls.

»Du hast kein Fieber«, sagte er. »Du wirst bald wieder wohlauf sein. Ich wüsste sogar keinen Grund, warum du nicht morgen wieder aufstehen solltest. Aber jetzt trink das.«

Er holte die Holzschüssel und hielt sie ihr an die Lippen. Aravis konnte sich eine Grimasse nicht verkneifen, als sie davon kostete, denn Ziegenmilch versetzt einem erst einmal einen Schock, wenn man sie nicht gewöhnt ist. Aber sie hatte großen Durst und schaffte es, alles auszutrinken; und als sie fertig war, fühlte sie sich schon besser.

»So, meine Tochter, du kannst schlafen, falls du möchtest«, sagte der Einsiedler. »Denn deine Wunden sind gereinigt und verbunden, und auch wenn sie wehtun, sind sie nicht ernster als die Striemen von einer Peitsche. Das muss ein sehr merkwürdiger Löwe gewesen sein; denn anstatt dich aus dem Sattel zu reißen und seine Zähne in dich zu schlagen, hat er dir nur seine Krallen über den Rücken gezogen. Zehn Kratzer; schmerzhaft, aber nicht tief oder gefährlich.«

»Nicht zu fassen!«, sagte Aravis. »Ich hatte wirklich Glück.«

»Tochter«, sagte der Einsiedler. »Ich habe jetzt hundertundneun Winter in dieser Welt zugebracht, aber so etwas wie Glück ist mir noch nie begegnet. Da ist etwas an alledem, was ich nicht verstehe; aber wenn es je nötig wird, dass wir es wissen, dann werden wir es auch, da kannst du sicher sein.«

»Und was ist mit Rabadash und seinen zweihundert Reitern?«, fragte Aravis.

»Sie werden nicht hier entlangkommen, glaube ich«,

antwortete der Einsiedler. »Inzwischen werden sie eine Furt gefunden haben, ein gutes Stück östlich von uns. Von dort aus werden sie geradewegs nach Anvard zu reiten versuchen.«

»Armer Shasta!«, sagte Aravis. »Hat er einen weiten Weg? Wird er vor ihnen dort sein?«

»Wir haben Anlass zur Hoffnung«, erwiderte der alte Mann.

Aravis legte sich wieder hin (diesmal auf die Seite) und fragte: »Habe ich lange geschlafen? Es scheint schon dunkel zu werden.«

Der Einsiedler blickte zum Fenster hinaus, das nach Norden wies. »Das ist nicht die Dunkelheit der Nacht«, sagte er nach einer kurzen Pause. »Es sind Wolken, die vom Sturmkopf herabkommen. Das schlechte Wetter kommt in unserer Gegend immer aus dieser Richtung. Heute Nacht werden wir dichten Nebel haben.«

Am nächsten Tag fühlte sich Aravis, von ihrem schmerzenden Rücken abgesehen, so gut, dass der Einsiedler nach dem Frühstück (Haferbrei mit Sahne) sagte, sie dürfe aufstehen. Und natürlich ging sie sofort hinaus, um mit den Pferden zu sprechen. Das Wetter hatte sich geändert, und die ganze grüne Einfriedung war mit Sonnenlicht gefüllt wie ein riesiger grüner Becher. Es war ein sehr friedlicher Ort, einsam und still.

Hwin trottete sofort auf Aravis zu und gab ihr einen Pferdekuss.

»Aber wo ist Bree?«, fragte Aravis, als sie sich gegenseitig danach erkundigt hatten, wie es ihnen ging und wie sie geschlafen hatten.

»Da drüben«, sagte Hwin und deutete mit der Nase auf die andere Seite des Kreises. »Und mir wäre es lieb, wenn du mitkommen und mit ihm reden könntest. Irgendetwas stimmt nicht; ich kriege kein Wort aus ihm heraus.«

Sie gingen hinüber und fanden Bree, der mit dem Gesicht zum Wall auf dem Boden lag. Obwohl er gehört haben musste, wie sie kamen, wandte er ihnen nicht den Kopf zu und sprach kein Wort.

»Guten Morgen, Bree«, sagte Aravis. »Wie geht es dir heute Morgen?«

Bree murmelte etwas vor sich hin, was keiner verstehen konnte.

»Der Einsiedler meint, Shasta sei wahrscheinlich noch rechtzeitig zu König Lune gekommen«, fuhr Aravis fort. »Es sieht also so aus, als wäre nun alles ausgestanden. Es geht endlich nach Narnia, Bree!«

»Ich werde Narnia nie zu sehen bekommen«, sagte Bree leise.

»Aber lieber Bree! Geht es dir nicht gut?«, fragte Aravis.

Endlich drehte Bree sich zu ihnen um. Er blickte so bekümmert drein, wie es nur ein Pferd kann.

»Ich gehe zurück nach Kalormen«, sagte er.

»Was?«, rief Aravis. »Zurück in die Sklaverei?«

»Ja«, sagte Bree. »Sklaverei ist das Einzige, wozu ich tauge. Wie könnte ich je mein Gesicht unter den freien Pferden Narnias sehen lassen? – Ich, der ich eine Stute und ein Mädchen und einen Jungen im Stich gelassen habe, damit sie von Löwen gefressen werden, während ich davongaloppiert bin, so schnell ich konnte, um meine eigene elende Haut zu retten!«

»Wir sind alle gerannt, so schnell wir konnten«, entgegnete Hwin.

»Shasta nicht!«, schnaubte Bree. »Zumindest ist er in die richtige Richtung gerannt: *zurück*. Und das ist es, was mich am meisten beschämt. Ich, der ich mich Streitross nannte und mich meiner hundert Schlachten rühmte, lasse mich von einem kleinen Menschenjungen ausstechen – von einem Kind, einem Fohlen, das noch nie ein

Schwert in der Hand gehalten hat und sein Leben lang keine gute Erziehung genossen und nie ein gutes Vorbild gehabt hat!«

»Ich weiß«, sagte Aravis. »Mir ging es genauso. Shasta war großartig. Ich bin auch nicht besser als du, Bree. Ich habe ihm immer die kalte Schulter gezeigt und ihn von oben herab behandelt, seit ihr uns begegnet seid, und jetzt stellt sich heraus, dass er der Beste von uns allen ist. Aber ich glaube, es wäre besser, zu bleiben und uns zu entschuldigen, als zurück nach Kalormen zu gehen.«

»Du hast gut reden«, sagte Bree. »Du hast nicht Schande über dich gebracht. Ich aber habe alles verloren.«

»Mein gutes Pferd«, sagte der Einsiedler, der sich ihnen unbemerkt genähert hatte, weil seine bloßen Füße auf dem feinen, tauigen Gras kaum ein Geräusch machten. »Mein gutes Pferd, du hast gar nichts verloren außer deinem Hochmut. Nein, nein, Vetter. Leg mir nicht die Ohren an und schüttele deine Mähne. Wenn du wirklich so gedemütigt bist, wie du dich eben noch angehört hast, dann musst du lernen, ein vernünftiges Wort anzunehmen. Du bist nicht das großartige Pferd, für das du dich gehalten hast, als du unter armen, stummen Pferden lebtest. Natürlich warst du tapferer und klüger als *sie*. Das war ja auch kaum zu vermeiden. Aber das bedeutet nicht, dass du auch in Narnia etwas Besonderes bist. Doch solange du weißt, dass du nichts Besonderes bist, wirst du ein sehr anständiges Pferd sein, im Großen und Ganzen und alles in allem. So! Und wenn du und meine andere vierbeinige Kusine jetzt mit zum Kücheneingang kommen wollt, werden wir mal nachschauen, was die andere Hälfte von eurem Brei macht.«

Der unwillkommene Weggefährte

Als Shasta durch das Tor lief, sah er einen grasbewachsenen Hang mit etwas Heidekraut vor sich, der bis zu einigen Bäumen anstieg. Er musste jetzt über nichts nachdenken und keine Pläne schmieden; er musste nur rennen, und damit hatte er auch genug zu tun. Seine Gliedmaßen zitterten, in seiner Seite begann es furchtbar zu stechen, und der Schweiß, der ihm ständig in die Augen rann, brannte und nahm ihm die Sicht. Außerdem war er unsicher auf den Beinen und hätte sich mehr als einmal beinahe auf einem losen Stein den Knöchel verstaucht.

Die Bäume standen jetzt dichter als zuvor und an den lichteren Stellen wuchsen Farne. Die Sonne war hinter Wolken verschwunden, ohne dass es dadurch kühler geworden wäre. Es war einer jener warmen, grauen Tage, an denen doppelt so viele Fliegen wie sonst unterwegs zu sein schienen. Shastas Gesicht war voll von ihnen; er versuchte nicht einmal, sie zu verscheuchen – dazu hatte er zu viel anderes zu tun.

Plötzlich hörte er ein Horn – kein mächtig pulsierendes wie die Hörner von Tashbaan, sondern einen fröhlichen Ruf, Ti-ro-to-to-ho! Im nächsten Moment kam er hinaus auf eine weite Lichtung und sah sich von einer Menschenmenge umringt.

Zumindest wirkte es auf ihn wie eine Menschenmenge. In Wirklichkeit waren es etwa fünfzehn oder zwanzig Leute, alles Herren in grüner Jagdkleidung, mit ihren Pferden; manche saßen im Sattel, andere standen bei den

Köpfen ihrer Pferde. In der Mitte hielt jemand einem Mann den Steigbügel zum Aufsitzen. Und der Mann, für den er den Steigbügel hielt, war der lustigste dicke König mit Apfelbäckchen und funkelnden Augen, den ihr euch vorstellen könnt.

Sobald Shasta in Sicht kam, vergaß der König völlig, dass er eigentlich auf sein Pferd steigen wollte. Er breitete seine Arme in Shastas Richtung aus, sein Gesicht leuchtete auf, und er rief mit einer mächtigen, tiefen Stimme, die vom Grunde seiner Brust zu kommen schien:

»Corin! Mein Sohn! Und zu Fuß und in Lumpen! Was –«

»Nein«, keuchte Shasta und schüttelte den Kopf. »Nicht Prinz Corin. Ich – ich – weiß, ich sehe aus wie er … habe Seine Hoheit in Tashbaan gesehen … sendet seine Grüße.«

Der König starrte Shasta mit unergründlicher Miene an.

»Seid Ihr K-König Lune?«, keuchte Shasta. Und dann, ohne die Antwort abzuwarten: »Herr König – flieht – Anvard – schließt die Tore – Feinde im Anmarsch – Rabadash und zweihundert Reiter.«

»Bist du dessen gewiss, Junge?«, fragte einer der anderen Herren.

»Ich habe sie mit eigenen Augen gesehen«, antwortete Shasta. »Den ganzen Weg von Tashbaan bin ich vor ihnen geflohen.«

»Zu Fuß?«, fragte der Herr und hob ein wenig die Augenbrauen.

»Mit Pferden – sind beim Einsiedler«, sagte Shasta.

»Befragt ihn nicht weiter, Darrin«, sagte König Lune. »Ich sehe seinem Gesicht an, dass er die Wahrheit sagt. Wir müssen reiten, meine Herren. Bringt ein Ersatzpferd für den Jungen. Du kannst doch schnell reiten, mein Freund?«

Zur Antwort steckte Shasta den Fuß in den Steigbügel

des Pferdes, das man zu ihm führte, und im nächsten Moment saß er im Sattel. Das hatte er mit Bree in den letzten Wochen Hunderte Male gemacht, und er stieg jetzt ganz anders auf als in jener ersten Nacht, als Bree gesagt hatte, er steige auf ein Pferd, wie man auf einen Heuhaufen klettert.

Zu seiner Freude hörte er Lord Darrin zum König sagen: »Der Junge sitzt wie ein echter Reitersmann, Sire. Ich bin sicher, durch seine Adern fließt adeliges Blut.«

»Sein Blut, ja, das ist der Punkt«, erwiderte der König. Und wieder starrte er Shasta mit jenem eigentümlichen, fast hungrigen Ausdruck in den ruhigen, grauen Augen an.

Doch nun setzte sich schon die ganze Schar in leichtem Galopp in Bewegung. Shasta saß zwar vorzüglich im Sattel, aber leider hatte er keine Ahnung, was er mit seinen Zügeln anfangen sollte, denn die hatte er ja nie angefasst, solange er auf Brees Rücken saß. Doch aus den Augenwinkeln beobachtete er genau, wie die anderen es machten (so wie manche von uns es bisweilen auf Festen machen, wenn wir nicht ganz sicher sind, welches Messer oder welche Gabel wir benutzen sollen), und versuchte die Finger richtig zu halten. Das Pferd tatsächlich zu lenken wagte er jedoch nicht; er vertraute darauf, dass es den anderen folgen würde. Das Pferd war natürlich ein gewöhnliches Pferd, kein Sprechendes Pferd; aber es war durchaus schlau genug, um zu merken, dass der fremde Junge auf seinem Rücken weder Gerte noch Sporen hatte und nicht wirklich Herr der Lage war. Darum fiel Shasta bald ans hintere Ende des Zuges zurück.

Dennoch kam er recht zügig voran. Es gab jetzt keine Fliegen mehr und die Luft, die ihm ins Gesicht wehte, tat ihm wohl. Allmählich war er auch wieder zu Atem gekommen. Und er hatte seine Aufgabe erfüllt. Zum ersten

Mal seit der Ankunft in Tashbaan (wie lange das schon zurückzuliegen schien!) begann die Sache ihm wieder Spaß zu machen.

Er blickte hinauf, um zu sehen, wie viel näher die Berggipfel schon gekommen waren. Zu seiner Enttäuschung konnte er sie überhaupt nicht sehen; nur eine graue, formlose Masse, die sich zu ihnen herabwälzte. Da er noch nie zuvor in den Bergen gewesen war, war er überrascht. »Das ist eine Wolke«, sagte er sich, »eine Wolke, die herabsinkt. Ach so. Hier oben in den Bergen ist man sozusagen im Himmel. Ich werde gleich sehen, wie es im Innern einer Wolke ist. Was für ein Spaß! Das habe ich mich schon oft gefragt.« Weit entfernt zu seiner Linken und etwas hinter ihm schickte sich die Sonne an, unterzugehen.

Inzwischen hatten sie eine Art Feldweg erreicht und kamen sehr rasch vorwärts. Doch Shastas Pferd war immer noch das letzte in der Reihe. Hin und wieder, wenn der Weg eine Biegung machte (er war jetzt auf beiden Seiten von dichtem Wald gesäumt), verlor er die anderen für eine oder zwei Sekunden aus den Augen.

Dann tauchten sie in den Nebel ein oder der Nebel wälzte sich auf sie herab. Die Welt wurde grau. Shasta hatte nicht geahnt, wie kalt und feucht es im Innern einer Wolke sein würde; oder wie dunkel. Das Grau verwandelte sich mit erschreckender Schnelligkeit in Schwarz.

Jemand an der Spitze des Zuges stieß hin und wieder in sein Horn, und jedes Mal hörte sich das Geräusch ein wenig weiter entfernt an. Jetzt konnte er keinen der anderen mehr sehen, aber natürlich würde er sie wieder zu Gesicht bekommen, sobald er um die nächste Biegung herum war. Doch als er die Biegung hinter sich hatte, konnte er sie immer noch nicht sehen. Eigentlich konnte er überhaupt nichts sehen. Sein Pferd ging jetzt im Schritt.

»Los, Pferd, mach zu«, sagte Shasta. Dann ertönte das Horn, ganz schwach. Bree hatte ihm immer gesagt, er müsse seine Fersen schön auf Abstand halten, und Shasta hatte daraus geschlossen, dass wohl etwas ganz Schreckliches passieren würde, wenn er seine Fersen in die Flanken des Pferdes drückte. Doch dies schien ihm die richtige Gelegenheit zu sein, es einmal zu versuchen. »Hör mal, Pferd«, sagte er, »wenn du dich jetzt nicht ranhältst, weißt du, was ich dann mache? Ich drücke dir meine Fersen in die Flanken. Verlass dich drauf.« Doch das Pferd nahm keine Notiz von dieser Drohung. Also setzte sich Shasta fest im Sattel zurecht, klammerte sich mit den Knien an, biss die Zähne zusammen und presste beide Fersen in die Flanken des Pferdes, so fest er konnte.

Mehr als dass das Pferd fünf oder sechs Schritte in einem halbherzigen Trab zurücklegte und dann wieder im Schritt ging, kam nicht dabei heraus. Inzwischen war es völlig dunkel, und anscheinend hatten sie aufgehört, das Horn zu blasen. Nichts war zu hören außer einem stetigen Tropfen von den Ästen der Bäume.

»Na ja, selbst im Schritt müssen wir ja wohl irgendwann irgendwo ankommen«, sagte sich Shasta. »Ich hoffe nur, ich stoße nicht auf Rabadash und seine Leute.«

So ging es lange Zeit weiter, immer im Schritt. Allmählich fing er an, dieses Pferd zu hassen, und außerdem wurde er sehr hungrig.

Bald kam er zu einer Stelle, wo sich der Weg gabelte. Während er noch überlegte, welche der beiden Abzweigungen wohl nach Anvard führte, erschreckte ihn ein Geräusch von hinten. Es war der Hufschlag trabender Pferde. »Rabadash!«, dachte Shasta. Er konnte nicht voraussehen, welchen Weg Rabadash einschlagen würde. »Aber wenn ich einen nehme«, sagte er sich, »*kann* es immerhin sein, dass er den anderen nimmt; doch wenn ich hier an der Gabelung bleibe, werde ich auf jeden Fall erwischt.« Er stieg ab und führte sein Pferd, so schnell er konnte, den rechten Weg entlang.

Die Geräusche der Kavallerie kamen rasch näher, und nach ein oder zwei Minuten merkte Shasta, dass sie die Gabelung erreicht hatten. Er hielt den Atem an und wartete gespannt, welchen Weg sie einschlagen würden.

»Halt!«, ertönte ein leiser Befehl; dann waren einen Moment lang nur Pferdegeräusche zu hören – schnaubende Nüstern, schlagende Hufe, Kauen auf der Trense, Klopfen auf dem Hals. Dann sprach eine Stimme.

»Alle herhören«, sagte sie. »Wir sind jetzt noch eine Achtelmeile vom Schloss entfernt. Vergesst eure Anweisungen nicht. Sobald wir in Narnia sind, was bei Sonnenaufgang der Fall sein dürfte, tötet ihr so wenige wie möglich. Auf diesem Feldzug sollt ihr jeden Tropfen narnianischen Blutes für kostbarer erachten als eine Gallone von eurem eigenen. Auf *diesem* Feldzug, sage ich. Die Götter werden uns noch eine glücklichere Stunde senden und dann dürft ihr zwischen Cair Paravel und der Westlichen Wildnis nichts am Leben lassen. Aber noch sind wir nicht in Narnia. Hier in Archenland ist es etwas anderes. Beim Angriff auf König Lunes Schloss zählt einzig und allein die Schnelligkeit. Zeigt, aus welchem Holz ihr geschnitzt seid. Es muss innerhalb einer Stunde mein sein. Und wenn es so weit ist, gebe ich alles euch. Ich beanspruche nichts von der Beute für mich. Tötet mir nur jeden männlichen Barbaren in seinen Mauern bis hinunter zum gestern neu geborenen Kind, und alles andere soll euch gehören, damit ihr es nach eurem Gutdünken unter euch aufteilt – die Frauen, das Gold, die Edelsteine, die Waffen und der Wein. Doch der Mann, den ich zurückbleiben sehe, wenn wir die Tore erreichen, soll bei lebendigem

Leibe brennen. Im Namen Tashs, des Unwiderstehlichen, des Unerbittlichen – vorwärts!«

Mit mächtigem *kloppitti-klopp* setzte sich der Zug in Bewegung und Shasta fing wieder an zu atmen. Sie hatten den anderen Weg genommen.

Sie brauchten sehr lange, um vorbeizuziehen, fand Shasta, denn obwohl er den ganzen Tag über »zweihundert Reiter« geredet und nachgedacht hatte, war ihm nicht klar gewesen, wie viele das wirklich waren. Endlich jedoch verklangen die Geräusche und er war wieder allein inmitten des Tröpfelns von den Bäumen.

Er kannte nun zwar den Weg nach Anvard, aber natürlich konnte er jetzt nicht dorthin; sonst wäre er ja nur Rabadashs Soldaten in die Arme gelaufen. »Was soll ich bloß machen?«, fragte sich Shasta. Doch schließlich stieg er wieder auf sein Pferd und ritt weiter auf dem Weg, den er gewählt hatte, in der heimlichen Hoffnung, vielleicht eine Hütte zu finden, in der er um Obdach und etwas zu essen bitten könnte. Natürlich war ihm auch der Gedanke gekommen, in die Einsiedelei zu Aravis und Bree und Hwin zurückzukehren, aber das konnte er nicht, weil er inzwischen keine Ahnung mehr hatte, in welcher Richtung sie lag. »Schließlich«, dachte sich Shasta, »muss dieser Weg ja auch irgendwohin führen.«

Aber das hängt natürlich ganz davon ab, was man unter »irgendwohin« versteht. Der Weg führte immerzu irgendwohin in dem Sinne, dass er zu immer mehr dunklen und tropfenden Bäumen und in immer kältere Luft hinein führte. Und seltsame, eisige Winde wehten an ihm vorbei durch den Nebel, ohne ihn je zu vertreiben. Hätte er sich in den Bergen ausgekannt, so wäre ihm klar gewesen, dass er nun schon sehr hoch oben sein musste – vielleicht schon am höchsten Punkt des Passes. Doch Shasta hatte keine Ahnung von den Bergen.

»Ich glaube«, sagte Shasta, »ich bin wohl der größte Pechvogel, der je auf der Welt gelebt hat. Bei allen läuft immer alles glatt, nur bei mir nicht. Diese narnianischen Herrschaften konnten wohlbehalten aus Tashbaan entkommen; ich wurde zurückgelassen. Aravis und Bree und Hwin können es sich bei diesem alten Einsiedler gemütlich machen; ich werde natürlich weitergeschickt. König Lune und seine Leute haben sich bestimmt im Schloss in Sicherheit gebracht und die Tore verschlossen, lange bevor Rabadash eingetroffen ist, aber ich bleibe mal wieder draußen.«

Und da er furchtbar müde war und nichts im Bauch hatte, empfand er solches Mitleid mit sich selbst, dass ihm Tränen über die Wangen rollten.

Doch all das hörte mit einem Schlag auf, als ihm ein Schrecken in die Glieder fuhr. Shasta merkte, dass jemand oder etwas neben ihm herging. Da es stockdunkel war, konnte er nichts sehen. Und das Wesen (oder die Person) ging so leise, dass er kaum seine Schritte hören konnte. Das Einzige, was er hörte, war sein Atem. Sein unsichtbarer Weggefährte schien mit riesigen Lungen zu atmen, sodass Shasta den Eindruck bekam, es müsse sich um eine riesenhafte Kreatur handeln. Und dieses Atmen war ihm so allmählich bewusst geworden, dass er nicht die leiseste Ahnung hatte, wie lange es schon da war. Es war ein furchtbarer Schreck.

Plötzlich kam ihm in den Sinn, dass er vor langer Zeit einmal gehört hatte, in diesen nördlichen Ländern gebe es Riesen. Vor Entsetzen biss er sich auf die Lippe. Doch nun, da er wirklich einen Grund zum Weinen hatte, hörte er damit auf.

Das Wesen (falls es nicht eine Person war) ging so leise neben ihm her, dass Shasta sich schon Hoffnungen machte, er hätte es sich vielleicht nur eingebildet. Doch als er fast schon davon überzeugt war, kam plötzlich aus der Dunkelheit neben ihm ein tiefes, schweres Seufzen. Das konnte keine Einbildung sein! Außerdem hatte er den warmen Atem dieses Seufzens auf seiner klammen linken Hand gespürt.

Hätte das Pferd etwas getaugt – oder hätte er gewusst, wie man aus dem Pferd herausholte, was in ihm steckte –, so hätte er alles auf eine Karte gesetzt und wäre in wildem Galopp davongestoben. Doch er wusste bereits, dass er dieses Pferd nicht zum Galoppieren bringen konnte. Also ritt er im Schritt weiter, während der unsichtbare Weggefährte neben ihm ging und atmete. Schließlich hielt er es nicht mehr aus.

»Wer bist du?«, fragte er mit einer Stimme, kaum lauter als ein Flüstern.

»Einer, der lange darauf gewartet hat, dass du etwas sagst«, antwortete das Wesen. Seine Stimme war nicht laut, aber mächtig und tief.

»Bist du – bist du ein Riese?«, fragte Shasta.

»Du könntest mich durchaus einen Riesen nennen«, sagte die mächtige Stimme. »Aber ich bin nicht wie die Geschöpfe, die du als Riesen kennst.«

»Ich kann dich überhaupt nicht sehen«, sagte Shasta, nachdem er angestrengt in die Dunkelheit gestarrt hatte. Dann brach es fast wie ein Schrei aus ihm heraus (denn ihm war ein noch schrecklicherer Gedanken in den Sinn gekommen): »Du bist doch – du bist doch nicht etwa jemand *Totes*, oder? Oh, bitte – bitte geh weg. Was habe ich dir denn getan? Oh, ich bin der größte Pechvogel auf der ganzen Welt!«

Wieder spürte er den warmen Atem des Wesens auf seiner Hand und seinem Gesicht. »Da«, sagte es, »das ist nicht der Atem eines Gespensts. Sag mir, was dich bekümmert.«

Der Atem beruhigte Shasta ein wenig; und so erzählte er, dass er seinen richtigen Vater und seine Mutter nie gekannt hatte und von dem Fischer mit Strenge aufgezogen worden war. Und dann erzählte er die Geschichte von seiner Flucht, wie sie von Löwen gejagt wurden und um ihr Leben schwimmen mussten; und von all ihren Gefahren in Tashbaan und von seiner Nacht bei den Gräbern und den Tieren, die ihn aus der Wüste angeheult hatten. Und er erzählte von der Hitze und dem Durst während ihres Wüstenrittes und davon, wie sie ihr Ziel schon fast erreicht hatten, als noch ein Löwe sie jagte und Aravis verwundete. Und auch davon, wie lange es schon her war, dass er etwas zu essen bekommen hatte.

»Ich finde nicht, dass du Pech hattest«, sagte die mächtige Stimme.

»Würdest du es nicht Pech nennen, so vielen Löwen zu begegnen?«, fragte Shasta.

»Es war nur ein Löwe«, sagte die Stimme.

»Wie meinst du das? Ich habe dir doch gerade erzählt, dass es in der ersten Nacht mindestens zwei waren, und –«

»Es war nur einer; er war nur sehr schnell.«

»Woher weißt du das?«

»Ich war der Löwe.« Und während Shasta mit offenem Mund ins Leere starrte und nichts sagte, fuhr die Stimme fort. »Ich war der Löwe, der dich zwang, dich mit Aravis zusammenzuschließen. Ich war die Katze, die dir zwischen den Totenhäusern Trost gab. Ich war der Löwe, der dir die Schakale vom Leib hielt, während du schliefst. Ich war der Löwe, der den Pferden für die letzte Meile durch Furcht neue Kraft gab, damit du rechtzeitig zu König Lune kommen konntest. Und ich war der Löwe, an den du dich nicht erinnerst, der das Boot, in dem du lagst, ein Kind, dem Tode nahe, ans Ufer schob, wo ein Mann um Mitternacht wachend saß, um dich aufzunehmen.«

»Dann warst du es, der Aravis verwundet hat?«

»Ich war es.«

»Aber warum?«

»Kind«, sagte die Stimme, »ich erzähle dir deine Geschichte, nicht ihre. Ich erzähle niemandem eine andere Geschichte außer seiner eigenen.«

»Wer *bist* du?«, fragte Shasta.

»Ich«, antwortete die Stimme, so tief, dass die Erde erzitterte; und dann noch einmal: »Ich«, laut und klar und jubelnd; und dann zum dritten Mal: »Ich«, ein Flüstern, so leise, dass man es kaum hören konnte, und doch schien es von allen Seiten zu kommen, als wäre es das Rascheln des Laubes.

Shasta hatte jetzt keine Angst mehr, die Stimme könnte einem Wesen gehören, das ihn fressen würde, oder es könnte die Stimme eines Gespensts sein. Doch eine neue, ganz andere Furcht überkam ihn. Zugleich aber wurde er froh.

Der schwarze Nebel wurde langsam grau und dann weiß. Diese Veränderung musste schon vor einiger Zeit begonnen haben, aber solange er mit dem Wesen redete, hatte er überhaupt nichts anderes bemerkt. Nun wurde das Weiß um ihn her zu einem leuchtenden Weiß; seine Augen begannen zu blinzeln. Irgendwo von vorn hörte er Vögel singen. Er wusste, die Nacht war endlich vorüber. Die Mähne, die Ohren und der Kopf seines Pferdes waren nun ohne Schwierigkeiten zu erkennen. Von links fiel ein goldenes Licht auf sie. Er dachte, es sei die Sonne.

Er wandte sich zur Seite und sah, größer als das Pferd, einen Löwen neben sich schreiten. Das Pferd schien keine Angst vor ihm zu haben oder vielleicht konnte es ihn auch nicht sehen. Von dem Löwen her kam das Licht. Niemand hat je etwas Schrecklicheres oder Schöneres gesehen.

Zum Glück hatte Shasta ein ganzes Leben zu weit südlich in Kalormen zugebracht, als dass er die Geschichten gehört hätte, die man sich in Tashbaan zuflüsterte von einem grauenhaften narnianischen Dämon, der in der Gestalt eines Löwen erschien. Und natürlich kannte er keine der wahren Geschichten über Aslan, den großen Löwen, den Sohn des großen Königs jenseits der Meere, den König über alle Hochkönige von Narnia. Doch nach einem Blick in das Gesicht des Löwen glitt er aus dem Sattel und fiel ihm zu Füßen. Sagen konnte er nichts, aber er wollte auch gar nichts sagen und wusste, dass er nichts zu sagen brauchte.

Der Hochkönig über alle Könige beugte sich zu ihm herab. Seine Mähne und ein seltsamer, feierlicher Duft, der in der Mähne hing, umgaben ihn von allen Seiten. Er berührte Shastas Stirn mit seiner Zunge. Shasta hob das Gesicht und ihre Blicke begegneten sich. Im nächsten Moment rollten sich das bleiche Leuchten des Nebels und das feurige Leuchten des Löwen zu einem herrlichen Wirbel zusammen und erhoben sich und verschwanden. Er war allein mit dem Pferd auf einem grasbewachsenen Berghang unter blauem Himmel. Und die Vögel sangen.

Shasta in Narnia

»War das alles nur ein Traum?«, fragte sich Shasta. Aber es konnte kein Traum gewesen sein, denn vor sich sah er im Gras den tiefen, großen Abdruck der rechten Vorderpranke eines Löwen. Es verschlug ihm den Atem, wenn er sich das Gewicht vorstellte, das einen solchen Fußabdruck hinterlassen konnte. Aber etwas daran war noch bemerkenswerter als die Größe. Während er ihn betrachtete, hatte sich bereits Wasser auf seinem Grund gesammelt. Bald darauf stand es bis zum Rand; dann floss es über und ein kleines Rinnsal strömte an Shasta vorbei bergab über das Gras.

Shasta bückte sich und trank – lange und ausgiebig – und dann tauchte er sein Gesicht ein und sprengte sich Wasser über den Kopf. Es war außerordentlich kalt, klar wie Glas und es erfrischte ihn ungemein. Danach stand er auf, schüttelte sich das Wasser aus den Ohren, strich sich das nasse Haar aus der Stirn und schaute sich in der Umgebung um.

Offenbar war es noch sehr früh am Morgen. Die Sonne war gerade erst aufgegangen und hatte sich über die Wälder erhoben, die er tief unten und weit entfernt zu seiner Rechten sah. Die Landschaft, die er vor sich hatte, war ihm völlig unbekannt. Es war ein grünes Tal, übersät mit Bäumen, durch die er das Schimmern eines Flusses erspähte, der sich ungefähr in nordwestlicher Richtung dahinschlängelte. Auf der anderen Seite des Tals erhoben sich hohe, felsige Berge, doch sie waren niedriger als die

Berge, die er gestern gesehen hatte. Dann dämmerte ihm allmählich, wo er war. Als er sich umdrehte und hinter sich blickte, sah er, dass der Hang, auf dem er stand, zu einer weitaus höheren Bergkette gehörte.

»Aha«, dachte Shasta bei sich. »Das ist das Hochgebirge zwischen Archenland und Narnia. Gestern war ich noch auf der anderen Seite davon. Ich muss während der Nacht über den Pass gekommen sein. Was für ein Glück, dass ich ihn erwischt habe! – oder besser, es war überhaupt kein Glück, es war *er*. Und jetzt bin ich in Narnia.«

Er drehte sich um, sattelte sein Pferd ab und nahm ihm das Zaumzeug ab. »Obwohl du ein ausgesprochen sturer Gaul bist«, sagte er. Es achtete gar nicht auf seine Bemerkung und begann sogleich zu grasen. Dieses Pferd dachte sehr gering von Shasta.

»Ich wünschte, ich könnte auch Gras essen!«, dachte Shasta. »Nach Anvard zurückzugehen hat wohl keinen Sinn, da wird jetzt alles belagert sein. Am besten gehe ich weiter hinunter ins Tal und schaue, ob ich etwas zu essen finde.«

Also ging er bergab (der schwere Tau war scheußlich kalt an seinen bloßen Füßen), bis er in einen Wald kam. Eine Art Pfad führte hindurch, und er war ihm noch nicht sehr lange gefolgt, als er eine schwerfällige, ziemlich kurzatmige Stimme zu sich sagen hörte:

»Guten Morgen, Nachbar.«

Shasta blickte sich begierig nach dem Sprecher um und sah sich sogleich einem kleinen, stacheligen Wesen mit dunklem Gesicht gegenüber, das soeben zwischen den Bäumen hervorgekommen war. Klein war es zumindest im Vergleich zu einem Menschen, aber es war ausgesprochen groß für einen Igel, und ein Igel war es in Wirklichkeit.

»Guten Morgen«, sagte Shasta. »Aber ich bin kein Nachbar. Ich bin sogar ganz fremd in dieser Gegend.«

»Aha?«, gab der Igel neugierig zurück.

»Ich bin über die Berge gekommen – aus Archenland, weißt du.«

»Ah, aus Archenland«, erwiderte der Igel. »Das ist schrecklich weit weg. Bin selbst nie dort gewesen.«

»Und ich glaube«, fuhr Shasta fort, »man sollte vielleicht jemanden benachrichtigen, dass Anvard in diesem Moment von einer Armee kriegerischer Kalormenen angegriffen wird.«

»Was du nicht sagst!«, antwortete der Igel. »Wer hätte das gedacht. Und dabei heißt es immer, Kalormen sei Hunderte und Tausende von Meilen weit weg, ganz am anderen Ende der Welt, jenseits eines großen Sandmeeres.«

»Es ist nicht annähernd so weit, wie du denkst«, erwiderte Shasta. »Aber sollte man wegen dieses Angriffs auf Anvard nicht etwas unternehmen? Müsste man nicht euren Hochkönig benachrichtigen?«

»Gewiss doch, da müsste etwas geschehen«, sagte der Igel. »Aber weißt du, ich bin gerade auf dem Weg ins Bett und brauche einen ordentlichen Tag Schlaf. Hallo, Nachbar!«

Die letzten Worte waren an ein riesiges teigfarbenes Kaninchen gerichtet, dessen Kopf gerade aus einem Loch am Wegesrand zum Vorschein gekommen war. Sogleich berichtete der Igel dem Kaninchen, was er gerade von Shasta erfahren hatte. Das Kaninchen pflichtete ihm bei, das sei eine höchst bemerkenswerte Neuigkeit und jemand müsse jemandem davon erzählen, damit etwas unternommen werde.

Und so ging es weiter. Alle paar Minuten stießen weitere Geschöpfe zu ihnen, manche aus den Zweigen über ihren Köpfen und manche aus kleinen unterirdischen Behausungen unter ihren Füßen, bis ihre Schar aus fünf Kaninchen, einem Eichhörnchen, zwei Elstern, einem ziegenfüßigen Faun und einer Maus bestand, die alle durcheinander redeten und dem Igel beipflichteten. Denn um die Wahrheit zu sagen, in jenem Goldenen Zeitalter, als die Hexe und der Winter vergangen waren und Peter, der Hochkönig, auf Cair Paravel herrschte, lebten die kleineren Waldbewohner Narnias in solcher Sicherheit und Zufriedenheit, dass sie ein wenig leichtsinnig wurden.

Bald jedoch trafen zwei tatkräftigere Leute in dem Wäldchen ein. Der eine war ein roter Zwerg, der offenbar Duffel hieß. Der andere war ein Hirsch, ein schönes, edles Geschöpf mit großen, glänzenden Augen, gesprenkelten Flanken und so schlanken und anmutigen Beinen, dass sie aussahen, als könnte man sie mit zwei Fingern brechen.

»Beim lebendigen Löwen!«, brüllte der Zwerg, sobald er die Neuigkeiten gehört hatte. »Ja, wenn das so ist, warum stehen wir alle hier herum und plaudern? Feinde in Anvard! Wir müssen sofort Cair Paravel benachrichtigen. Die Armee muss zu den Waffen gerufen werden. Narnia muss König Lune zu Hilfe eilen.«

»Nun ja«, wandte der Igel ein, »aber ihr werdet den Hochkönig nicht auf dem Schloss antreffen. Er ist weit weg im Norden und verabreicht den Riesen dort eine Abreibung. Und wo wir gerade von Riesen sprechen, Nachbarn, das erinnert mich daran –«

»Wer überbringt die Botschaft?«, unterbrach der Zwerg. »Ist hier jemand schneller als ich?«

»Ich bin schnell«, sagte der Hirsch. »Wie lautet meine Botschaft? Wie viele Kalormenen?«

»Zweihundert; unter Befehl von Prinz Rabadash. Und –« Doch der Hirsch war schon weg – alle vier Beine hoben sich gleichzeitig vom Boden, und im nächsten Moment war sein weißes Hinterteil zwischen den weiter entfernten Bäumen verschwunden.

»Ich frage mich, wohin er will«, sagte ein Kaninchen. »Er wird ja den Hochkönig nicht auf Cair Paravel antreffen, wisst ihr.«

»Aber Königin Lucy wird er antreffen«, erwiderte Duffel. »Und dann – hallo! Was ist denn mit dem Menschen los? Er sieht ja ganz grün aus. Ich glaube, er ist ganz schwach. Vielleicht ist er völlig ausgehungert. Wann hast du zum letzten Mal etwas gegessen, mein Junge?«

»Gestern morgen«, sagte Shasta mit schwacher Stimme.

»Na, dann komm, komm mit«, sagte der Zwerg und warf sogleich seine kräftigen keinen Arme um Shastas Taille, um ihn zu stützen. »Also so etwas, Nachbarn, wir sollten uns alle schämen! Du kommst mit mir, Junge. Frühstück! Das ist besser als palavern.«

Unter viel emsiger Geschäftigkeit und gemurmelten Selbstvorwürfen führte der Zwerg Shasta in Windeseile weiter in den Wald hinein und ein wenig bergab. Es war ein längerer Marsch, als Shasta ihn sich in diesem Moment gewünscht hätte, und seine Beine fühlten sich schon sehr wackelig an, ehe sie aus den Bäumen heraus auf einen freien Hang kamen. Dort stießen sie auf ein kleines Häuschen mit rauchendem Schornstein und offener Tür, und als sie den Eingang erreichten, rief Duffel: »He, Brüder! Ein Gast zum Frühstück.«

Und im selben Augenblick drang, begleitet von einem knisternden Geräusch, ein herrlicher Duft an Shastas Nase. Er hatte ihn noch nie im Leben gerochen, aber ihr schon, hoffe ich. Es war nämlich der Duft von in der Pfanne brutzelnden Speckstreifen und Pilzen.

»Pass auf deinen Kopf auf, Junge«, sagte Duffel einen Moment zu spät, denn Shasta hatte sich bereits die Stirn an dem niedrigen Türsturz gestoßen. »Bitte setz dich«, fuhr der Zwerg fort. »Der Tisch ist zwar ein bisschen niedrig für dich, aber der Hocker ist ja auch niedrig. So ist es recht. Und hier haben wir Haferbrei – und hier ist ein Krug Sahne – und hier ist ein Löffel.«

Bis Shasta mit seinem Haferbrei fertig war, hatten die beiden Brüder des Zwerges (sie hießen Rogin und Brickeldick) die Schüssel mit Speck und Eiern und Pilzen, die Kaffeekanne, die heiße Milch und den Toast auf den Tisch gestellt. Alles war neu und wunderbar für Shasta, denn in Kalormen ist das Essen ganz anders. Er wusste nicht einmal, was diese Scheiben aus braunem Zeug waren, denn er hatte noch nie zuvor Toast gesehen. Auch das gelbe, weiche Zeug, das sie auf den Toast schmierten, kannte er nicht, denn in Kalormen nimmt man fast immer Öl statt Butter. Und das Haus selbst war ganz anders als die düstere, miefige, nach Fisch riechende Hütte von Arsheesh und als die mit Teppichen ausgelegten Säulenhallen in den Palästen Tashbaans. Die Decke war sehr niedrig, alles bestand aus Holz, und es gab eine Kuckucksuhr und ein rot-weiß kariertes Tischtuch und eine Schale mit Wildblumen und kleine Vorhänge an den dick verglasten Fenstern. Es war außerdem einigermaßen lästig, die Becher und Teller und Messer und Gabeln der Zwerge benutzen zu müssen. Dadurch waren die Portionen sehr klein, aber dafür gab es sehr viele Portionen, sodass Shastas Teller oder Becher jeden Moment wieder aufgefüllt wurde, und jeden Moment sagten die Zwerge selbst: »Die Butter, bitte«, oder »Noch eine Tasse Kaffee«, oder »Ich hätte gerne noch ein paar Pilze«, oder »Wir wär's, wir braten noch ein paar Eier?« Und als sie endlich alle so viel gegessen hatten, wie sie nur konnten, losten die drei Zwerge untereinander aus, wer den Abwasch machen sollte, und es traf Rogin. Dann gingen Duffel und Brickeldick mit Shasta hinaus zu einer Bank an der Außenwand des Häuschens und alle streckten ihre Beine aus und seufzten zufrieden und die beiden Zwerge zündeten sich ihre Pfeifen an. Der Tau war inzwischen vom Gras verschwunden und die Sonne schien warm; ohne die leichte Brise wäre es sogar zu heiß gewesen.

»So, Fremder«, sagte Duffel, »ich werde dir die Landschaft zeigen. Von hier aus kannst du fast ganz Südnarnia sehen und wir sind recht stolz auf unseren Ausblick. Gleich zu deiner Linken, jenseits der nächsten Hügel, kannst du gerade noch das Westliche Gebirge erkennen. Und jener runde Hügel dort zu deiner Linken heißt Hügel des Steinernen Tisches. Gleich dahinter –«

Doch in diesem Augenblick wurde er durch ein Schnarchen von Shasta unterbrochen, der nach seiner nächtlichen Reise und seinem vorzüglichen Frühstück fest eingeschlafen war. Sobald die freundlichen Zwerge das bemerkten, begannen sie einander Zeichen zu geben, ihn nicht zu wecken, und dabei hätten sie ihn mit all ihrem Geflüster und Genicke, ihrem Aufstehen und Auf-Zehenspitzen-Davonschleichen ganz gewiss geweckt, wenn er etwas weniger müde gewesen wäre.

Fast den ganzen Tag lang schlief er tief und selig, doch rechtzeitig zum Abendessen wurde er wieder munter. Die Betten im Haus waren alle zu klein für ihn, aber sie machten ihm ein schönes Bett aus Heidekraut auf dem Fußboden, und er schlief die ganze Nacht durch, ohne sich je zu regen oder zu träumen. Am nächsten Morgen waren sie gerade mit dem Frühstück fertig, als sie von draußen einen schrillen, aufregenden Klang hörten.

»Trompeten!«, sagten die Zwerge alle zugleich, während sie und Shasta hinausliefen.

Wieder erschollen die Trompeten; ein ganz neuer Klang für Shasta, nicht mächtig und feierlich wie die Hörner von Tashbaan, auch nicht fröhlich und heiter wie das Jagdhorn von König Lune, sondern klar und scharf und kühn. Der Klang kam aus dem Wald im Osten und bald mischte sich Hufgetrappel mit hinein. Einen Moment später kam die Spitze des Zuges in Sicht.

Als Erster kam Lord Peridan auf einem Braunen mit dem großen Banner von Narnia – einem roten Löwen auf grünem Grund. Shasta erkannte ihn sofort. Dann kamen drei Leute, die nebeneinander ritten, zwei auf großen Streitrössern und einer auf einem Pony. Die beiden auf den Streitrössern waren König Edmund und eine blonde Frau mit fröhlichem Gesicht, angetan mit Helm und Kettenhemd, die einen Bogen über der Schulter und einen Köcher voller Pfeile an der Seite trug. (»Königin Lucy«, flüsterte Duffel.) Der auf dem Pony aber war Corin. Danach kam das eigentliche Heer: Männer auf gewöhnlichen Pferden, Männer auf Sprechenden Pferden (denen es nichts ausmachte, sich reiten zu lassen, wenn der Anlass es erforderte, etwa dann, wenn Narnia in den Krieg zog), Zentauren, ernste, hartgesottene Bären, große Sprechende Hunde und zuletzt sechs Riesen. Denn es gibt auch gute Riesen in Narnia. Doch obwohl er wusste, dass sie auf der richtigen Seite standen, konnte Shasta ihren Anblick anfangs kaum ertragen; bei manchen Dingen braucht man einige Zeit, um sich an sie zu gewöhnen.

Gerade als der König und die Königin die Hütte erreichten und die Zwerge sich tief vor ihnen zu verneigen begannen, rief König Edmund:

»So, Freunde! Zeit für eine Rast und einen Bissen!«, und sofort herrschte emsiges Treiben, als Leute von ihren Pferden stiegen, Rucksäcke öffneten und anfingen sich zu unterhalten, während Corin auf Shasta zugelaufen kam, seine beiden Hände ergriff und rief:

»Was! *Du* hier! Dann bist du heil davongekommen? Bin ich froh. Jetzt werden wir unseren Spaß haben. Und ist das nicht ein Glück? Erst gestern Morgen sind wir bei Cair Paravel in den Hafen eingelaufen, und der Erste, der uns begegnete, war Zervio der Hirsch mit der Nachricht von diesem Angriff auf Anvard. Findest du nicht –«

»Wer ist denn Eurer Hoheit Freund?«, fragte König Edmund, der soeben von seinem Pferd gestiegen war.

»Seht Ihr das nicht, Sire?«, sagte Corin. »Das ist mein Doppelgänger: der Junge, mit dem Ihr mich in Tashbaan verwechselt habt.«

»Wahrhaftig, er ist dein Doppelgänger«, rief Königin Lucy. »Ihr gleicht euch wie Zwillinge. Erstaunlich!«

»Bitte, Eure Majestät«, sagte Shasta zu König Edmund, »ich war kein Verräter, wirklich nicht. Und ich konnte nichts dafür, dass ich Eure Pläne mit angehört habe. Aber ich hätte nie im Traum daran gedacht, Euren Feinden davon zu erzählen.«

»Ich weiß jetzt, dass du kein Verräter warst, Junge«, sagte König Edmund und legte seine Hand auf Shastas Kopf. »Aber wenn du nicht für einen solchen gehalten werden willst, dann bemühe dich das nächste Mal, nicht zu hören, was für andere Ohren bestimmt ist. Aber es ist ja alles gut.«

Danach gab es so viel geschäftiges Treiben und Gerede und Kommen und Gehen, dass Shasta für einige Minuten Corin und Edmund und Lucy aus den Augen verlor. Doch Corin war ein Junge, von dem man unweigerlich früher oder später wieder hörte, und es dauerte nicht lange, bis Shasta König Edmund mit lauter Stimme sagen hörte:

»Bei der Mähne des Löwen, Prinz, das ist zu viel! Wird Eure Hoheit sich denn nie bessern? Ihr setzt dem Herzen schlimmer zu als unsere ganze Armee zusammen! Lieber wollte ich ein Hornissenregiment kommandieren als Euch.«

Shasta schlängelte sich durch die Menge und sah schließlich Edmund mit sehr wütendem Gesicht, Corin, der ein wenig verschämt dreinblickte, und einen fremden

Zwerg, der auf dem Boden saß und Grimassen schnitt. Zwei Faune hatten ihm anscheinend gerade aus seiner Rüstung geholfen.

»Hätte ich nur mein Elixier bei mir«, sagte Königin Lucy, »dann könnte ich das im Nu heilen. Aber der Hochkönig hat mir streng befohlen, es nicht regelmäßig mit in die Schlachten zu nehmen, sondern für äußerste Notfälle aufzuheben!«

Passiert war Folgendes. Kaum hatte Corin mit Shasta gesprochen, da hatte ihn ein Zwerg aus der Armee namens Dornbat am Ellbogen gezupft.

»Was ist los, Dornbat?«, hatte Corin gefragt.

»Eure Königliche Hoheit«, erwiderte Dornbat und zog ihn zur Seite, »heute führt uns unser Marsch über den Pass und geradewegs zum Schloss Eures königlichen Vaters. Es mag sein, dass wir uns noch vor dem Abend im Kampf befinden.«

»Ich weiß«, sagte Corin. »Ist das nicht großartig?«

»Ob großartig oder nicht«, erwiderte Dornbat, »ich habe strengsten Befehl von König Edmund, dafür zu sorgen, dass Eure Hoheit nicht am Kampf teilnimmt. Ihr dürft zusehen und das ist Vorrecht genug für das zarte Alter Eurer Hoheit.«

»Ach, so ein Unsinn!«, empörte sich Corin. »Natürlich werde ich kämpfen. Sogar Königin Lucy wird bei den Bogenschützen sein.«

»Ihre Gnaden, die Königin, wird tun, was ihr beliebt«, sagte Dornbat. »Ihr aber steht unter meiner Obhut. Entweder erhalte ich Euer feierliches Prinzenwort, dass Ihr mit Eurem Pony neben mir bleibt – auch nicht eine halbe Halslänge voraus –, bis ich Eurer Hoheit die Erlaubnis gebe, sich zu entfernen; oder – so lautet der Befehl Seiner Majestät – wir müssen mit aneinandergefesselten Handgelenken gehen wie zwei Gefangene.«

»Ich schlage dich nieder, wenn du versuchst, mich zu fesseln«, sagte Corin.

»Ich möchte sehen, wie Eure Hoheit das bewerkstelligt«, erwiderte der Zwerg.

Das war Ansporn genug für einen Jungen wie Corin, und im Nu gingen er und der Zwerg aufeinander los, dass die Fetzen flogen. Normalerweise wäre es ein ausgeglichener Kampf gewesen, denn während Corin zwar längere Arme hatte und größer war, hatte der Zwerg das Alter und die Zähigkeit auf seiner Seite. Aber der Kampf wurde nie zu Ende geführt (das ist das Schlimme an Kämpfen auf rauen Berghängen), denn schieres Pech wollte es, dass Dornbat auf einen losen Stein trat, flach auf der Nase landete und, als er aufstehen wollte, merkte, dass er sich den Knöchel verstaucht hatte; eine wirklich schmerzhafte Verstauchung, mit der er mindestens zwei Wochen lang weder gehen noch reiten konnte.

»Seht, was Eure Hoheit angerichtet hat«, sagte König Edmund. »Uns kurz vor der Schlacht eines bewährten Kämpfers zu berauben!«

»Ich werde seinen Platz einnehmen, Sire«, sagte Corin.

»Pah«, erwiderte Edmund. »An Eurer Tapferkeit zweifelt niemand. Aber ein Knabe in der Schlacht ist nur für seine eigene Seite eine Gefahr.«

In diesem Moment wurde der König fortgerufen und musste sich um etwas anders kümmern, und Corin lief, nachdem er sich aufrichtig bei dem Zwerg entschuldigt hatte, zu Shasta und flüsterte:

»Schnell. Jetzt ist ein Pony übrig und die Rüstung des Zwerges auch. Zieh sie an, bevor es jemand merkt.«

»Wozu?«, fragte Shasta.

»Na, damit du und ich in der Schlacht kämpfen können natürlich! Willst du das denn nicht?«

»Oh – ach ja, natürlich«, sagte Shasta. Dabei hatte er

daran bisher überhaupt nicht gedacht und in seiner Wirbelsäule machte sich ein höchst unbehagliches prickelndes Gefühl bemerkbar.

»So ist es recht«, sagte Corin. »Über den Kopf. Jetzt den Schwertgurt. Aber wir müssen ganz am Ende des Zuges reiten und mucksmäuschenstill sein. Wenn die Schlacht erst begonnen hat, werden alle viel zu beschäftigt sein, um uns zu bemerken.«

Die Schlacht von Anvard

Gegen elf Uhr war die ganze Schar wieder auf dem Marsch und ritt in Richtung Westen, mit dem Gebirge zu ihrer Linken. Corin und Shasta ritten ganz am Ende, gleich hinter den Riesen. Lucy, Edmund und Peridan waren mit ihren Schlachtplänen beschäftigt, und obwohl Lucy einmal fragte: »Wo steckt eigentlich Seine übermütige Hoheit?«, antwortete Edmund bloß: »Nicht an der Spitze, und das ist schon einmal beruhigend genug. Lassen wir es dabei bewenden.«

Shasta erzählte Corin fast alle seine Abenteuer und erklärte ihm, er habe das Reiten von einem Pferd gelernt und wisse daher nicht, wie man mit den Zügeln umgeht. Corin brachte es ihm bei und erzählte ihm außerdem alles darüber, wie sie heimlich von Tashbaan in See gestochen waren.

»Und wo ist Königin Susan?«

»Auf Cair Paravel«, antwortete Corin. »Sie ist nicht wie Lucy, weißt du; die ist so gut wie ein Mann, oder mindestens so gut wie ein Junge. Königin Susan ist mehr wie eine gewöhnliche erwachsene Dame. Sie reitet nicht in den Krieg, obwohl sie eine hervorragende Bogenschützin ist.«

Der Bergpfad, dem sie folgten, wurde ständig schmaler und das Gefälle zu ihrer Rechten immer steiler. Schließlich ritten sie im Gänsemarsch am Rande eines jähen Abgrunds entlang, und Shasta dachte mit einem Schaudern daran, dass er in der letzten Nacht dasselbe getan hatte, ohne es zu ahnen. »Aber natürlich war ich überhaupt nicht in Gefahr«, dachte er. »Deshalb hat sich der Löwe immer links von mir gehalten. Er war die ganze Zeit zwischen mir und dem Abgrund.«

Dann wand sich der Pfad nach links und nach Süden, weg von den Klippen; auf beiden Seiten war dichter Wald und sie ritten steil bergauf in den Pass hinein. Die Aussicht von oben wäre großartig gewesen, wenn sie freien Blick gehabt hätten, aber zwischen all den Bäumen konnten sie nichts sehen – nur hin und wieder eine riesige Felsspitze über den Baumwipfeln und hier und da einen Adler, der oben am blauen Himmel kreiste.

»Sie riechen die Schlacht«, sagte Corin und deutete auf die Vögel. »Sie wissen, dass wir ein Mahl für sie vorbereiten.«

Shasta gefiel dieser Gedanke überhaupt nicht.

Als sie den höchsten Punkt des Passes überschritten hatten und schon wieder ein gutes Stück tiefer waren, erreichten sie offeneres Gelände, und von hier aus konnte Shasta ganz Archenland sehen, blau und dunstig unter ihm ausgebreitet, und dahinter glaubte er sogar einen Schimmer der Wüste zu erahnen. Doch die Sonne, die in etwa zwei Stunden untergehen würde, strahlte ihm in die Augen und er konnte nicht besonders viel erkennen.

Hier machte die Armee Halt und formierte sich zu einer Linie und es wurde eine Menge umgruppiert. Eine ganze Abteilung sehr gefährlich aussehender Sprechender Tiere, die Shasta zuvor noch nicht bemerkt hatte und die größtenteils zu den Katzenarten gehörten (Leoparden, Panther und dergleichen), tappte knurrend nach links hinüber, um ihre Positionen einzunehmen. Die Riesen wurden nach rechts beordert, und bevor sie gingen, nahmen sie alle etwas ab, was sie auf dem Rücken getragen hatten, und setzten sich einen Moment lang hin. Da sah Shasta, dass es Stiefel waren, die sie getragen hatten und nun anzogen: grobe, schwere, mit Stacheln versehene Stiefel, die ihnen bis zu den Knien reichten. Dann legten sie sich ihre riesigen Keulen über die Schultern und marschierten zu ihrer Schlachtposition. Die Bogenschützen gingen mit Königin Lucy nach hinten, und man sah zuerst, wie sie ihre Bogen spannten, und hörte dann das *Twäng-Twäng*, als sie die Sehnen testeten. Und wohin man auch blickte, sah man Leute, die Gurte festschnallten, Helme aufsetzten, Schwerter zogen und Umhänge auf den Boden warfen. Geredet wurde jetzt kaum noch. Alles war sehr ernst und furchteinflößend. »Jetzt hänge ich drin – jetzt hänge ich wirklich drin«, dachte Shasta. Dann kamen Geräusche von weit vorne: der Klang vieler Männerrufe und ein gleichmäßiges *Bum-Bum-Bum*.

»Eine Ramme«, flüsterte Corin. »Sie wollen das Tor einrammen.«

Sogar Corin sah jetzt sehr ernst aus.

»Warum zieht König Edmund denn nicht los?«, fragte er. »Ich halte diese Warterei nicht mehr aus. Kalt ist es auch.«

Shasta nickte und hoffte, dass man ihm nicht ansah, wie viel Angst er hatte.

Endlich die Trompete! Sie setzten sich in Bewegung – jetzt waren sie im Laufschritt –, das Banner wehte im Wind. Nun hatten sie einen flachen Bergrücken erklommen und vor ihnen tat sich plötzlich die ganze Szenerie auf; ein kleines Schloss mit vielen Türmen, das Tor in ihre Richtung gewandt. Leider kein Graben, aber natürlich war das Tor geschlossen und das Fallgitter herabgesenkt. Auf den Mauern sahen sie wie kleine weiße Punkte die Gesichter der Verteidiger. Tief unter ihnen waren etwa fünfzig der Kalormenen abgesessen und schwangen gleichmäßig einen mächtigen Baumstamm gegen das

Tor. Doch im nächsten Moment änderte sich die Szenerie. Der größte Teil von Rabadashs Männern hatte sich zu Fuß angeschickt, das Tor anzugreifen. Doch nun hatte er die Narnianen erspäht, die von dem Bergrücken herabgeströmt kamen. Kein Zweifel, diese Kalormenen sind hervorragend ausgebildet. Es schien Shasta nur eine Sekunde zu dauern, bis eine ganze Linie der Feinde wieder zu Pferd saß und zu ihnen herumschwenkte, um ihnen entgegenzureiten.

Und nun im Galopp. Der Abstand zwischen den beiden Armeen verringerte sich mit jedem Augenblick. Schneller, schneller. Alle Schwerter jetzt gezückt, alle Schilde bis zur Nase erhoben, alle Gebete gesprochen, alle Zähne zusammengebissen. Shasta hatte furchtbare Angst. Doch plötzlich kam ihm der Gedanke: »Wenn du jetzt kneifst, wirst du dein ganzes Leben lang in jedem Kampf kneifen. Jetzt oder nie.«

Doch als die beiden Linien schließlich aufeinanderprallten, bekam er eigentlich nur sehr wenig von dem Geschehen mit. Es gab ein fürchterliches Durcheinander und einen schrecklichen Lärm. Sein Schwert wurde ihm schon bald glatt aus der Hand geschlagen. Und irgendwie hatten sich seine Zügel verheddert. Dann merkte er, dass er abrutschte. Dann flog ein Speer direkt auf ihn zu, und als er sich duckte, um ihm auszuweichen, rollte er geradewegs von seinem Pferd hinunter, stieß sich seine linken Knöchel schmerzhaft an der Rüstung eines anderen und dann –

Aber es hat keinen Sinn, die Schlacht aus Shastas Sicht zu schildern; dazu verstand er zu wenig von dem Kampf im Allgemeinen und von seiner eigenen Rolle darin. Am besten kann ich euch erzählen, wie es wirklich war, indem ich euch ein paar Meilen weit fortführe, wo der Einsiedler der Südmark saß und in den glatten Teich unter dem ausladenden Baum spähte, Bree und Hwin und Aravis an seiner Seite.

Denn in diesen Teich schaute der Einsiedler immer dann, wenn er wissen wollte, was in der Welt außerhalb der grünen Wälle seiner Einsiedelei vor sich ging. Wie in einem Spiegel konnte er dort zu gewissen Zeiten sehen, was in den Straßen von Städten passierte, die noch viel weiter südlich lagen als Tashbaan, oder welche Schiffe in Rothafen auf den fernen Sieben Inseln einliefen, oder welche Räuber oder wilden Tiere in den großen Wäldern im Westen zwischen dem Laternendickicht und Telmar auf der Pirsch waren. Und an diesem Tag hatte er sich kaum von seinem Teich weggerührt, nicht einmal, um zu essen oder zu trinken, denn er wusste, dass sich in Archenland große Ereignisse anbahnten. Aravis und die Pferde schauten auch hinein. Dass es ein Zauberteich war, konnten sie sehen; statt eines Spiegelbildes von dem Baum und dem Himmel zeigte er wolkige und bunte Formen, die sich unentwegt in seinen Tiefen bewegten. Doch sie konnten nichts deutlich erkennen. Der Einsiedler konnte es, und von Zeit zu Zeit sagte er ihnen, was er sah. Kurz bevor Shasta in seine erste Schlacht geritten war, hatte der Einsiedler so zu reden begonnen:

»Ich sehe einen – zwei – drei Adler in der Kluft beim Sturmkopf kreisen. Einer davon ist der älteste von allen Adlern. Er wäre nicht draußen, wenn nicht eine Schlacht bevorstünde. Ich sehe ihn hin und her kreisen, manchmal späht er hinunter nach Anvard und manchmal nach Osten, hinter den Sturmkopf. Aha – jetzt sehe ich, womit Rabadash und seine Männer den ganzen Tag über so eifrig beschäftigt waren. Sie haben einen großen Baum gefällt und abgeästet, und jetzt kommen sie aus dem Wald und tragen ihn als Ramme. Also haben sie aus dem gescheiterten Angriff gestern Abend etwas gelernt. Klüger wäre es gewesen, wenn er seinen Männern befohlen hätte, Leitern zu bauen; aber das dauert zu lange, und er ist ungeduldig. Der Narr! Er hätte zurück nach Tashbaan reiten sollen, sobald der erste Angriff scheiterte, denn sein ganzer Plan hing von Schnelligkeit und Überraschung ab. Jetzt bringen sie ihre Ramme in Position. König Lunes Männer schießen unentwegt von den Mauern herab. Fünf Kalormenen sind gefallen; aber viele werden es nicht mehr. Sie halten sich ihre Schilde über die Köpfe. Jetzt gibt Rabadash seine Befehle. Bei ihm sind seine vertrautesten Lords, kriegerische Tarkaane aus den östlichen Provinzen. Ich kann ihre Gesichter sehen. Das da ist Corradin vom Schloss Tormunt, und Azrooh, und Chlamash, und Ilgamuth mit der schiefen Lippe, und ein hochgewachsener Tarkaan mit purpurrotem Bart –«

»Bei der Mähne, mein alter Meister Anradin!«, sagte Bree.

»Schsch«, machte Aravis.

»Jetzt ist die Ramme im Einsatz. Könnte ich nicht nur sehen, sondern auch hören, was wäre das für ein Lärm! Schlag um Schlag; dem kann kein Tor für immer standhalten. Aber wartet! Oben am Sturmkopf hat irgendetwas die Vögel aufgescheucht. Sie fliegen in Scharen auf. Und … wartet noch einmal … ich kann es noch nicht sehen … ah! Jetzt sehe ich es. Der ganze Bergrücken oben im Osten ist schwarz vor Reitern. Wenn doch nur der Wind jene Fahne erfassen und ausbreiten würde. Jetzt sind sie über den Kamm, wer immer sie sind. Aha! Jetzt kann ich das Banner sehen. Narnia, Narnia! Es ist der rote Löwe. Sie stürmen jetzt in vollem Galopp den Hang hinab. Ich kann König Edmund sehen. Hinten bei den Bogenschützen ist eine Frau. Oh! –«

»Was ist los?«, fragte Hwin atemlos.

»Alle seine Katzen stürmen an der linken Seite der Linie hervor.«

»Katzen?«, fragte Aravis.

»Großkatzen, Leoparden und dergleichen«, erwiderte der Einsiedler ungeduldig. »Verstehe, verstehe. Die Katzen bilden einen Kreis, um die Pferde der abgesessenen Männer anzugreifen. Guter Zug. Die kalormenischen Pferde sind schon ganz wahnsinnig vor Schrecken. Jetzt sind die Katzen mitten zwischen ihnen. Aber Rabadash hat seine Linie neu formiert und hat hundert Mann im Sattel. Sie reiten den Narnianen entgegen. Nur noch hundert Meter liegen zwischen den beiden Linien. Jetzt noch fünfzig. Ich sehe König Edmund, ich sehe Lord Peridan. Zwei aus der narnianischen Linie sind noch Kinder. Was denkt sich der König dabei, sie mit in die Schlacht ziehen zu lassen? Nur noch zehn Meter – die Linien sind aufeinandergeprallt. Die Riesen auf der rechten Flanke Narnias vollbringen wahre Wunder … aber einer liegt am Boden … durchs Auge geschossen, nehme ich an. In der Mitte geht alles durcheinander. Auf der linken Seite kann ich mehr sehen. Da sind wieder die beiden Jungen. Lebendiger Löwe! Einer davon ist Prinz Corin. Der andere gleicht ihm wie ein Ei dem anderen. Es ist euer kleiner Shasta. Corin kämpft wie ein Mann. Er hat einen Kalormenen getötet. Jetzt kann ich auch etwas von der Mitte sehen. Rabadash und Edmund sind eben beinahe aufeinander getroffen; aber dann sind sie im Gedränge wieder getrennt worden –«

»Was ist mit Shasta?«, fragte Aravis.

»Oh, der Narr!«, stöhnte der Einsiedler. »Der arme, tapfere kleine Narr. Er versteht überhaupt nichts von der Sache. Er gebraucht seinen Schild überhaupt nicht. Seine ganze Seite ist offen. Und er hat nicht die leiseste Ahnung, was er mit seinem Schwert anfangen soll. Oh, jetzt ist es ihm wieder eingefallen. Er wedelt wild damit herum … beinahe hätte er seinem eigenen Pony den Kopf abgeschlagen und er wird es gleich tun, wenn er nicht aufpasst. Jetzt ist es ihm aus der Hand geschlagen worden. Es ist der reine Mord, ein Kind in die Schlacht zu senden; er kann keine fünf Minuten überstehen. Duck dich, du Narr – oh, er ist gefallen.«

»Getötet?«, fragten drei atemlose Stimmen.

»Woher soll ich das wissen?«, entgegnete der Einsiedler. »Die Katzen haben ihre Arbeit getan. Alle reiterlosen Pferde sind jetzt tot oder geflohen; *die* nützen den Kalormenen nichts mehr für den Rückzug. Jetzt wenden sich die Katzen wieder dem Hauptgeschehen zu. Sie stürzen sich auf die Leute an der Ramme. Oh, gut! Gut! Die Tore öffnen sich von innen, es gibt einen Ausfall. Die ersten drei sind draußen. Das in der Mitte ist König Lune, an seiner Seite sind die Brüder Dar und Darrin. Hinter ihnen sind Tran und Shar und Cole mit seinem Bruder Colin. Inzwischen sind zehn – zwanzig – fast dreißig von ihnen draußen. Die kalormenische Linie wird zu ihnen zurückgedrängt. König Edmund teilt prächtige Hiebe aus. Eben hat er Corradin den Kopf abgeschlagen. Etliche Kalormenen haben ihre Waffen weggeworfen und rennen auf den Wald zu. Diejenigen, die noch ausharren, sind schwer in Bedrängnis. Die Riesen rücken von rechts her an – die Katzen von links – König Lune von hinten. Die Kalormenen sind jetzt nur noch ein kleiner Knoten, sie kämpfen Rücken an Rücken. Dein Tarkaan ist gefallen, Bree. Lune und Azrooh kämpfen Mann gegen Mann; es sieht aus, als hätte der König die Oberhand – der König hält sich gut – der König hat gesiegt. Azrooh liegt am Boden. König Edmund ist gefallen – nein, er ist wieder auf den Beinen; er kämpft mit Rabadash. Sie kämpfen direkt im Tor des Schlosses. Mehrere Kalormenen haben sich ergeben. Darrin hat Ilgamuth getötet. Ich kann nicht sehen, was aus Rabadash geworden ist. Ich glaube, er ist tot, er lehnt an der Schlossmauer, aber ich weiß es nicht. Chlamash und König Edmund kämpfen noch, aber überall sonst ist die Schlacht vorbei. Chlamash hat sich ergeben. Die Schlacht *ist* vorbei. Die Kalormenen sind ganz und gar besiegt.«

Als Shasta vom Pferd fiel, gab er sich verloren. Doch Pferde treten sehr viel seltener auf Menschen, selbst in der Schlacht, als man annehmen würde. Nach etwa zehn ziemlich entsetzlichen Minuten merkte Shasta auf einmal, dass in seiner unmittelbaren Nachbarschaft keine Pferde mehr herumstampften und dass der Lärm (denn eine Menge Lärm herrschte noch immer) sich nicht mehr nach einer Schlacht anhörte. Er setzte sich auf und starrte mit großen Augen um sich. Selbst er, der doch so wenig von Schlachten verstand, erkannte bald, dass die Archenländer und die Narnianen gewonnen hatten. Die einzigen lebenden Kalormenen, die er sehen konnte, waren Gefangene; die Schlosstore standen weit offen, und König Lune und König Edmund schüttelten sich über die Ramme hinweg die Hände. Aus dem Kreis der Herren und Krieger um sie her ertönte der Klang atemloser und erregter, aber offensichtlich frohgemuter Gespräche. Und dann plötzlich floss alles ineinander und schwoll zu einem mächtigen, brüllenden Gelächter an.

Shasta rappelte sich auf. Obwohl er sich ungemein steif fühlte, rannte er dem Lärm entgegen, um zu sehen, was da so witzig war. Ein sehr seltsamer Anblick bot sich ihm dar. Der unglückselige Rabadash schien an der Schlossmauer zu hängen. Seine Füße, die etwa einen halben Meter über dem Boden schwebten, traten wild um sich. Sein Kettenhemd war irgendwie hochgerutscht, sodass es unter den Armen schrecklich eng war und die untere Hälfte seines Gesichts bedeckte. Eigentlich sah er genauso aus wie ein Mann, den man gerade dabei antrifft, wie er sich ein steifes Hemd überstreift, das ein bisschen zu klein für ihn ist. Soweit sich hinterher in Erfahrung bringen ließ (und ihr könnt sicher sein, dass von dieser Geschichte noch viele Tage lang ausführlich die Rede war), war ungefähr Folgendes passiert. Schon zu Beginn der Schlacht hatte einer der Riesen mit seinem Stachelstiefel nach Rabadash getreten; erfolglos, weil der Riese Rabadash damit nicht zermalmte, wie er beabsichtigt hatte, aber dennoch nicht ganz vergeblich, weil einer der Stachel das Kettenhemd zerriss, einfach so, wie ihr und ich ein normales Hemd zerreißen könnten. So hatte Rabadash, als er schließlich am Tor auf Edmund traf, ein Loch im Rücken seines Kettenhemdes. Und als Edmund ihn rückwärts immer dichter an die Mauer trieb, sprang er auf einen Befestigungsstein und ließ von oben seine Hiebe auf Edmund herabhageln. Als er dann jedoch merkte, dass ihn diese Position, die ihn ja über die Köpfe aller anderen heraushob, zur Zielscheibe aller Pfeile der narnianischen Bogenschützen machte, beschloss er, wieder hinunterzuspringen. Ganz und gar überwältigend und furchterregend sollte es aussehen und sich anhören – und für einen Moment tat es das sicherlich auch –, als er sprang und dabei rief: »Tashs Feuerblitz saust von oben herab.« Doch er musste seitwärts springen, weil im Gedränge vor ihm kein Platz für ihn zum Landen war. Und da verfing sich so säuberlich, wie man es sich nur wünschen konnte, der Riss im Rücken seines Kettenhemdes an einem Haken in der Mauer. (Vor einer Ewigkeit hatte an diesem Haken einmal ein Ring gehangen, um Pferde daran festzubinden.) Und da hing er nun wie ein Stück Wäsche zum Trocknen, und alles lachte über ihn.

»Lasst mich herunter, Edmund«, heulte Rabadash. »Lasst mich herunter und kämpft gegen mich wie ein König und ein Mann; oder wenn Ihr dazu zu feige seid, dann tötet mich auf der Stelle.«

»Gewiss«, begann König Edmund, doch König Lune unterbrach.

»Mit Eurer Majestät Erlaubnis«, sagte König Lune zu Edmund. »Tut das nicht.« Dann wandte er sich an Rabadash und sagte: »Eure Königliche Hoheit, hättet Ihr diese Herausforderung vor einer Woche ausgesprochen, so hätte, so wahr ich hier stehe, vom Hochkönig bis hinab zur kleinsten Sprechenden Maus, niemand im Reiche König Edmunds sie zurückgewiesen. Doch indem Ihr ohne Kriegserklärung unser Schloss Anvard überfallen habt, habt Ihr bewiesen, dass Ihr kein Ritter seid, sondern ein Verräter, einer, der eher der Peitsche des Henkers würdig ist, als dass er mit einem Mann von Ehre die Klingen kreuzen dürfte. Holt ihn herunter, fesselt ihn und bringt ihn hinein, bis kund wird, wie wir weiter mit ihm zu verfahren geruhen.«

Kräftige Hände entwanden Rabadash sein Schwert, und schreiend, drohend, fluchend, ja heulend wurde er ins Schloss davongetragen. Denn obwohl er jede Folter über sich hätte ergehen lassen, konnte er es nicht ertragen, wenn man sich über ihn lustig machte. In Tashbaan war er stets von jedermann ernst genommen worden.

In diesem Moment kam Corin auf Shasta zugelaufen, nahm ihn bei der Hand und zerrte ihn zu König Lune. »Hier ist er, Vater, hier ist er«, rief Corin.

»Jawohl, und hier bist *du* endlich«, sagte der König in äußerst barschem Ton. »Und in der Schlacht bist du gewesen, entgegen deiner Sohnespflicht. Du brichst deinem Vater noch das Herz, Junge! In deinem Alter kommt dir eher die Rute auf dem Hosenboden zu als das Schwert in der Faust, ha!« Trotzdem konnten alle einschließlich Corin sehen, dass der König sehr stolz auf ihn war.

»Ich bitte Euch, scheltet nicht mehr mit ihm, Sire«, sagte Lord Darrin. »Seine Hoheit wäre nicht Euer Sohn, wenn er nicht nach Euch schlagen würde. Es würde Eure Majestät mehr betrüben, müsste man ihn für den gegenteiligen Mangel tadeln.«

»Nun gut«, brummte der König, »dann wollen wir diesmal darüber hinwegsehen. Und nun –«

Was dann kam, überraschte Shasta mehr als alles andere, was ihm je im Leben widerfahren war. Im nächsten Moment fand er sich in König Lunes Armen wieder, der ihn wie ein Bär umarmte und auf beide Wangen küsste. Dann stellte ihn der König wieder auf die Beine und sagte: »Stellt euch hier nebeneinander, ihr Jungen, damit der ganze Hof euch sehen kann. Hoch mit den Köpfen. Nun, Ihr Herren, schaut sie Euch beide an. Hegt irgendjemand noch Zweifel?«

Und immer noch begriff Shasta nicht, warum alle ihn und Corin so anstarrten und was all die Hochrufe zu bedeuten hatten.

Wie Bree ein weiseres Pferd wurde

Kehren wir nun wieder zu Aravis und den Pferden zurück. Der Einsiedler beobachtete seinen Teich und konnte ihnen sagen, dass Shasta nicht getötet oder auch nur ernsthaft verwundet worden war, denn er sah, wie er aufstand und auch wie liebevoll er von König Lune begrüßt wurde. Doch da er nur sehen, aber nichts hören konnte, wusste er nicht, was sie sagten, und nachdem nicht mehr gekämpft, sondern nur noch geredet wurde, lohnte es sich nicht mehr, noch länger in den Teich zu schauen.

Am nächsten Morgen, als der Einsiedler im Haus war, besprachen sich die drei, was sie als Nächstes tun sollten.

»Ich habe genug von hier«, sagte Hwin. »Der Einsiedler ist ja sehr gut zu uns gewesen und ich bin ihm ja auch sehr dankbar. Aber ich werde so fett wie ein Streichelpony, wenn ich den ganzen Tag fresse und mich nicht bewege. Lasst uns weiterziehen nach Narnia.«

»Aber noch nicht heute, Verehrteste«, sagte Bree. »Ich würde das nicht überstürzen. Vielleicht an einem anderen Tag, meinst du nicht?«

»Zuerst müssen wir zu Shasta und uns von ihm verabschieden – und – und uns entschuldigen«, sagte Aravis.

»Genau!«, fiel Bree mit Nachdruck ein. »Dasselbe wollte ich auch gerade sagen.«

»Oh, natürlich«, erwiderte Hwin. »Ich nehme an, er ist in Anvard. Natürlich schauen wir bei ihm vorbei und verabschieden uns. Aber das liegt ja auf unserem Weg. Und warum sollten wir nicht sofort aufbrechen? Wir wollten doch alle nach Narnia, oder?«

»Ich denke schon«, sagte Aravis. Sie fing an sich zu fragen, was sie eigentlich genau tun sollte, wenn sie dort ankam, und fühlte sich ein bisschen einsam.

»Aber sicher doch«, sagte Bree hastig. »Aber es besteht doch kein Anlass zur Eile, wenn ihr wisst, was ich meine.«

»Nein, ich weiß nicht, was du meinst«, sagte Hwin. »Warum willst du denn nicht gehen?«

»M-m-m, bruhuh«, murmelte Bree. »Nun, Verehrteste, versteh doch – das ist ein wichtiger Anlass – man kehrt in sein Heimatland zurück – man tritt in die Gesellschaft ein – die beste Gesellschaft – da ist es doch unerlässlich, einen guten Eindruck zu machen – und unser Äußeres ist vielleicht im Moment noch nicht ganz das vorteilhafteste, hm?«

Hwin brach in ein Pferdegelächter aus. »Es ist dein Schwanz, Bree! Jetzt verstehe ich alles. Du willst warten, bis dein Schwanz wieder gewachsen ist! Dabei wissen wir nicht einmal, ob in Narnia die Schwänze lang getragen werden. Also wirklich, Bree, du bist genauso eitel wie diese Tarkheena in Tashbaan!«

»Du bist wirklich albern, Bree«, stimmte Aravis ein.

»Bei der Mähne des Löwen, Tarkheena, ich bin nichts dergleichen«, entgegnete Bree empört. »Ich habe lediglich angemessenen Respekt gegenüber mir selbst und meinen Mitpferden.«

»Bree«, erwiderte Aravis, die sich nicht besonders für den Schnitt seines Schwanzes interessierte, »eines wollte ich dich schon seit langem fragen. Warum schwörst du eigentlich immer *Beim Löwen* und *Bei der Mähne des Löwen*? Ich dachte, du kannst Löwen nicht ausstehen.«

»Kann ich auch nicht«, antwortete Bree. »Aber wenn ich von *dem* Löwen spreche, meine ich natürlich Aslan, den großen Befreier Narnias, der die Hexe und den Winter vertrieben hat. Alle Narnianen schwören bei ihm.«

»Aber ist er denn kein Löwe?«

»Nein, nein, natürlich nicht«, erwiderte Bree schockiert.

»In allen Geschichten über ihn in Tashbaan heißt es immer, er sei einer«, entgegnete Aravis. »Und wenn er gar kein Löwe ist, wieso nennst du ihn dann einen Löwen?«

»Nun, um das zu verstehen, bist du noch zu klein«, sagte Bree. »Und ich war ja selbst noch ein kleines Fohlen, als ich von Narnia wegging, sodass ich es selbst nicht ganz verstehe.«

(Während er das sagte, stand Bree mit dem Hinterteil zu dem grünen Wall, und die anderen beiden standen ihm gegenüber. Er redete ziemlich von oben herab mit halb geschlossenen Augen; deswegen merkte er nichts davon, als die Miene von Hwin und Aravis sich veränderte. Sie hatten allen Grund, die Münder und die Augen aufzureißen; denn während Bree sprach, sahen sie, wie ein riesiger Löwe von außen auf den Wall sprang und dort balancierte; nur war er von einem leuchtenderen Gelb und größer und schöner und erschreckender als jeder Löwe, den sie je gesehen hatten. Sogleich sprang er auf der Innenseite des Walles herunter und näherte sich Bree von hinten. Er verursachte keinerlei Geräusch. Und Hwin und Aravis konnten selbst auch keinen Laut herausbringen, so wenig, als wären sie zu Eis erstarrt.)

»Wenn sie ihn den Löwen nennen«, fuhr Bree fort, »dann meinen sie damit gewiss nur, dass er so stark ist wie ein Löwe oder (gegenüber unseren Feinden, versteht sich) so wild wie ein Löwe. Oder so etwas Ähnliches. Selbst ein kleines Mädchen wie du, Aravis, muss doch einsehen, dass es ein ganz unsinniger Gedanke wäre, ihn für einen *richtigen* Löwen zu halten. Es wäre sogar geradezu respektlos. Wenn er ein Löwe wäre, dann wäre er ja ein Tier wie wir alle. Nicht auszudenken!« (An dieser Stelle fing Bree an zu lachen.) »Wenn er ein Löwe wäre, dann hätte er vier Pfoten und einen Schwanz und *Schnurrhaare!* … Aieeh, ooh, hoo-hoo! Hilfe!«

Genau in dem Augenblick nämlich, als er das Wort *Schnurrhaare* sagte, kitzelte ihn tatsächlich eines von Aslan am Ohr. Wie ein Pfeil schoss Bree davon bis zum anderen Ende der Einfriedung, wo er kehrtmachte; da der Wall zu hoch war, als dass er darüber hätte springen können, konnte er nicht weiter fliehen. Aravis und Hwin fuhren zurück. Etwa eine Sekunde lang herrschte angespanntes Schweigen.

Dann stieß Hwin ein seltsames kleines Wiehern aus und trabte, obwohl sie am ganzen Leib zitterte, auf den Löwen zu.

»Bitte«, sagte sie, »du bist so wunderschön. Du darfst mich fressen, wenn du willst. Ich möchte lieber von dir gefressen als von irgendjemandem sonst gefüttert werden.«

»Liebste Tochter«, sagte Aslan und drückte einen Löwenkuss auf ihre zuckende, samtige Nase. »Ich wusste, dass du nicht lange zögern würdest, zu mir zu kommen. Du sollst voller Freude sein.«

Dann hob er den Kopf und sprach mit lauterer Stimme.

»Nun, Bree«, sagte er, »du armes, stolzes, ängstliches Pferd, komm näher. Noch näher, mein Sohn. Wag es nicht, es nicht zu wagen. Rühr mich an. Rieche mich. Hier sind meine Pfoten, hier ist mein Schwanz, dies sind meine Schnurrhaare. Ich bin ein wahres Tier.«

»Aslan«, sagte Bree mit zitternder Stimme, »ich fürchte, ich bin wohl ein ziemlicher Trottel.«

»Glücklich das Pferd, das das erkennt, solange es noch jung ist. Oder auch der Mensch. Komm näher, Aravis, meine Tochter. Schau! Meine Krallen sind eingezogen. Diesmal werden sie dir nicht die Haut aufreißen.«

»Diesmal, Herr?«, fragte Aravis.

»Ich war es, der dich verwundet hat«, sagte Aslan. »Ich bin der einzige Löwe, dem ihr auf all euren Reisen begegnet seid. Weißt du, warum ich dich gekratzt habe?«

»Nein, Herr.«

»Jeder Striemen, jedes Pochen des Schmerzes, jeder Tropfen Blut auf deinem Rücken entsprach den Peitschenhieben, die die Sklavin deiner Stiefmutter auf den Rücken bekam, weil du sie mit einem Mittel in den Schlaf versetzt hast. Du musstest erfahren, wie sich das anfühlte.«

»Ja, Herr. Ach, bitte –«

»Frag nur, Liebes«, sagte Aslan.

»Wird sie noch mehr erleiden müssen, weil ich ihr das angetan habe?«

»Kind«, sagte der Löwe, »ich erzähle dir deine Geschichte, nicht ihre. Niemand bekommt irgendeine Geschichte außer der eigenen erzählt.« Dann schüttelte er den Kopf und sprach in leichterem Ton weiter.

»Nun seid fröhlich, meine Kleinen«, sagte er. »Bald werden wir uns wiedertreffen. Aber vorher werdet ihr noch einen anderen Besuch bekommen.« Dann war er mit einem Satz wieder oben auf dem Wall und entschwand ihren Blicken.

Seltsamerweise verspürten sie keine Neigung, miteinander über ihn zu reden, nachdem er gegangen war. Sie alle zogen sich langsam an verschiedene Stellen auf dem stillen Rasen zurück und gingen dort, jeder für sich, nachdenklich auf und ab.

Etwa eine halbe Stunde später wurden die beiden Pferde hinters Haus gerufen, wo der Einsiedler ihnen ein schönes Futter zubereitet hatte, und Aravis, die immer noch auf und ab ging und nachdachte, fuhr zusammen, als sie vor dem Tor den gellenden Ton einer Trompete hörte.

»Wer ist da?«, fragte sie.

»Seine Königliche Hoheit, Prinz Cor von Archenland«, antwortete eine Stimme von draußen.

Aravis entriegelte das Tor, öffnete es und trat ein Stück zurück, um die Fremden hereinzulassen.

Zuerst kamen zwei Soldaten mit Hellebarden und gingen zu beiden Seiten des Durchgangs in Stellung. Dann folgten ein Herold und der Trompeter.

»Seine Königliche Hoheit, Prinz Cor von Archenland, erbittet eine Audienz bei Lady Aravis«, sagte der Herold. Dann traten er und der Trompeter zur Seite und verbeugten sich; die Soldaten salutierten und der Prinz selbst kam herein. Seine Bediensteten zogen sich zurück und schlossen das Tor hinter sich.

Der Prinz verbeugte sich, aber es war eine sehr ungeschickte Verbeugung für einen Prinzen. Aravis machte einen Knicks nach kalormenischer Art (der ganz anders ist als bei uns), und das in vollendeter Form, denn natürlich hatte man ihr beigebracht, wie man knickst. Dann blickte sie auf und sah sich an, was dieser Prinz für eine Person war.

Sie sah nur einen Jungen. Er trug keine Kopfbedeckung; nur ein ganz dünner goldener Reif, kaum dicker als Draht, bekränzte sein blondes Haar. Sein Obergewand war aus weißem Kambrik, dünn wie ein Taschentuch, so dass die leuchtend rote Bluse darunter hindurchschien. An der linken Hand, die auf seinem emaillierten Schwertgriff lag, trug er einen Verband.

Aravis musste zweimal in sein Gesicht schauen, bis sie einen kleinen Schrei ausstieß und rief: »Nanu! Das ist ja Shasta!«

Shasta wurde plötzlich puterrot und fing an, ganz schnell zu reden. »Hör mal, Aravis«, sagte er, »ich hoffe, du denkst jetzt nicht, dass ich mich so herausgeputzt habe (und das mit dem Trompeter und so), weil ich bei dir Eindruck schinden oder so tun will, als wäre ich jetzt was Besseres oder so ein Quatsch. Ich wäre nämlich viel lieber in meinen alten Sachen gekommen, aber die sind jetzt verbrannt, und meint Vater hat gesagt –«

»Dein Vater?«, unterbrach ihn Aravis.

»Wie es scheint, ist König Lune mein Vater«, erklärte Shasta. »Hätte ich mir eigentlich auch denken können. Wo mir Corin doch so ähnlich sieht. Wir sind Zwillingsbrüder, weißt du. Ach ja, und mein Name ist gar nicht Shasta; ich heiße Cor.«

»Cor ist ein hübscherer Name als Shasta«, sagte Aravis.

»Mit den Namen von Brüdern ist das immer so in Archenland«, sagte Shasta (oder Prinz Cor, wie wir ihn jetzt nennen müssen). »Zum Beispiel Dar und Darrin, Cole und Colin und so weiter.«

»Shasta – Cor, meine ich«, sagte Aravis. »Nein, sei still. Ich muss dir sofort etwas sagen. Es tut mir leid, dass ich so ein Ekel gewesen bin. Aber ich habe meine Meinung geändert, bevor ich wusste, dass du ein Prinz bist, ehrlich; als du zurückkamst und dich dem Löwen gestellt hast.«

»Der wollte dich gar nicht wirklich töten, dieser Löwe«, sagte Cor.

»Ich weiß«, nickte Aravis. Beide waren einen Moment lang still und ernst, als jeder erkannte, dass der andere über Aslan Bescheid wusste.

Plötzlich fiel Aravis Cors verbundene Hand wieder ein. »Sag mal!«, rief sie. »Das habe ich ja ganz vergessen! Du warst in einer Schlacht. Ist das eine Wunde?«

»Bloß ein Kratzer«, erwiderte Cor und schlug dabei zum ersten Mal einen ziemlich edelmännischen Ton an. Doch gleich darauf musste er schon lachen und sagte: »Um die Wahrheit zu sagen, es ist überhaupt keine richtige

Wunde. Ich habe mir bloß die Knöchel abgeschürft, wie es jeder Tollpatsch fertigbringt, auch ohne in die Nähe einer Schlacht zu geraten.«

»Aber du warst trotzdem bei der Schlacht dabei«, sagte Aravis. »Es muss großartig gewesen sein.«

»Es war ganz anders, als ich es mir vorgestellt habe«, erwiderte Cor.

»Aber Shasta – Cor, meine ich –, du hast mir noch gar nichts von König Lune erzählt und davon, wie er herausgefunden hat, wer du bist.«

»Komm, setzen wir uns«, sagte Cor. »Das ist nämlich eine ziemlich lange Geschichte. Und übrigens, Vater ist wirklich ein ausgesprochen feiner Kerl. Selbst wenn er kein König wäre, würde ich mich genauso sehr darüber freuen, dass er mein Vater ist – oder fast genauso sehr. Obwohl mir jetzt Bildung und lauter so scheußliches Zeug blüht. Aber du willst die Geschichte hören. Also, Corin und ich sind Zwillinge. Ungefähr eine Woche, nachdem wir beide geboren waren, scheint es, hat man uns zu einem weisen alten Zentauren in Narnia gebracht, um uns segnen zu lassen oder so. Nun war dieser Zentaur ein Prophet, wie es ja viele Zentauren sind. Hast du überhaupt schon einmal Zentauren gesehen? Gestern in der Schlacht waren ein paar dabei. Höchst bemerkenswerte Leute, obwohl ich zugeben muss, dass mir noch nicht so ganz wohl in meiner Haut ist, wenn ich in ihrer Nähe bin. Ich kann dir sagen, Aravis, es gibt eine ganze Menge Dinge hier oben im Norden, an die man sich erst einmal gewöhnen muss.«

»Das kann man wohl sagen«, sagte Aravis. »Aber erzähl weiter.«

»Also, sobald er Corin und mich sah, scheint es, schaute dieser Zentaur mich an und sagte: Es wird ein Tag kommen, an dem dieser Junge Archenland vor der tödlichsten

Gefahr bewahren wird, die ihr jemals drohte. Darüber haben sich mein Vater und meine Mutter natürlich sehr gefreut. Aber einer war dabei, dem das gar nicht gefiel. Das war ein Mann namens Lord Bar, der Vaters Lordkanzler gewesen war. Und der hatte offenbar irgendetwas Unrechtes getan – eine *Unvertreuung* oder so etwas Ähnliches – diesen Teil habe ich nicht so richtig verstanden –, weshalb Vater ihn hatte entlassen müssen. Aber sonst geschah ihm nichts und er durfte weiter in Archenland leben. Aber er muss wohl ein richtig übler Bursche gewesen sein, denn hinterher stellte sich heraus, dass er im Sold des Tisrocs stand und eine Menge geheimer Informationen nach Tashbaan geschickt hatte. Sobald er also hörte, dass ich Archenland vor einer großen Gefahr bewahren würde, beschloss er, ich müsse aus dem Weg geräumt werden. Es gelang ihm, mich zu entführen (wie, weiß ich nicht genau), und er ritt mit mir den Schlängelpfeil hinunter bis zur Küste. Dort war schon alles vorbereitet; ein Schiff lag bereit, bemannt mit seinen eigenen Leuten, und er stach mit mir an Bord in See. Doch Vater bekam Wind davon, wenn auch nicht mehr ganz rechtzeitig, und setzte ihm nach, so schnell er konnte. Lord Bar war schon auf See, als Vater die Küste erreichte, aber noch nicht außer Sicht. Und innerhalb von zwanzig Minuten hatte Vater eines seiner eigenen Schlachtschiffe bestiegen.

Es muss eine großartige Verfolgungsjagd gewesen sein. Sechs Tage lang folgten sie Bars Galeone, und am siebten Tag griffen sie sie an. Es war eine große Seeschlacht (gestern Abend habe ich eine Menge darüber gehört); sie dauerte von zehn Uhr morgens bis zum Sonnenuntergang. Am Ende nahmen unsere Leute das Schiff ein. Doch ich war nicht da. Lord Bar selbst war in der Schlacht getötet worden. Einer seiner Männer aber sagte, Bar habe mich schon früh am Morgen, als er sah, dass er auf jeden Fall eingeholt werden würde, einem seiner Ritter übergeben und uns beide im Beiboot des Schiffes fortgeschickt. Und jenes Boot wurde nie wieder gesehen. Aber natürlich war es dasselbe Boot, das Aslan (er scheint irgendwie hinter allen Geschichten zu stecken) an der richtigen Stelle ans Ufer schob, damit Arsheesh mich auflesen konnte. Ich wünschte, ich wüsste den Namen dieses Ritters, denn offenbar hat er mich am Leben erhalten und ist dabei selbst verhungert.«

»Ich schätze, Aslan würde sagen, dass das zur Geschichte eines anderen gehört«, sagte Aravis.

»Das hatte ich vergessen«, erwiderte Cor.

»Ich frage mich, wie sich wohl die Prophezeiung erfüllen wird«, überlegte Aravis, »und was das für eine große Gefahr ist, aus der du Archenland retten wirst.«

»Hm«, sagte Cor ziemlich verlegen, »die scheinen alle der Meinung zu sein, ich hätte es bereits getan.«

Aravis klatschte in die Hände. »Aber natürlich!«, rief sie. »Wie dumm von mir. Was für ein Wunder! Archenland war gewiss noch nie in viel größerer Gefahr als in dem Moment, als Rabadash mit seinen zweihundert Reitern den Schlängelpfeil überquert hatte und du mit deiner Botschaft noch nicht am Ziel warst. Bist du nicht sehr stolz darauf?«

»Ich glaube, ich habe eher ein bisschen Angst«, sagte Cor.

»Und jetzt wirst du also auf Schloss Anvard wohnen«, sagte Aravis ein wenig wehmütig.

»Oh!« sagte Cor, »Ich hätte fast vergessen, weswegen ich eigentlich gekommen bin. Vater möchte, dass du zu uns kommst und bei uns wohnst. Er meint, seit Mutters Tod habe es keine Dame mehr bei Hofe gegeben (sie nennen es bei Hofe, keine Ahnung, warum). Bitte, Aravis. Du wirst Vater mögen – und Corin auch. Sie sind nicht so wie ich; sie haben eine richtige Erziehung genossen. Du brauchst keine Angst zu haben, dass –«

»Ach, hör schon auf«, unterbrach Aravis, »sonst kriegen wir richtig Krach miteinander. Natürlich komme ich.«

»Dann lass uns jetzt gehen und nach den Pferden sehen«, erwiderte Cor.

Es gab eine lautstarke, freudige Begrüßung zwischen Bree und Cor, und Bree, der immer noch ziemlich kleinlaut war, erklärte sich bereit, sofort nach Anvard aufzubrechen; er und Hwin würden dann am folgenden Tag weiter nach Narnia ziehen. Alle vier verabschiedeten sich herzlich von dem Einsiedler und versprachen, ihn bald wieder zu besuchen. Um die Mitte des Vormittags herum waren sie auf dem Weg. Die Pferde hatten damit gerechnet, dass Aravis und Cor reiten würden, doch Cor erklärte ihnen, außer im Krieg, wo jeder tun müsse, was er am besten könne, würde niemand in Narnia oder Archenland auch nur im Traum daran denken, ein Sprechendes Pferd zu besteigen.

Dies erinnerte den armen Bree wieder daran, wie wenig er über narnianische Bräuche wusste und was für scheußliche Fehler er möglicherweise begehen würde. Während also Hwin wie in einem glücklichen Traum dahinschlenderte, wurde Bree mit jedem Schritt, den er tat, nervöser und verlegener.

»Kopf hoch, Bree«, sagte Cor. »Für mich ist es viel schlimmer als für dich. Dir blüht wenigstens keine *Bildung*. Ich werde jetzt Lesen und Schreiben und Heraldik und Tanzen und Geschichte und Musik lernen, während du auf den Hügeln von Narnia nach Herzenslust umhergaloppieren und dich im Gras wälzen kannst.«

»Aber das ist es ja gerade«, stöhnte Bree. »*Wälzen* sich denn Sprechende Pferde im Gras? Angenommen, sie tun das nicht? Ich könnte es nicht ertragen, das aufzugeben. Was meinst du, Hwin?«

»Ich werde mich trotzdem im Gras wälzen. Wahrscheinlich schert sich keins von denen auch nur zwei Würfel Zucker darum, ob du dich im Gras wälzt oder nicht.«

»Sind wir schon in der Nähe des Schlosses?«, fragte Bree Cor.

»Es liegt hinter der nächsten Biegung«, erwiderte der Prinz.

»Nun«, sagte Bree, »dann werde ich mich jetzt noch einmal ordentlich wälzen; vielleicht ist es ja das letzte Mal. Wartet eine Minute auf mich.«

Es dauerte fünf Minuten, bis er sich schnaufend und mit Farn übersät wieder aufrappelte.

»Jetzt bin ich so weit«, verkündete er mit zutiefst trübseliger Stimme. »Geh voraus, Prinz Cor. Nach Narnia in den Norden.«

Doch er sah eher wie ein Pferd auf dem Weg zu einer Beerdigung aus als wie ein lange verschollener Gefangener bei der Rückkehr in die heimatliche Freiheit.

Rabadash der Lächerliche

Die nächste Wegbiegung führte sie aus den Bäumen heraus, und dort erblickten sie über grüne Wiesen hinweg, vor dem Nordwind durch die hohe bewaldete Bergkette dahinter geschützt, das Schloss Anvard. Es war sehr alt und aus einem warmen, rötlich-braunen Stein erbaut.

Noch bevor sie das Tor erreichten, trat König Lune heraus und kam ihnen entgegen. Er sah überhaupt nicht so aus, wie Aravis sich einen König vorstellte, und trug uralte Sachen; denn er hatte gerade mit seinem Jagdaufseher eine Runde durch die Hundezwinger gemacht und nur einen Moment Zeit gehabt, um sich die Hände zu waschen, mit denen er die Hunde angefasst hatte. Die Verbeugung jedoch, mit der er Aravis begrüßte, als er ihre Hand ergriff, wäre selbst für einen Kaiser vollendet genug gewesen.

»Junge Dame«, sagte er, »wir heißen dich sehr herzlich willkommen. Wenn meine liebe Frau noch lebte, würde sie dir einen schöneren Empfang bereiten, aber auch sie könnte es nicht besseren Willens tun. Und es tut mir leid, dass du viel erleiden musstest und aus dem Haus deines Vaters vertrieben wurdest, was dich sicherlich sehr bekümmert. Mein Sohn Cor hat mir von euren gemeinsamen Abenteuern erzählt und mir alles über deine Tapferkeit berichtet.«

»Eigentlich hat er das alles getan, Herr«, sagte Aravis. »Er ist sogar auf einen Löwen losgestürmt, um mich zu retten.«

»Was höre ich da?«, erwiderte König Lune und sein Gesicht fing an zu strahlen. »Diesen Teil der Geschichte habe ich noch gar nicht gehört.«

Daraufhin erzählte Aravis alles. Und Cor, der sich sehr gewünscht hatte, dass die Geschichte bekannt würde, auch wenn er das Gefühl hatte, sie nicht selbst erzählen zu können, genoss es nicht so sehr, wie er erwartet hatte. Er kam sich sogar ziemlich blöde dabei vor. Sein Vater dagegen hatte seine helle Freude daran und erzählte sie im Lauf der nächsten Wochen so vielen Leuten weiter, dass Cor sich wünschte, sie wäre nie geschehen.

Als Nächstes wandte sich der König Hwin und Bree zu, begrüßte sie ebenso höflich wie Aravis und stellte ihnen viele Fragen über ihre Familien und darüber, wo sie in Narnia gelebt hatten, bevor sie in Gefangenschaft geraten waren. Die Pferde waren ein wenig einsilbig, denn sie waren es nicht gewohnt, dass Menschen mit ihnen wie mit Gleichrangigen redeten – erwachsene Menschen jedenfalls. Bei Aravis und Cor machte es ihnen nichts aus.

Kurz darauf kam Königin Lucy aus dem Schloss zu ihnen, und König Lune sagte zu Aravis: »Liebes, hier ist eine liebe Freundin unseres Hauses, die dafür gesorgt hat, dass deine Gemächer für dich hergerichtet wurden, besser, als ich es vermocht hätte.«

»Du möchtest doch bestimmt mitkommen und sie dir ansehen, oder?«, fragte Lucy und gab Aravis einen Kuss. Die beiden hatten sich auf der Stelle gern und zogen bald davon, um sich über Aravis' Schlafzimmer und ihr Boudoir zu unterhalten und darüber, was für Kleider sie für sie besorgen wollten, und all das, worüber Mädchen bei so einer Gelegenheit reden.

Nach dem Mittagessen, das sie auf der Terrasse einnahmen (es gab kaltes Geflügel, kalte Wildpasteten und dazu Wein, Brot und Käse), runzelte König Lune die Stirn, seufzte schwer und sagte: »Potzblitz! Wir haben immer noch Rabadash, diese armselige Kreatur, und müssen unbedingt entscheiden, was mit ihm geschehen soll.«

Lucy saß zur Rechten des Königs, Aravis zu seiner Linken. An einem Ende des Tisches saß König Edmund, ihm gegenüber am anderen Lord Darrin. Dar, Peridan, Cor und Corin saßen auf derselben Seite wie der König.

»Eure Majestät hätten zweifellos das Recht, ihm den Kopf abzuschlagen«, erwiderte Peridan. »Ein Überfall, wie er ihn begangen hat, stellt ihn auf eine Stufe mit Meuchelmördern.«

»Sehr richtig«, entgegnete Edmund. »Doch selbst ein Verräter mag Läuterung erfahren. Ich kannte einen, der das tat.« Und er machte ein sehr nachdenkliches Gesicht.

»Diesen Rabadash zu töten käme einer Kriegserklärung an den Tisroc gleich«, sagte Darrin.

»Ich pfeife auf den Tisroc«, sagte König Lune. »Seine Stärke liegt in der Überzahl, und mit einer Überzahl kommt er nie durch die Wüste. Aber es ist mir zuwider, Männer kaltblütig zu töten (selbst wenn es Verräter sind). Ihm in der Schlacht die Kehle durchzuschneiden hätte mir das Herz gewaltig erleichtert; aber das hier ist etwas anderes.«

»Wenn es nach meinem Rat geht«, sagte Lucy, »so sollte Eure Majestät ihm noch eine Gelegenheit geben, sich zu bewähren. Lasst ihn frei und nehmt ihm das ernstliche Versprechen ab, in Zukunft recht zu handeln. Vielleicht wird er ja sein Wort halten.«

»Es mag sein, dass ein Schurke ein ehrliches Leben beginnt, Schwester«, erwiderte Edmund. »Aber beim Löwen, wenn er sein Wort wieder bricht, möge es zu einer Zeit und an einem Ort geschehen, das ein jeder von uns ihm im gerechten Kampf den Kopf abschlagen kann.«

»Wagen wir den Versuch«, sagte der König; und dann

zu einem seiner Diener: »Lass den Gefangenen herbringen, mein Freund.«

Rabadash wurde in Ketten vor sie geführt. Jeder, der ihn ansah, hätte geglaubt, er habe die Nacht ohne Nahrung und Wasser in einem widerwärtigen Kerkerloch zugebracht; doch in Wirklichkeit hatte man ihm ein sehr behagliches Zimmer zugewiesen und ein vorzügliches Abendessen serviert. Doch da er viel zu erbost war, um das Essen anzurühren, und die ganze Nacht über brüllend und fluchend herumgestampft war, sah er natürlich jetzt nicht zum Besten aus.

»Eure Königliche Hoheit weiß sehr gut«, sagte König Lune, »dass wir nach dem Recht der Völker wie auch nach allen Regeln kluger Politik einen so berechtigten Anspruch auf Euren Kopf haben, wie es je ein sterblicher Mensch gegen einen anderen hatte. Dennoch sind wir angesichts Eurer Jugend und der schlechten Erziehung, bar jeder Herzensbildung und Höflichkeit, die Ihr zweifellos im Lande der Sklaven und Tyrannen erfahren habt, geneigt, Euch unbeschadet freizulassen, unter folgenden Bedingungen: Erstens, dass –«

»Fluch über dich, Barbarenhund!«, stieß Rabadash hervor. »Meinst du, ich höre mir deine Bedingungen auch nur an? Pah! Du führst große Reden über Erziehung und was nicht noch alles. Das ist leicht gesagt zu einem Mann in Ketten, ha! Nehmt mir diese schändlichen Fesseln ab, gebt mir ein Schwert, und dann mag jeder von euch, der es wagt, mit mir debattieren!«

Fast alle Lords sprangen von ihren Sitzen auf, und Corin rief:

»Vater! Darf ich ihm eine runterhauen? Bitte.«

»Ruhe! Eure Majestäten! Meine Lords!«, sagte König Lune. »Haben wir denn so wenig Würde unter uns, dass wir uns vom Gegacker eines Pfaus derartig erzürnen lassen? Setz dich, Corin, sonst musst du den Tisch verlassen. Ich fordere Eure Hoheit nochmals auf, unsere Bedingungen anzuhören.«

»Ich höre mir keine Bedingungen von Barbaren und Zauberern an«, erwiderte Rabadash. »Wage es keiner von euch, mir auch nur ein Haar zu krümmen. Jede der Beleidigungen, mit denen ihr mich überhäuft habt, wird mit Strömen narnianischen und archenländischen Blutes bezahlt werden. Schrecklich wird die Rache des Tisrocs sein; schon jetzt. Doch tötet mich, und noch in tausend Jahren wird die Welt erschaudern, wenn sie von den Feuersbrünsten und Folterungen erzählen hört, die über diese Länder im Norden hereinbrechen werden. Hütet euch! Hütet euch! Hütet euch! Tashs Feuerblitz saust von oben herab!«

»Bleibt er dabei manchmal auf halbem Weg an einem Haken hängen?«, fragte Corin.

»Pfui, Corin«, wies ihn der König zurecht. »Verhöhne nie einen Mann, es sei denn, er ist stärker als du; dann tu, was dir gefällt.«

»O törichter Rabadash«, seufzte Lucy.

Im nächsten Moment wunderte sich Cor, warum sich alle am Tisch erhoben hatten und vollkommen still dastanden. Natürlich tat er es ihnen nach. Und dann sah er auch den Grund dafür. Aslan war unter ihnen, obwohl niemand ihn hatte kommen sehen. Rabadash fuhr zusammen, als die riesige Gestalt des Löwen lautlos zwischen ihn und seine Ankläger trat.

»Rabadash«, sagte Aslan. »Nimm dich in Acht. Dein Verderben ist zum Greifen nahe, doch du kannst ihm noch entrinnen. Vergiss deinen Stolz (was hättest du, worauf du stolz sein könntest?) und deinen Zorn (wer hat dir Unrecht getan?) und nimm die Barmherzigkeit dieser guten Könige an.«

Da verdrehte Rabadash die Augen, verzog den Mund zu einem grausigen, breiten, freudlosen Grinsen wie ein Hai und wackelte mit den Ohren auf und ab (das kann jeder lernen, wenn er sich die Mühe macht). In Kalormen hatte er das immer sehr wirkungsvoll gefunden. Die Tapfersten hatten gezittert, wenn er diese Grimassen schnitt; gewöhnliche Leute waren zu Boden gefallen und empfindsame Leute waren oft ohnmächtig geworden. Was Rabadash sich freilich nicht klargemacht hatte, war, dass es ganz einfach ist, Leute zu erschrecken, die genau wissen, man hat die Macht, sie auf ein Wort hin bei lebendigem Leib kochen zu lassen. Hier in Archenland sahen die Grimassen überhaupt nicht erschreckend aus; Lucy dachte sogar nur, Rabadash sei schlecht geworden.

»Dämon! Dämon! Dämon!«, kreischte der Prinz. »Ich kenne dich. Du bist das Ungeheuer von Narnia. Du bist der Feind der Götter. Höre, wer *ich* bin, schreckliches Gespenst. Ich bin ein Nachkomme Tashs, des Unerbittlichen, des Unwiderstehlichen. Der Fluch Tashs liegt auf dir. Die Berge von Narnia werden zu Staub zermahlen werden. Die –«

»Pass auf, Rabadash«, sagte Aslan leise. »Dein Verderben ist jetzt noch näher, es ist schon an der Tür, es hat den Riegel angehoben.«

»Möge der Himmel herabfallen«, schrie Rabadash. »Möge die Erde sich auftun! Mögen Blut und Feuer die Welt auslöschen! Aber seid gewiss, ich werde nicht ablassen, bis ich sie bei den Haaren in meinen Palast gezerrt habe, diese Barbarenkönigin, diese Hundetochter, diese –«

»Die Stunde hat geschlagen«, unterbrach ihn Aslan; und zu seinem größten Entsetzen sah Rabadash, dass alle angefangen hatten zu lachen.

Sie konnten nicht anders. Die ganze Zeit über hatte Rabadash mit den Ohren gewackelt, und sobald Aslan sagte: »Die Stunde hat geschlagen!«, begannen sich seine Ohren zu verändern. Sie wurden länger und spitzer und bedeckten sich alsbald mit grauem Haar. Und während sich noch alle fragten, wo sie schon einmal solche Ohren gesehen hatten, fing auch Rabadashs Gesicht an, sich zu verändern. Es zog sich in die Länge, wurde oben dicker, die Augen vergrößerten sich und die Nase versank im Gesicht (oder anders gesagt, das Gesicht schwoll an und wurde lauter Nase) und war ganz und gar mit Haaren bedeckt. Gleichzeitig wurden seine Arme länger und reichten vor ihm immer tiefer hinab, bis seine Hände auf den Boden stießen; nur waren es jetzt keine Hände mehr, sondern Hufe. Und er stand auf allen vieren; seine Kleider verschwanden, und alle lachten immer lauter und lauter (weil sie ja nicht anders konnten), denn was eben noch Rabadash gewesen war, war nun schlicht und unverkennbar ein Esel. Das Schreckliche war, dass seine menschliche Sprache ihm einen kleinen Moment länger erhalten blieb als seine menschliche Gestalt, sodass er, als er merkte, welche Veränderung mit ihm vorging, laut aufschrie:

»Oh, bitte kein Esel! Gnade! Wenn es wenigstens ein Pferd wäre – aber nicht das – nie … da – iih – aah, iihaah!« Und so gingen seine Worte in das Geschrei eines Esels über.

»Nun höre, Rabadash«, sagte Aslan. »Gerechtigkeit soll sich mit Barmherzigkeit vereinen. Du wirst nicht immer ein Esel sein.«

Darauf kippte der Esel natürlich die Ohren nach vorn – und auch das war so lustig anzusehen, dass alle noch mehr lachen mussten. Sie versuchten, es sich zu verbeißen, aber es gelang ihnen nicht.

»Du hast dich auf Tash berufen«, sagte Aslan. »Und im Tempel des Tash sollst du geheilt werden. Beim großen

Herbstfest in diesem Jahr musst du dich vor den Altar des Tash in Tashbaan stellen und dort, vor den Augen aller Tashbaaner, wird deine Eselsgestalt von dir abfallen, und alle Menschen werden dich als Prinz Rabadash erkennen. Solltest du dich aber, solange du lebst, je wieder mehr als zehn Meilen von dem großen Tempel in Tashbaan entfernen, wirst du auf der Stelle wieder so werden, wie du jetzt bist. Und aus dieser zweiten Verwandlung wird es keine Rückkehr mehr geben.«

Ein kurzes Schweigen trat ein, und dann rührten sich alle und sahen einander an, als ob sie gerade aus dem Schlaf erwachten. Aslan war weg. Doch es lag ein Licht in der Luft und auf dem Gras, und eine Freude war in ihren Herzen, die ihnen die Gewissheit gaben, dass er kein Traum gewesen war; und überhaupt stand ja der Esel vor ihnen.

König Lune war ein Mann mit einem Herzen, wie es freundlicher nicht hätte sein können, und als er seinen Feind in diesem bedauernswerten Zustand erblickte, vergaß er seinen ganzen Zorn.

»Eure Königliche Hoheit«, sagte er. »Es tut mir aufrichtig leid, dass die Dinge nun diese äußerst missliche Wendung genommen habe. Eure Hoheit ist mein Zeuge, dass es ohne unser Zutun geschah. Und natürlich wird es uns eine Freude sein, Eurer Hoheit Geleit nach Tashbaan zu der – äh – Behandlung zu geben, die Aslan vorgeschrieben hat. Ihr werdet jede Annehmlichkeit haben, soweit es die Lage Eurer Hoheit gestattet; unser bestes Viehschiff – die frischsten Karotten und Disteln –«

Doch ein ohrenbetäubender Schrei des Esels und ein wohlgezielter Tritt nach einer der Wachen ließen keinen Zweifel daran, dass dieses freundliche Angebot auf keinerlei Dankbarkeit stieß.

Und damit wir ihn aus dem Weg haben, bringe ich die

Geschichte von Rabadash am besten hier zu Ende. Er wurde wie versprochen mit dem Schiff zurück nach Tashbaan gesandt und beim großen Herbstfest in den Tempel des Tash gebracht, wo er wieder zum Menschen wurde. Aber natürlich geschah diese Verwandlung vor den Augen von vier- oder fünftausend Leuten, sodass sich die Angelegenheit unmöglich verheimlichen ließ. Und als Rabadash dann nach dem Tode des alten Tisrocs an dessen Stelle Tisroc wurde, erwies er sich als der friedfertigste Tisroc, den Kalormen je gehabt hatte. Das lag daran, dass er, da er es nicht wagte, sich mehr als zehn Meilen weit von Tashbaan zu entfernen, niemals selbst in den Krieg ziehen konnte; und dass seine Tarkaane sich in den Kriegen auf seine Kosten mit Ruhm bedeckten, wollte er auch nicht, denn auf diese Weise war schon so mancher Tisroc gestürzt worden. Doch wenn auch seine Beweggründe selbstsüchtiger Art waren, wurde dadurch doch für all die kleineren Länder rund um Kalormen vieles leichter. Sein eigenes Volk vergaß niemals, dass er einst ein Esel gewesen war. Solange er herrschte und wann immer er selbst zugegen war, nannte man ihn Rabadash den Friedfertigen, doch nach seinem Tod und hinter seinem Rücken hieß er nur Rabadash der Lächerliche; und wenn ihr einmal in einem guten Buch über kalormenische Geschichte nachschlagt (versucht es in der Stadtbücherei), dann werdet ihr ihn dort unter diesem Namen finden. Und noch heute wird man in kalormenischen Schulen, wenn man etwas besonders Dummes anstellt, wahrscheinlich »ein zweiter Rabadash« genannt werden.

In Anvard indessen waren alle sehr froh, dass sie ihn los waren, bevor der eigentliche Spaß anfing, nämlich das große Festmahl, das an jenem Abend auf dem Rasen vor dem Schloss abgehalten wurde, mit Dutzenden von Laternen, die dem Mondlicht auf die Sprünge halfen. Der

Wein floss, Geschichten wurden erzählt, Witze wurden gemacht, und dann wurde für Ruhe gesorgt und der Dichter des Königs trat mit zwei Fidelspielern hinaus in die Mitte der Runde. Aravis und Cor stellten sich darauf ein, sich bald zu langweilen, denn sie kannten ja nur die kalormenische Art der Dichtung, und wie die beschaffen war, wisst ihr ja jetzt. Doch schon beim ersten Bogenstrich der Fideln schien in ihren Köpfen eine Feuerwerksrakete hochzugehen, und der Dichter sang das herrliche alte Lied von Olvin dem Schönen, wie er gegen den Riesen Pire kämpfte und ihn in Stein verwandelte (auf diese Weise entstand der Berg Pire – er war nämlich ein zweiköpfiger Riese) und wie er die Lady Liln zur Braut gewann; und als es zu Ende war, wünschten sie, der Sänger würde noch einmal von vorn beginnen. Und obwohl Bree nicht singen konnte, erzählte er die Geschichte von der Schlacht bei Zalindreh. Und Lucy erzählte wieder einmal (außer Aravis und Cor hatten alle es schon viele Male gehört und wollten es dennoch wieder hören) die Geschichte von dem Kleiderschrank und wie sie und König Edmund und Königin Susan und der Hochkönig Peter nach Narnia gekommen waren.

Und plötzlich, irgendwann musste es ja kommen, sagte König Lune, für die jungen Leute sei es jetzt Zeit, ins Bett zu gehen. »Und morgen, Cor«, fügte er hinzu, »wirst du mit mir das ganze Schloss begehen und die Gemächer besichtigen und dir all seine Stärken und Schwächen einprägen; denn du wirst sein Hüter sein, wenn ich nicht mehr bin.«

»Aber Corin wird doch dann der König sein, Vater«, erwiderte Cor.

»Nein, Knabe«, sagte König Lune, »du bist mein Erbe. Die Krone geht auf dich über.«

»Aber ich will sie gar nicht«, sagte Cor. »Ich würde viel lieber –«

»Die Frage ist nicht, was du willst, noch was ich will, Cor. Das Gesetz schreibt es so vor.«

»Aber wenn wir Zwillinge sind, sind wir doch beide genauso alt.«

»Nein«, erwiderte der König lachend. »Einer muss ja zuerst kommen. Du bist volle zwanzig Minuten älter als Corin. Und wir wollen hoffen, dass du ihm auch überlegen bist, obwohl das keines großen Meisterstückes bedarf.« Dabei schaute er Corin mit einem Augenzwinkern an.

»Aber Vater, kannst du denn nicht zum nächsten König machen, wen du willst?«

»Nein. Der König untersteht dem Gesetz, denn das Gesetz ist es ja, das ihn zum König macht. Du hast genauso wenig das Recht, deiner Krone zu entfliehen, wie ein Wächter seinem Posten.«

»Ojemine«, sagte Cor. »Dazu habe ich überhaupt keine Lust. Und Corin – es tut mir ganz furchtbar leid. Ich hätte mir nie träumen lassen, dass ich dich um dein Königreich bringe, indem ich hier auftauche.«

»Hurra! Hurra!«, rief Corin. »Ich brauche nicht König zu werden. Ich brauche nicht König zu werden. Ich darf für immer Prinz bleiben. Als Prinz hat man den größten Spaß.«

»Und das ist wahrer, als dein Bruder ermessen kann, Cor«, sagte König Lune. »Denn König zu sein bedeutet: der Erste zu sein bei jedem verzweifelten Angriff und der Letzte bei jedem verzweifelten Rückzug, und wenn Hunger im Lande herrscht (wie es hin und wieder in schlechten Jahren nicht ausbleiben kann), feinere Kleider zu tragen und lauter über eine kärgere Mahlzeit zu lachen als jeder andere im Land.«

Als die beiden Jungen nach oben ins Bett gingen, fragte Cor noch einmal Corin, ob sich denn da nichts machen ließe. Und Corin sagte:

»Wenn du auch nur noch ein Wort darüber sagst, dann – dann schlage ich dich zu Boden.«

Es wäre schön, die Geschichte so zu beenden, indem man sagte, dass die beiden Brüder von nun an nie wieder über irgendetwas uneins waren, aber ich fürchte, das wäre nicht die Wahrheit. In Wirklichkeit stritten und kämpften sie genauso oft, wie es jedes andere Brüderpaar täte, und all ihre Auseinandersetzungen endeten damit (wenn sie nicht schon damit begannen), dass Cor zu Boden geschlagen wurde. Denn Cor war zwar, als sie beide erwachsen und zu Schwertkämpfern geworden waren, in der Schlacht der gefährlichere Mann, doch weder er noch sonst irgendjemand in den Ländern des Nordens vermochte es je mit Corin als Boxer aufzunehmen. So kam er zu seinem Namen Corin Donnerfaust; und so errang er seinen großen Sieg über den Abtrünnigen Bären vom Sturmkopf, der eigentlich ein Sprechender Bär war, aber in die Lebensweise eines wilden Bären zurückgefallen war. Eines Wintertages, als die Berge mit Schnee bedeckt waren, kletterte Corin hinauf zur Höhle des Bären auf der narnianischen Seite des Sturmkopfes und boxte dreiunddreißig Runden lang gegen ihn, und das ohne Schiedsrichter. Am Ende konnte der Bär nicht mehr aus den Augen schauen und war ein geläuterter Charakter.

Auch Aravis hatte noch so manchen Streit (und sogar Kampf, fürchte ich) mit Cor, aber sie vertrugen sich immer wieder; und deshalb hatten sie sich Jahre später, als sie erwachsen waren, so sehr ans Streiten und wieder Vertragen gewöhnt, dass sie heirateten, um das künftig bequemer tun zu können. Und nach dem Tode König Lunes waren sie für Archenland ein gutes Königspaar, und Ram der Große, der berühmteste aller Könige Archenlands, war ihr Sohn. Bree und Hwin lebten glücklich bis in ein hohes Alter in Narnia, und beide heirateten, wenn auch nicht einander. Und es vergingen nicht viele Monate, ohne dass der eine oder die andere über den Pass getrabt kam, um die Freunde in Anvard zu besuchen.

Prinz Kaspian von Narnia

INHALT

Die Insel

Es waren einmal vier Kinder, die hießen Peter, Susan, Edmund und Lucy. In einem anderen Buch mit dem Titel *Der König von Narnia* wurde davon berichtet, wie sie ein bemerkenswertes Abenteuer erlebten. Sie hatten die Tür eines magischen Kleiderschranks geöffnet und waren in eine völlig andere Welt gelangt. In dieser anderen Welt waren sie in einem Land namens Narnia Könige und Königinnen geworden. In Narnia regierten sie viele Jahre lang, doch als sie durch die Tür zurückkehrten und plötzlich wieder in England waren, schien überhaupt keine Zeit vergangen zu sein. Zumindest hatte niemand bemerkt, dass sie überhaupt fort gewesen waren, und sie erzählten es auch niemandem außer einem sehr weisen Erwachsenen.

All das hatte sich vor einem Jahr ereignet. Nun saßen sie alle vier auf einer Bank an einem Bahnhof, ihre Koffer und Schachteln um sich aufgetürmt. Sie waren nämlich gerade auf dem Weg zurück in die Schule. Bis zu diesem Bahnhof, einem Knotenpunkt, waren sie gemeinsam gefahren. Hier würde in ein paar Minuten ein Zug ankommen und die Mädchen in die eine Schule bringen, und in etwa einer halben Stunde würde ein anderer Zug kommen, mit dem die Jungen in eine andere Schule weiterfahren würden. Der erste Teil der Reise, den sie gemeinsam zurücklegten, kam ihnen immer wie ein Teil der Ferien vor. Doch jetzt, wo sie sich so bald verabschieden und in verschiedene Richtungen abfahren würden, hatte jeder von ihnen das Gefühl, dass die Ferien endgültig vorbei waren. Sie begannen sich bereits wieder so wie während der Schulzeit zu fühlen, sodass sie alle ziemlich trübsinnig dasaßen und keiner etwas sagte. Lucy fuhr zum ersten Mal ins Internat.

Es war ein menschenleerer, verschlafener Dorfbahnhof, und außer ihnen war kaum jemand auf dem Bahnsteig. Plötzlich stieß Lucy einen kleinen spitzen Schrei aus wie jemand, der von einer Wespe gestochen wurde.

»Was ist los, Lu?«, fragte Edmund, dann brach er plötzlich ab und machte »Au!«

»Was zum –«, fing Peter an, dann brach auch er plötzlich ab. Stattdessen sagte er: »Lass mich los, Susan! Was machst du denn da? Wo zerrst du mich hin?«

»Ich berühre dich doch gar nicht«, erwiderte Susan. »Irgendjemand zerrt an *mir*. Oh – oh – oh – aufhören!«

Jeder bemerkte, dass alle anderen ganz weiß im Gesicht geworden waren.

»Mir geht es genauso«, keuchte Edmund atemlos. »Als ob jemand mich wegzerrt. Ein ganz schreckliches Ziehen – oh! Es fängt wieder an.«

»Bei mir auch«, sagte Lucy. »Oh, ich halte das nicht aus.«

»Los!«, rief Edmund. »Fasst euch alle an den Händen und bleibt zusammen. Das ist ein Zauber – das Gefühl kenne ich. Schnell!«

»Ja«, sagte Susan. »Haltet euch an den Händen. Oh, wenn es nur aufhören würde – oh!«

Im nächsten Moment waren ihr Gepäck, die Bank, der Bahnsteig und der Bahnhof verschwunden. Hand in Hand und keuchend fanden sich die vier Kinder mitten in einem Wald wieder – an einer so dichten Stelle, dass die Äste auf sie einstachen und sie kaum Platz hatten, sich zu rühren. Sie rieben sich die Augen und holten tief Luft.

»O Peter!«, rief Lucy. »Meinst du, wir sind vielleicht wieder zurück in Narnia?«

»Wir könnten überall sein«, sagte Peter. »Ich kann ja vor lauter Bäumen keinen Meter weit sehen. Versuchen wir ins Freie zu kommen – falls es hier so etwas wie freies Gelände gibt.«

Unter einigen Schwierigkeiten und mit manchen Stichen von den Nesseln und Kratzern von den Dornen kämpften sie sich aus dem Dickicht hervor. Dann erlebten sie die nächste Überraschung. Um sie her wurde es viel heller und nach ein paar Schritten erreichten sie den Rand des Waldes und blickten auf einen Sandstrand hinab. Nur ein paar Meter entfernt brach sich eine ganz ruhige See mit so winzigen Wellen am Sand, dass dabei kaum ein Geräusch entstand. Es war kein Land in Sicht und kein Wölkchen am Himmel. Nach der Sonne zu urteilen, war es ungefähr zehn Uhr morgens und das Meer glitzerte in einem strahlenden Blau. Sie blieben stehen und schnupperten den Duft des Meeres.

»Donnerwetter!«, sagte Peter. »Das lasse ich mir gefallen.«

Fünf Minuten später waren sie alle barfuß und wateten durch das kühle, klare Wasser.

»Das ist allemal besser, als in einem stickigen Zug zu sitzen, auf dem Weg zurück zu Latein und Französisch und Algebra!«, erklärte Edmund. Und dann sagte eine ganze Weile keiner mehr etwas, sondern sie planschten und suchten nach Krabben und Krebsen.

»Trotzdem«, sagte Susan schließlich, »ich denke, wir müssen Pläne machen. Irgendwann werden wir etwas zu essen brauchen.«

»Wir haben doch die Sandwiches, die Mutter uns für die Reise mitgegeben hat«, sagte Edmund. »Jedenfalls habe ich meine noch.«

»Ich nicht«, sagte Lucy. »Meine waren in meiner kleinen Tasche.«

»Meine auch«, sagte Susan.

»Meine sind in meiner Jacke da am Strand«, sagte Peter. »Das macht also zwei Portionen für vier. Das wird nicht besonders lustig.«

»Im Moment«, sagte Lucy, »hätte ich lieber etwas zu trinken als zu essen.«

Die anderen merkten jetzt ebenfalls, dass sie durstig waren, wie man es meistens ist, wenn man bei strahlendem Sonnenschein im Salzwasser herumgewatet ist.

»Als wären wir Schiffbrüchige«, bemerkte Edmund. »In Büchern finden die Leute immer Quellen mit klarem, frischem Wasser auf der Insel. Machen wir uns lieber auf die Suche.«

»Heißt das, wir müssen wieder in dieses dichte Waldgestrüpp zurück?«, fragte Susan.

»Ach was«, erwiderte Peter. »Wenn es hier Bäche gibt, müssen sie ja irgendwo ins Meer münden. Also brauchen wir nur am Strand entlangzugehen, dann finden wir sie auf jeden Fall.«

Nun wateten sie alle zurück, zuerst über den glatten, nassen Sand und dann auf dem trockenen, krümeligen Sand, der einem an den Zehen kleben bleibt, und machten sich daran, ihre Socken und Schuhe wieder anzuziehen. Edmund und Lucy wollten sie liegen lassen und barfuß auf die Suche gehen, aber Susan meinte, das wäre ein Fehler. »Womöglich finden wir sie nie wieder«, erklärte sie, »und wir werden sie brauchen, wenn die Nacht hereinbricht und es allmählich kalt wird.«

Als sie wieder angezogen waren, machten sie sich

am Ufer entlang auf den Weg, das Meer zu ihrer Linken und den Wald zu ihrer Rechten. Bis auf eine Möwe ab und zu herrschte tiefe Stille. Der Wald war so dicht, dass sie kaum hineinsehen konnten, und in seinem Innern regte sich nichts – kein Vogel, nicht einmal ein Insekt.

Muscheln und Seegras und Seeanemonen oder winzige Krebse in Pfützen zwischen den Steinen sind schön und gut, aber man hat bald genug davon, wenn man durstig ist. Nach dem angenehm kühlen Wasser fühlten sich die Füße der Kinder jetzt heiß und schwer an. Susan und Lucy mussten sich auch noch mit ihren Regenmänteln abschleppen. Edmund hatte seine Jacke auf die Bahnhofsbank gelegt, kurz bevor der Zauber sie erfasst hatte, und er und Peter trugen abwechselnd Peters Mantel.

Bald darauf machte das Ufer eine Biegung nach rechts. Etwa eine Viertelstunde später, nachdem sie einen Felsrücken überquert hatten, der spitz zulief, machte es wieder eine scharfe Kurve. Jetzt lag der Teil des Meeres, den sie gesehen hatten, als sie aus dem Wald gekommen waren, in ihrem Rücken. Als sie nun geradeaus aufs Wasser blickten, entdeckten sie ein anderes Ufer, ebenso dicht bewaldet wie das, das sie gerade erkundeten.

»Ob das wohl eine Insel ist oder ob wir damit weiter vorne zusammenhängen?«, überlegte Lucy.

»Keine Ahnung«, erwiderte Peter. Schweigend marschierten sie weiter.

Das Ufer, auf dem sie liefen, kam dem gegenüberliegenden Ufer nach und nach immer näher, und jedes Mal, wenn sie um eine Landzunge herumkamen, rechneten die Kinder damit, die Stelle zu finden, wo die beiden Ufer zusammenstießen. Doch immer wieder wurden sie enttäuscht. Schließlich kamen sie an einige

Felsen, über die sie klettern mussten, und von oben konnten sie ein gutes Stück weit schauen. »So ein Mist!«, sagte Edmund. »Es hat keinen Zweck. Wir kommen nie hinüber zu diesem anderen Wald. Wir sind auf einer Insel!«

Es stimmte. An dieser Stelle war der Kanal zwischen ihnen und dem gegenüberliegenden Ufer nur etwa dreißig oder vierzig Meter breit. Doch von hier aus konnten sie sehen, dass dies die engste Stelle war. Danach bog ihre eigene Küste wieder nach rechts und sie konnten das offene Meer zwischen ihr und dem Festland sehen. Es war offensichtlich, dass sie die Insel bereits mehr als zur Hälfte umrundet hatten.

»Schaut mal!«, rief Lucy plötzlich. »Was ist denn das?« Sie deutete auf ein langes, silbriges, schlangenähnliches Ding, das quer über dem Strand lag.

»Ein Bach! Ein Bach!«, riefen die anderen, und obwohl sie müde waren, verloren sie keine Zeit, sondern kletterten rasch die Felsen hinunter und rannten hinüber zu dem frischen Wasser. Da sie wussten, dass das Wasser weiter oben, oberhalb des Strandes, besser zu trinken sein würde, steuerten sie gleich auf die Stelle zu, wo der Bach aus dem Wald herauskam. Die Bäume standen hier so dicht wie überall, aber der Bach hatte sich ein tiefes Bett zwischen hohen, moosbewachsenen Böschungen gegraben, sodass man ihm gebückt wie durch einen Laubtunnel aufwärts folgen konnte. An der ersten braunen Mulde, in der sich Wasser aufgestaut hatte, fielen sie auf die Knie und tranken und tranken und tauchten erst ihre Gesichter und dann die Arme bis zu den Ellbogen ins Wasser.

»So«, sagte Edmund, »wie wär's jetzt mit den Sandwiches?«

»Ach, sollten wir die nicht lieber aufheben?«, wandte Susan ein. »Später brauchen wir sie vielleicht dringender.«

»Ich wünschte«, meinte Lucy, »wir könnten jetzt, wo wir nicht mehr durstig sind, immer noch genauso wenig hungrig sein, wie wir es waren, als wir noch durstig *waren.*«

»Aber was ist denn nun mit den Sandwiches?«, wiederholte Edmund. »Es hat keinen Sinn, sie so lange aufzuheben, bis sie verderben. Vergesst nicht, hier ist es viel heißer als in England und wir tragen sie schon seit Stunden in unseren Taschen herum.« Also holten sie die beiden Päckchen hervor und teilten sie in vier Portionen auf. Keiner wurde richtig satt, aber es war erheblich besser als nichts. Dann berieten sie, woher sie die nächste Mahlzeit nehmen sollten. Lucy war dafür, zurückzugehen und Krabben zu fangen, bis jemand bemerkte, dass sie keine Netze hatten. Edmund meinte, sie müssten auf den Felsen Möweneier sammeln. Aber als sie darüber nachdachten, konnten sie sich nicht erinnern, auf den Felsen irgendwelche Möweneier gesehen zu haben. Und selbst wenn sie welche finden würden, hätten sie keine Möglichkeit, sie zu kochen. Peter dachte insgeheim, wenn nicht bald irgendein Glücksfall eintrat, würden sie bald froh sein, rohe Eier essen zu können. Aber er sah keinen Sinn darin, es laut zu sagen. Susan meinte, es wäre ein Jammer, dass sie die Sandwiches so bald aufgegessen hätten. An dieser Stelle hätte der eine oder andere beinahe die Beherrschung verloren. Schließlich sagte Edmund:

»Passt auf: Wir haben nur eine Möglichkeit. Wir müssen den Wald erkunden. Einsiedler, fahrende Ritter und solche Leute schaffen es immer, irgendwie zu überleben, wenn sie im Wald sind. Sie finden Wurzeln und Beeren und so etwas.«

»Was für Wurzeln denn?«, fragte Susan.

»Ich dachte immer, damit wären die Wurzeln von Bäumen gemeint«, sagte Lucy.

»Kommt schon«, sagte Peter. »Ed hat recht. Irgendetwas müssen wir ja machen. Und es ist immerhin besser, als wieder hinaus in die sengende Sonne zu gehen.

So standen sie alle auf und begannen dem Bach zu folgen. Das war gar nicht so einfach. Sie mussten sich unter Ästen durchbücken und über andere Äste steigen. Sie zwängten sich durch massenweise Rhododendron und anderes Gestrüpp, zerrissen sich die Kleider und holten sich im Bach nasse Füße. Und es war immer noch nicht der kleinste Laut zu hören, außer dem Plätschern des Baches und den Geräuschen, die sie selbst machten. Das alles hatten sie schon ziemlich satt, als sie plötzlich einen köstlichen Duft bemerkten und dann etwas ganz oben am rechten Ufer hoch über sich in leuchtenden Farben durchblitzen sahen.

»Schaut mal!«, rief Lucy. »Ich glaube, das ist ein Apfelbaum.«

Und tatsächlich. Keuchend kletterten sie die steile Böschung hinauf, zwängten sich durch ein Brombeergestrüpp und umringten einen alten Baum, der schwer mit großen, goldgelben Äpfeln beladen war. So knackig und saftig, wie man sie sich nur wünschen konnte.

»Und das ist nicht der einzige Baum«, sagte Edmund, auf beiden Backen kauend. »Schaut mal da – und dort drüben.«

»Das sind ja Dutzende«, sagte Susan, während sie das Kerngehäuse ihres ersten Apfels wegwarf und sich einen zweiten pflückte. »Das muss wohl irgendwann einmal ein Obstgarten gewesen sein – vor langer, langer Zeit, bevor er verwilderte und der Wald ihn überwucherte.«

»Dann war diese Insel früher einmal bewohnt«, sagte Peter.

»Und was ist das da?«, fragte Lucy und deutete nach vorn.

»Donnerwetter, da ist ja eine Mauer«, sagte Peter. »Eine alte Steinmauer.«

Sie zwängten sich zwischen den schwer beladenen Ästen hindurch und erreichten die Mauer. Sie war sehr alt, teilweise eingestürzt und mit Moos und Mauerblümchen überwuchert. Sie war höher als alle Bäume, ausgenommen die allerhöchsten. Als sie ganz nahe gekommen waren, stießen sie auf einen großen Bogen, der einmal ein Tor gewesen sein musste, nun aber vom größten aller Apfelbäume völlig ausgefüllt wurde. Sie mussten einige Äste abbrechen, um hineinzukommen. Als sie hindurch waren, blinzelten sie alle, da es plötzlich viel heller geworden war. Sie befanden sich auf einem großen Platz, der ringsum von Mauern umgeben war. Hier gab es keine Bäume, nur Gras und Gänseblümchen, Efeu und graue Mauern. Es war ein heller, stiller, verborgener Ort, und er hatte etwas Trauriges. Alle vier gingen weiter bis in die Mitte der Fläche, froh, ihre Rücken strecken und ihre Arme und Beine frei bewegen zu können.

Die alte Schatzkammer

»Das war kein Garten«, sagte Susan kurz darauf. »Es war ein Schloss und das hier muss der Innenhof gewesen sein.«

»Ich verstehe, was du meinst«, erwiderte Peter. »Ja. Das da sind die Überreste von einem Turm. Und dort führte einmal eine Treppe auf die Mauer hinauf. Schaut euch diese anderen Stufen an – die breiten flachen dort, die zu diesem Durchgang hinaufführen. Das muss der Eingang zum großen Saal gewesen sein.«

»Vor einer Ewigkeit, wie es aussieht«, meinte Edmund.

»Ja, vor einer Ewigkeit«, nickte Peter. »Ich wünschte, wir könnten herausfinden, wer die Leute waren, die in diesem Schloss lebten, und wie lange das her ist.«

»Ich habe ein ganz seltsames Gefühl dabei«, sagte Lucy.

»Wirklich, Lu?«, erwiderte Peter, drehte sich zu ihr um und sah sie eindringlich an. »Mir geht es nämlich genauso. Das hier ist das Seltsamste, was an diesem seltsamen Tag passiert ist. Ich frage mich, wo wir hier sind und was das alles zu bedeuten hat.«

Während sie redeten, hatten sie den Innenhof durchquert und waren durch den anderen Durchgang in den einstigen Saal getreten. Er sah jetzt ganz ähnlich aus wie der Innenhof, da das Dach schon lange verschwunden war. Auch hier gab es nichts als einen Platz mit Gras und Gänseblümchen, nur kürzer und schmaler mit höher aufragenden Mauern. Am anderen Ende befand sich eine Art Terrasse, die etwa drei Fuß höher lag als der Rest.

»Ob das wirklich der Saal war?«, fragte Susan. »Was ist das für eine Terrasse?«

»Was wohl«, erwiderte Peter (den eine seltsame Erregung gepackt hatte), »siehst du das nicht? Das ist das Podest, auf dem die Hohe Tafel stand, an der der König und die hohen Herren saßen. Man könnte meinen, du hättest vergessen, dass wir selbst einmal Könige und Königinnen waren und auf ebenso einem Podest saßen, in unserem großen Saal.«

»Auf unserem Schloss Cair Paravel«, fuhr Susan mit einer träumerisch singenden Stimme fort, »an der Mündung des Großen Flusses von Narnia. Wie könnte ich das vergessen?«

»Wie die Erinnerung auf einmal wieder da ist!«, rief Lucy. »Wir könnten so tun, als ob wir hier auf Cair Paravel wären. Dieser Saal muss fast so gewesen sein wie der große Saal, in dem wir unsere Festmahle abgehalten haben.«

»Nur leider ohne Festmahl«, brummte Edmund. »Es wird immer später, wisst ihr. Schaut mal, wie lang die Schatten schon sind. Und habt ihr gemerkt, dass es nicht mehr so warm ist?«

»Wir brauchen ein Lagerfeuer, wenn wir die Nacht hier verbringen wollen«, sagte Peter. »Ich habe Streichhölzer. Lasst uns ein bisschen trockenes Holz suchen gehen.«

Das fanden alle sinnvoll, und die nächste halbe Stunde waren sie beschäftigt. Der Obstgarten, durch den sie in die Ruinen gelangt waren, stellte sich als nicht sehr ergiebig heraus, was Brennholz betraf. Sie versuchten es auf der anderen Seite des Schlosses und kamen durch eine kleine Seitentür aus dem Saal hinaus in ein Labyrinth aus steinernen Buckeln und Hohlräumen, die wohl einmal Gänge und kleinere Räume gewesen sein mussten, jetzt aber von Nesseln und Wildrosen überwuchert waren. Dahinter stießen sie auf eine breite Lücke in der Schlossmauer, durch die sie hinaus in einen Wald mit höheren dunklen Bäumen gelangten, wo sie reichlich tote Äste und morsches Holz, Reisig, trockenes Laub und Tannenzapfen fanden. Sie gingen mit Bündeln hin und her, bis sie auf dem Podest einen ordentlichen Haufen beisammen hatten. Bei der fünften Fuhre fanden sie den Brunnen, gleich außerhalb des Saals unter Unkraut verborgen, doch sauber, frisch und tief, nachdem sie die Pflanzen beseitigt hatten. Die Überreste eines Steinpflasters liefen halb um ihn herum.

Dann gingen die Mädchen noch ein paar Äpfel pflücken, während die Jungen das Holz auf dem Podest aufschichteten, fast genau in einer Ecke, wo sie die gemütlichste und wärmste Stelle vermuteten. Das Anzünden erwies sich als ziemlich schwierig, und sie verbrauchten eine Menge Streichhölzer, aber schließlich gelang es ihnen. Endlich setzten sie sich alle mit den Rücken zur Wand und den Gesichtern zum Feuer. Ein paar der Äpfel versuchten sie auf Stöcke zu spießen und im Feuer zu rösten, aber Bratäpfel ohne Zucker schmecken nicht besonders gut. Zuerst waren sie zu heiß, um sie mit den Fingern zu essen, bis sie schließlich so kalt waren, dass man sie überhaupt nicht mehr essen mochte. So mussten sie sich mit den rohen Äpfeln zufriedengeben, was einem bewusst machte, wie Edmund meinte, dass das Essen in der Schule doch gar nicht so schlecht sei. »Im Augenblick hätte ich nichts gegen eine schöne dicke Scheibe Brot mit Margarine«, fügte er hinzu. Doch in ihnen allen war der Abenteuergeist erwacht und keiner von ihnen wäre wirklich lieber wieder in der Schule gewesen.

Kurz nachdem der letzte Apfel aufgegessen war, ging Susan hinaus zum Brunnen, um noch einmal zu trinken. Als sie zurückkam, hatte sie etwas in der Hand.

»Schaut«, sagte sie mit seltsam erstickter Stimme. »Das habe ich beim Brunnen gefunden.« Sie reichte es Peter und setzte sich. Die anderen fanden, dass sie so aussah und sich so anhörte, als müsste sie gleich weinen. Edmund und Lucy beugten sich neugierig vor, um zu sehen, was Peter in der Hand hielt: einen kleinen, hellen Gegenstand, der im Feuerschein leuchtete.

»Also, ich ... ich bin baff«, sagte Peter, und seine Stimme hörte sich auch ganz merkwürdig an. Dann reichte er ihn an die anderen weiter.

Jetzt sahen alle, was es war: ein kleiner Springer aus einem Schachspiel. Er war normal groß, aber außerordentlich schwer, da er aus purem Gold war; und die Augen im Kopf der kleinen Pferdefigur bestanden aus zwei winzig kleinen Rubinen. Das heißt, eines davon, denn das andere war herausgebrochen.

»Nanu!«, rief Lucy, »der sieht ja genauso aus wie die goldenen Schachfiguren, mit denen wir immer gespielt haben, als wir Könige und Königinnen auf Cair Paravel waren.«

»Kopf hoch, Su«, sagte Peter zu seiner anderen Schwester.

»Ich kann nichts dafür«, erwiderte Susan. »Ich muss immerzu an – oh, an all die herrlichen Zeiten denken. Wie ich mit Faunen und guten Riesen Schach gespielt habe, wie die Meermenschen draußen sangen, an mein wunderschönes Pferd – und – und –«

»Also«, sagte Peter in einem ganz anderen Ton, »es wird Zeit, dass wir vier anfangen, unseren Verstand zu benutzen.«

»Und wozu?«, fragte Edmund.

»Hat denn keiner von euch erraten, wo wir sind?«, fragte Peter.

»Weiter, weiter«, drängte Lucy. »Ich habe schon seit Stunden das Gefühl, dass irgendein wunderbares Geheimnis diesen Ort umgibt.«

»Schieß los, Peter«, sagte Edmund. »Wir sind ganz Ohr.«

»Wir befinden uns in den Ruinen von Cair Paravel«, verkündete Peter.

»Aber hör mal«, entgegnete Edmund. »Ich meine, wie kommst du denn darauf? Dieses Schloss ist seit einer Ewigkeit verfallen. Schau dir diese riesigen Bäume an, die bis an die Tore gewachsen sind. Schau dir die Steine an. Das sieht doch jeder, dass hier seit Jahrhunderten niemand mehr gelebt hat.«

»Ich weiß«, sagte Peter. »Das ist das Problem. Aber lassen wir das erst einmal beiseite. Ich möchte einen Punkt nach dem anderen durchgehen. Punkt eins: Dieser Saal hat genau dieselbe Form und Größe wie der Saal auf Cair Paravel. Denkt euch ein Dach darüber und Wandteppiche an den Wänden, statt des Grases einen farbig gepflasterten Fußboden, schon habt ihr unseren königlichen Bankettsaal.«

Keiner erwiderte etwas.

»Punkt zwei«, fuhr Peter fort. »Der Schlossbrunnen befindet sich genau da, wo unser Brunnen war, etwas südlich des großen Saals; und er hat genau die gleiche Größe und Form.«

Wieder kam keine Antwort.

»Punkt drei: Susan hat gerade eine unserer alten

Schachfiguren gefunden oder etwas, was ihnen so ähnlich sieht wie ein Ei dem anderen.«

Noch immer sagte niemand etwas.

»Punkt vier. Wisst ihr nicht mehr, es war genau einen Tag, bevor die Botschafter des Königs von Kalormen kamen … Wisst ihr nicht mehr, wie wir den Obstgarten vor dem Nordtor von Cair Paravel angepflanzt haben? Pomona selbst, die Vornehmste unter dem Waldvolk, kam, um ihn mit einem guten Zauber zu belegen. Die Grabarbeiten selbst besorgten diese tüchtigen kleinen Burschen, die Maulwürfe. Ihr könnt unmöglich vergessen haben, wie der ulkige alte Krokus Fingerling, das Oberhaupt der Maulwürfe, sich auf seinen Spaten stützte und sagte: ›Glaubt mir, Eure Majestät, eines Tages werdet Ihr froh über diese Obstbäume sein.‹ Und zum Donnerwetter, er hatte recht.«

»Genau! Ich erinnere mich!«, rief Lucy und klatschte in die Hände.

»Aber hör mal, Peter«, wandte Edmund ein. »Das ist doch alles Unfug. Zum einen haben wir den Obstgarten nicht so eng ans Tor gepflanzt. So dumm wären wir nie gewesen.«

»Nein, natürlich nicht«, sagte Peter. »Aber er ist seither bis ans Tor herangewachsen.«

»Und zum zweiten«, sagte Edmund, »lag Cair Paravel nicht auf einer Insel.«

»Ja, darüber habe ich mir auch schon Gedanken gemacht. Aber es war eine Halbinsel. Also fast eine Insel. Könnte nicht seit unserer Zeit eine Insel daraus gemacht worden sein? Irgendjemand hat einen Kanal ausgehoben.«

»Jetzt warte mal!«, protestierte Edmund. »Du sagst dauernd *seit unserer Zeit*. Aber es ist doch erst ein Jahr her, dass wir aus Narnia zurück sind. Und du willst uns weismachen, dass in einem Jahr Schlösser eingestürzt und riesige Wälder gewachsen sind und kleine Bäumchen, die wir selbst gesetzt haben, sich in einen großen alten Obstgarten verwandelt haben und was weiß ich noch alles. Das kann doch alles nicht sein!«

»Da ist noch eine Sache«, sagte Lucy. »Wenn das hier Cair Paravel ist, dann müsste an diesem Ende des Podestes eine Tür sein. Wir müssten sogar gerade mit dem Rücken daran lehnen. Ihr wisst schon, die Tür, die hinunter zur Schatzkammer führte.«

»Ich vermute, da ist *keine* Tür«, sagte Peter und stand auf.

Die Wand hinter ihnen war dicht von Efeu bedeckt.

»Das werden wir gleich haben«, sagte Edmund und nahm einen der Stöcke, die sie bereitgelegt hatten, um sie aufs Feuer zu legen. Damit begann er an die efeubewachsene Mauer zu klopfen. *Tapp-tapp* machte der Stock auf den Steinen; dann noch einmal *tapp-tapp;* und dann, ganz plötzlich, *bumm-bumm,* ein ganz anderes Geräusch, das sich hohl und hölzern anhörte.

»Nicht zu fassen!«, rief Edmund.

»Wir müssen den Efeu herunterreißen«, sagte Peter.

»Ach kommt, lassen wir lieber die Finger davon«, wandte Susan ein. »Das können wir morgen früh machen. Wenn wir die Nacht hier verbringen müssen, will ich keine offene Tür im Rücken haben und ein riesiges schwarzes Loch, aus dem alles Mögliche gekrochen kommen kann, abgesehen von dem Luftzug und der Feuchtigkeit. Außerdem wird es bald dunkel.«

»Susan! Wie kannst du nur?«, rief Lucy mit vorwurfsvollem Blick. Doch die beiden Jungen waren viel zu aufgeregt, um auch nur Notiz von Susans Rat zu nehmen. Mit den Händen und mit Peters Taschenmesser machten sie sich am Efeu zu schaffen, bis die Klinge zerbrach. Danach benutzten sie Edmunds Messer. Bald war die Stelle, wo sie gesessen hatten, über und über mit Efeuranken bedeckt. Schließlich hatten sie die Tür freigelegt.

»Natürlich abgeschlossen«, sagte Peter.

»Aber das Holz ist ganz morsch«, sagte Edmund. »Die kriegen wir schnell klein. Da haben wir auch gleich noch etwas mehr Brennholz. Auf geht's!«

Es dauerte länger, als sie gedacht hatten, und bevor sie es schafften, war es in dem großen Saal düster geworden und über ihnen war der erste Stern, oder auch zwei, zum Vorschein gekommen. Susan war nicht die Einzige, die einen leichten Schauder verspürte, als die Jungen vor dem Haufen zersplitterten Holzes standen, sich den Schmutz von den Händen rieben und in die kalte dunkle Öffnung starrten, die sie geschaffen hatten.

»Jetzt brauchen wir eine Fackel«, sagte Peter.

»Ach komm, was soll denn das?«, protestierte Susan. »Edmund hat doch selber gesagt –«

»Aber jetzt sage ich das nicht mehr«, unterbrach Edmund sie. »Ich verstehe es immer noch nicht, aber das können wir später klären. Du kommst doch mit nach unten, Peter?«

»Wir müssen«, sagte Peter. »Kopf hoch, Susan. Es hat keinen Zweck, dass wir uns wie Kinder benehmen, jetzt, wo wir wieder in Narnia sind. Hier bist du eine Königin. Außerdem könnte sowieso keiner schlafen, wenn so ein Geheimnis auf ihn wartet.«

Sie versuchten lange Stöcke als Fackeln zu benutzen, aber das funktionierte nicht. Wenn man sie mit dem brennenden Ende nach oben hielt, gingen sie aus, und wenn man sie umgekehrt hielt, verbrannte man sich die Hand und bekam Rauch in die Augen. Am

Ende mussten sie Edmunds Taschenlampe benutzen. Zum Glück hatte er sie erst vor nicht einmal einer Woche zum Geburtstag bekommen, sodass die Batterie fast voll war. Er ging mit der Lampe voraus. Dann folgte Lucy, danach Susan, und Peter bildete die Nachhut.

»Ich bin jetzt am oberen Ende der Treppe«, sagte Edmund.

»Zähl die Stufen«, forderte Peter ihn auf.

»Eins – zwei – drei«, zählte Edmund, während er vorsichtig hinabstieg, und weiter bis sechzehn. »Jetzt bin ich unten!«, rief er zurück.

»Dann muss es tatsächlich Cair Paravel sein«, sagte Lucy. »Es waren sechzehn.« Ab da wurde nicht mehr geredet, bis alle vier dicht beisammen am Fuß der Treppe standen. Edmund ließ den Strahl seiner Taschenlampe langsam kreisen.

»Oh – oh – oh – ooh!«, riefen die Kinder alle gleichzeitig.

Jetzt wussten sie genau, dass es tatsächlich die alte Schatzkammer von Cair Paravel war, wo sie einst als Könige und Königinnen von Narnia regiert hatten. Durch die Mitte der Kammer führte ein Gang (wie in einem Gewächshaus) und an beiden Seiten standen in Abständen prächtige Rüstungen wie Ritter, die die Schätze bewachten. Zwischen den Rüstungen hingen zu beiden Seiten des Ganges Regale voller kostbarer Dinge: Halsketten und Armringe, Fingerringe, goldene Schalen und Gefäße, lange Elfenbeinzähne, Broschen und Diademe und Ketten aus Gold. Unzählige ungefasste Edelsteine, die einfach in Haufen herumlagen, als wären es Murmeln oder Kartoffeln: Diamanten, Rubine, Karbunkel, Smaragde, Topase und Amethyste. Unter den Regalen standen große Kisten aus Eichenholz, verstärkt mit Eisenstangen und mit schweren

Schlössern gesichert. Es war bitterkalt hier unten und so still, dass sie ihren eigenen Atem hören konnten. Die Schätze waren so dick mit Staub bedeckt, dass sie sie kaum als Schätze erkannt hätten, wenn sie sich nicht an die meisten Sachen erinnert hätten und gewusst hätten, wo sie waren. Der Ort hatte etwas Trauriges und Unheimliches an sich, weil alles so verlassen und weit zurückliegend wirkte. Darum sagte mindestens eine Minute lang keiner von ihnen ein Wort.

Dann natürlich begannen sie hierhin und dorthin zu gehen und Dinge in die Hand zu nehmen, um sie zu betrachten. Es war wie ein Wiedersehen mit uralten Freunden. Wärt ihr dort gewesen, so hättet ihr sie Dinge sagen hören wie: »Oh, schau nur! Unsere Krönungsringe. Wisst ihr noch, wie wir sie zum ersten Mal getragen haben? – Nanu, das ist ja die kleine Brosche, von der wir alle dachten, sie wäre verloren gegangen. – Sag mal, ist das nicht die Rüstung, die du bei dem großen Turnier auf den Einsamen Inseln angehabt hast? – Erinnert ihr euch an den Zwerg, der mir das hier gemacht hat? – Wisst ihr noch, wie wir aus diesem Horn getrunken haben? – Wisst ihr noch, wisst ihr noch, wisst ihr noch?«

Doch dann sagte Edmund plötzlich. »Hört mal, wir dürfen die Batterie nicht verschwenden. Wer weiß, wie oft wir sie noch brauchen. Sollten wir nicht lieber mitnehmen, was wir brauchen, und wieder hinaufgehen?«

»Wir müssen die Geschenke mitnehmen«, sagte Peter. Denn vor langer Zeit an einem Weihnachtsfest in Narnia hatten er und Susan und Lucy einige Dinge geschenkt bekommen, die ihnen kostbarer waren als ihr ganzes Königreich. Edmund hatte kein Geschenk bekommen, weil er zu dieser Zeit nicht bei ihnen gewesen war. (Das war seine eigene Schuld. Ihr könnt die Geschichte in dem anderen Buch nachlesen.)

Alle stimmten Peter zu und gingen den Gang entlang zu der Wand am anderen Ende der Schatzkammer, und dort hingen tatsächlich immer noch ihre Geschenke. Lucys war das kleinste, denn es war nur eine kleine Flasche. Doch die Flasche bestand nicht aus Glas, sondern aus Diamant, und sie war immer noch mehr als zur Hälfte gefüllt mit dem magischen Elixier, das fast jede Wunde und jede Krankheit heilen konnte. Lucy sagte nichts, sondern machte ein sehr ernstes Gesicht, als sie ihr Geschenk von der Wand nahm, sich den Riemen um die Schulter schlang und die Flasche abermals an ihrer Seite spürte, wo sie in den alten Zeiten stets gehangen hatte. Susans Geschenke waren ein Bogen mit Pfeilen und ein Horn gewesen. Der Bogen war noch da und auch der Köcher aus Elfenbein, voll mit üppig gefiederten Pfeilen, aber – »Oh, Susan«, sagte Lucy. »Wo ist das Horn?«

»Oh, so was Dummes«, sagte Susan, nachdem sie einen Moment überlegt hatte. »Jetzt fällt es mir wieder ein. Ich trug es am allerletzten Tag bei mir, an dem Tag, als wir auf die Jagd nach dem Weißen Hirsch gingen. Es muss verloren gegangen sein, als wir zurück in diese andere Welt hineinstolperten – nach England, meine ich.«

Edmund stieß einen Pfiff aus. Das war wirklich ein schmerzlicher Verlust, denn es handelte sich um ein verzaubertes Horn. Wenn man es blies, wurde einem ganz sicher Hilfe zuteil, wo immer man sich befand.

»Genau so etwas hätten wir an einem Ort wie diesem sehr gut gebrauchen können«, sagte Edmund.

»Aber immerhin«, erwiderte Susan, »habe ich noch den Bogen.« Und sie nahm ihn von der Wand.

»Ist die Sehne nicht vielleicht unbrauchbar geworden, Su?«, fragte Peter.

Doch ob es nun an einem Zauber in der Luft der Schatzkammer lag oder nicht, der Bogen war immer noch einsatzbereit. Bogenschießen und Schwimmen waren die Dinge, in denen Susan besonders gut war. Im Nu hatte sie die Sehne auf den Bogen gespannt, dann zupfte sie leicht daran. Sie sang: ein zwitscherndes Schwirren, das durch den ganzen Raum schwang. Und dieses kleine Geräusch erinnerte die Kinder stärker an die alten Zeiten als alles andere, was bisher geschehen war. All ihre Schlachten und Jagden und Feste wurden plötzlich wieder in ihren Köpfen lebendig.

Dann spannte Susan den Bogen wieder aus und hängte sich den Köcher an die Seite.

Als Nächstes nahm Peter seine Geschenke herab: den Schild mit dem großen roten Löwen darauf und das königliche Schwert. Er blies darauf und stieß beide auf den Boden, um sie vom Staub zu befreien. Dann steckte er den Arm durch die Schlaufen des Schildes und schnallte sich das Schwert an die Seite. Anfangs befürchtete er, es könnte rostig geworden sein und in der Scheide feststecken. Aber so war es nicht. Mit einer raschen Bewegung zog er es und hielt es empor, schimmernd im Licht der Taschenlampe.

»Das ist mein Schwert Rhindon«, sagte er; »damit habe ich den Wolf getötet.« Ein neuer Klang lag in seiner Stimme, und die anderen spürten, dass er jetzt wieder Peter, der Hochkönig, war. Dann, nach einer kleinen Pause, erinnerten sie sich alle wieder daran, dass sie die Batterie schonen mussten.

Sie stiegen die Treppe wieder hinauf, machten sich ein kräftiges Feuer und legten sich eng nebeneinander, um sich gegenseitig zu wärmen. Der Boden war zwar sehr hart und unbequem, aber sie schliefen schließlich doch ein.

Der Zwerg

Das Schlimmste am Schlafen im Freien ist, dass man so furchtbar früh aufwacht. Und wenn man aufwacht, muss man auch gleich aufstehen, weil der Boden so hart und unbequem ist. Noch schlimmer wird es, wenn es dann nichts als Äpfel zum Frühstück gibt und man schon am Abend vorher nur Äpfel zum Abendessen bekommen hat. Nachdem Lucy – durchaus wahrheitsgemäß – gesagt hatte, es sei ein herrlicher Morgen, schien es nichts Gutes mehr zu geben, was man noch hätte sagen können. Edmund sprach aus, was alle empfanden: »Wir müssen einfach von dieser Insel runter.«

Nachdem sie aus dem Brunnen getrunken und sich Wasser in die Gesichter gespritzt hatten, gingen sie alle wieder den Bach hinunter zum Ufer und starrten auf die Meerenge, die sie vom Festland trennte.

»Wir werden schwimmen müssen«, bemerkte Edmund.

»Für Su wäre das kein Problem«, sagte Peter (Susan hatte schon Schwimmwettbewerbe in der Schule gewonnen). »Aber bei uns anderen weiß ich nicht so recht.« Mit »uns anderen« meinte er eigentlich Edmund, der im Schwimmunterricht noch keine zwei Bahnen schaffte, und Lucy, die noch so gut wie gar nicht schwimmen konnte.

»Außerdem«, fügte Susan hinzu, »gibt es vielleicht Strömungen. Vater sagt, es ist niemals ratsam, in einem Gewässer schwimmen zu gehen, das man nicht kennt.«

»Aber Peter«, wandte Lucy ein, »hör doch mal! Ich weiß, zu Hause – in England, meine ich – kann ich überhaupt nicht schwimmen. Aber konnten wir vor langer Zeit – wenn es wirklich vor langer Zeit war –, als wir Könige und Königinnen in Narnia waren, nicht alle schwimmen? Damals konnten wir auch reiten und alle möglichen anderen Dinge tun. Meinst du nicht –?«

»Na ja, aber damals waren wir auch gewissermaßen erwachsen«, sagte Peter. »Wir haben viele Jahre lang regiert und diese Dinge gelernt. Aber jetzt haben wir doch wieder unser richtiges Alter, oder?«

»Oh!«, machte Edmund plötzlich in einem Ton, der alle dazu brachte, zu verstummen und ihm zuzuhören. »Mir ist gerade etwas klar geworden«, sagte er.

»Was ist dir klar geworden?«, fragte Peter.

»Na, das Ganze hier«, erwiderte Edmund. »Wisst ihr noch, wie wir uns gestern Abend die Köpfe darüber zerbrochen haben, dass es erst ein Jahr her ist, seit wir Narnia verlassen haben, aber alles so aussieht, als hätte auf Cair Paravel seit Jahrhunderten niemand mehr gelebt? Versteht ihr denn nicht? Wisst ihr nicht mehr, dass offenbar überhaupt keine Zeit vergangen war, als wir durch den Kleiderschrank zurückkehrten, obwohl wir anscheinend so lange in Narnia gelebt hatten?«

»Sprich weiter«, sagte Susan. »Ich glaube, ich fange an zu verstehen.«

»Und das bedeutet«, fuhr Edmund fort, »dass man keine Ahnung hat, wie die narnianische Zeit vergeht, sobald man Narnia verlassen hat. Warum sollten in Narnia nicht Hunderte von Jahren verstrichen sein, während für uns in England nur ein Jahr vergangen ist?«

»Donnerwetter, Ed«, sagte Peter. »Ich glaube, das ist es. So gesehen ist es wirklich Hunderte von Jahren her, dass wir auf Cair Paravel gelebt haben. Und jetzt kehren wir nach Narnia zurück, als wären wir Kreuzritter oder Angelsachsen oder alte Britannier, die ins moderne England kommen?«

»Die werden Augen machen, wenn sie uns sehen ...«, fing Lucy an, doch im selben Moment sagten alle anderen »Pst!« oder »Sieh mal!« Denn nun passierte etwas.

Ein Stück rechts von ihnen ragte aus dem Festland eine bewaldete Spitze hervor, und sie waren sich alle sicher, dass sich direkt hinter dieser Stelle die Mündung des Flusses befinden musste. Und nun kam um diese Landzunge herum ein Boot in Sicht. Als es die Spitze passiert hatte, drehte es und kam den Kanal entlang auf sie zu. Zwei Leute saßen in dem Boot. Einer ruderte, der andere saß im Heck und hielt ein Bündel in den Armen, das zuckte und sich bewegte, als wäre es lebendig. Die beiden Männer schienen Soldaten zu sein. Sie trugen stählerne Helme auf den Köpfen und leichte Kettenhemden. Ihre Gesichter waren bärtig und rau. Die Kinder zogen sich in den Wald zurück und schauten zu, ohne sich zu rühren.

»Das ist weit genug«, sagte der Soldat im Heck, als das Boot etwa gegenüber von ihnen angekommen war.

»Wie wär's, wenn wir ihm einen Stein an die Füße binden würden, Korporal?«, fragte der andere und ließ die Ruder sinken.

»Unfug!«, knurrte der andere. »Das brauchen wir nicht, und wir haben sowieso keinen dabei. Er wird auch ohne Stein todsicher ertrinken. Hauptsache, wir haben die Fesseln ordentlich verknotet.« Mit diesen Worten stand er auf und hob das Bündel hoch. Jetzt erkannte Peter, dass es tatsächlich lebte und in Wirklichkeit ein Zwerg war, an Händen und Füßen gefesselt, der sich aber mit aller Macht sträubte. Im nächsten Moment hörte er ein Schwirren direkt neben seinem Ohr, und plötzlich schleuderte der Soldat die Arme empor, ließ den Zwerg ins Innere des Bootes fallen und stürzte hintenüber ins Wasser. Er watete hinüber zum anderen Ufer und Peter wusste, dass Susans Pfeil seinen Helm getroffen hatte. Als er sich zu ihr umdrehte, sah er, dass sie ganz bleich war, aber schon den zweiten Pfeil an die Sehne legte. Doch er wurde nie abgeschossen. Kaum sah er seinen Gefährten fallen, sprang der zweite Soldat mit einem lauten Aufschrei auf der anderen Seite aus dem Boot und auch er watete durch das Wasser (in dem er offenbar gerade noch stehen konnte) und verschwand unter den Bäumen des Festlandes.

»Schnell! Bevor es abtreibt!«, rief Peter. Er und Susan sprangen angezogen, wie sie waren, ins Wasser, und noch bevor es ihnen bis zu den Schultern reichte, hatten sie ihre Hände an der Reling des Bootes. Ein paar Augenblicke später hatten sie es ans Ufer geschleppt und den Zwerg herausgehoben. Nun war Edmund damit beschäftigt, ihm mit seinem Taschenmesser die Fesseln durchzuschneiden. (Peters Schwert wäre schärfer gewesen, aber ein Schwert ist sehr unpraktisch für eine solche Aufgabe, weil man es nirgends unterhalb des Griffes halten kann.) Als der Zwerg endlich frei war, setzte er sich auf, rieb sich die Arme und Beine und rief aus:

»Also, die können mir erzählen, was sie wollen, aber wie Gespenster kommt ihr mir nicht vor!«

Wie die meisten Zwerge war er sehr stämmig und hatte einen kräftigen Brustkorb. Im Stehen wäre er etwa drei Fuß groß gewesen. Unter seinem mächtigen Vollbart aus drahtigem rotem Haar war von seinem Gesicht kaum etwas zu sehen, außer einer Hakennase und zwei funkelnden schwarzen Augen.

»Wie auch immer«, fuhr er fort, »Gespenster oder nicht, ihr habt mir das Leben gerettet und ich bin euch zutiefst zu Dank verpflichtet.«

»Aber warum sollten wir denn Gespenster sein?«, fragte Lucy.

»Mein Leben lang wurde mir erzählt«, erwiderte der Zwerg, »diese Wälder entlang der Küste seien ebenso voll mit Gespenstern wie mit Bäumen. So erzählt man es sich. Und darum bringen sie Leute, die sie loswerden wollen, meistens hier herunter (wie sie es mit mir gemacht haben) und sagen, sie überlassen sie den Gespenstern. Aber ich habe mich schon immer gefragt, ob sie ihnen nicht in Wirklichkeit die Kehlen durchschneiden oder sie ersäufen. An die Gespenster habe ich nie so recht geglaubt. Aber die beiden Feiglinge, auf die ihr gerade geschossen habt, haben dran geglaubt. Die hatten mehr Angst davor, mich zu meinem Tod zu bringen, als ich davor, ihm entgegenzugehen!«

»Ach so«, sagte Susan. »Darum sind sie also davongerannt.«

»Wie? Was sagst du da?«, fragte der Zwerg.

»Sie sind entkommen«, sagte Edmund. »Aufs Festland.«

»Ich wollte sie nicht töten, weißt du«, sagte Susan. Sie wollte nicht, dass jemand dachte, sie könnte auf so kurze Distanz ihr Ziel verfehlen.

»Hm«, machte der Zwerg. »Das ist nicht so gut. Könnte später Ärger bedeuten. Es sei denn, sie halten sich selbst zuliebe den Schnabel.«

»Weswegen wollten sie dich denn ertränken?«, fragte Peter.

»Oh, ich bin ein gefährlicher Verbrecher, müsst ihr wissen«, sagte der Zwerg gut gelaunt. »Aber das ist eine lange Geschichte. In der Zwischenzeit frage ich mich, ob ihr wohl vorhattet, mich zum Frühstück einzuladen? Ihr habt ja keine Ahnung, was für einen Appetit das macht, hingerichtet zu werden.«

»Es gibt nur Äpfel«, sagte Lucy bedauernd.

»Besser als nichts, aber nicht so gut wie frischer Fisch«, sagte der Zwerg. »Tja, dann werde ich wohl stattdessen euch zum Frühstück einladen müssen. Ich habe in dem Boot Angelzeug gesehen. Wir müssen es sowieso auf die andere Seite der Insel bringen. Wir wollen ja nicht, dass jemand vom Festland ans Ufer kommt und es sieht.«

»Daran hätte ich selbst schon denken können«, sagte Peter.

Die vier Kinder und der Zwerg gingen hinunter ans Ufer, schoben das Boot mit einiger Mühe ins Wasser und kletterten an Bord. Der Zwerg übernahm sofort das Kommando. Da die Ruder für ihn natürlich zu groß waren, übernahm Peter das Rudern und der Zwerg steuerte sie den Kanal entlang nach Norden und wenig später nach Osten um die Spitze der Insel herum. Von hier aus konnten die Kinder geradewegs den Fluss hinaufblicken und sahen alle Buchten und Landzungen dahinter. Teile der Landschaft glaubten sie wiederzuerkennen, doch die Wälder, die seit ihrer Zeit gewaltig gewachsen waren, gaben allem ein völlig anderes Aussehen.

Als sie das offene Meer an der Ostseite der Insel erreicht hatten, machte sich der Zwerg ans Angeln. Nach einer Weile hatten sie einen ansehnlichen Fang Pavender beisammen. Ein schöner regenbogenfarbener Fisch, den sie in den alten Tagen auf Cair Paravel gern gegessen hatten. Als sie genug gefangen hatten, steuerten sie das Boot in eine kleine Rinne und machten es an einem Baum fest. Der Zwerg, der ein ausgesprochen begabter Bursche war (tatsächlich trifft man zwar hin und wieder hinterhältige Zwerge, aber ich habe noch nie von einem Zwerg gehört, der ein Dummkopf war), schnitt die Fische auf, nahm sie aus und sagte:

»Was wir jetzt brauchen, ist Brennholz.«

»Wir haben etwas oben im Schloss«, sagte Edmund.

Der Zwerg stieß einen leisen Pfiff aus: »Bart und Butterfass!«, sagte er. »Dann gibt es hier also tatsächlich ein Schloss?«

»Es ist nur eine Ruine«, sagte Lucy.

Der Zwerg starrte alle vier nacheinander mit einem sehr merkwürdigen Ausdruck an. »Und wer zum –?«, fing er an, doch dann unterbrach er sich und sagte. »Egal. Frühstücken wir erst mal. Nur eine Sache, bevor wir weitermachen: Könnt ihr die Hand aufs Herz legen und mir sagen, dass ich wirklich noch am Leben bin? Seid ihr sicher, dass ich nicht ertränkt wurde und wir womöglich allesamt Gespenster sind?«

Als sie ihn darüber gebührend beruhigt hatten, war die nächste Frage, wie sie die Fische transportieren sollten. Sie hatten nichts, woran sie sie festbinden konnten, und auch keinen Korb. Schließlich mussten sie Edmunds Mütze nehmen, weil sonst keiner eine Mütze hatte. Sicher hätte er darum mehr Aufhebens gemacht, wäre er nicht inzwischen so schrecklich hungrig gewesen.

Anfangs schien sich der Zwerg in dem Schloss ausgesprochen unbehaglich zu fühlen. Immerzu schaute er sich nach allen Seiten um, schnupperte und sagte: »Hm. Sieht mir doch ein bisschen gespenstisch aus. Riecht sogar nach Gespenstern.« Doch seine Miene hellte sich auf, als sie das Feuer entfacht hatten und er ihnen zeigte, wie man die frischen Pavender in der Glut röstete.

Wenn man ohne Gabeln heißen Fisch isst und sich zu fünft ein Taschenmesser teilen muss, ist das eine chaotische Angelegenheit, und bevor das Mahl vorbei war, gab es den einen oder anderen verbrannten Finger. Doch da es inzwischen neun Uhr war und sie schon seit fünf auf den Beinen waren, scherte sich keiner so sehr um die Brandblasen, wie man hätte meinen können. Nachdem alle sich zum Abschluss noch einen Trunk aus dem Brunnen und einen oder zwei Äpfel genehmigt hatten, brachte der Zwerg eine Pfeife zum Vorschein, ungefähr so lang wie sein eigener Arm, stopfte sie, zündete sie an, blies eine große Wolke duftenden Rauchs in die Luft und sagte: »So.«

»Erzähl du uns zuerst deine Geschichte«, sagte Peter. »Und dann erzählen wir dir unsere.«

»Nun«, erwiderte der Zwerg, »da ihr mir das Leben gerettet habt, ist es nur recht und billig, dass es nach euch geht. Aber ich weiß kaum, wo ich anfangen soll. Zunächst einmal bin ich ein Bote von König Kaspian.«

»Wer ist das?«, fragten vier Stimmen gleichzeitig.

»Kaspian der Zehnte, König von Narnia, möge er lange herrschen!«, antwortete der Zwerg. »Das heißt, er sollte der König von Narnia sein und wir hoffen, er wird es. Im Moment ist er nur König über uns Alt-Narnianen –«

»Was meinst du denn mit *Alt*-Narnianen, bitte?«, fragte Lucy.

»Nun, das sind wir«, sagte der Zwerg. »Wir sind eine Art Widerstandsbewegung, würde ich sagen.«

»Ich verstehe«, sagte Peter. »Und Kaspian ist das Oberhaupt der Alt-Narnianen.«

»Nun ja, so könnte man sagen«, sagte der Zwerg und kratzte sich am Kopf. »Aber eigentlich ist er selbst ein Neu-Narniane, ein Telmarer, wenn ihr mir folgen könnt.«

»Ich nicht«, sagte Edmund.

»Das ist ja schlimmer als die Rosenkriege«, warf Lucy ein.

»Oje«, sagte der Zwerg. »Ich stelle mich wohl sehr ungeschickt an. Also, aufgepasst: Ich glaube, ich muss ganz von vorne anfangen und euch erzählen, wie Kaspian am Hof seines Onkels aufwuchs und wie es überhaupt kommt, dass er jetzt auf unserer Seite steht. Aber das wird eine lange Geschichte.«

»Umso besser«, sagte Lucy. »Wir lieben Geschichten.«

Und so machte der Zwerg es sich gemütlich und erzählte seine Geschichte. Ich gebe sie euch lieber nicht in seinen Worten wieder, mit all den Fragen und Unterbrechungen der Kinder, denn das würde zu lange dauern und wäre zu verwirrend, und dabei ließ er noch manche Einzelheiten aus, von denen die Kinder erst später erfuhren. Aber im Wesentlichen verlief die Geschichte, wie sie sie am Ende kannten, folgendermaßen:

Der Zwerg erzählt von Prinz Kaspian

Prinz Kaspian lebte in einem großen Schloss im Zentrum von Narnia bei seinem Onkel Miraz, dem König von Narnia, und seiner Tante, die rote Haare hatte und Königin Prunaprismia hieß. Sein Vater und seine Mutter waren tot und der Mensch, den Kaspian am meisten liebte, war seine Kinderfrau. Obwohl er (da er ja ein Prinz war) die tollsten Spielsachen besaß, die fast alles konnten außer Reden, war das Schönste für ihn die letzte Stunde des Tages, wenn alle Spielsachen wieder in ihren Schränken verstaut waren und seine Kinderfrau ihm Geschichten erzählte.

Aus seinem Onkel und seiner Tante machte er sich nicht besonders viel, doch etwa zweimal in der Woche ließ sein Onkel ihn zu sich kommen, und dann gingen sie eine halbe Stunde lang auf der Terrasse an der Südseite des Schlosses auf und ab. Als sie dies eines Tages wieder taten, sagte der König zu ihm: »Nun, mein Junge, wir müssen dir bald beibringen, wie man reitet und wie man ein Schwert führt. Du weißt ja, dass deine Tante und ich keine Kinder haben, sodass es so aussieht, als ob du möglicherweise König werden wirst, wenn ich nicht mehr da bin. Wie gefällt dir das, hm?«

»Ich weiß nicht, Onkel«, sagte Kaspian.

»Du weißt nicht, hm?«, erwiderte Miraz. »Na, ich wüsste gern, was man sich mehr wünschen könnte!«

»Trotzdem, ich wünsche mir mehr«, entgegnete Kaspian.

»Was wünschst du dir denn?«, fragte der König.

»Ich wünschte – ich wünschte – ich wünschte, ich hätte in den alten Tagen leben können«, sagte Kaspian. (Er war damals noch ein ganz kleiner Junge.)

Bislang hatte König Miraz in jenem ermüdenden Ton geredet, den manche Erwachsenen an sich haben. Er verrät einem, dass sie sich eigentlich gar nicht für das interessieren, was man ihnen sagt. Doch nun sah er Kaspian plötzlich sehr eindringlich an.

»Wie? Was war das?«, sagte er. »Was für alte Tage meinst du denn?«

»Ach, weißt du das nicht, Onkel?«, fragte Kaspian. »Als alles noch anders war. Als die Tiere alle sprechen konnten und in den Bächen und den Bäumen nette Leute wohnten. Najaden und Dryaden wurden sie genannt. Und es gab Zwerge. Und überall in den Wäldern lebten hübsche kleine Faune. Sie hatten Füße wie Ziegen. Und –«

»Alles Unsinn, reine Ammenmärchen!«, unterbrach ihn der König streng. »Nichts als Kinderkram, hörst du? Für solches Zeug bist du schon zu alt. In deinem Alter solltest du an Schlachten und Abenteuer denken, nicht an Märchen.«

»Oh, aber es *gab* auch Schlachten und Abenteuer damals«, sagte Kaspian. »Wunderbare Abenteuer. Einmal lebte eine Weiße Hexe, die sich selbst zur Königin des ganzen Landes ernannte. Und sie machte, dass es immer Winter war. Dann kamen zwei Jungen und zwei Mädchen von irgendwoher und töteten die Hexe und wurden zu Königen und Königinnen von Narnia ernannt. Ihre Namen waren Peter und Susan und Edmund und Lucy. Und sie regierten ganz, ganz lange und es war eine herrliche Zeit für alle. Und hinter all dem steckte Aslan –«

»Wer ist das denn?«, unterbrach ihn Miraz. Und wenn Kaspian nur ein kleines bisschen älter gewesen wäre, hätte der Tonfall in der Stimme seines Onkels ihn gewarnt, dass es klüger wäre, den Mund zu halten. Doch er plapperte weiter.

»Ja, weißt du das denn nicht?«, fragte er. »Aslan ist der große Löwe, der von jenseits des Meeres kommt.«

»Wer hat dir diesen ganzen Unsinn erzählt?«, herrschte ihn der König mit donnernder Stimme an.

Kaspian erschrak und sagte nichts.

»Königliche Hoheit«, sagte König Miraz und ließ Kaspians Hand los, die er bis jetzt gehalten hatte. »Ich bestehe auf einer Antwort. Schau mir ins Gesicht. Wer hat dir diesen Haufen Lügen erzählt?«

»Die K-Kinderfrau«, stammelte Kaspian und brach in Tränen aus.

»Hör mit dem Geplärre auf«, schimpfte sein Onkel, packte Kaspian an den Schultern und schüttelte ihn. »Schluss damit! Und lass dich nie wieder von mir dabei erwischen, dass du von all diesen albernen Geschichten redest – oder auch nur daran *denkst*. Diese Könige und Königinnen hat es nie gegeben. Wie könnte es auch zwei Könige gleichzeitig geben? Und so jemanden wie Aslan gibt es auch nicht. Es gibt überhaupt keine Löwen. Und es hat auch nie eine Zeit gegeben, in der Tiere sprechen konnten. Hast du gehört?«

»Ja, Onkel«, schluchzte Kaspian.

»Dann lass uns nicht mehr davon reden«, erwiderte der König. Dann rief er nach einem der Diener, die am anderen Ende der Terrasse standen, und sagte in küh lem Ton: »Man geleite Seine Königliche Hoheit in seine Gemächer und sende AUF DER STELLE die Kinderfrau Seiner Königlichen Hoheit zu mir.«

Am nächsten Tag fand Kaspian heraus, was er Schreckliches angerichtet hatte, denn die Kinderfrau war fortgeschickt worden und hatte sich nicht einmal von ihm verabschieden dürfen. Man sagte ihm, er werde einen Hauslehrer bekommen.

Kaspian vermisste seine Kinderfrau sehr und vergoss viele Tränen. Und weil er so unglücklich war, dachte er noch viel öfter an die alten Geschichten von Narnia. Er träumte jede Nacht von Zwergen und Dryaden und er gab sich alle Mühe, die Hunde und Katzen im Schloss dazu zu bringen, mit ihm zu reden. Doch die Hunde wedelten nur mit den Schwänzen und die Katzen schnurrten nur.

Kaspian war sicher, dass er den neuen Hauslehrer hassen würde, doch als der neue Hauslehrer etwa eine Woche später ankam, erwies er sich als jemand, bei dem es fast unmöglich war, ihn nicht zu mögen. Er war der kleinste und zugleich der dickste Mann, den Kaspian je gesehen hatte. Sein langer, silbriger, spitzer Bart reichte ihm fast bis zur Taille und sein braunes, mit Falten übersätes Gesicht sah sehr weise, sehr hässlich und sehr freundlich aus. Seine Stimme klang ernst und seine Augen blitzten heiter, sodass man ihn schon sehr gut kennen musste, um zu unterscheiden, wann er scherzte und wann er es ernst meinte. Sein Name war Doktor Cornelius.

Von all den Unterrichtsstunden bei Doktor Cornelius mochte Kaspian am liebsten Geschichte. Bisher hatte er außer den Geschichten der Kinderfrau überhaupt nichts von der Geschichte Narnias gewusst, und so war er sehr überrascht, als er lernte, dass die Königsfamilie sich erst vor Kurzem im Lande niedergelassen hatte.

»Es war der Vorfahr Eurer Hoheit, Kaspian der Erste«, sagte Doktor Cornelius, »der Narnia eroberte und es zu seinem Reich machte. Er war es, der Euer ganzes Volk in dieses Land brachte. Ursprünglich seid ihr gar keine Narnianen. Ihr seid Telmarer. Das heißt, ihr kamt alle aus dem Land Telmar, weit jenseits der Westlichen Berge. Darum wird Kaspian der Erste auch Kaspian der Eroberer genannt.«

»Bitte, Doktor«, fragte Kaspian eines Tages, »wer lebte denn in Narnia, bevor wir von Telmar hierherkamen?«

»Keine Menschen – oder nur sehr wenige – lebten in Narnia, bevor die Telmarer es einnahmen«, erwiderte Doktor Cornelius.

»Aber wem haben denn dann meine Urururahnen erobert?«

»*Wen,* nicht *wem,* Eure Hoheit«, sagte Doktor Cornelius. »Vielleicht ist es Zeit, dass wir uns von der Geschichte der Grammatik zuwenden.«

»Ach, bitte, noch nicht«, protestierte Kaspian. »Ich meine, gab es denn keine Schlacht? Warum heißt er Kaspian der Eroberer, wenn gar keiner da war, der mit ihm gekämpft hat?«

»Ich sagte, es gab nur sehr wenige *Menschen* in Narnia«, entgegnete der Doktor und schaute den kleinen Jungen durch seine großen Brillengläser ganz eigenartig an.

Einen Moment lang stutzte Kaspian. Dann tat sein Herz plötzlich einen Sprung. »Meinen Sie«, fragte er atemlos, »es gab andere Wesen? Meinen Sie, es war wie in den Geschichten? Gab es –?«

»Pst!«, machte Doktor Cornelius und legte seinen Kopf ganz dicht an Kaspians. »Kein Wort mehr. Wisst Ihr nicht, dass Eure Kinderfrau fortgeschickt wurde, weil sie Euch von Alt-Narnia erzählte? Der König mag das nicht. Wenn er mich dabei erwischen würde, dass ich Euch Geheimnisse erzähle, würdet Ihr die Peitsche zu spüren bekommen und mir würde man den Kopf abschlagen.«

»Aber warum?«, fragte Kaspian.

»Jetzt ist es höchste Zeit, dass wir uns der Grammatik zuwenden«, sagte Doktor Cornelius mit einem lauten Räuspern. »Mögen Eure Hoheit bitte gnädigst Seite vier in *Der Garten der Grammatik oder Das Füllhorn der Formenlehre, ergiebig sich ergießend für junge Geister* von Pulverulentus Siccus aufschlagen.«

Danach ging es bis zum Mittag nur noch um Nomina und Verben, aber ich glaube nicht, dass Kaspian viel davon behielt. Er war zu aufgeregt. Er war sicher, dass Doktor Cornelius ihm niemals so viel gesagt hätte, wenn er nicht vorgehabt hätte, ihm früher oder später noch mehr zu erzählen.

Er wurde nicht enttäuscht. Wenige Tage später sagte sein Hauslehrer: »Heute Nacht werde ich Euch eine Lektion in Astronomie erteilen. In tiefster Nacht werden zwei edle Planeten, Tarva und Alambil, im Abstand von einem Grad aneinander vorbeiziehen. Eine solche Konjunktion hat sich seit zweihundert Jahren nicht mehr ereignet, und Eure Hoheit wird sie zu Lebzeiten nicht noch einmal sehen. Am besten begebt Ihr Euch ein wenig früher als sonst zu Bett. Wenn der Zeitpunkt der Konjunktion naht, werde ich kommen und Euch wecken.«

Dies schien nichts mit Alt-Narnia zu tun zu haben, worüber Kaspian wirklich gerne mehr gehört hätte. Doch da es immer interessant ist, mitten in der Nacht aufzustehen, war er einigermaßen erfreut darüber. Als er am Abend zu Bett ging, dachte er zuerst, er würde gar nicht einschlafen können. Aber bald war er eingenickt, und es schienen nur wenige Minuten vergangen zu sein, als er spürte, wie jemand ihn sanft rüttelte.

Er setzte sich im Bett auf. Sein Zimmer war von Mondlicht erfüllt. Neben seinem Bett stand Doktor Cornelius, in einen Kapuzenmantel gehüllt und mit einer kleinen Lampe in der Hand. Sofort fiel Kaspian wieder ein, was sie vorhatten. Er stand auf und zog sich an.

Obwohl es eine Sommernacht war, war es kälter, als er es erwartet hatte, und er war froh, als der Doktor ihm einen ebensolchen Mantel umlegte, wie er selbst ihn trug, und ihm ein paar warme, weiche Stiefel gab. Kurz darauf verließen Meister und Schüler das Zimmer. Beide vermummt, sodass sie auf den dunklen Fluren fast nicht zu sehen waren, und so beschuht, dass sie kaum ein Geräusch verursachten.

Kaspian folgte dem Doktor durch viele Gänge und mehrere Treppen hinauf, bis sie endlich durch eine kleine Tür in einem Türmchen hinaus auf das Bleidach gelangten. Auf der einen Seite waren die Zinnen, auf der anderen ein steiles Dach. Unter ihnen, in Schatten und schimmerndes Licht getaucht, der Schlossgarten, über ihnen die Sterne und der Mond. Kurz darauf erreichten sie eine weitere Tür, die in den großen Hauptturm des Schlosses führte. Doktor Cornelius schloss sie auf, und sie begannen die finstere Wendeltreppe des Turms hinaufzusteigen. Erregung stieg in Kaspian auf. Es war das erste Mal, dass er diese Treppe erklimmen durfte.

Sie war lang und steil, aber als sie auf dem Dach des Turms angelangt waren und Kaspian wieder zu Atem gekommen war, fand er, dass sich die Mühe auf jeden Fall gelohnt habe. Zu seiner Rechten konnte er in weiter Ferne ganz undeutlich die Westlichen Berge erkennen. Zu seiner Linken schimmerte der Große Fluss und es war so still, dass er eine Meile entfernt das

Rauschen des Wasserfalls von Bibersdamm hören konnte. Es war nicht schwer, die beiden Sterne zu finden, deretwegen sie heraufgekommen waren. Sie standen ziemlich niedrig über dem südlichen Himmel, fast so hell wie zwei kleine Monde und sehr dicht zusammen.

»Werden sie zusammenstoßen?«, fragte er mit ehrfürchtig gesenkter Stimme.

»Nein, lieber Prinz«, sagte der Doktor (und auch er flüsterte). »Dazu kennen die hohen Herren des Himmels die Schritte ihres Tanzes zu gut. Schaut sie Euch gut an. Ihre Begegnung ist ein Glücksfall und kündigt eine gute Wendung für das unglückliche Reich Narnia an. Tarva, der Herr des Sieges, grüßt Alambil, die Herrin des Friedens. Gleich ist der Moment, wo sie sich am nächsten stehen.«

»Schade, dass der Baum dort gleich im Weg sein wird«, sagte Kaspian. »Vom Westturm würden wir es noch besser sehen, obwohl er nicht so hoch ist.«

Etwa zwei Minuten lang sagte Doktor Cornelius nichts, sondern stand still, den Blick unverwandt auf Tarva und Alambil gerichtet. Dann holte er tief Luft und wandte sich an Kaspian.

»So«, sagte er. »Ihr habt gesehen, was kein heute lebender Mensch gesehen hat oder je noch einmal sehen wird. Und Ihr habt recht. Von dem kleineren Turm hätten wir es noch besser beobachten können. Ich habe Euch aus einem anderen Grund hergebracht.«

Kaspian blickte zu ihm auf, doch das Gesicht des Doktors war größtenteils unter der Kapuze verborgen.

»Der Vorteil dieses Turms«, fuhr Doktor Cornelius fort, »ist, dass wir sechs leere Zimmer unter uns haben und eine lange Treppe und dass die Tür am Fuß der Treppe verschlossen ist. Niemand kann uns belauschen.«

»Werden Sie mir jetzt erzählen, was Sie mir neulich nicht erzählen wollten?«, fragte Kaspian.

»Das werde ich«, sagte der Doktor. »Aber vergesst nicht: Wir dürfen niemals an einem anderen Ort über diese Dinge reden außer hier – ganz oben auf dem Großen Turm.«

»Niemals. Versprochen«, sagte Kaspian. »Aber bitte fahren Sie fort.«

»Hört zu«, sagte der Doktor. »Alles, was Ihr über Alt-Narnia gehört habt, ist wahr. Es ist nicht das Land der Menschen. Es ist das Land Aslans, das Land der lebendigen Bäume und der sichtbaren Najaden, der Faune und Satyrn, der Zwerge und Riesen, der Götter und der Zentauren, der sprechenden Tiere. Gegen diese kämpfte der erste Kaspian. Ihr Telmarer wart es, die die Tiere und Bäume und Quellen zum Schweigen brachten, die die Zwerge und Faune töteten und vertrieben und die nun versuchen, selbst die Erinnerung an sie auszulöschen. Der König erlaubt nicht, dass von ihnen gesprochen wird.«

»Oh, ich wünschte, wir hätten das nicht getan«, sagte Kaspian. »Aber ich bin froh, dass all das Wirklichkeit war, auch wenn es jetzt vorbei ist.«

»Diesen Wunsch hegen viele Eurer Rasse insgeheim«, erwiderte Doktor Cornelius.

»Aber, Doktor«, sagte Kaspian, »warum sprechen Sie von *meiner* Rasse? Ich nehme an, Sie sind doch wohl auch ein Telmarer.«

»Bin ich das?«, fragte der Doktor.

»Nun, zumindest sind Sie ein Mensch«, sagte Kaspian.

»Bin ich das?«, wiederholte der Doktor mit tieferer Stimme und warf im selben Moment seine Kapuze zurück, sodass Kaspian sein Gesicht im Mondlicht deutlich sehen konnte.

Auf einmal erkannte Kaspian die Wahrheit, und ihm war, als hätte er sie schon längst erkennen müssen. Doktor Cornelius war so klein und so dick und hatte so einen langen Bart. Zwei Gedanken schossen ihm gleichzeitig durch den Kopf. Der eine war ein schrecklicher Gedanke: »Er ist kein echter Mensch, überhaupt kein Mensch, er ist ein *Zwerg* und er hat mich hier heraufgebracht, um mich umzubringen.« Der andere war reines Entzücken: »Es gibt immer noch echte Zwerge und ich habe endlich einen gesehen!«

»So, Ihr habt es nun endlich erraten«, sagte Doktor Cornelius. »Oder fast erraten. Ich bin kein reinblütiger Zwerg. Ich habe auch menschliches Blut in mir. Viele Zwerge sind während der großen Schlachten entkommen und haben überlebt, indem sie sich die Bärte schoren und Schuhe mit hohen Absätzen trugen und sich als Menschen ausgaben. Sie haben sich mit euch Telmarern vermischt. Einer von jenen bin ich, nur ein Halbzwerg. Wenn irgendwo auf der Welt noch welche von meiner Art leben, wahre Zwerge, dann würden sie mich zweifellos verachten und Verräter nennen. Doch nie, in all diesen Jahren, haben wir unser eigenes Volk und all die anderen glücklichen Geschöpfe von Narnia und die lange vergangenen Tage der Freiheit vergessen.«

»Es – es tut mir leid, Doktor«, sagte Kaspian. »Es war nicht meine Schuld, wissen Sie.«

»Ich sage Euch all das nicht, um Euch Vorwürfe zu machen, lieber Prinz«, antwortete der Doktor. »Ihr fragt Euch vielleicht, warum ich es überhaupt sage. Ich habe zwei Gründe dafür. Erstens, weil mein altes Herz schon so lange diese alten Erinnerungen in sich trägt, dass es davon schmerzt und zerspringen würde, wenn ich sie Euch nicht zuflüstern würde. Und zweitens, damit Ihr, wenn Ihr König seid, uns helfen mögt. Denn ich weiß, dass auch Ihr, obwohl Ihr ein Telmarer seid, die alte Welt liebt.«

»Ja, das tue ich«, sagte Kaspian. »Aber wie kann ich helfen?«

»Ihr könnt freundlich sein zu den armseligen Überresten des Zwergenvolks, zu denen auch ich gehöre. Ihr könnt gelehrte Zauberer versammeln und versuchen, einen Weg zu finden, um die Bäume wiederzuerwecken. Ihr könnt in allen Winkeln und unerforschten Gebieten des Landes suchen, ob vielleicht noch irgendwo Faune oder sprechende Tiere oder Zwerge im Verborgenen leben.«

»Glauben Sie denn, dass es noch welche gibt?«, fragte Kaspian begierig.

»Ich weiß es nicht … ich weiß es nicht«, erwiderte der Doktor mit einem tiefen Seufzen. »Manchmal fürchte ich, es gibt keine mehr. Mein Leben lang habe ich nach Spuren von ihnen gesucht. Manches Mal habe ich geglaubt, eine Zwergentrommel in den Bergen zu hören. Manches Mal habe ich bei Nacht im Wald geglaubt, ich hätte in weiter Ferne einen Blick auf tanzende Faune und Satyrn erhascht. Aber wenn ich zu der Stelle kam, war nie etwas von ihnen zu sehen. Oft bin ich verzweifelt; doch immer wieder geschieht etwas, das mir neue Hoffnung gibt. Ich weiß es nicht. Aber zumindest könnt Ihr versuchen, ein König zu sein wie einst der Hochkönig Peter, und nicht wie Euer Onkel.«

»Dann stimmt das mit den Königen und Königinnen auch und das mit der Weißen Hexe?«, fragte Kaspian.

»Sicher stimmt es«, sagte Cornelius. »Ihre Herrschaft war das Goldene Zeitalter für Narnia, und das Land hat sie nie vergessen.«

»Haben sie auch in diesem Schloss gewohnt, Doktor?«

»Nein, mein Lieber«, sagte der alte Mann. »Dieses Schloss ist noch nicht besonders alt. Euer Ururgroßvater hat es erbaut. Als die beiden Adamssöhne und die beiden Evastöchter von Aslan selbst als Könige und Königinnen eingesetzt wurden, da lebten sie auf Schloss Cair Paravel. Kein lebender Mensch hat diesen seligen Ort gesehen und vielleicht sind selbst seine Ruinen inzwischen verschwunden. Doch wir glauben, dass es sich weit weg von hier unten an der Mündung des Großen Flusses befand, direkt am Ufer des Meeres.«

»Uh!«, machte Kaspian mit einem Schaudern. »Meinen Sie etwa, in den Schwarzen Wäldern? Wo lauter – lauter –, Sie wissen schon, wo lauter Gespenster leben?«

»Eure Hoheit spricht, wie man es Euch beigebracht hat«, sagte der Doktor. »Aber das sind alles Lügen. Es gibt dort keine Gespenster. Das ist ein Märchen, das sich die Telmarer ausgedacht haben. Eure Könige leben in tödlicher Angst vor dem Meer, da sie nie ganz vergessen können, dass Aslan in allen Geschichten von jenseits des Meeres kommt. Sie trauen sich nicht in seine Nähe und wollen auch nicht, dass irgendjemand sonst dorthin geht. Darum haben sie mächtige Wälder wachsen lassen, um ihr Volk von der Küste abzuschneiden. Aber da sie gegen die Bäume gekämpft haben, fürchten sie sich vor den Wäldern. Und weil sie sich vor den Wäldern fürchten, bilden sie sich ein, sie wären voller Gespenster. Und die Könige und Mächtigen, die sowohl das Meer als auch den Wald hassen, glauben zum Teil diese Geschichten und zum Teil unterstützen sie ihre Verbreitung. Sie fühlen sich sicherer, wenn niemand in Narnia es wagt, hinunter zur Küste zu gehen und hinaus aufs Meer zu blicken. Dorthin, wo Aslans Land und der Morgen und das östliche Ende der Welt liegen.«

Einige Minuten lang herrschte tiefes Schweigen zwischen ihnen.

Dann sagte Doktor Cornelius: »Kommt. Wir sind lange genug hier gewesen. Es ist Zeit, wieder hinunterzugehen und sich schlafen zu legen.«

»Müssen wir?«, fragte Kaspian. »Am liebsten würde ich noch stundenlang über diese Dinge reden.«

»Es könnte sich jemand auf die Suche nach uns machen, wenn wir das täten«, erwiderte Doktor Cornelius.

Kaspians Abenteuer in den Bergen

Danach führten Kaspian und sein Hauslehrer noch viele weitere heimliche Gespräche ganz oben auf dem Großen Turm, und bei jedem dieser Gespräche erfuhr Kaspian mehr über Alt-Narnia, sodass die Gedanken und Träume über die alten Tage und die Sehnsucht, sie möchten wieder zurückkehren, fast all seine freien Stunden ausfüllten.

Sehr viele freie Stunden hatte er freilich nicht, denn nun begann seine Ausbildung so richtig. Er lernte Schwertkampf und Reiten, Schwimmen und Tauchen, wie man mit dem Bogen schießt und wie man Flöte und Basslaute spielt, wie man einen Hirsch jagt und wie man ihn ausnimmt, wenn er tot ist. Dazu Kosmografie, Rhetorik, Heraldik, Verskunst und natürlich Geschichte, dazu auch ein wenig Rechtslehre, Physik, Alchemie und Astronomie. Die Magie lernte er nur in der Theorie kennen, denn Doktor Cornelius meinte, ihre Ausübung sei keine angemessene Beschäftigung für Prinzen. »Und ich selbst«, fügte er hinzu, »bin nur ein sehr unvollkommener Zauberer und bringe nur die kleinsten Experimente zustande.« In Navigation (»eine edle und heldenhafte Kunst«, sagte der Doktor) wurde er nicht unterrichtet, da König Miraz Schiffe und das Meer missbilligte.

Daneben lernte er eine ganze Menge, indem er seine Augen und Ohren offenhielt. Als kleiner Junge hatte er sich oft gefragt, warum er seine Tante, die Königin Prunaprismia, nicht mochte. Jetzt begriff er, dass es daran lag, dass sie ihn nicht mochte. Er fing auch an zu bemerken, dass Narnia ein unglückliches Land war. Die Steuern waren hoch, die Gesetze streng, und Miraz war ein grausamer Mann.

Nach einigen Jahren begab es sich, dass die Königin krank zu sein schien und im Schloss eine Menge Aufhebens und Getue um sie gemacht wurde. Ärzte eilten herbei, und Höflinge flüsterten untereinander. Es war Frühsommer. Und eines Abends, während dieser ganze Trubel herrschte, wurde Kaspian unerwartet von Doktor Cornelius geweckt, als er erst wenige Stunden geschlafen hatte.

»Wollen wir ein wenig Astronomie betreiben, Doktor?«, fragte Kaspian.

»Pst!«, machte der Doktor. »Vertraut mir und tut genau, was ich Euch sage. Zieht Euch an; Ihr habt eine lange Reise vor Euch.«

Kaspian war völlig überrascht, aber er hatte gelernt, seinem Hauslehrer zu vertrauen, und begann sofort die Anweisungen zu befolgen. Als er angezogen war, sagte der Doktor: »Ich habe hier einen Beutel für Euch. Wir müssen ins Nebenzimmer gehen und ihn mit Speisen von der Tafel Eurer Hoheit füllen.«

»Meine Diener werden dort sein«, wandte Kaspian ein.

»Sie schlafen fest und werden nicht aufwachen«, erwiderte der Doktor. »Ich bin nur ein sehr beschränkter Zauberer, aber einen Zauberschlaf bringe ich immerhin zustande.«

Sie gingen ins Vorzimmer, und dort hingen tatsächlich die beiden Diener auf ihren Stühlen und schnarchten vernehmlich. Doktor Cornelius schnitt rasch die Überreste eines kalten Hühnchens und ein paar Scheiben Rehfleisch ab und steckte sie mit etwas Brot, ein paar Äpfeln und einer kleinen Flasche guten Weins in den Beutel, den er dann Kaspian reichte. Kaspian konnte ihn sich mit einem Riemen über die Schulter hängen wie eine Schultasche.

»Habt Ihr Euer Schwert?«, fragte der Doktor.

»Ja«, antwortete Kaspian.

»Dann legt diesen Mantel um und verbergt das Schwert und den Beutel darunter. So ist es gut. Und jetzt müssen wir auf den Großen Turm steigen und miteinander reden.«

Als sie die Turmspitze erreicht hatten (es war eine wolkenverhangene Nacht, ganz anders als damals, als sie die Konjunktion Tarvas und Alambils beobachtet hatten), sagte Doktor Cornelius:

»Mein Prinz, Ihr müsst dieses Schloss sofort verlassen und Euer Glück in der weiten Welt suchen. Euer Leben ist in Gefahr.«

»Warum denn?«, fragte Kaspian.

»Weil Ihr der wahre König von Narnia seid: Kaspian der Zehnte, der wahre Sohn und Erbe Kaspians des Neunten. Lang lebe Eure Majestät!« Plötzlich sank der kleine Mann zu Kaspians grenzenloser Überraschung auf ein Knie nieder und küsste seine Hand.

»Was bedeutet das alles? Ich verstehe nicht«, sagte Kaspian.

»Ich wundere mich, dass Ihr mich nie gefragt habt«, erwiderte der Doktor, »warum Ihr als Sohn König Kaspians nicht selbst König Kaspian seid. Jeder außer Eurer Majestät weiß, dass Miraz ein Thronräuber ist. Als er zu herrschen begann, gab er noch nicht einmal vor, König zu sein. Er nannte sich Reichsverweser. Doch dann starb Eure Königliche Mutter, die gute Königin und die einzige Telmarerin, die je freundlich zu mir war. Und danach starben oder verschwanden all die großen Lords, die Euren Vater noch gekannt hatten, einer nach dem anderen. Und das war kein Zufall. Miraz rottete sie aus. Belisar und Uvilas wurden auf einer Jagd von Pfeilen getroffen. Ein Unglücksfall, hieß es.

Das gesamte große Haus der Passariden sandte er aus, um an den nördlichen Grenzen gegen die Riesen zu kämpfen, bis einer nach dem anderen gefallen war. Arlian und Erimon und ein Dutzend andere ließ er unter falscher Anklage wegen Hochverrats hinrichten. Die beiden Brüder von Bibersdamm sperrte er als Wahnsinnige ein. Und schließlich überredete er die sieben edlen Lords, die als Einzige unter allen Telmarern das Meer nicht fürchteten, in See zu stechen und nach neuen Ländern jenseits des Östlichen Meeres zu suchen. Sie kehrten nie zurück, wie es seine Absicht gewesen war.

Als dann niemand mehr übrig war, der zu Euren Gunsten hätte sprechen können, beschworen ihn seine Speichellecker (wie er es ihnen zuvor befohlen hatte), König zu werden. Und natürlich tat er das auch.«

»Wollen Sie damit sagen, dass er auch mich töten will?«, fragte Kaspian.

»Das ist nahezu gewiss«, erwiderte Doktor Cornelius.

»Aber warum jetzt?«, fragte Kaspian. »Ich meine, warum hat er das nicht schon längst getan, wenn er es wollte? Und was habe ich ihm getan?«

»Er hat seine Meinung über Euch wegen etwas geändert, das sich erst vor zwei Stunden ereignet hat. Die Königin hat einen Sohn bekommen.«

»Ich verstehe nicht, was das damit zu tun hat«, sagte Kaspian.

»Ihr versteht es nicht!«, rief der Doktor. »Habt Ihr aus all meinen Lektionen in Geschichte und Politik nicht mehr gelernt? Hört zu. Solange er keine eigenen Kinder hatte, war es ihm durchaus recht, dass Ihr nach seinem Tod König würdet. Mag sein, dass er Euch nicht besonders mochte, aber er hätte lieber Euch den Thron hinterlassen als einem Fremden. Doch nun, da er einen Sohn hat, wird er seinen eigenen Sohn zum nächsten König machen wollen. Dabei seid Ihr ihm im Weg. Er wird Euch aus dem Weg räumen.«

»Ist er wirklich so böse?«, fragte Kaspian. »Würde er mich wirklich ermorden?«

»Er hat Euren Vater ermordet«, gab Doktor Cornelius zu bedenken.

Kaspian wurde es ganz mulmig und er erwiderte nichts.

»Ich kann Euch die ganze Geschichte erzählen«, sagte der Doktor. »Aber nicht jetzt. Wir haben keine Zeit. Ihr müsst sofort fliehen.«

»Sie kommen doch mit mir?«, fragte Kaspian.

»Das wage ich nicht«, entgegnete der Doktor. »Das würde Euch nur in noch größere Gefahr bringen. Zwei sind leichter aufzuspüren als einer. Mein Prinz, lieber König Kaspian, Ihr müsst jetzt sehr tapfer sein. Ihr müsst allein aufbrechen, und zwar sofort. Versucht über die südliche Grenze zum Hof des Königs Nain von Archenland zu gelangen. Er wird Euch helfen.«

»Werde ich Sie jemals wiedersehen?«, fragte Kaspian mit zittriger Stimme.

»Ich hoffe doch, mein König«, erwiderte der Doktor. »Was für einen Freund habe ich denn auf der weiten Welt außer Eurer Majestät? Und ein bisschen Magie beherrsche ich ja. Doch bis dahin ist Schnelligkeit alles. Hier sind zwei Geschenke, bevor Ihr geht. In dieser kleinen Börse ist etwas Gold – ach, dabei müssten von Rechts wegen alle Schätze in diesem Schloss Euch gehören. Und hier ist etwas noch viel Besseres.«

Kaspian konnte den Gegenstand, den der Doktor ihm in die Hände legte, nicht wirklich sehen. Aber als er ihn betastete, erkannte er, dass es ein Horn war.

»Dies«, sagte Doktor Cornelius, »ist das größte und heiligste Kleinod Narnias. Viele Schrecken habe ich erduldet und viele Zauberformeln gesprochen, um es zu finden, als ich noch jung war. Es ist das Zauberhorn von Königin Susan selbst, das sie zurückließ, als sie am Ende des Goldenen Zeitalters aus Narnia verschwand. Man sagt, wer immer es bläst, wird außergewöhnliche Hilfe erhalten – wie außergewöhnlich, weiß niemand zu sagen. Vielleicht hat es die Macht, Königin Lucy und König Edmund und Königin Susan und den Hochkönig Peter aus der Vergangenheit herbeizurufen, damit sie wieder Recht schaffen. Vielleicht ruft es sogar Aslan selbst herbei. Nehmt es, König Kaspian. Aber benutzt es nicht, es sei denn in Eurer höchsten Not. Und nun rasch, rasch, rasch. Die kleine Tür ganz unten am Fuß des Turms, die Tür zum Garten, ist unverriegelt. Dort müssen wir uns trennen.«

»Kann ich nicht mein Pferd Destrier holen?«, fragte Kaspian.

»Es ist bereits gesattelt und wartet gleich an der Ecke des Obstgartens auf Euch.«

Auf dem langen Weg die Wendeltreppe hinunter flüsterte Cornelius Kaspian noch viele Anweisungen und Ratschläge zu. Kaspians Herz wurde immer schwerer, aber er versuchte sich alles genau zu merken. Dann folgte die frische Luft im Garten, ein inniger Händedruck mit dem Doktor, ein rascher Lauf über den Rasen, ein grüßendes Wiehern von Destrier. So verließ König Kaspian der Zehnte das Schloss seiner Väter. Als er sich umschaute, sah er Feuerwerksraketen zur Feier der Geburt des neuen Prinzen emporsteigen.

Die ganze Nacht hindurch ritt er nach Süden und hielt sich auf Nebenwegen und schmalen Reitpfaden, solange er sich noch in der Gegend auskannte. Doch später blieb er auf der Straße. Destrier war wegen dieser unerwarteten Reise ebenso aufgeregt wie sein Herr. Obwohl Kaspian beim Abschied von Doktor Cornelius Tränen in die Augen gestiegen waren, fühlte er sich tapfer und war in gewisser Weise froh bei dem Gedanken, dass er König Kaspian war, der ausritt, um das Abenteuer zu suchen. Sein Schwert an der linken Hüfte und Königin Susans Zauberhorn an der rechten.

Doch als der Tag mit Nieselregen anbrach und er überall um sich herum nur unbekannte Wälder, Hänge voll wilden Heidekrauts und blaue Berge sah, dachte er daran, wie groß und fremd die Welt war, und fühlte sich verängstigt und klein.

Sobald es richtig hell geworden war, verließ er die Straße und fand eine Lichtung inmitten eines Waldes, wo er sich ausruhen konnte. Er nahm Destrier das Zaumzeug ab und ließ ihn grasen, aß etwas kaltes Hühnchen und trank einen Schluck Wein und war bald eingeschlafen.

Als er wieder erwachte, war es später Nachmittag. Er aß einen Bissen und setzte dann seine Reise weiter Richtung Süden auf etlichen wenig benutzten Pfaden fort. Er befand sich jetzt in einer Landschaft voller Hügel, in der es immer auf und ab ging; mehr jedoch bergauf als bergab. Von jedem Kamm aus sah er die Berge vor sich immer höher und schwärzer aufragen. Als der Abend hereinbrach, ritt er über ihre flacheren Hänge. Der Wind frischte auf. Bald darauf begann es in Strömen zu regnen. Destrier wurde unruhig. Bald begann es zu donnern. Sie gerieten in einen finsteren und anscheinend endlosen Kiefernwald, und alle Geschichten, die Kaspian je gehört hatte, von Bäumen, die Menschen nicht wohlgesonnen waren, kreisten in seinem Kopf. Ihm fiel ein, dass er trotz allem ein Telmarer war. Einer von jener Rasse, die Bäume fällte, wo immer sie konnte, und mit allen wilden Wesen im Krieg lag. Auch wenn er selbst vielleicht anders war als andere Telmarer, konnten die Bäume wohl kaum etwas davon wissen.

Sie wussten es auch nicht. Der Wind schwoll zu einem Sturm an, ringsum brüllte und knackte es im Wald. Dann folgte ein gewaltiges Krachen. Ein Baum stürzte direkt hinter ihnen quer über den Weg. »Ruhig, Destrier, ruhig«, sagte Kaspian und klopfte seinem Pferd mit der flachen Hand auf den Hals. Doch er zitterte selbst und wusste, dass er dem Tod nur um Haaresbreite entronnen war. Blitze zuckten und ein mächtiges Donnerkrachen schien den Himmel direkt über ihren Köpfen in zwei Teile zu reißen. Jetzt war Destrier nicht mehr zu halten. Kaspian war ein guter Reiter, aber ihm fehlte einfach die Kraft, ihn zurückzuhalten. Er blieb im Sattel, aber er wusste, dass sein Leben während der wilden Jagd, die nun folgte, am seidenen Faden hing. Beinahe zu plötzlich, um wehzutun (und doch tat es weh), traf Kaspian etwas an der Stirn und er wurde ohnmächtig.

Als er zu sich kam, lag er mit zerschundenen Gliedern und schlimmen Kopfschmerzen an einem von Feuerschein erhellten Platz. Ganz in der Nähe waren leise Stimmen zu hören.

»Also«, sagte eine davon, »bevor es aufwacht, müssen wir entscheiden, was wir damit machen.«

»Tötet es«, sagte eine andere. »Wir können es nicht leben lassen. Es würde uns verraten.«

»Wir hätten es entweder gleich töten oder einfach liegen lassen sollen«, ließ sich eine dritte Stimme vernehmen. »Jetzt können wir es nicht mehr töten. Nicht, nachdem wir es hergebracht und den Kopf verbunden haben und das alles. Es wäre ein Mord an einem Gast.«

»Ihr Herren«, sagte Kaspian mit schwacher Stimme, »was immer ihr mit mir macht, ich hoffe, ihr werdet gut zu meinem armen Pferd sein.«

»Dein Pferd hat sich davongemacht, lange bevor wir dich fanden«, sagte die erste Stimme. Eine seltsam raue, erdige Stimme, wie Kaspian nun bemerkte.

»Jetzt lasst euch nicht von seinen schönen Worten einwickeln«, sagte die zweite Stimme. »Ich bin immer noch dafür –«

»Horn und Heilbutt!«, rief die dritte Stimme aus. »Natürlich werden wir es nicht ermorden. Schäm dich, Nikabrik. Was meinst du, Trüffeljäger? Was sollen wir damit machen?«

»Ich werde ihm etwas zu trinken geben«, sagte die erste Stimme, die offenbar die von Trüffeljäger war. Eine dunkle Gestalt näherte sich dem Bett. Kaspian spürte, wie sich ein Arm behutsam unter seine Schultern schob – falls es wirklich ein Arm war. Irgendwie schien die Form nicht zu stimmen. Das Gesicht, das sich über ihn beugte, kam ihm auch nicht ganz geheuer vor. Er bekam den Eindruck, dass es sehr haarig und langnasig war und an beiden Seiten merkwürdige weiße Flecken hatte. »Das muss eine Art Maske sein«, dachte Kaspian. »Oder vielleicht habe ich Fieber und bilde mir das alles nur ein.« Ein Becher mit einer süßen, heißen Flüssigkeit wurde ihm an die Lippen gehalten und er trank. In diesem Moment schürte einer der anderen das Feuer. Die Flammen schlugen empor und Kaspian schrie beinahe auf vor Schreck, als plötzlich das Licht auf das Gesicht fiel, das ihn ansah. Es war nicht das Gesicht eines Menschen, sondern das eines Dachses, wenn auch größer und freundlicher und intelligenter als das Gesicht jedes Dachses, den er bisher gesehen hatte. Und, kein Zweifel, er hatte gesprochen. Jetzt sah er auch, dass er auf einem Bett aus Heidekraut in einer Höhle lag. Am Feuer saßen zwei kleine bärtige Männer, so viel wilder und kleiner und haariger und stämmiger als Doktor Cornelius, dass er sie sofort als echte Zwerge erkannte. Zwerge von der alten Art, mit nicht einem Tropfen menschlichen Bluts in den Adern. Da wusste Kaspian, dass er endlich die Alt-Narnianen gefunden hatte. Dann wurde ihm wieder schwummerig.

In den nächsten Tagen lernte er sie mit Namen kennen. Der Dachs hieß Trüffeljäger. Er war der älteste und freundlichste der drei. Der Zwerg, der Kaspian hatte töten wollen, war ein griesgrämiger Schwarzer Zwerg (das heißt, seine Haare und sein Bart waren schwarz und dick und hart wie Pferdehaar). Sein Name war Nikabrik. Der andere Zwerg war ein Roter Zwerg, dessen Haare dem Fell eines Fuchses ähnelten, und er hieß Trumpkin.

»Also«, sagte Nikabrik an dem ersten Abend, als Kaspian wieder so weit bei Kräften war, dass er sich aufsetzen und reden konnte, »wir müssen immer noch entscheiden, was wir mit diesem Menschenwesen machen. Ihr beide denkt, ihr hättet ihm einen großen Gefallen getan, indem ihr mich davon abgehalten habt, es zu töten. Ich dagegen meine, es läuft nur darauf hinaus, dass wir es lebenslang gefangen halten müssen. Lebendig laufen lassen werde ich es ganz bestimmt nicht – damit es zurück zu seinesgleichen geht und uns alle verrät.«

»Zwirn und Zwiebel! Nikabrik«, sagte Trumpkin.

»Warum muss du so ungehobeltes Zeug daherreden? Was kann dieses Geschöpf dafür, dass es direkt vor unserer Höhle mit seinem Kopf einen Baum gerammt hat? Außerdem finde ich nicht, dass es aussieht wie ein Verräter.«

»Hört mal«, warf Kaspian ein, »ihr wisst ja noch gar nicht, ob ich wieder zurück *will.* Will ich nämlich nicht. Ich will bei euch bleiben – wenn ihr mich lasst. Ich habe mein ganzes Leben lang nach Leuten wie euch gesucht.«

»Nette Geschichte«, knurrte Nikabrik. »Du bist ein Telmarer und ein Mensch, oder etwa nicht? Natürlich willst du zurück zu deinen eigenen Leuten.«

»Aber selbst wenn ich wollte, könnte ich es nicht«, entgegnete Kaspian. »Als ich meinen Unfall hatte, floh ich um mein Leben. Der König will mich töten. Wenn ihr mich getötet hättet, hättet ihr ihm den größten Gefallen getan.«

»Na so was«, sagte Trüffeljäger, »das ist ja allerhand!«

»Wie?«, sagte Trumpkin. »Was war das? Was hast du angestellt, Menschenwesen, dass du dir in deinem Alter schon Miraz zum Feind gemacht hast?«

»Er ist mein Onkel«, fing Kaspian an, und im nächsten Moment war Nikabrik auf den Beinen und hatte die Hand am Dolch.

»Da habt ihr es!«, rief er. »Nicht nur ein Telmarer, sondern sogar ein enger Verwandter und Erbe unseres schlimmsten Feindes. Seid ihr immer noch so verrückt, dieses Geschöpf am Leben lassen zu wollen?« Er hätte Kaspian an Ort und Stelle niedergestochen, wären der Dachs und Trumpkin nicht dazwischengegangen und hätten ihn zurück auf seinen Sitzplatz gezerrt und festgehalten.

»Also, ein für allemal, Nikabrik«, sagte Trumpkin.

»Wirst du dich jetzt zurückhalten oder müssen Trüffeljäger und ich uns auf deinen Kopf setzen?«

Griesgrämig versprach Nikabrik, sich zu benehmen, und die anderen baten Kaspian, ihnen seine ganze Geschichte zu erzählen. Als er fertig war, herrschte einen Moment lang Schweigen.

»Das ist das Merkwürdigste, was ich je gehört habe«, sagte Trumpkin.

»Mir gefällt das nicht«, sagte Nikabrik. »Ich wusste nicht, dass unter den Menschen immer noch Geschichten über uns im Umlauf sind. Je weniger sie über uns wissen, desto besser. Diese alte Kinderfrau! Sie hätte lieber den Mund halten sollen. Und bei allem hat dieser Hauslehrer seine Hand im Spiel: ein abtrünniger Zwerg. Widerliches Pack. Ich hasse sie noch mehr als die Menschen. Denkt an meine Worte – dabei kommt nichts Gutes heraus.«

»Rede nicht von Dingen, von denen du nichts verstehst, Nikabrik«, entgegnete Trüffeljäger. »Ihr Zwerge seid so vergesslich und wankelmütig wie die Menschen selbst. Ich bin ein Tier, jawohl, und mehr noch, ein Dachs. Wir ändern uns nicht. Auf uns ist Verlass. Ich sage, etwas sehr Gutes wird dabei herauskommen. Dies ist der wahre König von Narnia, den wir hier bei uns haben: ein wahrer König, der zurückkehrt ins wahre Narnia. Und auch wenn die Zwerge es vergessen haben, wir Tiere erinnern uns, dass es niemals gut um Narnia stand, wenn nicht ein Adamssohn König war.«

»Pfeifen und Pfifferlinge! Trüffeljäger«, ereiferte sich Trumpkin. »Du willst doch wohl nicht etwa das Land den Menschen überlassen?«

»Davon war keine Rede«, antwortete der Dachs. »Es ist kein Land der Menschen (wer wüsste das besser als ich?), aber es ist ein Land, das einen Menschen zum

König haben sollte. Wir Dachse erinnern uns weit genug zurück, um das zu wissen. Ja, lieber Himmel, war denn nicht der Hochkönig Peter ein Mensch?«

»Glaubst du denn all diese alten Geschichten?«, fragte Trumpkin.

»Ich sage dir doch, wir ändern uns nicht, wir Tiere«, erwiderte Trüffeljäger. »Wir vergessen nicht. Ich glaube an Hochkönig Peter und die anderen, die auf Cair Paravel regierten, ebenso fest, wie ich an Aslan selbst glaube.«

»Ebenso fest wie daran, sicher«, sagte Trumpkin. »Aber wer glaubt heute noch an Aslan?«

»Ich«, sagte Kaspian. »Und wenn ich bisher noch nicht an ihn geglaubt hätte, würde ich es jetzt tun. Bei den Menschen hätten die Leute, die über Aslan lachen, genauso über Geschichten von sprechenden Tieren und Zwergen gelacht. Ich habe mich manches Mal gefragt, ob es jemanden wie Aslan wirklich gibt. Aber manches Mal habe ich mich auch gefragt, ob es Leute wie euch wirklich gibt. Doch da seid ihr.«

»Sehr richtig«, sagte Trüffeljäger. »Ihr habt recht, König Kaspian. Und solange Ihr Alt-Narnia die Treue haltet, werdet Ihr mein König sein, was immer die anderen sagen. Lang lebe Eure Majestät!«

»Du machst mich krank, Dachs«, knurrte Nikabrik. »Hochkönig Peter und die anderen mögen Menschen gewesen sein, aber sie waren eine andere Art von Menschen. Das hier ist einer von den verfluchten Telmarern. Er hat zum Vergnügen Tiere gejagt. Oder etwa nicht?«, fügte er hinzu und drehte sich abrupt zu Kaspian um.

»Nun, um die Wahrheit zu sagen, das habe ich«, sagte Kaspian. »Aber das waren keine sprechenden Tiere.«

»Ist doch alles dasselbe«, entgegnete Nikabrik.

»Nein, nein, nein«, protestierte Trüffeljäger. »Du weißt genau, dass das nicht stimmt. Du weißt sehr gut, dass die Tiere in Narnia heutzutage anders sind. Sie sind nicht mehr als die armen stummen und einfältigen Geschöpfe, die man in Kalormen oder Telmar findet. Kleiner sind sie auch. Der Unterschied zwischen ihnen und uns ist viel größer als der zwischen den Halbzwergen und dir.«

Es wurde noch lange weitergeredet, aber schließlich endete alles mit der Vereinbarung, dass Kaspian bleiben solle, und sogar mit dem Versprechen, dass sie ihn, sobald er wieder richtig auf den Beinen wäre, zu den »Anderen« bringen würden, wie Trumpkin sie nannte. Offenbar lebten in dieser Wildnis immer noch alle möglichen Geschöpfe aus den alten Tagen Narnias im Verborgenen.

Das Volk, das im Verborgenen lebte

Nun begann die glücklichste Zeit, die Kaspian je erlebt hatte. An einem schönen Sommermorgen, als der Tau auf dem Gras lag, machte er sich mit dem Dachs und den beiden Zwergen auf den Weg durch den Wald hinauf zu einem hohen Bergsattel und hinab zu den sonnigen Südhängen der Berge, von denen man über die grünen Hügel von Archenland hinwegblickte.

»Zuerst gehen wir zu den drei Plauzenbären«, sagte Trumpkin.

Sie kamen auf einer Lichtung zu einer alten hohlen Eiche, die mit Moos bedeckt war, und Trüffeljäger klopfte mit seiner Pfote dreimal auf den Stamm, ohne dass eine Antwort kam. Dann klopfte er noch einmal und von drinnen kam eine verschlafen klingende Stimme: »Geh weg. Es ist noch nicht Zeit zum Aufstehen.« Als er jedoch zum dritten Mal klopfte, kam von drinnen ein Getöse wie von einem kleinen Erdbeben, und heraus kamen drei Braunbären, die in der Tat über beachtliche Plauzen verfügten und mit ihren kleinen Äuglein ins Tageslicht blinzelten. Und nachdem ihnen die Lage erklärt worden war (was eine ganze Weile dauerte, weil sie so verschlafen waren), sagten sie, wie schon vorher Trüffeljäger, ein Adamssohn müsse König von Narnia sein, und sie alle küssten Kaspian – ziemlich nasse, schmatzige Küsse waren das – und boten ihm Honig an. Kaspian hatte eigentlich zu dieser frühen Tageszeit gar keine Lust auf Honig ohne Brot, aber er dachte, es wäre höflicher, ihn anzunehmen. Hinterher brauchte er eine ganze Weile, bis er nicht mehr klebrig war.

Danach gingen sie weiter, bis sie an eine Stelle unter hohen Buchen kamen, und Trüffeljäger rief: »Plapperzwig! Plapperzwig! Plapperzwig!«, und sogleich kam das prächtigste rote Eichhörnchen, das Kaspian je gesehen hatte, von Ast zu Ast herabgehüpft, bis es direkt über ihren Köpfen saß. Plapperzwig war viel größer als die gewöhnlichen stummen Eichhörnchen, die er manchmal im Schlossgarten gesehen hatte. Fast so groß wie ein Terrier war er, und sobald man ihm ins Gesicht schaute, wusste man, dass er sprechen konnte. Die Schwierigkeit war sogar eher, ihn dazu zu bringen, mit dem Sprechen aufzuhören, denn wie alle Eichhörnchen war er eine Plaudertasche.

Sogleich hieß er Kaspian willkommen und fragte, ob er eine Nuss möge, und Kaspian sagte danke, sehr gern. Doch als Plapperzwig davonhüpfte, um sie zu holen, flüsterte Trüffeljäger Kaspian ins Ohr: »Nicht hinsehen. Schaut in die andere Richtung. Es gilt bei Eichhörnchen als sehr ungehörig, jemandem zuzusehen, wie er an seine Vorräte geht, oder den Eindruck zu erwecken, als wollte man wissen, wo sie sind.« Gleich darauf kam Plapperzwig mit der Nuss zurück. Kaspian aß sie, und danach fragte Plapperzwig, ob er noch andere Freunde benachrichtigen solle. »Denn ich komme fast überall hin, ohne einen Fuß auf den Boden zu setzen«, sagte er.

Das hielten Trüffeljäger und die Zwerge für eine sehr gute Idee und sie trugen Plapperzwig Botschaften für alle möglichen Leute mit merkwürdigen Namen auf, denen er ausrichten sollte, sie mögen alle in drei Tagen um Mitternacht zu einem Festmahl und einer Ratsversammlung auf der Tanzwiese kommen. »Und sag den drei Plauzenbären lieber auch Bescheid«, fügte Trumpkin hinzu. »Wir haben vergessen, es ihnen zu sagen.«

Ihr nächster Besuch führte sie zu den Sieben Brüdern vom Zitterwald. Trumpkin führte sie den Weg zurück auf den Bergsattel und von dort auf dem nördlichen Berghang ostwärts nach unten, bis sie zu einer sehr düsteren Stelle zwischen Felsen und Fichten kamen. Sie schritten ganz still dahin, und bald spürte Kaspian, wie der Boden unter seinen Füßen erzitterte, als ob jemand unter ihm mächtige Hammerschläge führte. Trumpkin ging zu einem flachen Stein, etwa so groß wie der Deckel einer Wassertonne, und stampfte mit seinem Fuß darauf. Nach einer langen Pause schob irgendjemand oder etwas ihn von unten zur Seite und ein dunkles rundes Loch kam zum Vorschein, aus dem dicke Schwaden heißen Dampfes aufstiegen. In der Mitte des Loches erschien der Kopf eines Zwerges, der ganz ähnlich aussah wie Trumpkin. Nun gab es eine längere Unterredung. Der Zwerg schien misstrauischer zu sein, als das Eichhörnchen oder die Plauzenbären es gewesen waren, doch am Ende wurde die ganze Schar eingeladen, nach unten zu kommen. Im nächsten Moment stieg Kaspian über eine finstere Treppe in die Erde hinab, doch als er unten angekommen war, sah er einen Feuerschein. Der Schein kam aus einem Ofen. Das Ganze war eine Schmiede. An einer Seite strömte ein unterirdischer Bach vorbei. Zwei Zwerge betätigten den Blasebalg, ein anderer hielt mit einer Zange ein Stück rot glühendes Metall auf den Amboss, ein vierter hämmerte darauf und zwei wischten sich die schwieligen Hände an einem verschmierten Lappen ab und kamen den Besuchern entgegen, um sie zu begrüßen. Es dauerte eine Weile, bis sie davon überzeugt waren, dass Kaspian ein Freund und kein Feind war, aber als es so weit war, riefen sie alle: »Lang lebe der König!«, und ihre Geschenke waren kostbar: Kettenhemden, Helme und Schwerter für Kaspian, Trumpkin und Nikabrik. Der Dachs hätte dieselbe Ausrüstung bekommen können, wenn er gewollt hätte. Aber er meinte, er sei ein Tier, jawohl, und wenn seine Klauen und Zähne nicht ausreichten, um seine Haut zu retten, dann sei sie es nicht wert, gerettet zu werden. Die Waffen waren besser verarbeitet als alle, die Kaspian bisher gesehen hatte, und er nahm dankbar das von den Zwergen geschmiedete Schwert anstelle seines eigenen an, das im Vergleich dazu so schwächlich wie ein Spielzeug und so unbeholfen wie ein Knüppel wirkte. Die Sieben Brüder (allesamt Rote Zwerge) versprachen, zum Festmahl auf der Tanzwiese zu erscheinen.

Ein Stückchen weiter erreichten sie in einer trockenen, felsigen Klamm die Höhle von fünf Schwarzen Zwergen. Sie beäugten Kaspian argwöhnisch, doch am Ende sagte der älteste unter ihnen: »Wenn er gegen Miraz ist, dann mag er unser König sein.« Und der zweitälteste fügte hinzu: »Sollen wir für Euch weiter hinaufgehen, bis hoch zu den Klippen? Da oben gibt es noch den einen oder anderen Oger und ein Warzenweib, denen wir Euch vorstellen könnten.«

»Auf keinen Fall«, erwiderte Kaspian.

»Das wäre wohl kaum angebracht«, sagte Trüffeljäger. »Von der Sorte können wir niemanden auf unserer Seite brauchen.« Nikabrik widersprach, doch Trumpkin und der Dachs überstimmten ihn. Für Kaspian war es eine erschreckende Erkenntnis, dass nicht nur die netten, sondern auch die grauenhaften Geschöpfe aus den alten Geschichten noch Nachfahren in Narnia hatten.

»Wir würden Aslan nicht zum Freund haben, wenn

wir dieses Gesindel mitbrächten«, sagte Trüffeljäger, als sie sich von der Höhle der Schwarzen Zwerge entfernten.

»Ach, Aslan!«, erwiderte Trumpkin mit einem verächtlichen Auflachen. »Viel wichtiger ist, dass ihr mich nicht mehr zum Freund hättet.«

»Glaubst *du* an Aslan?«, fragte Kaspian darauf Nikabrik.

»Ich glaube gern an jeden und alles«, erwiderte Nikabrik, »wenn es nur diese verdammten telmarischen Barbaren kurz und klein haut und sie aus Narnia verjagt. An jeden und alles, ob Aslan oder die Weiße Hexe, ist mir schnurz, verstehst du?«

»Sei still«, sagte Trüffeljäger. »Du weißt ja nicht, was du da redest. Sie war eine schlimmere Feindin als Miraz und sein ganzes Pack.«

»Nicht für die Zwerge«, entgegnete Nikabrik.

Der nächste Besuch war erfreulicher. Als sie weiter hinunterkamen, öffneten sich die Berge zu einem großen Tal beziehungsweise einer bewaldeten Schlucht, auf deren Grund ein rauschender Bach floss. Die Wiesen am Bachufer waren über und über mit Fingerhut und Wildrosen bedeckt und die ganze Luft summte vor Bienen. Hier erhob Trüffeljäger wieder seine Stimme: »Talsturm! Talsturm!«, und nach einer Pause hörte Kaspian das Trommeln von Hufen. Es wurde lauter, bis das Tal erzitterte, und schließlich kamen, das Dickicht niedertrampelnd und durchbrechend, die edelsten Geschöpfe in Sicht, die Kaspian je gesehen hatte: der große Zentaur Talsturm und seine drei Söhne. Seine Flanken waren von glänzendem Kastanienbraun, und der Bart, der seine breite Brust bedeckte, war rotgolden. Er war ein Prophet und Sterndeuter und wusste bereits, weshalb sie gekommen waren.

»Lang lebe der König!«, rief er. »Meine Söhne und ich sind bereit für den Krieg. Wann ziehen wir in die Schlacht?«

Bis zu diesem Moment hatten weder Kaspian noch die anderen an einen Krieg gedacht. Vielleicht hatten sie eine ungefähre Vorstellung von einem gelegentlichen Überfall auf einen menschlichen Bauernhof oder einem Angriff auf eine Jagdgesellschaft gehabt, die sich zu weit in diese südliche Wildnis wagte. Doch hauptsächlich hatten sie daran gedacht, für sich in den Wäldern und Höhlen zu leben und zu versuchen, Alt-Narnia im Verborgenen wiedererstehen zu lassen. Kaum hatte Talsturm gesprochen, wurden alle sehr nachdenklich.

»Sprichst du von einem echten Krieg, um Miraz aus Narnia zu vertreiben?«, fragte Kaspian.

»Was sonst?«, erwiderte der Zentaur. »Warum sonst sollte Eure Majestät mit dem Kettenhemd angetan und mit dem Schwert gegürtet sein?«

»Ist das denn möglich, Talsturm?«, fragte der Dachs.

»Die Zeit ist reif«, antwortete Talsturm. »Ich beobachte den Himmel, Dachs, denn meine Sache ist es, zu beobachten, wie es deine ist, dich zu erinnern. Tarva und Alambil sind einander in den Himmelshallen begegnet, und auf Erden hat sich von Neuem ein Adamssohn erhoben, über die Geschöpfe zu herrschen und ihnen Namen zu geben. Die Stunde hat geschlagen. Unser Rat auf der Tanzwiese wird ein Kriegsrat sein.« Er sprach in so einem Ton, dass weder Kaspian noch die anderen auch nur einen Moment zögerten. Auf einmal erschien es ihnen durchaus möglich, dass sie einen Krieg gewinnen könnten, und ganz sicher, dass sie ihn führen mussten.

Da die Mitte des Tages schon verstrichen war, rasteten sie bei den Zentauren und aßen, was die Zentauren ihnen anboten – Kuchen aus Hafermehl, Äpfel, Kräuter, Wein und Käse.

Der nächste Ort, den sie aufsuchen wollten, lag ganz in der Nähe. Allerdings mussten sie einen weiten Umweg machen, um eine Gegend zu meiden, in der Menschen lebten. So war es bereits später Nachmittag, als sie sich auf ebenen Feldern wiederfanden, eingeschlossen von Hecken, die die Wärme hielten. Dort rief Trüffeljäger in ein kleines Loch in einer grünen Böschung hinein und heraus sprang das Letzte, was Kaspian erwartet hätte – ein sprechender Mäuserich. Natürlich war er größer als eine gewöhnliche Maus, deutlich über einen Fuß hoch, wenn er auf den Hinterbeinen stand, und seine Ohren waren fast so lang als die eines Kaninchens (aber breiter). Sein Name war Riepischiep, und er war ein unternehmungslustiger und kriegerischer Mäuserich. An seiner Seite trug er einen winzigen Degen und er zwirbelte seine langen Schnurrhaare, als wären sie ein Schnurrbart. »Wir sind zwölf, Sire«, sagte er mit einer schneidigen und anmutigen Verbeugung, »und ich stelle alle Kräfte meines Volkes rückhaltlos Eurer Majestät zur Verfügung.« Kaspian bemühte sich nach Kräften (wenn auch vergeblich), nicht zu lachen. Er wurde den Gedanken nicht los, dass man Riepischiep und alle seine Leute mit Leichtigkeit in einen Wäschekorb hätte stecken können und auf dem Rücken nach Hause tragen.

Es würde zu lange dauern, all die Geschöpfe zu nennen, denen Kaspian an diesem Tag noch begegnete: den Maulwurf Clodsley Schoffel, die drei Hartbeißer (die wie Trüffeljäger Dachse waren), den Hasen Kamillo und den Igel Hoggelstock. Endlich rasteten sie an einem Brunnen am Rand einer weiten, kreisförmigen

Grasfläche, begrenzt von hohen Ulmen, die nun lange Schatten darüber warfen, denn die Sonne stand bereits tief. Die Gänseblümchen schlossen sich und die Krähen flogen heim zu ihren Nestern. Hier stärkten sie sich mit dem Proviant, den sie mitgebracht hatten, und Trumpkin zündete seine Pfeife an (Nikabrik war kein Raucher).

»So«, sagte der Dachs, »wenn wir nur die Geister dieser Bäume und dieses Brunnens wecken könnten, hätten wir ein ansehnliches Tagwerk vollbracht.«

»Können wir es?«, fragte Kaspian.

»Nein«, erwiderte Trüffeljäger. »Wir haben keine Macht über sie. Seit die Menschen ins Land kamen, die Wälder rodeten und die Bäche verschmutzten, sind die Dryaden und Najaden in einen tiefen Schlaf gesunken. Wer weiß, ob sie sich je wieder rühren werden? Das ist ein großer Verlust für unsere Seite. Die Telmarer fürchten sich schrecklich vor den Wäldern. Wenn sich die Bäume erst einmal im Zorn erheben würden, würden unsere Feinde vor Angst den Verstand verlieren und wären so schnell aus Narnia verjagt, wie ihre Beine sie tragen könnten.«

»Ihr Tiere habt wirklich eine blühende Fantasie!«, sagte Trumpkin, der an solche Dinge nicht glaubte. »Warum bei den Bäumen und den Gewässern aufhören? Wäre es nicht noch schöner, wenn die Steine anfingen, sich selbst auf Miraz zu werfen?«

Darauf antwortete der Dachs nur mit einem Grunzen. Danach herrschte ein so tiefes Schweigen, dass Kaspian fast eingeschlafen wäre, als er aus den Tiefen des Waldes hinter sich eine leise Melodie zu hören glaubte. Dann glaubte er, es wäre nur ein Traum gewesen, und drehte sich wieder um. Doch kaum berührte sein Ohr den Boden, da spürte oder hörte er (es war schwer zu sagen, was von beidem) ein schwaches Schlagen oder Trommeln. Er hob den Kopf. Das trommelnde Geräusch wurde sofort schwächer, doch die Musik war wieder zu hören, diesmal deutlicher. Es hörte sich an wie Flöten.

Er sah, dass Trüffeljäger aufrecht saß und in den Wald spähte. Der Mond schien hell. Kaspian hatte länger geschlafen, als er dachte. Näher und näher kam die Musik, eine wilde und doch verträumte Melodie, und mit ihr der Klang vieler leichtfüßiger Schritte, bis endlich tanzende Gestalten aus dem Wald ins Mondlicht strömten, wie Kaspian sie sich sein Leben lang vorgestellt hatte. Sie waren nicht viel größer als Zwerge, aber viel zierlicher und anmutiger. Auf ihren Lockenköpfen trugen sie kleine Hörner. Ihre Oberkörper schimmerten nackt im bleichen Licht, doch ihre Beine und Füße waren wie die von Ziegen.

»Faune!«, rief Kaspian und sprang auf. Im Nu hatten sie ihn alle umringt. Es dauerte nicht mehr als einen Augenblick, ihnen die ganze Situation zu erklären, und sie erkannten Kaspian sofort an. Bevor er wusste, was er tat, hatte er sich in den Tanz eingereiht. Trumpkin tat es ihm mit schwerfälligeren und unbeholfeneren Bewegungen nach, und selbst Trüffeljäger hüpfte und stapfte herum, so gut er konnte. Nur Nikabrik blieb, wo er war, und schaute schweigend zu. Die Faune tanzten zum Klang ihrer Schilfflöten immer um Kaspian herum. Ihre fremdartigen Gesichter, die kummervoll und heiter zugleich wirkten, sahen in seines. Dutzende von Faunen – Mentius und Obentinus und Dumnus, Voluns, Voltinus, Girbius, Nimienus, Nausus und Oscuns. Plapperzwig hatte sie alle hergeschickt.

Als Kaspian am nächsten Morgen erwachte, konnte

er kaum glauben, dass all das nicht nur ein Traum gewesen war, doch das Gras war überall mit den Abdrücken kleiner, gespaltener Hufe bedeckt.

Alt-Narnia in Gefahr

Der Ort, an dem sie den Faunen begegnet waren, war natürlich die Tanzwiese selbst, und hier blieben Kaspian und seine Freunde bis zum Abend der großen Ratsversammlung. Unter den Sternen zu schlafen, nichts als Quellwasser zu trinken und hauptsächlich von Nüssen und wild wachsenden Früchten zu leben, war für Kaspian nach dem Schloss, wo er in seidener Bettwäsche in einem mit Wandteppichen ausgekleideten Gemach geschlafen, im Vorzimmer von goldenem und silbernem Geschirr gegessen und jederzeit Dienstboten zur Verfügung gehabt hatte, eine seltsame Erfahrung. Doch er hatte sein Leben noch nie so sehr genossen wie jetzt. Nie war sein Schlaf erfrischender gewesen, nie hatte sein Essen köstlicher geschmeckt. Schon jetzt wurde er abgehärteter und sein Gesicht bekam einen königlicheren Ausdruck.

Als der große Abend kam und seine so verschiedenartigen Untertanen einzeln oder zu zweit oder zu dritt oder zu sechst oder zu siebent auf die Wiese geschlichen kamen – inzwischen war fast Vollmond –, ging ihm das Herz auf, als er sah, wie viele es waren, und hörte, wie sie ihn begrüßten. Alle, denen er begegnet war, waren gekommen: die Plauzenbären und Roten Zwerge und Schwarzen Zwerge, die Maulwürfe und Dachse, Hasen und Igel und noch andere, die er noch nicht gesehen hatte: fünf Satyrn, rot wie Füchse, die ganze Schar der sprechenden Mäuse, die bewaffnet bis an die Zähne hinter einer schrillen Fanfare her marschierten, einige Eulen, der alte Rabe vom Rabenkliff. Zuletzt (und das nahm Kaspian den Atem) kam mit den Zentauren ein kleiner, aber echter Riese, Wimbelwetter von der Totmannshöhe, auf dem Rücken einen Korb voller reichlich seekranker Zwerge, die sein Angebot, sie zu tragen, angenommen hatten und sich nun wünschten, sie wären lieber zu Fuß gegangen.

Die Plauzenbären drängten darauf, zuerst das Festmahl abzuhalten und die Beratungen auf später zu verschieben; vielleicht auf morgen. Riepischiep und seine Mäuse meinten, Beratungen und Festmahle könnten warten, und schlugen vor, noch in dieser Nacht das Schloss des Miraz zu erstürmen. Plapperzwig und die anderen Eichhörnchen sagten, sie könnten gleichzeitig essen und reden. Warum also nicht die Beratungen und das Festmahl zugleich abhalten? Die Maulwürfe schlugen vor, zuerst einmal vernünftige Sperrgräben um die Tanzwiese zu ziehen. Die Faune waren der Meinung, es wäre besser, mit einem feierlichen Tanz zu beginnen. Der alte Rabe stimmte zwar den Bären zu, dass es zu lange dauern würde, noch vor dem Essen eine volle Ratsversammlung abzuhalten, bat jedoch darum, zunächst eine kurze Ansprache an alle Anwesenden richten zu dürfen. Doch Kaspian, die Zentauren und die Zwerge überstimmten all diese Vorschläge und bestanden darauf, sofort einen ordentlichen Kriegsrat zu halten.

Nachdem sie all die anderen Geschöpfe davon überzeugt hatten, sich still in einem großen Kreis zusammenzusetzen, und Plapperzwig dazu gebracht hatten (was schwieriger war), nicht mehr immerzu hin und her zu rennen und zu rufen: »Ruhe! Ruhe, ihr alle, für die Rede des Königs!«, stand Kaspian mit leicht zitternden Knien auf. »Narnianen!«, begann er, doch weiter kam er nicht, denn im selben Moment sagte der Hase Kamillo: »Still! Es ist ein Mensch in der Nähe.«

Sie alle waren Geschöpfe der Wildnis und daran gewöhnt, gejagt zu werden, und erstarrten reglos wie Statuen. Die Tiere wandten alle ihre Nasen in die Richtung, in die Kamillo gedeutet hatte.

»Riecht wie Mensch und doch nicht ganz wie Mensch«, flüsterte Trüffeljäger.

»Es kommt stetig näher«, sagte Kamillo.

»Zwei Dachse und ihr drei Zwerge mit euren Bogen im Anschlag, geht ihm leise entgegen«, befahl Kaspian.

»Mit dem werden wir schon fertig«, sagte ein Schwarzer Zwerg grimmig und legte einen Pfeil an seine Bogensehne.

»Erschießt es nicht, wenn es allein ist«, sagte Kaspian. »Nehmt es gefangen.«

»Warum?«, fragte der Zwerg.

»Tu, was dir gesagt wird«, erwiderte Talsturm, der Zentaur.

Alles wartete schweigend, während die drei Zwerge und zwei Dachse lautlos hinüber zu den Bäumen auf der nordwestlichen Seite der Wiese huschten. Dann rief eine Zwergenstimme scharf: »Halt! Wer da?«, und es gab ein kurzes Gerangel. Im nächsten Moment hörte man eine Stimme, die Kaspian sehr gut kannte, sagen: »Schon gut, schon gut, ich bin unbewaffnet. Hier, nehmt meine Handgelenke, wenn ihr wollt, ehrenwerte Dachse, aber beißt sie mir nicht durch. Ich möchte mit dem König sprechen.«

»Doktor Cornelius!«, rief Kaspian voller Freude und rannte los, um seinen alten Hauslehrer zu begrüßen. Alle anderen scharten sich um sie.

»Pah!«, machte Nikabrik. »Ein abtrünniger Zwerg. Ein

Halbblut! Soll ich ihm mein Schwert durch die Kehle rammen?«

»Sei still, Nikabrik«, sagte Trumpkin. »Das Geschöpf kann doch nichts für seine Herkunft.«

»Dies ist mein bester Freund, der mir das Leben gerettet hat«, sagte Kaspian. »Und wem seine Gesellschaft nicht passt, der kann meine Armee verlassen, und zwar sofort! Lieber Doktor, wie froh bin ich, Sie wiederzusehen. Wie haben Sie uns nur gefunden?«

»Mit einem einfachen kleinen Zauber, Eure Majestät«, sagte der Doktor, der immer noch schnaufte und keuchte, weil er so schnell gelaufen war. »Aber jetzt ist keine Zeit für nähere Erklärungen. Wir müssen alle sofort von hier fliehen. Ihr wurdet bereits verraten und Miraz ist auf dem Weg hierher. Schon vor morgen Mittag werdet Ihr umzingelt sein.«

»Verraten!«, fuhr Kaspian auf. »Von wem?«

»Zweifellos von einem anderen abtrünnigen Zwerg«, warf Nikabrik ein.

»Von Destrier, Eurem Pferd«, sagte Doktor Cornelius. »Das arme Tier wusste es nicht besser. Nachdem Ihr gestürzt wart, trottete es natürlich gemächlich zurück zu seinem Stall im Schloss. Damit war das Geheimnis Eurer Flucht gelüftet. Ich machte mich aus dem Staub, da ich nicht den Wunsch verspürte, mich in Miraz' Folterkammer darüber ausfragen zu lassen. Dank meiner Kristallkugel hatte ich eine recht gute Vorstellung davon, wo ich Euch finden würde. Allerdings habe ich den ganzen Tag über – das war vorgestern – Miraz' Spürtrupps in den Wäldern beobachtet. Gestern habe ich erfahren, dass die Armee ausgerückt ist. Ich glaube, einige eurer – hm – reinblütigen Zwerge bewegen sich im Wald nicht so geschickt, wie man es erwarten dürfte. Ihr habt überall Spuren hinterlassen. Sehr unachtsam. Jedenfalls ist Miraz durch irgendetwas darauf aufmerksam geworden, dass Alt-Narnia nicht so tot ist, wie er hoffte, und nun ist er auf dem Weg.«

»Hurra!«, rief eine sehr schrille, aber leise Stimme zu Füßen des Doktors. »Lasst sie kommen! Alles, was ich erbitte, ist, dass der König mich und meine Mannen in die vorderste Linie stellen möge.«

»Was war denn das?«, fragte Doktor Cornelius. »Haben Eure Majestät Grashüpfer – oder Moskitos – in Eurer Armee?« Nachdem er sich herabgebeugt und aufmerksam durch seine Brillengläser gespäht hatte, entfuhr ihm ein Lachen.

»Beim Löwen«, rief er, »eine Maus! Signore Maus, es verlangt mich, nähere Bekanntschaft mit Ihnen zu schließen. Es ist mir eine Ehre, einem so tapferen Tier zu begegnen.«

»Meine Freundschaft sollen Sie haben, gelehrter Mensch«, piepste Riepischiep. »Und jeder Zwerg – oder Riese – in der Armee, der keine freundlichen Worte für Sie findet, soll mein Schwert zu spüren bekommen.«

»Haben wir Zeit für diesen Unsinn?«, knurrte Nikabrik. »Wie lauten unsere Pläne? Kampf oder Flucht?«

»Kampf, wenn es sein muss«, erwiderte Trumpkin. »Aber dazu sind wir wohl kaum gerüstet, und diese Stellung hier ist nicht leicht zu verteidigen.«

»Der Gedanke, davonzurennen, gefällt mir gar nicht«, wandte Kaspian ein.

»Hört! Hört!«, stimmten die Plauzenbären ein. »Was immer wir tun, lasst uns vor allem nicht *rennen*. Schon gar nicht vor dem Abendessen und auch nicht zu bald danach.«

»Wer zuerst flieht, wird nicht immer auch als Letzter fliehen«, sagte der Zentaur. »Und warum sollten wir den

Feind unsere Stellung wählen lassen, anstatt sie selbst zu wählen? Lasst uns einen guten Standort suchen.«

»Das ist weise, Eure Majestät, das ist weise«, stimmte Trüffeljäger zu.

»Aber wo sollen wir hin?«, fragten mehrere Stimmen.

»Eure Majestät«, sagte Doktor Cornelius, »und all ihr vielfältigen Geschöpfe, ich glaube, wir müssen nach Osten und den Fluss hinunter zu den großen Wäldern fliehen. Die Telmarer hassen jenes Gebiet. Sie hatten schon immer Angst vor dem Meer und dem, was über das Meer kommen könnte. Darum haben sie die großen Wälder wachsen lassen. Wenn die Überlieferungen wahr sind, dann stand in alter Zeit Cair Paravel an der Mündung des Flusses. Jene ganze Gegend ist für uns Freundesland und unseren Feinden verhasst. Wir müssen zu Aslans Haug.«

»Aslans Haug?«, erwiderten mehrere Stimmen. »Wir wissen nicht, was das ist.«

»Das ist ein riesiger Hügel im Randgebiet der großen Wälder, den die Narnianen in uralten Zeiten über einem Ort voller Zauber errichteten, wo ein Stein mit mächtiger Zauberkraft lag – und vielleicht noch immer liegt. Im Innern des Hügels gibt es überall Gänge und Höhlen, und in einer Höhle direkt im Zentrum befindet sich der Stein. Im Hügel ist Platz für alle unsere Vorräte, und die unter uns, die am nötigsten Deckung brauchen und am ehesten daran gewöhnt sind, unter der Erde zu leben, können in den Höhlen untergebracht werden. Die Übrigen können im Wald lagern. Im Notfall könnten wir uns alle (mit Ausnahme dieses ehrenwerten Riesen) in den Hügel selbst zurückziehen, wo wir vor jeder Gefahr sicher wären, abgesehen vom Hunger.«

»Gut, dass wir einen so gelehrten Mann unter uns haben«, sagte Trüffeljäger, doch Trumpkin murmelte in seinen Bart: »Suppe und Sellerie! Ich wünschte, unsere Führer würden weniger über diese alten Ammenmärchen und mehr über Verpflegung und Waffen nachdenken.« Dennoch befürworteten alle Cornelius' Vorschlag und noch am selben Abend, eine halbe Stunde später, setzten sie sich in Marsch. Vor Sonnenaufgang erreichten sie Aslans Haug.

Es war zweifellos ein Ehrfurcht gebietender Ort: ein runder grüner Hügel auf der Kuppe eines anderen Hügels, schon lange von Bäumen überwuchert, mit einem kleinen, niedrigen Eingang, der ins Innere führte. Die Gänge darin waren ein unüberwindbares Labyrinth, solange man sich nicht darin auskannte, mit Wänden und Decken aus glatten Steinen. Auf diesen Steinen erkannte Kaspian, im Zwielicht spähend, seltsame Schriftzeichen, Schlangenlinien und Bilder, in denen immer wieder die Gestalt eines Löwen auftauchte. All das schien aus einem noch älteren Narnia zu stammen als dem Narnia, von dem seine Kinderfrau ihm erzählt hatte.

Nachdem sie sich im Haug und in der Umgebung einquartiert hatten, begann sich das Schicksal gegen sie zu wenden. König Miraz' Späher hatten ihr neues Lager bald aufgespürt und er und seine Armee trafen am Waldrand ein. Und wie es so oft passiert, erwies sich der Feind als stärker, als gedacht. Kaspian wurde das Herz schwer, als er eine Kompanie nach der anderen aufmarschieren sah.

Obwohl Miraz' Männer sicher Angst davor hatten, den Wald zu betreten, hatten sie noch mehr Angst vor Miraz. Unter seinem Kommando kämpften sie sich tief in sein Inneres und manchmal sogar fast bis zum Haug selbst vor. Natürlich machten Kaspian und andere Hauptleute viele Ausfälle ins offene Gelände. Die meisten Tage hindurch kämpften sie so und manchmal auch bei Nacht. Doch im Großen und Ganzen stand es um Kaspians Seite schlechter.

Schließlich kam der Abend eines Tages, an dem alles so schlecht gelaufen war, wie es nur laufen konnte, und der Regen, der den ganzen Tag über herniedergeprasselt war, hatte bei Einbruch der Dunkelheit nur aufgehört, um einer bitteren Kälte Platz zu machen. Am Morgen hatte Kaspian seine bisher größte Schlacht geplant und alle hatten ihre Hoffnungen daran geknüpft. Er hätte mit dem Großteil der Zwerge bei Tagesanbruch die rechte Flanke des Königs angreifen sollen, und wenn der Kampf voll entbrannt gewesen wäre, hätte der Riese Wimbelwetter mit den Zentauren und einigen der wildesten Tiere von einer anderen Stelle hervorbrechen und versuchen sollen, den rechten Flügel des Königs vom Rest seiner Armee abzuschneiden. Doch sie waren jämmerlich gescheitert. Niemand hatte Kaspian davor gewarnt (da niemand sich in diesen späteren Tagen Narnias noch daran erinnerte), dass Riesen alles andere als schlau sind. Der arme Wimbelwetter war zwar kühn wie ein Löwe, in dieser Hinsicht jedoch ein wahrer Riese. Er war zum falschen Zeitpunkt und von der falschen Stelle aus aufs Schlachtfeld gestürmt. Sowohl seine als auch Kaspians Truppen hatten selbst schwer gelitten, dabei aber dem Feind kaum Schaden zugefügt. Der beste der Bären war verletzt worden, ein Zentaur schrecklich verwundet, und es gab nur wenige in Kaspians Schar, die kein Blut verloren hatten. Es war eine traurige Gesellschaft, die sich da unter die tropfenden Bäume kauerte, um ihr klägliches Abendessen einzunehmen.

Am traurigsten von allen war der Riese Wimbelwetter. Er wusste, dass alles seine Schuld war. Schweigend vergoss er dicke Tränen, die sich an seiner Nasenspitze sammelten und dann mit einem mächtigen Platschen auf das Nachtlager der Mäuse fielen, die begannen schläfrig zu werden, nachdem ihnen gerade erst langsam warm geworden war. Erbost sprangen sie auf, schüttelten sich das Wasser aus den Ohren, wrangen ihre kleinen Decken aus und fragten den Riesen mit schrillen, aber energischen Stimmen, ob er fände, sie wären nicht auch ohne dergleichen schon nass genug. Daraufhin wachten noch andere Leute auf und sagten zu den Mäusen, sie seien als Späher eingesetzt, nicht als Kapelle, und ob sie denn keine Ruhe geben könnten. Wimbelwetter schlich sich auf Zehenspitzen davon, um sich ein Plätzchen zu suchen, wo er in Ruhe weiterjammern könnte, und trat dabei jemandem auf den Schwanz. Dieser Jemand (später hieß es, es sei ein Fuchs gewesen) biss ihn. So waren alle schlechtester Laune.

In der geheimen magischen Kammer im Herzen des Haugs hielt jedoch König Kaspian mit Cornelius, dem Dachs, Nikabrik und Trumpkin Rat. Dicke Säulen, vor Urzeiten gefertigt, trugen die Decke. In der Mitte befand sich der Stein selbst – ein steinerner Tisch, im Zentrum quer durchgebrochen und bedeckt mit Zeichen, die wohl einmal eine Schrift gewesen sein mussten. Jedoch waren sie fast verwittert von Jahrhunderten in Wind und Regen und Schnee, als der Steinerne Tisch noch auf der Hügelkuppe stand und der Haug darüber noch nicht errichtet gewesen war. Sie benutzten den Tisch nicht und saßen auch nicht daran: für einen so alltäglichen Gebrauch war er zu magisch. Stattdessen saßen sie etwas entfernt davon auf Baumstämmen und zwischen ihnen stand ein grober Holztisch mit einer einfachen Tonlampe, die ihre bleichen Gesichter beleuchtete und große Schatten an die Wände warf.

»Wenn Eure Majestät je das Horn benutzen wollen«, sagte Trüffeljäger, »dann ist die Zeit, glaube ich, jetzt gekommen.« Kaspian hatte ihnen natürlich schon vor einigen Tagen von seinem Kleinod erzählt.

»Wir sind gewiss in großer Not«, erwiderte Kaspian. »Aber es ist schwer, sicher zu sein, ob wir schon in unserer größten Not sind. Wenn nun die Not noch größer würde und wir hätten es schon benutzt?«

»Nach dieser Logik«, entgegnete Nikabrik, »werden Eure Majestät nie Gebrauch davon machen, bis es zu spät ist.«

»Dem stimme ich zu«, sagte Doktor Cornelius.

»Und was meinst du, Trumpkin?«, fragte Kaspian.

»Oh, was mich betrifft«, sagte der Rote Zwerg, der dem Gespräch mit völliger Gleichgültigkeit gefolgt war, »so wissen Eure Majestät, dass meiner Meinung nach das Horn – genauso wie dieser zertrümmerte Stein da drüben – und Euer großer König Peter – und Euer Löwe Aslan – allesamt Ammenmärchen und Hirngespinste sind. Mir ist es ganz gleich, wann Eure Majestät das Horn blasen. Ich bestehe nur darauf, dass der Armee nichts davon gesagt wird. Es hat keinen Sinn, Hoffnungen auf magische Hilfe zu wecken, die (so glaube ich) mit Sicherheit enttäuscht werden.«

»Dann werden wir im Namen Aslans das Horn der Königin Susan blasen«, sagte Kaspian.

»Da ist noch eine Sache, Sire«, sagte Doktor Cornelius, »die wir vielleicht zuerst tun sollten. Wir wissen nicht, in welcher Form die Hilfe erscheinen wird. Das Horn könnte Aslan selbst von jenseits des Meeres herbeirufen. Wahrscheinlicher aber ist, denke ich, dass es Peter, den Hochkönig, und seine mächtigen Gefährten aus der fernen Vergangenheit herbringen wird. Ich glaube in jedem Fall, dass wir nicht sicher sein können, dass die Hilfe genau hier an diesem Ort eintreffen wird –«

»Ein wahreres Wort haben Sie nie gesprochen«, warf Trumpkin ein.

»Ich glaube«, fuhr der gelehrte Mann fort, »dass sie – oder er – zu einer der alten Stätten Narnias zurückkehren werden. Hier, wo wir jetzt sitzen, ist die älteste Stätte mit dem stärksten Zauber von allen. Meiner Meinung nach ist es am wahrscheinlichsten, dass die Hilfe hierherkommen wird. Doch es gibt noch zwei andere. Die eine ist das Laternendickicht, flussaufwärts, westlich von Bibersdamm, wo die Königlichen Kinder zum ersten Mal in Narnia erschienen, wie die Überlieferung berichtet. Die andere ist unten an der Flussmündung, wo einst ihr Schloss Cair Paravel stand. Falls Aslan selbst kommen sollte, wäre das auch der beste Ort, um ihm zu begegnen, denn in allen Geschichten heißt es, er ist der Sohn des Großen Königs jenseits der Meere und über das Meer wird er kommen. Ich würde sehr gern Boten zu beiden Orten schicken, ins Laternendickicht und an die Flussmündung, um sie – oder ihn – zu empfangen.«

»Genauso dachte ich mir das«, knurrte Trumpkin. »Das Erste, was bei all dieser Albernheit herauskommt, ist keine Hilfe, sondern der Verlust von zwei Kämpfern.«

»Wen würden Sie entsenden, Doktor Cornelius?«, fragte Kaspian.

»Eichhörnchen sind am besten geeignet, um durch feindliches Gebiet zu gelangen, ohne erwischt zu werden«, sagte Trüffeljäger.

»Aber alle unsere Eichhörnchen (und wir haben sowieso nicht viele)«, sagte Nikabrik, »sind ziemlich unzuverlässig. Das einzige, dem ich eine solche Aufgabe anvertrauen würde, wäre Plapperzwig.«

»Dann soll es Plapperzwig sein«, sagte König Kaspian. »Und wen als zweiten Boten? Ich weiß, du würdest gehen, Trüffeljäger, aber dir fehlt es an Schnelligkeit. Ihnen ebenso, Doktor Cornelius.«

»Ich werde *nicht* gehen«, sagte Nikabrik. »Bei all den Menschen und Tieren hier muss ein Zwerg da sein, der dafür sorgt, dass die Zwerge gerecht behandelt werden.«

»Dunst und Donnersturm!«, rief Trumpkin empört. »Redest du so mit dem König? Sendet mich, Sire, ich werde gehen.«

»Aber ich dachte, du glaubst nicht an das Horn, Trumpkin«, entgegnete Kaspian.

»Tue ich auch nicht, Eure Majestät. Aber was macht das schon? Es spielt keine Rolle, ob ich auf der Jagd nach einem Hirngespinst sterbe oder hier. Ihr seid mein König. Ich kenne den Unterschied zwischen Ratschläge geben und Befehle entgegennehmen. Meinen Ratschlag habt Ihr bekommen, und jetzt ist es Zeit für Befehle.«

»Das werde ich dir nie vergessen, Trumpkin«, sagte Kaspian. »Einer von euch soll Plapperzwig rufen. Und wann soll ich das Horn blasen?«

»Ich würde bis zum Sonnenaufgang warten, Eure Majestät«, sagte Doktor Cornelius. »Das hat manchmal eine günstige Wirkung auf die Anwendung weißer Magie.«

Wenige Minuten später traf Plapperzwig ein und sie erklärten ihm seine Aufgabe. Da er, wie so viele Eichhörnchen, voller Mut und Schneid und Energie und Schalk (um nicht Eitelkeit zu sagen) steckte, konnte er es kaum erwarten, sich auf den Weg zu machen, sobald er die Anweisungen gehört hatte. Es wurde verabredet, dass er zum Laternendickicht eilen sollte, während Trumpkin die kürzere Strecke zur Flussmündung übernehmen würde. Nach einem hastigen Mahl brachen beide mit dem innigen Dank und den guten Wünschen des Königs, des Dachses und des Doktors auf.

Wie sie die Insel verließen

»Und so«, sagte Trumpkin (denn wie ihr gemerkt haben werdet, war er es, der den vier Kindern diese ganze Geschichte erzählt hatte, während sie im verfallenen Saal von Cair Paravel im Gras saßen), »und so steckte ich mir ein paar Brotrinden in die Tasche, ließ alle meine Waffen außer meinen Dolch zurück und schlug mich im Morgengrauen in die Wälder. Ich war schon viele Stunden marschiert, als ein Geräusch ertönte, wie ich es mein Lebtag noch nicht gehört hatte. Oh, das werde ich nie vergessen. Die ganze Luft war davon erfüllt, laut wie Donner, aber viel anhaltender, kühl und lieblich wie Musik über dem Wasser, aber stark genug, um die Wälder erzittern zu lassen. Und ich sagte mir: ›Wenn das nicht das Horn war, will ich Kaninchen heißen.‹ Im nächsten Moment fragte ich mich, wieso er es nicht schon früher geblasen hatte –«

»Wie spät war es?«, fragte Edmund.

»Zwischen neun und zehn Uhr«, sagte Trumpkin.

»Gerade, als wir auf dem Bahnhof waren!«, riefen die Kinder und sahen sich mit glänzenden Augen an.

»Bitte, erzähl weiter«, sagte Lucy zu dem Zwerg.

»Nun, wie gesagt, ich wunderte mich, aber ich lief weiter, was meine Beine hergaben. Die ganze Nacht hindurch bin ich marschiert. – Dann, als es heute Morgen hell zu werden begann, riskierte ich es, als hätte ich nicht mehr Verstand als ein Riese, eine Abkürzung zu nehmen, um eine große Schleife des Flusses abzuschneiden, und wurde erwischt. Nicht von der Armee, sondern von einem eingebildeten alten Narren, der für eine kleine Burg verantwortlich ist: Miraz' letzte Festung vor der Küste. Ich brauche euch nicht zu sagen, dass sie kein wahres Wort aus mir herausbekamen; aber schließlich bin ich ein Zwerg und das war genug. Aber Hummer und Hammelschwanz! Nur gut, dass der Seneschall so ein eitler Dummkopf war. Jeder andere hätte mich an Ort und Stelle aufgespießt. Aber für ihn musste es eine pompöse Hinrichtung sein: Er musste mich mit Glanz und Gloria hinunter ›zu den Geistern‹ schicken. Und dann lässt diese junge Dame« (hier nickte er Susan zu) »ihren Pfeil sausen – ich sage euch, das war ein ziemlich guter Schuss – und hier sind wir nun. Leider ohne meine Rüstung, denn die haben sie mir natürlich abgenommen.« Er klopfte seine Pfeife aus und stopfte sie neu.

»Nicht zu fassen!«, rief Peter. »Dann war es also das Horn – dein eigenes Horn, Su –, das uns gestern Morgen alle von dieser Bank auf dem Bahnsteig gezerrt hat! Ich kann es kaum glauben; aber jetzt passt alles zusammen.«

»Ich weiß nicht, warum man es nicht glauben sollte«, sagte Lucy, »wenn man überhaupt an Zauberei glaubt. Es gibt doch jede Menge Geschichten, in denen Leute durch Zauberei von einem Ort an den anderen versetzt werden – oder von einer Welt in eine andere. Ich meine, wenn ein Zauberer in *Tausendundeiner Nacht* einen Dschinn herbeiruft, dann muss er kommen. Wir mussten genauso kommen.«

»Ja«, sagte Peter. »Es kommt uns wahrscheinlich nur deshalb so komisch vor, weil es in den Geschichten immer jemand aus unserer eigenen Welt ist, der ruft. Man denkt gar nicht darüber nach, *woher* der Dschinn kommt.«

»Und jetzt wissen wir, wie der Dschinn sich dabei fühlt«, sagte Edmund mit einem leisen Lachen. »Meine Güte! So ganz angenehm ist es nicht, zu wissen, dass man *uns* so einfach herbeipfeifen kann. Das ist ja noch schlimmer als vom Telefon herumkommandiert zu werden, wie Vater immer sagt.«

»Aber wir wollen doch hier sein, oder?«, erwiderte Lucy. »Wenn Aslan uns braucht!«

»Wie auch immer«, meldete sich der Zwerg, »was sollen wir jetzt machen? Ich schätze, ich gehe wohl besser zurück zu König Kaspian und sage ihm, dass keine Hilfe gekommen ist.«

»Keine Hilfe?«, fragte Susan. »Aber es hat doch funktioniert. Wir sind da.«

»Äh – nun – ja, sicher, das sehe ich«, erwiderte der Zwerg, dessen Pfeife verstopft zu sein schien (zumindest war er äußerst beschäftigt damit, sie zu reinigen). »Aber – na ja – ich meine –«

»Hast du denn nicht kapiert, wer wir sind?«, rief Lucy. »Bist du dumm!«

»Ich schätze, ihr seid die vier Kinder aus den alten Geschichten«, sagte Trumpkin. »Und ich freue mich natürlich sehr, euch kennenzulernen. Das ist zweifellos auch sehr interessant. Aber …« Er stockte wieder.

»Nun komm schon, sag, was immer du sagen wolltest«, forderte Edmund ihn auf.

»Nun ja, also – nichts für ungut«, fuhr Trumpkin fort. »Aber wisst ihr, der König und Trüffeljäger und Doktor Cornelius haben mit – nun, mit Hilfe gerechnet, wenn ihr versteht, was ich meine. Mit anderen Worten, ich glaube, sie haben sich euch als große Krieger vorgestellt. Aber jetzt – wir haben Kinder schrecklich gern und so, aber im Augenblick, mitten in einem Krieg –, ich bin sicher, ihr versteht das.«

»Du meinst, du glaubst, dass wir euch nichts nützen«, stellte Edmund fest und lief rot an.

»Jetzt seid bitte nicht beleidigt«, erwiderte der Zwerg. »Ich versichere euch, meine lieben kleinen Freunde –«

»Das Wort *klein* aus deinem Mund ist nun wirklich etwas zu viel«, sagte Edmund und sprang auf. »Du glaubst wohl nicht, dass wir die Schlacht von Beruna gewonnen haben? Nun, du kannst über mich sagen, was du willst, aber ich weiß –«

»Es hat doch keinen Sinn, sich aufzuregen«, schaltete sich Peter ein. »Geben wir ihm lieber eine neue Rüstung und statten uns in der Schatzkammer aus, dann können wir uns weiter unterhalten.«

»Ich wüsste nicht, wozu –«, fing Edmund an, doch Lucy flüsterte ihm ins Ohr: »Sollten wir nicht lieber tun, was Peter sagt? Er ist doch der Hochkönig. Und ich glaube, er hat eine Idee.« Edmund ließ sich darauf ein und mithilfe seiner Taschenlampe gingen sie alle einschließlich Trumpkin die Treppe wieder hinunter in das kalte Dunkel und die verstaubte Pracht der Schatzkammer.

Die Augen des Zwerges funkelten, als er die Reichtümer sah, die dort auf den Regalen lagen (auch wenn er sich dazu auf die Zehenspitzen stellen musste), und er murmelte vor sich hin: »Das dürfte Nikabrik nie zu sehen bekommen, niemals.« Es war kein Problem, ein Kettenhemd für ihn zu finden, ein Schwert, einen Helm, einen Schild, einen Bogen und einen Köcher voller Pfeile, alles in passender Größe für einen Zwerg. Der Helm war aus Kupfer, mit Rubinen besetzt, und das Heft des Schwertes war mit Gold verziert. Trumpkin hatte nie in seinem Leben größere Reichtümer gesehen, geschweige denn getragen. Auch die Kinder legten Kettenhemden und Helme an. Für Edmund fand sich Schwert und Schild, für Lucy ein Bogen – Peter und Susan trugen ihre Geschenke ja bereits. Als sie in klirrender Rüstung die Treppe wieder emporstiegen und schon viel mehr aussahen und sich fühlten wie Narnianen und kaum noch wie Schulkinder, gingen die beiden Jungen am Schluss und schmiedeten offenbar einen Plan. Lucy hörte Edmund sagen: »Nein, lass mich das machen. Er ärgert sich umso mehr, wenn ich gewinne, und wir alle blamieren uns nicht so, wenn ich verliere.«

»Also gut, Ed«, erwiderte Peter.

Als sie hinaus ins Tageslicht traten, wandte sich Edmund sehr höflich an den Zwerg und sagte: »Ich möchte dich um etwas bitten. Kinder wie wir haben nicht oft Gelegenheit, einem großen Krieger wie dir zu begegnen. Würdest du ein bisschen mit mir fechten? Das wäre furchtbar nett von dir.«

»Aber Junge«, sagte Trumpkin, »diese Schwerter sind scharf.«

»Weiß ich«, sagte Edmund. »Aber an dich komme ich sowieso nicht heran und du bist doch geschickt genug, um mich zu entwaffnen, ohne mir Schaden zuzufügen.«

»Das ist ein gefährliches Spiel«, sagte Trumpkin, »aber da du so großen Wert darauf legst, lass uns ein paar Gänge versuchen.«

Im Nu waren beide Schwerter gezogen. Die drei anderen sprangen vom Podest und schauten zu. Es lohnte sich. Dies war keiner jener albernen Kämpfe mit stumpfen Klingen, wie man sie auf der Bühne zu sehen bekommt. Es war auch nicht so wie das elegantere Degenfechten, das man manchmal sieht. Dies war ein echter Breitschwertkampf. Dabei kommt es darauf an, dass man nach den Beinen und Füßen des Gegners schlägt, denn dort trägt er keine Rüstung. Um den

Schlägen des Gegners zu entgehen, springt man mit beiden Füßen vom Boden ab, damit sein Hieb darunter hindurchfährt. Das verschaffte dem Zwerg einen Vorteil, da Edmund, der viel größer war, sich ständig hinunterbeugen musste. Ich glaube nicht, dass Edmund eine Chance gehabt hätte, wenn er vierundzwanzig Stunden vorher gegen Trumpkin hätte kämpfen müssen. Doch die Luft von Narnia hatte auf ihn gewirkt, seit sie auf der Insel angekommen waren. All seine alten Schlachten fielen ihm wieder ein und seine Arme und Finger erinnerten sich ihrer alten Geschicklichkeit. Er war wieder König Edmund. Immer wieder umkreisten sich die beiden Fechter und führten einen Hieb nach dem anderen, und Susan (die nie lernen würde, Gefallen an solchen Dingen zu finden) rief: »Oh, seid *bitte* vorsichtig!« So schnell, dass keiner (der nicht wie Peter etwas davon verstand) genau sah, wie, ließ Edmund dann sein Schwert in einer eigentümlichen Drehbewegung herabzucken. Dem Zwerg flog das Schwert aus der Hand und Trumpkin massierte sich die leere Hand, wie man es macht, wenn man einen Schlag von einem Kricketschläger abbekommen hat.

»Kein Kratzer, hoffe ich, mein lieber kleiner Freund?«, sagte Edmund ein wenig keuchend und steckte sein Schwert zurück in die Scheide.

»Verstehe«, sagte Trumpkin trocken. »Du kennst einen Kniff, den ich nie gelernt habe.«

»Das stimmt«, warf Peter ein. »Der beste Schwertkämpfer der Welt kann durch einen Kniff, der ihm neu ist, entwaffnet werden. Ich glaube, es wäre nur fair, Trumpkin noch eine weitere Chance zu geben. Wie wäre es mit einem Wettschießen mit meiner Schwester? Beim Bogenschießen gibt es ja keine Kniffe.«

»Aha, so ist das. Ihr macht euch einen Spaß mit mir«,

sagte der Zwerg. »Allmählich wird mir einiges klar. Als ob ich nicht wüsste, dass sie schießen kann, nach dem, was heute Morgen passiert ist. Trotzdem, ich versuche es.« Er sprach mürrisch, doch seine Augen leuchteten auf, denn bei seinem eigenen Volk war er ein berühmter Bogenschütze.

Alle fünf traten hinaus auf den Hof.

»Was soll das Ziel sein?«, fragte Peter.

»Ich finde, der Apfel, der dort an dem Ast über der Mauer hängt, wäre genau richtig«, sagte Susan.

»Kein Problem, Mädel«, erwiderte Trumpkin. »Du meinst den gelben dort fast in der Mitte des Torbogens?«

»Nein, nicht den«, entgegnete Susan. »Den roten da, ganz oben – über den Zinnen.«

Der Zwerg machte ein langes Gesicht. »Sieht mehr wie eine Kirsche aus als wie ein Apfel«, murmelte er, aber laut sagte er nichts.

Sie warfen eine Münze, wer zuerst schießen solle (sehr zum Erstaunen Trumpkins, der noch nie gesehen hatte, wie eine Münze geworfen wurde), und Susan verlor. Es sollte von der obersten Stufe der Treppe geschossen werden, die vom Saal hinunter in den Hof führte. Jeder konnte an der Art, wie der Zwerg in Stellung ging und seinen Bogen handhabte, sehen, dass er etwas von seiner Sache verstand.

Twäng!, machte die Sehne. Es war ein hervorragender Schuss. Der winzige Apfel schwankte, als der Pfeil daran vorbeiflog, und ein Blatt segelte zu Boden. Dann stieg Susan die Treppe hinauf und spannte ihren Bogen. Sie genoss ihren Wettkampf nicht halb so sehr wie Edmund den seinen. Nicht, weil sie auch nur im geringsten daran zweifelte, den Apfel zu treffen, sondern weil Susan so weichherzig war, dass es ihr fast zuwider war, jemanden zu besiegen, der bereits einmal besiegt worden war. Der Zwerg beobachtete sie aufmerksam, als sie den Pfeilschaft ans Ohr zog. Einen Moment später fiel der Apfel von Susans Pfeil durchbohrt mit einem leisen Aufprall, den sie in der Stille alle hören konnten, ins Gras.

»Gut gemacht, Su!«, riefen die anderen Kinder.

»Der Schuss war eigentlich nicht besser als deiner«, sagte Susan zu dem Zwerg. »Ich glaube, es wehte eine ganz leichte Brise, als du geschossen hast.«

»Nein, da war keine Brise«, sagte Trumpkin. »Erzähl mir nichts. Ich weiß, wann ich fair geschlagen wurde. Ich will mich nicht einmal darauf herausreden, dass die Narbe meiner letzten Wunde ein bisschen zwickt, wenn ich den Arm ganz zurückziehe –«

»Oh, bist du verletzt?«, fragte Lucy. »Lass mich mal sehen.«

»Das ist kein schöner Anblick für kleine Mädchen«, begann Trumpkin, doch dann unterbrach er sich. »Da rede ich doch glatt schon wieder so dummes Zeug«, sagte er. »Vermutlich bist du eine genauso große Ärztin wie dein Bruder ein großer Schwertkämpfer und deine Schwester eine große Bogenschützin ist.« Er setzte sich auf die Stufen, nahm sein Kettenhemd ab und zog sein kleines Wams aus. Zum Vorschein kam ein Arm, der (im Verhältnis) genauso haarig und muskulös war wie der eines Matrosen, wenn auch nicht größer als der eines Kindes. Die Schulter war ungeschickt mit einem Verband umwickelt, den Lucy vorsichtig abrollte. Die Wunde darunter sah ausgesprochen übel aus und ringsum war alles geschwollen. »Oh, armer Trumpkin«, sagte Lucy. »Wie scheußlich.« Sie ließ behutsam einen einzigen Tropfen Elixier aus ihrem Fläschchen darauf fallen.

»Hallo. He? Was hast du gemacht?«, fragte Trumpkin. Doch wie er auch den Kopf drehte und schielte und seinen Bart hin und her strich, er konnte seine eigene Schulter nicht richtig sehen. Dann befühlte er sie, so gut er konnte, wobei er seine Arme und Finger so sehr verrenkte, wie ihr es tut, wenn ihr euch an einer Stelle zu kratzen versucht, die ihr gerade nicht mehr erreichen könnt. Dann schwenkte er seinen Arm, hob ihn und spannte die Muskeln an. »Ross und Rüsselkäfer! Es ist verheilt! Der Arm ist so gut wie neu.« Darauf brach er in ein lautes Lachen aus und sagte: »Na, da habe ich mich wohl zum größten Narren aller Zwerge gemacht. Nichts für ungut, hoffe ich? Meine untertänigste Ehrerbietung allen Euren Majestäten – untertänigste Ehrerbietung. Und danke für mein Leben, meine Heilung, mein Frühstück – und meine Lektion.«

Schon gut, sagten die Kinder alle, nicht der Rede wert.

»Und jetzt«, sagte Peter, »wenn du wirklich beschlossen hast, an uns zu glauben –«

»Das habe ich«, bestätigte der Zwerg.

»Dann ist klar, was wir zu tun haben. Wir müssen uns sofort König Kaspian anschließen.«

»Je eher, desto besser«, sagte Trumpkin. »Durch meine Dummheit haben wir bereits etwa eine Stunde vertan.«

»Es sind etwa zwei Tagesmärsche, wenn wir den Weg nehmen, den du gekommen bist«, überlegte Peter. »Für uns, meine ich. Wir können nicht Tag und Nacht marschieren wie ihr Zwerge.« Dann wandte er sich an die anderen. »Aslans Haug, wie Trumpkin es nennt, ist offensichtlich der Steinerne Tisch. Ihr erinnert euch, es war ungefähr ein halber Tagesmarsch oder etwas weniger von dort bis hinunter zu den Furten von Beruna –«

»Wir sagen Berunabrücke«, warf Trumpkin ein.

»Zu unserer Zeit gab es dort keine Brücke«, erwiderte Peter. »Und von Beruna hier herunter waren es noch einmal ein Tag und ein paar Stunden. Wir kamen normalerweise am zweiten Tag etwa zur Teezeit nach Hause, wenn wir gemütlich gingen. Wenn wir uns beeilen, können wir die Strecke vielleicht in anderthalb Tagen schaffen.«

»Aber bedenkt, dass jetzt überall Wälder sind«, wandte Trumpkin ein, »und es gibt Feinde, denen wir ausweichen müssen.«

»Sagt mal«, überlegte Edmund, »müssen wir denn denselben Weg nehmen, auf dem Unser Lieber Kleiner Freund gekommen ist?«

»Hört damit auf, Eure Majestät, wenn Euch etwas an mir liegt«, sagte der Zwerg.

»Na schön«, lenkte Edmund ein. »Darf ich dann LKF sagen?«

»Ach, Edmund«, sagte Susan. »Nun lass das doch.«

»Schon gut, Mädel – ich meine, Eure Majestät«, sagte Trumpkin schmunzelnd. »Vom Spott kriegt man keine Blasen.« (Und von da an nannten sie ihn oft LKF, bis sie fast schon vergessen hatten, was das bedeutete.)

»Wie gesagt«, fuhr Edmund fort, »wir brauchen nicht den gleichen Weg zu nehmen. Warum rudern wir nicht ein Stück nach Süden bis zur Spiegelwasserbucht und dort hinein? So kommen wir bis hinter den Hügel, auf dem der Steinerne Tisch steht, und auf dem Wasser sind wir in Sicherheit. Wenn wir sofort aufbrechen, können wir noch vor Einbruch der Dunkelheit an der Spiegelwassermündung sein. Wir schlafen ein paar Stunden und sind morgen früh bei Kaspian.«

»Es hat doch Vorteile, die Küste zu kennen«, sagte Trumpkin. »Keiner von uns hat je vom Spiegelwasser gehört.«

»Wie steht es mit Verpflegung?«, fragte Susan.

»Ach, wir begnügen uns einfach mit Äpfeln«, sagte Lucy. »Lasst uns aufbrechen. Wir haben noch überhaupt nichts getan, obwohl wir schon fast zwei Tage hier sind.«

»Und meinen Hut gebe ich nicht noch einmal als Fischkorb her«, fügte Edmund hinzu.

Sie benutzten eine der Regenjacken als eine Art Beutel und füllten ihn mit einem reichlichen Vorrat an Äpfeln. Dann tranken sie sich am Brunnen ordentlich satt (denn sie würden kein frisches Wasser mehr bekommen, bis sie an der Spitze der Bucht landeten) und gingen hinunter zum Boot. Den Kindern tat es leid, Cair Paravel zu verlassen. Auch wenn es nur noch eine Ruine war, hatten sie sich bereits fast wieder wie zu Hause gefühlt.

»Am besten übernimmt der LKF das Steuer«, sagte Peter, »und Ed und ich nehmen jeder ein Ruder. Einen Moment noch. Wir sollten lieber unsere Rüstungen ablegen: es wird uns unterwegs ziemlich warm werden. Die Mädchen sollten sich in den Bug setzen und dem LKF die Richtung zurufen, da er den Weg ja nicht kennt. Bringt uns am besten erst einmal ein gutes Stück hinaus aufs Meer, bis wir die Insel hinter uns haben.«

Bald darauf blieb die grüne, bewaldete Küste der Insel hinter ihnen zurück und ihre kleinen Buchten und Landzungen sahen allmählich immer flacher aus. Das Boot hob und senkte sich im sanften Seegang. Das Meer um sie herum wurde immer weiter und in der Ferne blauer, doch in der Nähe des Bootes war es grün und voller Blasen. Alles roch salzig und nichts war zu hören außer dem Rauschen des Wassers, dem Klopfen der Wellen gegen die Bordwand, dem Plätschern der Ruder und dem Ächzen der Ruderdollen. Es wurde immer wärmer.

Lucy und Susan hatten am Bug ihren Spaß, beugten sich über den Rand und versuchten ihre Hände ins Wasser zu halten, das sie nicht ganz erreichen konnten. Unter ihnen war der Meeresboden zu sehen, größtenteils reiner heller Sand, hin und wieder mit Flecken purpurroten Seetangs.

»Es ist wie in den alten Zeiten«, sagte Lucy. »Erinnerst du dich an unsere Reise nach Terebinthia – und Galma – und zu den Sieben Inseln – und zu den Einsamen Inseln?«

»Ja«, sagte Susan, »und an unser großes Schiff, die *Kristallpracht,* mit dem Schwanenkopf am Bug und den geschnitzten Schwanenflügeln, die fast bis zur Schiffsmitte reichten?«

»Und an ihre seidenen Segel und die großen Laternen am Heck?«

»Und an die Feste am Heck und die Musiker.«

»Weißt du noch, wie die Musiker oben in der Takelage ihre Flöten spielten, sodass es sich anhörte, als käme die Musik aus dem Himmel?«

Nach einiger Zeit übernahm Susan Edmunds Ruder und er kam nach vorn zu Lucy. Inzwischen hatten sie die Insel hinter sich und hielten sich näher am dicht bewaldeten und verlassenen Ufer. Sie hätten es sehr schön gefunden, hätten sie sich nicht noch an die Zeiten erinnert, in denen das Land dort weit und luftig und von guten Freunden bevölkert gewesen war.

»Puh! Das geht ganz schön in die Knochen«, sagte Peter.

»Kann ich nicht mal eine Weile rudern?«, fragte Lucy.

»Die Ruder sind zu groß für dich«, erwiderte Peter knapp, nicht weil er verärgert war, sondern weil er keine Kraft zum Reden übrig hatte.

Was Lucy sah

Susan und die beiden Jungen waren bereits todmüde vom Rudern, bevor sie die letzte Landzunge umrundeten und sich auf die letzte Etappe in die Spiegelwasserbucht hinein machten, und Lucys Kopf schmerzte von den vielen Stunden in der Sonne und dem blendend hellen Licht auf dem Wasser. Selbst Trumpkin sehnte sich nach dem Ende der Fahrt. Der Sitz, auf dem er saß, um zu steuern, war für Menschen gemacht, nicht für Zwerge. Seine Füße reichten nicht bis zu den Bodenplanken, und wie unbequem das schon nach zehn Minuten ist, weiß jeder. Je erschöpfter sie wurden, desto mehr sank ihnen der Mut. Bislang hatten die Kinder nur daran gedacht, wie sie zu Kaspian gelangten. Jetzt fragten sie sich, was sie tun sollten, wenn sie ihn fanden, und wie eine Handvoll Zwerge und Geschöpfe aus dem Wald eine Armee erwachsener Menschen besiegen sollte.

Zwielicht stellte sich ein, als sie langsam die Windungen des Spiegelwassers hinaufruderten – ein Zwielicht, das in dem Maße tiefer wurde, wie die Ufer enger zusammenrückten und die überhängenden Äste der Bäume sich über ihnen beinahe berührten. Es war sehr still hier, sowie die Geräusche des Meeres langsam hinter ihnen erstarben. Sie konnten sogar das Plätschern der kleinen Bäche hören, die sich aus dem Wald ins Spiegelwasser ergossen.

Endlich gingen sie an Land, viel zu müde, um auch

nur zu versuchen, ein Feuer zu entzünden. Obwohl die meisten von ihnen keine Äpfel mehr sehen konnten, waren ihnen Äpfel zum Abendessen immer noch lieber als die Mühe, etwas zu fangen oder zu schießen. Nachdem sie eine Weile schweigend vor sich hin gekaut hatten, legten sie sich alle zusammen im Moos und im trockenen Laub zwischen vier großen Buchen nieder.

Außer Lucy waren alle sofort eingeschlafen. Lucy dagegen, die bei Weitem nicht so müde war wie die anderen, fiel es schwer, eine bequeme Lage zu finden. Außerdem hatte sie ganz vergessen, dass alle Zwerge schnarchen. Sie schlug die Augen auf, denn sie wusste, dass man am besten einschlafen kann, wenn man aufhört, sich darum zu bemühen. Durch eine Lücke in den Farnen und Zweigen sah sie einen kleinen Ausschnitt vom Wasser des Baches und dem Himmel darüber. Dann brach mit einem Mal die Erinnerung über sie herein, als sie nach all diesen Jahren die hellen narnianischen Sterne wiedersah. Einst hatte sie sie besser gekannt als die Sterne unserer eigenen Welt, denn als Königin in Narnia war sie viel später zu Bett gegangen als in England, wo sie ein Kind war. Und da waren sie – zumindest drei der Sommersternbilder konnte sie von ihrem Platz aus erkennen: das Schiff, den Hammer und den Leoparden. »Lieber alter Leopard«, murmelte sie glücklich vor sich hin.

Statt schläfrig zu werden, wurde sie immer wacher – eine eigentümliche nächtliche, träumerische Art von Wachheit. Die Bucht wurde heller. Sie wusste, dass jetzt der Mond darauf schien, obwohl sie ihn nicht sehen konnte. Jetzt überkam sie ein Gefühl, als würde der ganze Wald ebenso erwachen wie sie selbst. Sie merkte kaum, was sie tat, als sie rasch aufstand und ein kleines Stück von ihrem Lager fortging.

»Wie herrlich«, sagte Lucy zu sich selbst. Es war kühl und frisch; köstliche Düfte schwebten in der Luft. Irgendwo in der Nähe hörte sie das Gezwitscher einer Nachtigall, die zu singen begann, dann verstummte, dann von Neuem begann. Vor ihr war es ein wenig heller. Sie ging auf das Licht zu und kam an eine Stelle, wo weniger Bäume standen und ganze Flecken oder Seen von Mondlicht auf den Waldboden fielen, in denen sich jedoch Mondlicht und Schatten so vermischten, dass man kaum erkennen konnte, wo etwas war oder was es war. Im selben Moment fing die Nachtigall, endlich zufrieden mit ihrem Ton, voll zu singen an.

Lucys Augen begannen sich an das Licht zu gewöhnen und sie sah die Bäume, die ihr am nächsten standen, jetzt deutlicher. Eine große Sehnsucht nach den alten Tagen, als die Bäume in Narnia sprechen konnten, überkam sie. Sie wusste genau, wie jeder dieser Bäume sprechen würde, wenn sie sie wecken könnte, und welche menschliche Gestalt er annehmen würde. Sie betrachtete eine Silberbirke: Ihre Stimme würde weich und plätschernd klingen und sie würde aussehen wie ein schlankes Mädchen, dem die Haare ums Gesicht wehten und das gerne tanzte. Sie schaute die Eiche an: Sie wäre ein zerfurchter, aber kräftiger alter Mann mit zerzaustem Bart und Warzen auf Gesicht und Händen, und aus den Warzen würden Haare sprießen. Dann sah sie die Buche an, unter der sie stand. Ah! – Sie wäre die Schönste von allen. Sie würde eine anmutige Göttin sein, glatt und würdevoll, die Herrin des Waldes.

»O Bäume, Bäume, Bäume«, sagte Lucy (obwohl sie eigentlich gar nicht vorgehabt hatte zu sprechen). »Ihr Bäume, wacht auf, wacht auf, wacht auf! Erinnert ihr euch nicht? Erinnert ihr euch nicht an *mich?* Ihr Dryaden und Hamadryaden, kommt heraus, kommt zu mir.«

Obwohl kein Windhauch wehte, rührte sich alles um sie herum. Das Rascheln der Blätter klang fast wie Worte. Die Nachtigall hörte auf zu singen, als ob sie lausche. Lucy kam es vor, als würde sie jeden Moment anfangen zu verstehen, was die Bäume sagen wollten. Doch der Moment kam nicht. Das Rascheln erstarb. Die Nachtigall nahm ihren Gesang wieder auf. Selbst im Mondlicht sah der Wald wieder gewöhnlicher aus. Doch Lucy hatte das Gefühl (wie ihr es manchmal habt, wenn ihr versucht, euch an einen Namen oder ein Datum zu erinnern und es euch fast gelingt, die Erinnerung sich dann aber doch nicht fassen lässt), etwas haarscharf verpasst zu haben. Als hätte sie einen Sekundenbruchteil zu früh oder zu spät zu den Bäumen gesprochen oder alle Worte richtig gesagt bis auf eines, oder ein Wort hinzugefügt, das falsch war.

Ganz plötzlich wurde sie müde. Sie kehrte zum Lager zurück, kuschelte sich zwischen Susan und Peter und war innerhalb weniger Minuten eingeschlafen.

Es war für alle am nächsten Morgen ein kaltes und trostloses Erwachen. Im Wald herrschte ein graues Zwielicht (da die Sonne noch nicht aufgegangen war) und alles war feucht und schmutzig.

»Äpfel, hurra«, sagte Trumpkin mit einem kläglichen Grinsen. »Ich muss schon sagen, Ihr Könige und Königinnen aus alter Zeit überfüttert eure Höflinge nicht gerade!«

Sie standen auf, streckten sich und schauten sich um. Die Bäume standen so dicht, dass sie in jede Richtung nur wenige Meter weit sehen konnten.

»Eure Majestäten wissen genau, welchen Weg wir einschlagen müssen, nehme ich an?«, sagte der Zwerg.

»Ich nicht«, erwiderte Susan. »Diese Wälder habe ich noch nie im Leben gesehen. Ich war sowieso die ganze Zeit der Meinung, wir hätten am Fluss bleiben sollen.«

»Dann finde ich, das hättest du beizeiten sagen können«, antwortete Peter mit entschuldbarer Schärfe.

»Komm, beachte sie gar nicht, Peter«, sagte Edmund. »Sie ist immer so eine Miesmacherin. Du hast doch deinen Taschenkompass dabei, oder? Na, dann ist doch alles sonnenklar. Wir müssen nur immer nach Nordwesten gehen – über diesen kleinen Fluss, wie heißt er noch? – den Sturzbach ...«

»Ich weiß«, sagte Peter. »Das ist der, der bei den Furten von Beruna oder bei der Berunabrücke, wie der LKF es nennt, in den Großen Fluss mündet.«

»Genau. Den überqueren wir, dann gehen wir den Berg hinauf und um acht oder neun Uhr sind wir am Steinernen Tisch (Aslans Haug, meine ich). Ich hoffe, König Kaspian hat ein gutes Frühstück für uns!«

»Hoffentlich hast du recht«, sagte Susan. »Ich erinnere mich an all das überhaupt nicht.«

»Das ist das Schlimmste an Mädchen«, sagte Edmund zu Peter und dem Zwerg. »Sie haben nie eine Landkarte im Kopf.«

»Das liegt daran, dass in unseren Köpfen schon etwas ist«, gab Lucy zurück.

Zuerst schien alles gut zu klappen. Sie glaubten sogar, auf einen der alten Pfade gestoßen zu sein. Doch wenn ihr öfter im Wald seid, wisst ihr sicher, dass man dort ständig irgendwelche Pfade findet. Nach fünf Minuten sind sie dann plötzlich verschwunden und dann denkt man, man hätte wieder einen gefunden (und hofft, dass es kein anderer, sondern immer noch derselbe ist), doch auch der verschwindet wieder, und nachdem man dann völlig von der richtigen Richtung abgekommen ist, merkt man, dass das alles in Wirklichkeit gar keine Pfade waren. Doch die Jungen und der Zwerg kannten sich in Wäldern aus und ließen sich nie länger als für ein paar Sekunden in die Irre führen.

Sie waren etwa eine halbe Stunde lang durch den Wald gestapft (drei von ihnen ziemlich steif vom langen Rudern am Tag zuvor), als Trumpkin plötzlich flüsterte: »Halt.« Sie blieben stehen. »Irgendetwas folgt uns«, sagte er leise. »Oder besser, etwas hält Schritt mit uns, da drüben auf der linken Seite.« Alle standen still, lauschten und spähten, bis ihnen die Ohren und Augen wehtaten. »Du und ich, wir sollten besser jeder einen Pfeil auf der Sehne haben«, sagte Susan zu Trumpkin. Der Zwerg nickte, und als beide Bogen schussbereit waren, marschierten sie weiter.

Aufmerksam in alle Richtungen spähend gingen sie einige Dutzend Meter durch lichtes Waldgelände. Dann kamen sie an eine Stelle, wo das Unterholz dichter wurde und sie sich enger daran vorbeidrücken mussten. Gerade als sie diese Stelle passierten, sprang plötzlich etwas knurrend und fauchend wie der Blitz aus den brechenden Zweigen hervor. Lucy wurde zu Boden geworfen und bekam keine Luft mehr, noch im Fallen hörte sie das Singen einer Bogensehne. Als sie wieder zu sich kam, sah sie einen großen, furchterregenden grauen Bären mit Trumpkins Pfeil in der Flanke tot am Boden liegen.

»Diesmal hat dich der LKF beim Wettschießen geschlagen, Su«, sagte Peter mit einem etwas gezwungenen Lächeln. Selbst ihn hatte dieses Abenteuer mitgenommen.

»Ich – ich habe zu lange gezögert«, sagte Susan verlegen. »Ich hatte solche Angst, es könnte vielleicht, ihr wisst schon – einer von unseren Bären sein, ein *sprechender* Bär.« Das Töten war ihr zuwider.

»Das ist das Schlimme daran«, sagte Trumpkin, »dass die meisten Tiere feindlich und stumm geworden sind, aber noch einige von der anderen Art übrig sind. Man kann es nie wissen, und abwarten ist zu gefährlich.«

»Armer alter Meister Petz«, sagte Susan. »Meinst du, es *war* einer?«

»Der nicht«, erwiderte der Zwerg. »Ich habe das Gesicht gesehen und das Knurren gehört. Der wollte bloß Kleines Mädchen zum Frühstück. Und wo wir gerade vom Frühstück sprechen: Ich wollte Eure Majestäten nicht entmutigen, als Ihr sagtet, dass Ihr hofft, König Kaspian werde Euch ein anständiges Frühstück vorsetzen. Aber Fleisch ist im Lager ziemlich knapp. Und so ein Bär gibt so manche gute Mahlzeit her. Es wäre ein Jammer, den Kadaver hier liegen zu lassen, ohne etwas davon mitzunehmen, und es wird uns nicht mehr als eine halbe Stunde lang aufhalten. Ich schätze, ihr Jungs – Könige, meine ich natürlich – wisst, wie man einen Bären häutet?«

»Lass uns lieber ein Stück weggehen und uns dort hinsetzen«, sagte Susan zu Lucy. »Ich weiß genau, was *das* für eine schreckliche Schweinerei geben wird.«

Lucy schüttelte sich und nickte. Als sie sich gesetzt hatten, sagte sie: »Mir ist eben ein grauenhafter Gedanke gekommen, Su.«

»Was denn für einer?«

»Wäre es nicht grauenvoll, wenn eines Tages in unserer eigenen Welt zu Hause die Menschen anfangen würden, innerlich wild zu werden, so wie die Tiere hier, aber immer noch wie Menschen aussähen, sodass man sie nicht voneinander unterscheiden könnte?«

»Wir haben hier und jetzt in Narnia genug Sorgen«, erwiderte die praktisch veranlagte Susan, »ohne uns auch noch solche Sachen vorzustellen.«

Als sie zu den Jungen und dem Zwerg zurückkehrten, hatten diese so viel von dem besten Fleisch abgeschnitten, wie sie glaubten, tragen zu können. Es ist nicht gerade angenehm, sich die Taschen mit rohem Fleisch zu füllen, aber sie wickelten es in frische Blätter ein und machten das Beste daraus. Sie waren alle erfahren genug, um zu wissen, dass sie über diese matschigen, ekligen Päckchen ganz anders denken würden, wenn sie erst einmal lange genug marschiert waren, um richtig hungrig zu sein.

Dann trotteten sie weiter (mit einem kurzen Halt am ersten Bach, den sie sahen, um drei Paar Hände zu waschen, die es dringend nötig hatten), bis die Sonne aufging, die Vögel zu singen begannen und mehr Fliegen, als ihnen lieb war, in den Farnen herumsummten. Die Steifheit vom Rudern am Vortag begann aus ihren Gliedern zu weichen. Ihre Laune besserte sich. Als die Sonne wärmer wurde, nahmen sie ihre Helme ab und trugen sie im Arm.

»Wir sind doch hoffentlich auf dem richtigen Weg?«, meinte Edmund etwa eine Stunde später.

»Ich wüsste nicht, wie wir falsch gehen sollten, solange wir nicht zu weit nach links kommen«, antwortete Peter. »Wenn wir zu weit nach rechts kommen, verlieren wir schlimmstenfalls ein bisschen Zeit, indem wir zu früh auf den Großen Fluss treffen und die Biegung nicht abschneiden.«

Und wieder trotteten sie weiter, ohne etwas zu hören außer den Tritten ihrer Füße und dem Klirren ihrer Kettenhemden.

»Wo ist denn dieser blöde Sturzbach hin?«, fragte Edmund eine ganze Weile später.

»Ich meine auch, wir hätten längst auf ihn stoßen müssen«, erwiderte Peter. »Aber uns bleibt nichts anderes übrig als weiterzugehen.« Beide bemerkten den besorgten Blick, den ihnen der Zwerg zuwarf, aber er sagte nichts.

Sie trotteten weiter, bis ihre Kettenhemden ihnen sehr warm und schwer wurden.

»Was ist denn jetzt los?«, fragte Peter plötzlich.

Sie waren, ohne es zu bemerken, fast bis an den Rand einer kleinen Felswand geraten, von der aus sie in eine Schlucht hinabblickten, durch die ein Fluss strömte. Auf der gegenüberliegenden Seite waren die Felsen noch viel höher. Keiner von ihnen, außer Edmund (und vielleicht Trumpkin), war ein besonders guter Kletterer.

»Es tut mir leid«, sagte Peter. »Es ist meine Schuld, dass wir diesen Weg genommen haben. Wir haben uns verirrt. Diese Stelle hier habe ich noch nie im Leben gesehen.«

Der Zwerg pfiff leise durch die Zähne.

»Bitte, lasst uns zurückgehen und den anderen Weg nehmen«, sagte Susan. »Ich habe ja gleich gewusst, dass wir uns in diesen Wäldern verirren werden.«

»Susan!«, sagte Lucy vorwurfsvoll. »Hack nicht auf Peter herum. Das ist gemein, er tut doch sein Bestes.«

»Und du, schnauz Su nicht so an«, gab Edmund zurück. »Ich finde, sie hat völlig recht.«

»Bottich und Beutelratte!«, rief Trumpkin. »Wenn wir uns auf dem Weg hierher verirrt haben, wie wahrscheinlich ist es dann wohl, dass wir den Weg zurück finden? Und selbst angenommen, wir fänden ihn – wenn wir jetzt zurück zur Insel gehen und ganz von vorn anfangen, dann können wir auch gleich einpacken. Jedenfalls wird Miraz mit Kaspian fertig sein, bevor wir dort ankommen.«

»Meinst du, wir sollten weitergehen?«, fragte Lucy.

»Ich bin nicht sicher, ob der Hochkönig sich *wirklich* verirrt hat«, erwiderte Trumpkin. »Wieso sollte dieser Fluss hier denn nicht der Sturzbach sein?«

»Weil der Sturzbach nicht in einer Schlucht ist«, antwortete Peter, der mit einiger Mühe seine Beherrschung wahrte.

»Ist, sagen Eure Majestät«, gab der Zwerg zurück, »aber müsstet Ihr nicht sagen: war? Ihr kanntet dieses Land vor Hunderten von Jahren – vielleicht sogar vor einem Jahrtausend. Könnte es sich nicht verändert haben? Vielleicht hat ein Erdrutsch die halbe Seite von jenem Berg bis auf den bloßen Felsen abgetragen und schon haben wir diese Steilwände jenseits der Schlucht. Oder vielleicht hat es ein Erdbeben gegeben oder so etwas.«

»Daran habe ich nicht gedacht«, sagte Peter.

»Und überhaupt«, fuhr Trumpkin fort, »selbst wenn das nicht der Sturzbach ist, fließt er trotzdem ungefähr nach Norden und deshalb muss er so oder so in den Großen Fluss münden. Ich glaube, ich bin auf meinem Weg stromabwärts an einer Mündung vorbeigekommen, die dieser Fluss gewesen sein könnte. Wenn wir also flussabwärts gehen, nach rechts, werden wir auf den Großen Fluss stoßen. Vielleicht nicht so weit oben, wie wir gehofft hatten, aber immerhin werden wir nicht schlechter dran sein, als wenn wir meinen Weg gegangen wären.«

»Trumpkin, du bist ein Pfundskerl«, sagte Peter. »Also, los! Gehen wir auf dieser Seite in die Schlucht hinunter.«

»Schaut! Da! Schaut doch!«, rief Lucy plötzlich.

»Wo? Was?«, fragten alle durcheinander.

»Der Löwe!«, sagte Lucy. »Aslan selbst. Habt ihr ihn nicht gesehen?« Ihr Gesicht war völlig verwandelt und ihre Augen leuchteten.

»Meinst du wirklich –?«, fing Peter an.

»Wo, glaubst du denn, dass du ihn gesehen hast?«, fragte Susan.

»Red nicht so erwachsen daher«, empörte sich Lucy und stampfte mit dem Fuß auf. »Ich *glaube* nicht, dass ich ihn gesehen habe. Ich habe ihn gesehen.«

»Wo, Lu?«, fragte Peter.

»Da oben zwischen den Ebereschen. – Nein, auf dieser Seite der Schlucht. Und weiter oben, nicht unten. Genau entgegengesetzt der Richtung, in die du gehen willst. Und er wollte, dass wir dorthin gehen, wo er war – nach oben.«

»Woher weißt du, dass er das wollte?«, fragte Edmund.

»Er – ich – ich weiß es einfach«, sagte Lucy. »Von seinem Gesicht.«

Die anderen schauten einander verdutzt an und schwiegen.

»Eure Majestät mögen durchaus einen Löwen gesehen haben«, warf Trumpkin ein. »Es gibt Löwen in diesen Wäldern, habe ich gehört. Aber es muss nicht unbedingt ein freundlicher und sprechender Löwe gewesen sein, genauso wenig, wie der Bär ein freundlicher und sprechender Bär war.«

»Ach, rede nicht so dummes Zeug«, sagte Lucy. »Meinst du, ich erkenne Aslan nicht, wenn ich ihn sehe?«

»Er dürfte inzwischen ein recht betagter Löwe sein«, meinte Trumpkin, »wenn es derselbe ist, den Ihr kanntet, als Ihr zuletzt hier wart! Und selbst wenn er es sein sollte, was sollte ihn davor bewahrt haben, wild und unverständig geworden zu sein wie so viele andere?«

Lucy lief puterrot an, und ich glaube, sie hätte sich auf Trumpkin gestürzt, hätte Peter ihr nicht seine Hand auf den Arm gelegt. »Der LKF versteht das nicht. Wie könnte er auch? – Du musst einfach hinnehmen, Trumpkin, dass wir wirklich über Aslan Bescheid wissen; ein bisschen, meine ich. Und du darfst so nicht wieder über ihn reden. Zum einen bringt es kein Glück, zum anderen ist es großer Unsinn. Die einzige Frage ist, ob Aslan wirklich dort war.«

»Aber ich weiß, dass er dort war«, sagte Lucy, während ihre Augen sich mit Tränen füllten.

»Ja, Lu, aber sieh mal, wir wissen es nicht«, entgegnete Peter.

»Da hilft nichts, wir müssen abstimmen«, sagte Edmund.

»Na gut«, erwiderte Peter. »Du bist der Älteste, LKF. Wofür bist du? Hinauf oder hinunter?«

»Hinunter«, sagte der Zwerg. »Ich weiß nichts von Aslan. Ich weiß nur, wenn wir uns nach links wenden und der Schlucht aufwärts folgen, dauert es vielleicht den ganzen Tag, bis wir eine Stelle finden, wo wir sie überqueren können. Gehen wir dagegen nach rechts und abwärts, erreichen wir auf jeden Fall in ein, zwei Stunden den Großen Fluss. Und falls tatsächlich Löwen hier in der Gegend sind, wollen wir von ihnen weg, nicht zu ihnen hin.«

»Was meinst du, Susan?«

»Sei nicht böse, Lu«, sagte Susan, »aber ich finde wirklich, wir sollten abwärts gehen. Ich bin todmüde. Lasst uns aus diesem elenden Wald hinaus und ins Freie gehen, so schnell wir können. Außerdem hat außer dir keiner von uns auch nur das Geringste gesehen.«

»Edmund?«, fragte Peter.

»Na ja, es ist nur so«, sagte Edmund, der hastig sprach und dabei ein bisschen rot wurde. »Als wir vor einem Jahr – oder vor tausend Jahren, wie auch immer – zum ersten Mal Narnia entdeckten, war es Lucy, die es zuerst fand, und keiner von uns wollte ihr glauben. Ich war der Schlimmste von allen, ich weiß. Aber am Ende hatte sie doch recht. Wäre es nicht fair, ihr diesmal zu glauben? Ich bin dafür, dass wir hinauf gehen.«

»Oh, Ed!«, sagte Lucy und ergriff seine Hand.

»Und jetzt ist es an dir, Peter«, sagte Susan, »und ich hoffe sehr –«

»Ach, sei still, sei still und lass mich erst einmal in Ruhe überlegen«, schnitt Peter ihr das Wort ab. »Es wäre mir viel lieber, ich müsste mich nicht entscheiden.«

»Ihr seid der Hochkönig«, sagte Trumpkin ernst.

»Abwärts«, sagte Peter nach einer langen Pause. »Ich weiß, vielleicht hat Lucy am Ende doch recht, aber ich kann nicht anders. Eins von beiden müssen wir tun.«

So wandten sie sich nach rechts und machten sich entlang der Felswand flussabwärts auf den Weg. Und Lucy ging als Letzte und weinte bitterlich.

Die Rückkehr des Löwen

Sich am Rand der Schlucht zu halten, war nicht so einfach, wie es ausgesehen hatte. Sie hatten noch nicht viele Meter zurückgelegt, da standen sie vor jungen Tannen, die direkt am Abhang wuchsen, und nachdem sie etwa zehn Minuten lang versucht hatten, sich in gebückter Haltung durch die Zweige zu zwängen, wurde ihnen klar, dass sie in diesem Dickicht eine Stunde für eine halbe Meile brauchen würden. Also kehrten sie wieder um und beschlossen den Tannenwald zu umgehen. Das führte sie viel weiter nach rechts, als sie eigentlich wollten, weit außer Sicht der Felswand und außer Hörweite des Flusses, bis sie schon fürchteten, ihn ganz und gar verloren zu haben. Niemand wusste, wie spät es war, aber die heißeste Zeit des Tages stand kurz bevor.

Als sie endlich zum Rand der Schlucht zurückkehren konnten (fast eine Meile unterhalb der Stelle, wo sie aufgebrochen waren), stellten sie fest, dass die Felsen auf ihrer Seite nun erheblich flacher und brüchiger waren. Bald fanden sie einen Weg hinunter in die Schlucht und setzten ihren Marsch am Flussufer fort. Doch zuerst legten sie eine Rast ein und tranken ausgiebig. Von einem Frühstück oder auch nur einem Mittagessen bei Kaspian redete keiner mehr.

Es mochte vernünftig sein, sich an den Sturzbach zu halten, anstatt oben am Rand der Schlucht entlangzugehen. Dadurch wussten sie immer genau, in welche

Richtung sie gingen. Seit dem Tannenwäldchen hatten sie alle befürchtet, zu weit von ihrem Kurs abgedrängt zu werden und sich im Wald zu verirren. Es war ein alter Wald ohne Wege und es war unmöglich, darin auch nur annähernd einen geraden Kurs zu halten. Ständig kamen einem undurchdringliche Dornengestrüppe, umgestürzte Bäume, Sumpflöcher und dichtes Unterholz in die Quere. Doch auch die Sturzbachschlucht war keine gute Wanderstrecke. Ich denke, zumindest war es keine gute Strecke für Leute, die es eilig haben. Für einen Nachmittagsspaziergang, der mit einem Picknick endet, wäre es herrlich gewesen. Für einen solchen Anlass bot die Schlucht alles, was man sich wünschen konnte: donnernde Wasserfälle, silbrige Kaskaden, tiefe bernsteinfarbene Tümpel, moosbewachsene Felsen und an den Böschungen tiefes Moos, in dem man bis über die Knöchel versinken konnte, alle möglichen Farnarten, Libellen, die wie Edelsteine funkelten, manchmal ein Falke am Himmel und einmal (Peter und Trumpkin glaubten ihn zu sehen) ein Adler. Doch was die Kinder und der Zwerg natürlich so bald wie möglich sehen wollten, waren der Große Fluss zu ihren Füßen und Beruna und der Weg zu Aslans Haug.

Je weiter sie gingen, desto stärker wurde das Gefälle des Sturzbachs. Ihre Wanderung verwandelte sich immer mehr in eine Kletterpartie – stellenweise sogar in eine gefährliche Kletterpartie über glitschige Steine, unter ihnen finstere Abgründe, an deren Grund der Fluss wütend brodelte.

Ihr könnt sicher sein, dass sie die Felswand zu ihrer Linken begierig nach einer Lücke oder einer Stelle absuchten, wo sie hätten hinaufklettern können. Aber diese Felsen zeigten sich unerbittlich. Es war zum Verrücktwerden, denn sie alle wussten, sobald sie auf jener Seite aus der Schlucht herauskämen, hätten sie nur noch einen recht kurzen Weg über einen flachen Hang zu Kaspians Hauptquartier vor sich gehabt.

Die Jungen und der Zwerg waren nun dafür, ein Feuer zu entfachen und ihr Bärenfleisch zu braten. Susan wollte das nicht. Wie sie sagte, wollte sie nur »*weitergehen* und es beenden und aus diesem scheußlichen Wald herauskommen«. Lucy war viel zu müde und unglücklich, um eine Meinung über irgendetwas zu haben. Aber da kein trockenes Holz zu finden war, spielte es sowieso keine Rolle, was irgendjemand dachte. Die Jungen fingen an sich zu fragen, ob rohes Fleisch wirklich so widerlich schmeckte, wie man ihnen immer gesagt hatte. Das tue es, versicherte ihnen Trumpkin.

Hätten die Kinder noch vor einigen Tagen in England einen Marsch wie diesen unternommen, so wären sie natürlich völlig am Ende gewesen. Aber ich glaube, ich habe schon erklärt, wie Narnia sie veränderte. Selbst Lucy war inzwischen sozusagen nur noch zu einem Drittel ein kleines Mädchen, das zum ersten Mal ins Internat fuhr, und zu zwei Dritteln Königin Lucy von Narnia.

»Endlich!«, sagte Susan.

»Oh, hurra!«, rief Peter.

Soeben hatte das Flusstal eine Biegung beschrieben und nun breitete sich vor ihnen die Landschaft aus. Das offene Gelände erstreckte sich vor ihnen bis zum Horizont und davor sahen sie das breite silberne Band des Großen Flusses. Sie konnten sogar die besonders breite, seichte Stelle erkennen – einst als die Furten von Beruna bekannt –, über die sich jetzt eine lange Brücke mit vielen Bögen spannte. Am anderen Ende der Brücke lag eine kleine Ortschaft.

»Nicht zu fassen«, sagte Edmund. »Genau da, wo dieser Ort liegt, haben wir die Schlacht von Beruna geschlagen!«

Dies munterte die Jungen mehr auf als alles andere. Man kann nicht anders, als sich stark fühlen, wenn man einen Ort wiedersieht, wo man vor Hunderten von Jahren einmal einen glorreichen Sieg, ja ein Königreich errungen hat. Peter und Edmund waren bald so sehr in ihre Erinnerungen an die Schlacht vertieft, dass sie ihre wunden Füße und die schwere Last ihrer Kettenhemden auf den Schultern völlig vergaßen. Auch der Zwerg hörte interessiert zu.

Sie alle schlugen jetzt einen flotteren Schritt an. Das Gehen fiel ihnen leichter. Auch wenn zu ihrer Linken immer noch die steilen Felsen waren, wurde rechts von ihnen das Gelände jetzt flacher. Bald war es keine Schlucht mehr, sondern nur noch ein Tal. Es gab keine Wasserfälle mehr. Wenig später kamen sie wieder in ein ziemlich dichtes Waldgebiet.

Dann – ganz plötzlich – *swisch* und ein Geräusch, als ob ein Specht einmal gegen einen Baumstamm klopft. Die Kinder überlegten noch, wo sie (vor Ewigkeiten) genauso ein Geräusch schon einmal gehört hatten und warum es ihnen so zuwider war, als Trumpkin »Runter!« brüllte und im selben Moment Lucy (die neben ihm ging) mit sich flach auf den Boden zwischen die Farne riss. Peter, der nach oben geschaut hatte, um möglicherweise ein Eichhörnchen zu entdecken, hatte gesehen, was es war: ein langer, schrecklicher Pfeil war direkt über seinem Kopf in einen Baumstamm gefahren. Während er Susan mit sich zu Boden zog, streifte ein zweiter seine Schulter und bohrte sich neben ihm in den Boden.

»Rasch! Rasch! Zurück! *Kriecht!*«, keuchte Trumpkin.

Sie machten kehrt und robbten unter Farnen inmitten von Wolken scheußlich brummender Fliegen den Hang hinauf. Um sie her zischten die Pfeile. Einer traf Susans Helm mit einem hellen Klirren und prallte ab. Sie krochen schneller. Der Schweiß brach ihnen aus. Dann rannten sie tief gebückt los. Die Jungen hielten ihre Schwerter in den Händen, aus Angst, darüber zu stolpern.

Es war eine unmenschliche Anstrengung – den ganzen Berg wieder hinauf, genau die Strecke zurück, die sie gekommen waren. Als sie das Gefühl hatten, wirklich nicht mehr laufen zu können, auch nicht, wenn es um ihr Leben ginge, ließen sie sich alle keuchend neben einem Wasserfall hinter einem großen Felsen ins Moos fallen. Sie waren überrascht, als sie sahen, wie weit sie schon gekommen waren.

Sie lauschten aufmerksam, hörten aber keine Verfolger.

»Na, *das* hätten wir«, sagte Trumpkin und holte tief Atem. »Im Wald suchen sie wohl nicht. Nur Wachtposten, vermute ich. Aber das bedeutet, dass Miraz da unten einen Außenposten hat. Bimsstein und Besenstiel! Das war knapp.«

»Ich sollte dafür ein paar hinter die Löffel kriegen, dass ich uns überhaupt hier entlanggeführt habe«, sagte Peter.

»Im Gegenteil, Eure Majestät«, entgegnete der Zwerg. »Zum einen wart nicht Ihr es, sondern Euer königlicher Bruder, König Edmund, der zuerst den Vorschlag machte, durch das Spiegelwasser zu kommen.«

»Ich fürchte, der LKF hat recht«, sagte Edmund, der das ganz ehrlich völlig vergessen hatte, seit alles begonnen hatte schiefzulaufen.

»Und zum anderen«, fuhr Trumpkin fort, »wären wir

meinen Weg gegangen, so wären wir diesem neuen Außenposten höchstwahrscheinlich direkt in die Arme gelaufen. Zumindest hätten wir genau dieselben Schwierigkeiten gehabt, ihm auszuweichen. Ich glaube, der Weg über das Spiegelwasser war doch das Beste.«

»Glück im Unglück«, sagte Susan.

»Ziemlich verstecktes Glück!«, erwiderte Edmund.

»Ich schätze, jetzt müssen wir wohl die ganze Schlucht wieder hoch«, sagte Lucy.

»Lu, du bist eine Heldin«, sagte Peter. »Dass du es dir so verkneifst, ›ich hab's euch ja gesagt‹ zu sagen! Gehen wir.«

»Und sobald wir ein gutes Stück oben im Wald sind«, sagte Trumpkin, »werde ich ein Feuer machen und das Abendessen braten, da könnt ihr sagen, was ihr wollt. Aber erst müssen wir weg von hier.«

Es ist nicht nötig, zu beschreiben, wie sie sich wieder die Schlucht hinaufschleppten. Es war sehr anstrengend, aber das Merkwürdige war, dass alle jetzt bessere Laune hatten. Sie hatten neuen Schwung bekommen, und das Wort *Abendessen* hatte eine wunderbare Wirkung auf sie.

Noch bei Tageslicht erreichten sie das Tannenwäldchen, das ihnen so viel Ärger bereitet hatte, und schlugen in einer Senke gleich oberhalb davon ihr Lager auf. Es war mühsam, Brennholz zu sammeln. Aber als dann das Feuer aufflackerte und sie die feuchten, schmierigen Päckchen mit dem Bärenfleisch hervorholten, die jemand, der den ganzen Tag im Haus verbracht hatte, alles andere als verlockend gefunden hätte, war es herrlich. Der Zwerg verstand eine Menge vom Kochen. Jeder Apfel (sie hatten noch einige übrig) wurde in Bärenfleisch eingewickelt – als wären es Apfelknödel mit

Fleisch statt mit Teig, nur viel dicker –, auf einen angespitzten Stock aufgespießt und dann gebraten. Der Saft des Apfels durchzog das ganze Fleisch wie bei Schweinebraten mit Apfelsoße. Das Fleisch eines Bären, der fast nur von anderen Tieren gelebt hat, schmeckt nicht besonders gut. Doch das Fleisch von einem Bären, der reichlich Honig und Obst gegessen hat, ist köstlich, und ein solcher Bär war dies. Es war ein wahrhaft herrliches Mahl. Und natürlich gab es hinterher keinen Abwasch – sie mussten sich nur zurücklehnen, dem Rauch aus Trumpkins Pfeife zuschauen, die Beine ausstrecken und sich unterhalten. Jetzt waren alle wieder voller Hoffnung, dass sie morgen König Kaspian finden und in ein paar Tagen Miraz besiegt haben würden. Vielleicht war diese Zuversicht nicht unbedingt begründet, aber sie empfanden es so.

Einer nach dem anderen schliefen sie ein, aber bei allen ging es ziemlich schnell.

Lucy erwachte aus dem tiefsten Schlaf, den man sich vorstellen kann, mit dem Gefühl, die Stimme, die ihr auf der ganzen Welt am liebsten war, hätte ihren Namen gerufen. Zuerst dachte sie, es wäre die Stimme ihres Vaters, aber das schien nicht ganz zu stimmen. Sie hatte keine Lust, aufzustehen. Nicht, weil sie noch müde gewesen wäre – im Gegenteil, sie war herrlich ausgeruht und alle Schmerzen waren aus ihren Knochen gewichen –, sondern weil sie sich so außerordentlich glücklich und behaglich fühlte. Direkt über ihr leuchteten der narnianische Mond, der größer ist als unserer, und der Sternenhimmel, denn sie hatten ihr Lager an einer vergleichsweise freien Stelle aufgeschlagen.

»Lucy«, ertönte der Ruf wieder, und es war weder die Stimme ihres Vaters noch die von Peter. Zitternd vor Erregung, aber ohne Furcht, setzte sie sich auf. Der Mond schien so hell, dass die ganze Waldlandschaft um sie herum so deutlich zu sehen war, als wäre es Tag, nur dass sie wilder aussah. Hinter ihr war der Tannenwald. Zu ihrer Rechten ragten auf der anderen Seite der Schlucht die zerklüfteten Felsen auf. Direkt vor ihr erstreckte sich eine Grasfläche, auf der einen Bogenschuss weit entfernt einige Bäume standen. Lucy beobachtete eingehend die Bäume auf jener Lichtung.

»Ich glaube fast, die bewegen sich«, sagte sie bei sich. »Sie laufen herum.«

Mit wild klopfendem Herzen stand sie auf und ging auf die Bäume zu. Von der Lichtung her war zweifellos ein Geräusch zu hören. Ein Geräusch wie Bäume bei starkem Wind, obwohl in dieser Nacht kein Wind herrschte. Doch es war auch kein ganz gewöhnliches Baumgeräusch. Lucy glaubte eine Melodie darin zu hören, doch sie konnte die Melodie nicht ganz fassen, so wie sie auch die Worte nicht hatte verstehen können, als die Bäume in der Nacht zuvor beinahe mit ihr geredet hätten. Doch zumindest war da ein Schwingen. Sie spürte, wie ihre Füße von selbst anfangen wollten zu tanzen, als sie näher kam. Und jetzt gab es keinen Zweifel mehr, dass die Bäume sich wirklich bewegten. – Sie bewegten sich im Reigen zusammen und auseinander wie bei einem komplizierten Volkstanz. (»Und ich schätze«, dachte Lucy, »wenn Bäume tanzen, dann muss das wirklich ein sehr, sehr ländlicher Tanz sein.«) Jetzt war sie schon fast mitten unter ihnen.

Der erste Baum, den sie betrachtete, sah auf den ersten Blick gar nicht wie ein Baum aus, sondern wie ein riesiger Mann mit zottigem Bart und mächtigen Haarbüscheln. Angst hatte sie nicht, solche Dinge hatte sie schon früher gesehen. Doch als sie wieder hinschaute, war es nur noch ein Baum, obwohl er sich immer noch bewegte. Natürlich konnte man nicht sehen, ob er Füße oder Wurzeln hatte. Denn wenn Bäume sich bewegen, laufen sie nicht auf der Erdoberfläche. Sie waten darin, wie wir es im Wasser tun. Genauso war es mit jedem Baum, den sie anschaute. Im einen Moment schienen sie die freundlichen, herrlichen Gestalten von Riesen und Riesinnen zu sein, die die Baumleute annehmen, wenn ein guter Zauber sie zum vollen Leben erweckt hat. Im nächsten Moment sahen sie alle wieder aus wie Bäume. Doch wenn sie wie Bäume aussahen, waren es immer noch seltsam menschenähnliche Bäume, und wenn sie wie Leute aussahen, waren sie wie merkwürdig astige und blättrige Leute. Und die ganze Zeit über war jenes eigentümlich schwingende, raschelnde, kühle, heitere Geräusch zu hören.

»Sie sind fast wach, aber noch nicht ganz«, sagte Lucy. Sie selbst, das wusste sie, war hellwach, wacher als man normalerweise jemals ist.

Furchtlos trat sie zwischen die Bäume und fing selbst an zu tanzen, als sie hierhin und dorthin sprang, um nicht mit diesen riesigen Tanzpartnern zusammenzustoßen. Dabei interessierte sie sich nur halb für sie. Ihr Ziel war etwas anderes hinter ihnen. Von dort hatte die liebe Stimme sie gerufen.

Bald war sie durch sie hindurch (wobei sie sich fragte, ob sie mit ihren Armen Zweige beiseitegeschoben oder in einem großen Reigen die Hände riesiger Tänzer ergriffen hatte, die sich herabbeugten, um sie zu erreichen), wobei es tatsächlich ein Ring aus Bäumen um eine offene Fläche in der Mitte war. Sie trat aus dem verwirrenden Spiel lieblicher Lichter und Schatten.

Ihr Blick fiel auf eine kreisrunde Grasfläche, glatt wie ein Rasen, umringt von dunklen, tanzenden Bäumen. Und dann – welche Freude! Denn *er* war da: der mächtige Löwe, weiß schimmernd im Mondlicht, mit seinem großen schwarzen Schatten unter sich.

Bis auf die Bewegung seines Schwanzes hätte er ein steinerner Löwe sein können, aber auf diesen Gedanken kam Lucy gar nicht. Auch darüber, ob er ein freundlicher Löwe sei oder nicht, dachte sie nicht nach. Sie rannte auf ihn zu. Ihr war, als würde ihr Herz zerspringen, wenn sie auch nur einen Moment verlieren würde. Als Nächstes registrierte sie, dass sie ihn küsste und ihre Arme so weit um seinen Hals warf, wie sie konnte, und ihr Gesicht in dem üppigen Seidenmeer seiner Mähne vergrub.

»Aslan, Aslan. Lieber Aslan«, schluchzte Lucy. »Endlich.«

Die große Bestie ließ sich auf die Seite nieder, sodass Lucy fiel und halb sitzend, halb liegend zwischen ihren vorderen Pranken landete. Aslan beugte sich vor und berührte ganz zart ihre Nase mit seiner Zunge. Sein warmer Atem hüllte sie ein. Sie blickte auf in sein großes weises Gesicht.

»Willkommen, Kind«, sagte er.

»Aslan«, sagte Lucy, »du bist größer geworden.«

»Das liegt daran, dass du älter geworden bist, Kleines«, antwortete er.

»Nicht daran, dass du älter geworden bist?«

»Das bin ich nicht. Aber mit jedem Jahr, das du wächst, wirst du mich größer finden.«

Eine Zeit lang war sie so glücklich, dass sie gar nicht sprechen wollte. Doch Aslan sprach.

»Lucy«, sagte er, »wir dürfen nicht lange hier liegen bleiben. Du hast eine Aufgabe vor dir und heute ist schon viel Zeit verloren worden.«

»Ja, war das nicht ein Jammer?«, erwiderte Lucy. »*Ich*

habe dich deutlich gesehen. Aber die anderen haben mir nicht geglaubt. Sie sind alle so –«

Von irgendwo aus der Tiefe von Aslans Körper kam die leise Andeutung eines Knurrens.

»Es tut mir leid«, sagte Lucy, die seine Stimmungen kannte. »Ich wollte jetzt nicht anfangen, die anderen anzuschwärzen. Aber meine Schuld war es jedenfalls nicht, oder?«

Der Löwe schaute ihr gerade in die Augen.

»Oh, Aslan«, sagte Lucy. »Du meinst doch nicht, es war doch meine Schuld? Wie hätte ich denn – ich hätte doch nicht die anderen zurücklassen und allein zu dir hinaufgehen können, oder? Schau mich nicht so an … na gut, gekonnt hätte ich es wohl schon. Ja, und ich wäre auch nicht allein gewesen, ich weiß. Nicht, wenn ich bei dir gewesen wäre. Aber was hätte das genützt?«

Aslan sagte nichts.

»Du meinst«, fuhr Lucy mit schwacher Stimme fort, »es wäre alles gut geworden – irgendwie? Aber wie denn? Bitte, Aslan! Darf ich das nicht wissen?«

»Wissen, was geschehen *wäre,* Kind?«, gab Aslan zurück. »Nein. Das erfährt niemand jemals.«

»Oh«, sagte Lucy.

»Aber jeder kann herausfinden, was geschehen *wird*«, sagte Aslan. »Wenn du jetzt zu den anderen zurückgehst und sie weckst; wenn du ihnen sagst, dass du mich wieder gesehen hast und dass ihr alle sofort aufstehen und mir folgen müsst – was wird dann geschehen? Es gibt nur einen Weg, um das herauszufinden.«

»Heißt das, du willst, dass ich das tue?«, fragte Lucy erschrocken.

»Ja, Kleines«, erwiderte Aslan.

»Werden die anderen dich denn auch sehen?«, fragte Lucy.

»Am Anfang sicher nicht«, antwortete Aslan. »Später vielleicht; das kommt darauf an.«

»Aber sie werden mir nicht glauben!«, wandte Lucy ein.

»Das macht nichts«, sagte Aslan.

»O weh«, sagte Lucy. »Dabei habe ich mich so gefreut, dich wiederzufinden. Und ich dachte, ich dürfte bei dir bleiben. Und ich dachte, du würdest einfach brüllend heranstürmen und alle Feinde verscheuchen – wie beim letzten Mal. Und jetzt wird alles so furchtbar.«

»Es ist schwer für dich, Kleines«, sagte Aslan. »Aber nichts geschieht zweimal auf dieselbe Weise. Es war bisher für uns alle in Narnia sehr schwer.«

Lucy vergrub ihr Gesicht in seiner Mähne, um sich vor seiner Miene zu verstecken. Doch offenbar war in seiner Mähne irgendein Zauber verborgen. Sie spürte, wie Löwenstärke in sie hineinströmte. Ganz plötzlich setzte sie sich auf.

»Es tut mir leid, Aslan«, sagte sie. »Jetzt bin ich bereit.«

»Jetzt bist du eine Löwin«, sagte Aslan. »Und jetzt wird ganz Narnia erneuert. Nun komm. Wir haben keine Zeit zu verlieren.«

Er stand auf und ging mit würdevollen, lautlosen Schritten zurück zu dem Gürtel tanzender Bäume, durch den sie gerade gekommen war. Lucy ging mit ihm, eine ziemlich zittrige Hand auf seine Mähne gelegt. Die Bäume wichen zur Seite, um sie hindurchzulassen, und nahmen für einen Moment vollkommen ihre menschlichen Gestalten an. Lucy erhaschte einen Blick auf hochgewachsene, liebliche Waldgötter und Waldgöttinnen, die sich alle vor dem Löwen verneigten. Im nächsten Moment waren sie wieder Bäume, doch sie verneigten sich noch immer mit so anmutigem Schwung ihrer Äste und Stämme, dass auch ihre Verneigung eine Art Tanz war.

»So, Kind«, sagte Aslan, als sie die Bäume hinter sich hatten. »Hier werde ich warten. Geh die anderen wecken und sag ihnen, dass sie dir folgen sollen. Wenn sie nicht wollen, musst wenigstens du alleine mir folgen.«

Es ist etwas Beängstigendes, wenn man vier Leute wecken muss, alle älter als man selbst und sehr müde, um ihnen etwas zu sagen, was sie wahrscheinlich nicht glauben werden, und um sie dazu zu bringen, etwas zu tun, was ihnen ganz bestimmt nicht gefallen wird. »Ich darf nicht darüber nachdenken, ich muss es einfach tun«, dachte Lucy.

Zuerst ging sie zu Peter und schüttelte ihn. »Peter«, flüsterte sie ihm ins Ohr, »wach auf. Schnell. Aslan ist hier. Er sagt, wir müssen ihm sofort folgen.«

»Sicher, Lu. Was immer du möchtest«, sagte Peter zu ihrer Überraschung. Das war zwar ermutigend, aber da Peter sich sogleich auf die andere Seite drehte und wieder einschlief, nützte es nicht viel.

Dann versuchte sie es mit Susan. Susan wurde richtig wach, aber nur, um in ihrem schauderhaftesten Erwachsenentonfall zu sagen: »Du hast geträumt, Lucy. Geh wieder schlafen.«

Als Nächstes nahm sie sich Edmund vor. Es war sehr schwierig, ihn wachzubekommen, aber als sie es endlich geschafft hatte, war er wirklich wach und setzte sich auf.

»Hä?«, sagte er mürrisch. »Was redest du da?«

Sie erzählte ihm alles noch einmal. Das war mit das Schlimmste an ihrer Aufgabe, denn jedes Mal, wenn sie es erzählte, hörte es sich weniger überzeugend an.

»Aslan!«, sagte Edmund und sprang auf. »Hurra! Wo?«

Lucy drehte sich in die Richtung, wo sie den wartenden Löwen sehen konnte, der sie mit seinem geduldigen Blick fixierte. »Da«, sagte sie und deutete auf ihn.

»Wo?«, fragte Edmund noch einmal.

»Da. Da. Siehst du ihn nicht? Gleich vor den Bäumen.«

Edmund spähte eine Weile lang angestrengt hin und sagte dann: »Nein. Da ist nichts. Du hast dich vom Mondlicht blenden und verwirren lassen. Kann passieren. Einen Moment lang dachte ich selber, ich hätte etwas gesehen. Es ist nur eine optische Täuschung.«

»Aber ich sehe ihn die ganze Zeit«, sagte Lucy. »Er schaut uns direkt an.«

»Warum sehe ich ihn dann nicht?«

»Er hat gesagt, das könntest du vielleicht nicht.«

»Warum nicht?«

»Keine Ahnung. Er hat es eben gesagt.«

»Ach, zum Kuckuck«, sagte Edmund. »Ich wünschte, du würdest nicht immer Sachen sehen. Aber ich schätze, wir müssen die anderen wecken.«

Der Löwe brüllt

Als die ganze Mannschaft schließlich wach war, musste Lucy ihre Geschichte zum vierten Mal erzählen. Das ausdruckslose Schweigen, das darauf folgte, war niederschmetternd.

»Ich kann nichts sehen«, sagte Peter, nachdem er sich die Augen aus dem Kopf geschaut hatte. »Du, Susan?«

»Nein, natürlich nicht«, schnappte Susan. »Weil es gar nichts zu sehen gibt. Sie hat geträumt. Leg dich hin und schlaf, Lucy.«

»Ich hoffe«, sagte Lucy mit zitternder Stimme, »dass ihr alle mit mir kommt. Weil – weil ich nämlich mit ihm gehen muss, ob noch jemand mitgeht oder nicht.«

»Red keinen Unsinn, Lucy«, sagte Susan. »Selbstverständlich kannst du nicht einfach alleine loslaufen. Lass sie nicht weg, Peter. Sie ist einfach nur ungezogen.«

»Ich gehe mit ihr, wenn sie gehen *muss*«, sagte Edmund. »Sie hat schon früher recht behalten.«

»Ich weiß«, sagte Peter. »Und vielleicht hatte sie auch heute Morgen recht. Jedenfalls hat es uns kein Glück gebracht, die Schlucht flussabwärts zu gehen. Trotzdem – es ist mitten in der Nacht. Und warum sollte Aslan für uns unsichtbar sein? Das war er früher nie. Es sieht ihm nicht ähnlich. Was meint der LKF?«

»Oh, ich sage gar nichts«, antwortete der Zwerg. »Wenn ihr alle geht, gehe ich natürlich mit euch. Und wenn eure Gruppe sich teilt, gehe ich mit dem Hochkönig. Das ist meine Pflicht gegenüber ihm und König Kaspian. Aber wenn ihr meine persönliche Meinung wissen wollt, so bin ich ein einfacher Zwerg, der es nicht für sehr aussichtsreich hält, bei Nacht einen Weg zu finden, wo man schon bei Tag keinen gefunden hat. Außerdem kann ich nichts mit magischen Löwen anfangen, die sprechende Löwen sind, aber nicht sprechen, die freundliche Löwen sind, obwohl sie uns überhaupt nichts nützen, und die riesengroße Löwen sind, obwohl sie keiner sehen kann. Aus meiner Sicht ist das alles Quark und Quallenbein.«

»Er schlägt schon mit der Pranke auf den Boden, damit wir uns beeilen«, sagte Lucy. »Wir müssen *jetzt* gehen. Jedenfalls ich muss.«

»Du hast kein Recht, uns anderen deinen Willen so aufzuzwingen. Es steht vier zu eins und du bist die Jüngste«, sagte Susan.

»Ach, kommt schon«, knurrte Edmund. »Wir müssen gehen. Es gibt ja doch keinen Frieden, solange wir es nicht tun.« Er war zwar ehrlich entschlossen, Lucy den Rücken zu stärken, aber es ärgerte ihn, um seinen Nachtschlaf gebracht zu werden, und das glich er aus, indem er alles so griesgrämig wie möglich machte.

»Also, Abmarsch«, sagte Peter, legte müde seinen Arm in die Schildriemen und setzte seinen Helm auf. In jedem anderen Moment hätte er etwas Nettes zu Lucy gesagt, die seine Lieblingsschwester war, denn er wusste, wie elend sie sich fühlen musste, und er wusste auch, dass sie keine Schuld traf, was auch immer geschehen war. Trotzdem konnte er nicht anders, als sich ein bisschen über sie zu ärgern.

Susan war die Schlimmste. »Stellt euch vor, *ich* würde mich so benehmen wie Lucy«, sagte sie. »Ich könnte ja auch damit drohen, hierzubleiben, ob ihr anderen weitergeht oder nicht. Ich glaube fast, das mache ich sogar.«

»Gehorcht dem Hochkönig, Eure Majestät«, sagte Trumpkin, »und lasst uns aufbrechen. Wenn ich schon nicht schlafen darf, möchte ich lieber marschieren als hier herumstehen und reden.«

Und so machten sie sich endlich auf den Weg. Lucy ging voraus, biss sich auf die Lippen und versuchte nichts von alledem zu sagen, was sie am liebsten zu Susan gesagt hätte. Aber das vergaß sie ganz, als sie ihren Blick auf Aslan richtete. Er machte kehrt und ging mit langsamen Schritten ungefähr dreißig Meter vor ihnen her. Die anderen konnten sich nur nach Lucys Anweisungen richten, denn Aslan war für sie nicht nur unsichtbar, sondern auch unhörbar. Seine großen, katzenhaften Pranken machten kein Geräusch auf dem Gras.

Er führte sie rechts an den tanzenden Bäumen vorbei – ob sie immer noch tanzten, wusste niemand, denn Lucy hatte nur den Löwen im Blick und die anderen schauten nur auf Lucy – und näher an den Rand der Schlucht heran. »Kraut und Krähennest!«, dachte Trumpkin. »Ich hoffe, dieser Wahnsinn endet nicht mit einer Kletterpartie im Mondlicht und gebrochenen Hälsen.«

Eine lange Strecke ging Aslan auf dem Grat an der Schlucht entlang. Dann kamen sie zu einer Stelle, wo direkt an der Kante ein paar kleine Bäume wuchsen. Er bog ab und verschwand zwischen ihnen. Lucy hielt die Luft an, denn es sah so aus, als wäre er über die Klippen gestürzt; aber sie war zu sehr damit beschäftigt, ihn im Auge zu behalten, um lange darüber nachzudenken. Sie beschleunigte ihren Schritt und war bald selbst zwischen den Bäumen angekommen. Als sie hinabblickte, sah sie einen steilen schmalen Pfad, der schräg am Hang zwischen den Felsen hindurch in die Schlucht hinunterführte. Auf diesem Pfad stieg Aslan hinab. Er drehte sich um und sah sie mit seinen heiteren Augen an. Lucy klatschte in die Hände und begann hinter ihm her nach unten zu klettern. Von hinten hörte sie die Stimmen der anderen rufen: »He! Lucy! Pass auf, um Himmels willen. Du bist direkt am Rand der Schlucht. Komm zurück –«, und dann, einen Moment später, sagte Edmunds Stimme: »Nein, sie hat recht. Da *führt* ein Weg hinunter.«

Auf halbem Weg den Pfad hinunter holte Edmund sie ein.

»Sieh mal!«, sagte er aufgeregt: »Da! Was ist das für ein Schatten, der da vor uns hinunterkriecht?«

»Es ist *sein* Schatten«, sagte Lucy.

»Ich glaube tatsächlich, du hast recht, Lu«, sagte Edmund. »Ich kann mir nicht erklären, wieso ich das vorher nicht gesehen habe. Aber wo ist er?«

»Bei seinem Schatten natürlich. Kannst du ihn nicht sehen?«

»Also, mir war fast so, als hätte ich ihn gesehen – einen Augenblick lang. Das Licht ist so seltsam.«

»Weiter, König Edmund, weiter«, kam Trumpkins Stimme von hinten. Dann, weiter hinten und noch fast ganz oben, sagte Peters Stimme: »Ach, stell dich nicht so an, Susan. Gib mir deine Hand. Jedes Baby könnte hier hinuntergehen. Und hör auf zu meckern.«

Wenige Minuten später waren sie unten und das mächtige Rauschen des Wassers dröhnte in ihren Ohren. Behutsam tretend wie eine Katze schritt Aslan von einem Stein zum nächsten über den Fluss. In der Mitte blieb er stehen und beugte sich hinab, um zu trinken, und als er seinen Kopf mit der mächtigen Mähne erhob, von der das Wasser herabtropfte, drehte er sich wieder zu ihnen um. Diesmal sah Edmund ihn. »Oh, Aslan!«, rief er und stürmte vorwärts. Doch der Löwe wirbelte herum und begann den Hang auf der anderen Seite des Sturzbaches hinaufzutrotten.

»Peter, Peter!«, rief Edmund. »Hast du ihn gesehen?«

»Ich habe etwas gesehen«, sagte Peter. »Aber es ist trügerisch in diesem Mondlicht. Trotzdem, weiter geht's und ein dreifaches Hoch auf Lucy. Ich fühl mich auch bereits nicht mehr halb so müde.«

Aslan führte sie ohne Zögern nach links, weiter die Schlucht hinauf. Die ganze Wanderung war seltsam, wie ein Traum – der donnernde Fluss, das feuchte graue Gras, die schimmernde Felswand, der sie sich näherten, und stets das herrliche, lautlos schreitende Tier vor ihnen. Alle außer Susan und dem Zwerg konnten ihn jetzt sehen.

Bald erreichten sie einen weiteren steilen Pfad, der die Felswand auf der anderen Seite hinaufführte. Diese Felsen waren viel höher als die, von denen sie gerade herabgestiegen waren, und der Weg hinauf war ein langes, mühseliges Zickzack. Zum Glück schien der Mond direkt über der Schlucht, sodass keine Seite im Schatten lag.

Lucy bekam fast keine Luft mehr, als Aslans Schwanz und Hinterbeine über dem Felsrand verschwanden. Doch mit einer letzten Anstrengung kletterte sie ihm hinterher und gelangte so mit zittrigen Beinen und außer Atem auf den Hügel, den sie versucht hatten zu erreichen, seit sie das Spiegelwasser verlassen hatten. Der lange, sanfte Hang (Heidekraut und Gras und ein paar mächtige Felsen, die im Mondlicht weiß schimmerten) stieg vor ihr an, bis er nach etwa einer halben Meile in einem Kranz von Bäumen endete. Sie kannte ihn. Es war der Hügel des Steinernen Tisches.

Mit klirrenden Kettenhemden kamen die anderen hinter ihr heraufgeklettert. Aslan glitt vor ihnen her und sie folgten ihm.

»Lucy«, sagte Susan ganz leise.

»Ja?«, erwiderte Lucy.

»Jetzt sehe ich ihn. Es tut mir leid.«

»Schon gut.«

»Aber ich war noch viel schlimmer, als du denkst. In Wirklichkeit habe ich gestern schon geglaubt, dass er es war. Als er uns davor warnte, hinunter zu dem Tannenwald zu gehen. Und in Wirklichkeit habe ich auch geglaubt, dass er es war, als du uns heute Nacht geweckt hast. Ganz tief drinnen, meine ich. Oder ich hätte es glauben können, wenn ich es zugelassen hätte. Aber ich wollte einfach nur aus dem Wald hinaus und – und – ach, ich weiß nicht. Was soll ich denn jetzt bloß zu ihm sagen?«

»Vielleicht brauchst du gar nicht viel zu sagen«, meinte Lucy.

Bald erreichten sie die Bäume und durch sie hindurch konnten die Kinder Aslans Haug sehen, den großen Hügel, der seit ihrer Zeit über dem Steinernen Tisch aufgeschichtet worden war.

»Unsere Seite hält aber keine gute Wache«, murmelte Trumpkin. »Wir hätten schon längst angerufen werden müssen –«

»Pst!«, sagten die anderen vier, denn nun war Aslan stehen geblieben und hatte sich zu ihnen umgedreht. Er sah so majestätisch aus, dass sie froh waren, wie man es nur sein kann, wenn man sich gleichzeitig fürchtet, und dass sie sich so sehr fürchteten, wie man es nur kann, wenn man gleichzeitig froh ist. Die Jungen traten vor. Lucy machte ihnen Platz. Susan und der Zwerg wichen zurück.

»Oh Aslan«, sagte König Peter, sank auf ein Knie und hob die schwere Pranke des Löwen an sein Gesicht, »ich bin so froh. Und es tut mir so leid. Ich habe sie seit unserem Aufbruch falsche Wege geführt und besonders gestern Morgen.«

»Mein lieber Sohn«, sagte Aslan.

Dann wandte er sich an Edmund und begrüßte ihn. »Gut gemacht«, waren seine Worte.

Dann, nach einer furchtbaren Pause, sagte die tiefe Stimme: »Susan.« Susan antwortete nicht, aber die anderen hatten das Gefühl, dass sie weinte. »Du hast auf deine Ängste gehört, Kind«, sagte Aslan. »Komm, lass mich dich anhauchen. Vergiss sie alle. Bist du jetzt wieder tapfer?«

»Ein bisschen, Aslan«, sagte Susan.

»Und nun!«, fuhr Aslan mit viel lauterer Stimme fort, in der ein Anflug eines Brüllens lag, während sein Schwanz gegen seine Flanken schlug. »Und nun zu diesem kleinen Zwerg, diesem berühmten Fechter und Bogenschützen, der nicht an Löwen glaubt. Komm her, Erdensohn, komm HER!« Das letzte Wort war nicht mehr nur ein Anflug eines Brüllens, sondern fast schon ein richtiges.

»Spuk und Spinnenbein!«, stieß Trumpkin mit tonloser Stimme hervor. Die Kinder, die Aslan gut genug kannten, um zu sehen, dass er den Zwerg sehr gern hatte, machten sich keine Sorgen. Aber für Trumpkin, der noch nie zuvor einen Löwen gesehen hatte, geschweige denn diesen Löwen, war es etwas ganz anderes. Er tat das einzig Vernünftige, was er tun konnte: Statt auszureißen, wankte er auf Aslan zu.

Aslan stürzte sich auf ihn. Habt ihr je gesehen, wie ein kleines Kätzchen von seiner Mutter im Maul getragen wird? So war es. Der Zwerg hing, zusammengerollt zu einem kleinen, unglücklichen Ball, von Aslans Maul herab. Der Löwe schüttelte ihn einmal ordentlich durch, dass seine Rüstung klirrte wie der Beutel eines Kesselflickers, und dann – schwupp – flog der Zwerg hoch in die Luft. Er war so sicher wie im Bett, obwohl es ihm nicht so vorkam. Als er herunterfiel, fingen ihn die riesigen, samtigen Pranken sanft auf wie die Arme einer Mutter und stellten ihn (sogar mit dem richtigen Ende nach oben) auf den Boden.

»Erdensohn, wollen wir Freunde sein?«, fragte Aslan.

»Ja-ha-ha-ha«, keuchte der Zwerg, denn er war noch nicht wieder zu Atem gekommen.

»So«, sagte Aslan. »Der Mond geht unter. Schaut hinter euch, es dämmert bereits. Wir haben keine Zeit zu verlieren. Ihr drei, ihr Adamssöhne und du, Erdensohn, eilt in den Haug und kümmert euch darum, was ihr dort finden werdet.«

Dem Zwerg fehlten immer noch die Worte, und von den Jungen wagte keiner zu fragen, ob Aslan ihnen folgen würde. Alle drei zogen ihre Schwerter und salutierten, dann machten sie kehrt und trotteten mit klirrenden Rüstungen davon in die Dämmerung. Lucy fiel auf, das keine Spur von Erschöpfung mehr in ihren Gesichtern stand: Sowohl der Hochkönig als auch König Edmund sahen eher wie Männer aus als wie Jungen.

Die Mädchen blieben dicht neben Aslan stehen und sahen ihnen nach, bis sie verschwunden waren. Das Licht veränderte sich. Tief unten im Osten leuchtete Aravir, der Morgenstern von Narnia, wie ein kleiner Mond. Aslan, der noch größer schien als zuvor, hob seinen Kopf, schüttelte seine Mähne und brüllte.

Der Laut, zuerst dunkel und pulsierend wie eine Orgel, die mit einer tiefen Note beginnt, schwoll an und wurde lauter und dann noch viel lauter, bis Erde und

Luft davon erzitterten. Er stieg auf von jenem Hügel und schwebte über ganz Narnia. Unten in Miraz' Lager wachten die Männer auf, starrten sich gegenseitig in die bleichen Gesichter und griffen nach ihren Waffen. Noch weiter unten im Großen Fluss, der um diese Stunde am kältesten war, erhoben sich die Köpfe und Schultern der Nymphen und das mächtige, krautbärtige Haupt des Flussgottes aus dem Wasser. Jenseits des Flusses auf den Feldern und in den Wäldern steckten die Kaninchen ihre wachsamen Ohren aus ihren Höhlen; die verschlafenen Köpfe der Vögel kamen unter ihren Flügeln hervor, Eulen riefen, Fähen bellten, Igel grunzten und Bäume regten sich. In den Städten und Dörfern drückten die Mütter mit erschrocken aufgerissenen Augen ihre Babys eng an die Brust, Hunde wimmerten und Männer sprangen auf und tasteten nach den Lampen. Weit oben an der nördlichen Grenze spähten die Bergriesen aus den dunklen Toren ihrer Burgen hervor.

Was Lucy und Susan sahen, war ein dunkles Etwas, das aus fast allen Richtungen über die Hügel auf sie zukam. Zuerst sah es aus wie ein schwarzer Nebel, der über den Boden kroch, dann wie die stürmischen Wellen eines schwarzen Meeres, die sich höher und höher auftürmten, als sie näher kamen, und endlich wie das, was es in Wirklichkeit war – Wälder, die sich bewegten. Alle Bäume der Welt schienen auf Aslan zuzustürmen. Doch als sie sich näherten, sahen sie immer weniger wie Bäume aus, und als die ganze Schar sich ringsum Lucy vor Aslan verneigte, Knickse machte und ihm mit dünnen langen Armen zuwinkte, sah sie, dass es eine Schar menschlicher Gestalten war. Helle Birkenmädchen schüttelten ihre Köpfe, Weidenfrauen strichen sich die Haare aus ihren tiefernsten Gesichtern, um Aslan anzuschauen, die königlichen Buchen standen in stiller Verehrung vor ihm, zottige Eichenmänner, schlanke, melancholische Ulmen, Stechpalmen mit wilden Haarschöpfen (sie selbst dunkel, doch ihre Frauen leuchtend vor Beeren) und fröhliche Ebereschen. Sie alle verneigten sich, richteten sich wieder auf und riefen »Aslan! Aslan!« mit ihren vielfältigen rauen oder ächzenden oder brausenden Stimmen.

Die Menge und der Tanz um Aslan (denn nun war wieder ein Tanz daraus geworden) wurden so dicht und schnell, dass Lucy gar nicht mehr mitkam. Sie sah nicht, wo jene anderen Leute herkamen, die sich bald zwischen den Bäumen tummelten. Einer war ein Junge, der nur das Fell eines Hirschkalbs anhatte und sich Weinlaub in seine Locken geflochten hatte. Sein Gesicht wäre für einen Jungen fast zu hübsch gewesen, wenn es nicht so einen unbändig wilden Ausdruck gehabt hätte. Wie Edmund sagte, als er ihn ein paar Tage später zu Gesicht bekam: »Das ist ein Bursche, der zu allem imstande ist – absolut zu allem.« Er schien viele Namen zu haben – drei davon waren Bromios, Bassareus und der Widder. Bei ihm war eine ganze Schar von Mädchen, die ebenso wild waren wie er. Überraschenderweise war auch jemand dabei, der auf einem Esel ritt. Und alles lachte und alle riefen laut: »Euan, euan, eu-oi-oi.«

»Gibt es eine Tollerei, Aslan?«, rief der Junge. Und die gab es offenbar. Allerdings schien fast jeder eine andere Vorstellung davon zu haben, was sie gerade spielten. Es könnte Fangen gewesen sein, aber Lucy kam nicht dahinter, wer gerade dran war. Es erinnerte auch an Blinde Kuh, nur dass *alle* sich so benahmen, als wären ihnen die Augen verbunden. Auch mit Topfschlagen hatte es Ähnlichkeit, aber der Topf wurde nie gefunden. Noch komplizierter wurde es dadurch, dass der Mann auf dem Esel, der ungemein alt und ungemein dick war, sogleich begann, »Erfrischungen! Zeit für Erfrischungen!« zu rufen und von seinem Esel herunterzufallen, worauf die anderen ihn wieder hinaufhievten, während der Esel offenbar den Eindruck hatte, das Ganze wäre ein Zirkus, und versuchte ein Kunststück vorzuführen, indem er auf seinen Hinterbeinen ging.

Und die ganze Zeit sprossen überall mehr und mehr Weinblätter hervor. Und nicht nur Blätter, sondern auch Reben. Sie rankten sich an allem hinauf, kletterten an den Beinen der Baumleute empor und schlängelten sich um ihre Hälse. Als Lucy die Hände hob, um ihre Haare zurückzustreichen, stellte sie fest, dass es Weinranken waren. Der Esel war ganz und gar darin eingehüllt. Sein Schwanz war vollkommen überrankt und zwischen seinen Ohren wippte etwas Dunkles. Als Lucy genauer hinschaute, sah sie, dass es Weintrauben waren. Von da an war alles voller Weintrauben – über ihren Köpfen und unter ihren Füßen und rings umher.

»Erfrischungen! Erfrischungen!«, brüllte der alte Mann.

Alle begannen zu essen, und was für schöne Gewächshäuser eure Eltern auch haben mögen, solche Weintrauben habt ihr noch nie gekostet. Richtig gute Weintrauben, außen fest und knackig, die jedoch mit einer kühlen Süße explodierten, sobald man sie in den Mund steckte, waren etwas, wovon die Mädchen noch nie hatten genug bekommen können. Hier gab es mehr davon, als man essen konnte, und keine Tischmanieren. Überall sah man klebrige und verschmierte Finger, und obwohl alle den Mund voll hatten, hörten das Lachen und die jodelnden *Euan, euan, eu-oi-oi-oi-*

oi-Rufe nie auf, bis ganz plötzlich alle im selben Moment das Gefühl hatten, es sei nun Zeit, das Spiel (was immer es war) zu beenden. Alle ließen sich atemlos auf den Boden fallen und wandten ihre Gesichter Aslan zu, um zu hören, was er als Nächstes sagen würde.

Genau in diesem Moment trat die Sonne über den Horizont. Lucy fiel etwas ein und sie flüsterte Susan zu: »Du, Su, ich weiß, wer das ist.«

»Wer denn?«

»Der Junge mit dem wilden Gesicht ist Bacchus und der Alte auf dem Esel ist Silenus. Weißt du nicht mehr, wie Herr Tumnus uns damals von ihnen erzählt hat?«

»Doch, natürlich. Aber weißt du, Lu –«

»Was denn?«

»Ich hätte mich mit Bacchus und seinen wilden Mädchen nicht ganz sicher gefühlt, wenn wir ihnen ohne Aslan begegnet wären.«

»Geht mir genauso«, antwortete Lucy.

Zauberei und plötzliche Vergeltung

Inzwischen kamen Trumpkin und die beiden Jungen an dem dunklen kleinen Torbogen an, der ins Innere des Haugs führte, und zwei wachhabende Dachse (die weißen Flecken auf ihren Wangen war alles, was Edmund von ihnen sehen konnte) sprangen mit gebleckten Zähnen auf und fragten sie mit knurrenden Stimmen: »Wer da?«

»Trumpkin«, antwortete der Zwerg. »Ich bringe den Hochkönig von Narnia aus der fernen Vergangenheit.«

Die Dachse schnüffelten an den Händen der Jungen. »Endlich«, sagten sie. »Endlich.«

»Gebt uns eine Fackel, Freunde«, sagte Trumpkin.

Die Dachse holten gleich hinter dem Torbogen eine Fackel hervor, Peter zündete sie an und reichte sie Trumpkin. »Am besten geht der LKF voran«, sagte er. »Wir kennen uns hier nicht aus.«

Trumpkin nahm die Fackel und ging voraus in den dunklen Tunnel. Es war kalt, finster und muffig, hin und wieder flatterte eine Fledermaus im Fackelschein, und überall waren Spinnweben. Die Jungen, die sich seit jenem Morgen auf dem Bahnhof fast nur im Freien aufgehalten hatten, kamen sich vor, als gingen sie in eine Falle oder in ein Gefängnis hinein.

»Schau mal, Peter«, flüsterte Edmund. »Sieh dir diese Zeichen an den Wänden an. Sehen die nicht uralt aus? Trotzdem sind wir noch älter. Als wir zum letzten Mal hier waren, gab es sie noch nicht.«

»Ja«, erwiderte Peter. »Das gibt einem ganz schön zu denken.«

Der Zwerg ging vor ihnen her und bog dann nach rechts und etwas später links ab, dann ging es ein paar Stufen hinunter und wieder nach links. Nun sahen sie endlich ein Licht vor sich – einen schmalen Streifen, der unter einer Tür hindurchleuchtete. Jetzt hörten sie auch zum ersten Mal Stimmen, denn sie hatten die Tür zu der Kammer in der Mitte des Hügels erreicht. Die Stimmen von drinnen hörten sich zornig an. Jemand redete so laut, dass niemand etwas von der Ankunft der Jungen und des Zwerges bemerkt hatte.

»Das hört sich nicht gut an«, flüsterte Trumpkin Peter zu. »Lasst uns einen Moment zuhören.« Alle drei blieben vollkommen still vor der Tür stehen.

»Ihr wisst ganz genau«, sagte eine Stimme (»Das ist der König«, flüsterte Trumpkin), »warum das Horn an diesem Morgen nicht bei Sonnenaufgang geblasen wurde. Habt ihr vergessen, dass Miraz uns überfallen hat, kaum dass Trumpkin aufgebrochen war, und dass wir drei Stunden lang oder länger um unser Leben kämpfen mussten? Ich habe es geblasen, sobald ich das erste Mal Atem schöpfen konnte.«

»Das werde ich wohl nicht so leicht vergessen können«, erwiderte die wütende Stimme, »da meine Zwerge von dem Angriff am härtesten getroffen wurden und jeder fünfte von ihnen gefallen ist.« (»Das ist Nikabrik«, flüsterte Trumpkin.)

»Das ist empörend, Zwerg«, kam eine kräftige Stimme (»Trüffeljäger«, sagte Trumpkin). »Wir haben alle ebenso viel geleistet wie die Zwerge und keiner mehr als der König.«

»Du kannst die Geschichte drehen und wenden, wie

du willst, das ist mir egal«, antwortete Nikabrik. »Aber ob das Horn zu spät geblasen wurde oder ob gar kein Zauber darin war, es ist auf jeden Fall keine Hilfe gekommen. Und Ihr, Ihr großer Gelehrter, Ihr Zaubermeister, Ihr Alleswisser; wollt Ihr immer noch, dass wir unsere Hoffnungen an Aslan und König Peter und das alles hängen?«

»Ich muss bekennen – ich kann es nicht leugnen –, dass ich vom Ergebnis der Aktion zutiefst enttäuscht bin«, kam die Antwort. (»Das wäre dann Doktor Cornelius«, sagte Trumpkin.)

»Um es klar zu sagen«, sagte Nikabrik, »Euer Pulver ist verschossen, Eure Kutsche abgefahren, Eure Beute entkommen, Eure Versprechen gebrochen. Dann tretet zur Seite und lasst andere das Ihre tun. Und darum –«

»Die Hilfe wird kommen«, unterbrach Trüffeljäger ihn. »Ich stehe zu Aslan. Habt Geduld, so wie wir Tiere. Die Hilfe wird kommen. Vielleicht steht sie jetzt schon vor der Tür.«

»Pah!«, fauchte Nikabrik. »Wenn es nach euch Dachsen ginge, würden wir warten, bis der Himmel herunterfällt und wir Lerchen fangen können. Ich sage euch, wir *können* nicht warten. Die Lebensmittel werden knapp. Unsere Verluste bei jedem Gefecht sind höher, als wir sie verkraften können. Unsere Anhänger stehlen sich davon.«

»Und warum?«, fragte Trüffeljäger. »Ich sage dir, warum. Weil sich unter ihnen herumgesprochen hat, dass wir die alten Könige gerufen haben und von den alten Königen keine Antwort gekommen ist. Die letzten Worte, die Trumpkin sagte, bevor er aufbrach (und mit einiger Wahrscheinlichkeit seinem Tod entgegenging), waren: ›Wenn ihr das Horn blasen müsst, dann lasst die Armee nicht wissen, warum ihr es blast oder was ihr euch davon erhofft.‹ Aber noch am selben Abend schienen es alle zu wissen.«

»Schieb deine graue Schnauze lieber in ein Hornissennest, Dachs, als darauf anzuspielen, ich wäre das Plappermaul«, ereiferte sich Nikabrik. »Nimm das zurück oder –«

»Oh, hört schon auf, alle beide«, schaltete sich König Kaspian ein. »Ich würde gerne wissen, worauf Nikabrik mit all seinen Andeutungen hinauswill. Aber vorher würde ich gerne wissen, wer diese beiden Fremden sind, die er zu unserer Beratung mitgebracht hat und die da mit offenen Ohren und geschlossenen Mündern stehen.«

»Das sind Freunde von mir«, sagte Nikabrik. »Und welches größere Recht habt Ihr selbst, hier zu sein, als dass Ihr ein Freund von Trumpkin und dem Dachs seid? Und was gibt diesem verrückten Alten da in seiner schwarzen Robe das Recht, hier zu sein, außer dass er Euer Freund ist? Wieso sollte ich der Einzige sein, der seine Freunde nicht mitbringen darf?«

»Seine Majestät ist der König, dem du die Treue geschworen hast«, sagte Trüffeljäger streng.

»Ja, ja, das Hofprotokoll«, höhnte Nikabrik. »Aber in diesem Loch können wir offen reden. Du weißt – und er weiß –, dass dieser telmarische Junge in einer Woche ein König über niemanden und nichts sein wird, wenn wir ihm nicht aus der Falle heraushelfen, in der er sitzt.«

»Vielleicht«, warf Cornelius ein, »möchten deine neuen Freunde für sich selbst sprechen? Sie dort, wer und was sind Sie?«

»Erlauchter Meister Doktor«, kam eine dünne, weinerliche Stimme. »Wie Ihr wünscht, ich bin nur eine arme alte Frau, jawohl, und seiner Erlauchten Zwergschaft gewisslich zutiefst verpflichtet für seine Freundschaft. Seine Majestät, sein huldvolles Antlitz sei gesegnet, haben keinen Grund, sich vor einer alten Frau zu fürchten, die ganz krumm ist vom Rheuma und keine zwei Holzscheite besitzt, die sie unter ihren Kessel legen könnte. Ich verstehe mich ein klein wenig auf dieses oder jenes armselige Zaubersprüchlein – nicht zu vergleichen mit Eurer Kunst natürlich, Meister Doktor –, das ich gerne gegen unsere Feinde verwenden würde, wenn es allen Beteiligten recht ist. Denn ich hasse sie. O ja. Niemand hasst besser als ich.«

»Das ist hochinteressant und sehr – äh – aufschlussreich«, sagte Doktor Cornelius. »Ich glaube, ich weiß jetzt, was Sie sind, Madam. Nikabrik, vielleicht würde auch dein anderer Freund sich uns ein wenig vorstellen?«

Eine hohle, dumpfe Stimme, bei der Peter eine Gänsehaut bekam, erwiderte: »Ich bin Hunger. Ich bin Durst. Wo ich zubeiße, beiße ich mich fest, bis ich sterbe, und selbst nach dem Tod müssten sie meinen Biss aus dem Leichnam meines Feindes schneiden und mit mir begraben. Ich kann hundert Jahre fasten, ohne zu sterben. Ich kann hundert Nächte auf dem Eis zubringen, ohne zu erfrieren. Ich kann einen Strom von Blut trinken, ohne zu bersten. Zeigt mir eure Feinde!«

»Und in Gegenwart dieser beiden möchtest du uns deinen Plan mitteilen?«, fragte Kaspian.

»Ja«, sagte Nikabrik. »Und mit ihrer Hilfe gedenke ich ihn auszuführen.«

Eine oder zwei Minuten lang hörten Trumpkin und die Jungen Kaspian und seine beiden Freunde leise miteinander reden, konnten aber nicht verstehen, was sie sagten. Dann ergriff Kaspian wieder das Wort.

»Nun gut, Nikabrik«, sagte er, »lass uns deinen Plan hören.«

Dann kam eine Pause, die so lange dauerte, dass die Jungen sich schon fragten, ob Nikabrik je beginnen würde. Als er es schließlich tat, sprach er leiser, als gefiele ihm selbst nicht so recht, was er da sagte.

»Wenn man es recht bedenkt«, murmelte er, »kennt keiner von uns die Wahrheit über die alten Zeiten in Narnia. Trumpkin glaubte keine der Geschichten. Ich war bereit, sie auf die Probe zu stellen. Wir haben es zuerst mit dem Horn versucht und es hat versagt. Falls es je einen Hochkönig Peter und eine Königin Susan und einen König Edmund und eine Königin Lucy gegeben hat, dann haben sie uns entweder nicht gehört oder sie können nicht kommen oder sie sind unsere Feinde –«

»Oder sie sind unterwegs«, warf Trüffeljäger ein.

»Das kannst du so lange behaupten, bis Miraz uns alle seinen Hunden zum Fraß vorgeworfen hat. Wie gesagt, wir haben ein Glied in der Kette von alten Legenden ausprobiert und es hat uns nichts genützt. Tja. Aber wenn das Schwert bricht, zieht man den Dolch. Die Geschichten erzählen von anderen Mächten neben den alten Königen und Königinnen. Wie wäre es, wenn wir *die* herbeiriefen?«

»Wenn du von Aslan sprichst«, sagte Trüffeljäger, »so ist es gleich, ob wir ihn oder die Könige rufen. Sie waren seine Diener. Wenn er sie nicht sendet (wenn ich auch nicht daran zweifle, dass er es tun wird), ist dann eher anzunehmen, dass er selbst kommt?«

»Nein. Da hast du recht«, sagte Nikabrik. »Aslan und die Könige gehören zusammen. Entweder ist Aslan tot oder er steht nicht auf unserer Seite. Oder vielleicht hält etwas noch Stärkeres als er ihn zurück. Und wenn er käme – woher wissen wir, dass er unser Freund wäre? Er war nicht immer ein guter Freund der Zwerge, nach allem, was man hört. Nicht einmal aller Tiere.

Fragt die Wölfe. Und überhaupt war er nur ein einziges Mal in Narnia, soviel ich gehört habe, und er blieb nicht lange. Mit Aslan braucht ihr nicht zu rechnen. Ich dachte an jemand anderes.«

Niemand antwortete, und eine Weile lang war es so still, dass Edmund den pfeifenden, schnaufenden Atem des Dachses hören konnte.

»Wen meinst du?«, fragte Kaspian endlich.

»Ich meine eine Macht, die so viel größer ist als die Aslans, dass sie Narnia viele Jahre lang in ihrem Bann hielt, wenn die Geschichten wahr sind.«

»Die Weiße Hexe!«, riefen drei Stimmen auf einmal, und nach den Geräuschen erriet Peter, dass drei Leute von ihren Sitzen aufgesprungen waren.

»Ja«, sagte Nikabrik ganz langsam und deutlich, »ich meine die Hexe. Setzt euch wieder. Erschreckt nicht alle nur wegen eines Namens, als wärt ihr Kinder. Wir wollen Macht. Wir wollen eine Macht, die auf unserer Seite steht. Was Macht angeht: Erzählen die Geschichten nicht, dass die Hexe Aslan besiegte, ihn fesselte und ihn auf genau diesem Stein da drüben im Schatten tötete?«

»Aber sie sagen auch, dass er ins Leben zurückkehrte«, sagte der Dachs scharf.

»Ja, das *sagen* sie«, erwiderte Nikabrik, »aber dir wird aufgefallen sein, dass wir herzlich wenig darüber hören, was er hinterher tat. Er verschwindet einfach aus der Geschichte. Wie erklärst du das, wenn er wirklich wieder lebendig wurde? Ist es nicht viel wahrscheinlicher, dass es gar nicht so war und dass die Geschichten deshalb nichts mehr von ihm berichten, weil es nichts mehr zu berichten gab?«

»Er setzte die Könige und Königinnen ein«, sagte Kaspian.

»Ein König, der gerade eine große Schlacht gewonnen hat, kann sich meistens alleine auf den Thron setzen, auch ohne die Hilfe eines dressierten Löwen«, gab Nikabrik zurück.

Ein wildes Knurren antwortete ihm, vermutlich von Trüffeljäger.

»Und überhaupt«, fuhr Nikabrik fort, »was wurde aus den Königen und ihrer Herrschaft? Sie verschwanden ebenfalls. Aber mit der Hexe ist das ganz anders. Man sagt, sie habe hundert Jahre geherrscht: hundert Jahre Winter. Das nenne ich Macht. Das ist etwas Handfestes.«

»Aber, Himmel und Erde!«, rief der König. »Hat man uns nicht immer gesagt, dass sie der schlimmste Feind von allen war? War sie nicht eine Tyrannin, zehnmal schlimmer als Miraz?«

»Vielleicht«, sagte Nikabrik kalt. »Vielleicht war sie das für euch Menschen, falls es in jenen Tagen welche von euch gab. Vielleicht war sie das für manche Tiere. Die Biber hat sie wohl ausgerottet; zumindest gibt es jetzt keine mehr in Narnia. Aber mit uns Zwergen hat sie sich gut verstanden. Ich bin ein Zwerg und stehe zu meinem Volk. *Wir* fürchten uns nicht vor der Hexe.«

»Aber ihr habt euch uns angeschlossen«, sagte Trüffeljäger.

»Ja, und was hat das meinen Leuten bisher gebracht?«, fuhr Nikabrik auf. »Wer wird zu den gefährlichsten Angriffen losgeschickt? Die Zwerge. Wer kommt zu kurz, wenn die Verpflegung knapp wird? Die Zwerge. Wer –?«

»Lügen! Alles Lügen!«, rief der Dachs.

»Und wenn ihr meinem Volk nicht helfen könnt«, unterbrach Nikabrik, dessen Stimme nun zu einem Schreien anschwoll, »dann wende ich mich an jemanden, der es kann.«

»Ist das offener Verrat, Zwerg?«, fragte der König.

»Steckt Euer Schwert zurück in die Scheide, Kaspian«, gab Nikabrik zurück. »Mord während einer Beratung, ja? Spielt ihr so? Seid nicht so dumm, das zu versuchen. Glaubt Ihr, ich hätte Angst vor Euch? Es sind drei auf Eurer Seite und drei auf meiner.«

»Na, dann kommt«, fauchte Trüffeljäger, doch er wurde sofort unterbrochen.

»Halt, halt, halt«, schaltete sich Doktor Cornelius ein. »Nicht so schnell. Die Hexe ist tot. Darin sind sich alle Geschichten einig. Was meint denn Nikabrik damit, die Hexe zu rufen?«

Jene graue, schreckliche Stimme, die bisher erst einmal gesprochen hatte, sagte: »Ach, *ist* sie das?«

Und dann begann die schrille, greinende Stimme: »Oh, tröstet Euch, Eure herzensgute kleine Majestät brauchen sich keine Sorgen zu machen, dass die Weiße Dame – so nennen *wir* sie – tot sei. Der erlauchte Meister Doktor macht sich nur lustig über eine arme alte Frau wie mich, wenn er so etwas sagt. Lieber Meister Doktor, gelehrter Meister Doktor, wer hätte je von einer Hexe gehört, die wahrhaftig starb? Man kann sie immer zurückholen.«

»Ruft sie herbei«, sagte die graue Stimme. »Wir sind alle bereit. Zeichnet den Kreis. Entzündet das blaue Feuer.«

Über dem stetig anschwellenden Knurren des Dachses und einem scharfen »Was?« von Cornelius erhob sich wie ein Donner die Stimme König Kaspians.

»Das ist also dein Plan, Nikabrik! Schwarze Zauberei und Beschwörung eines verfluchten Geistes. Jetzt erkenne ich, wer deine Kumpane sind – ein Warzenweib und ein Werwolf!«

Nun herrschte für eine Minute oder so ein ziemliches

Durcheinander. Ein Tier brüllte, Stahl prallte auf Stahl. Die Jungen und Trumpkin stürmten hinein. Peter erhaschte einen Blick auf eine furchterregende, hagere graue Kreatur, halb Mensch und halb Wolf, die gerade dabei war, einen Jungen anzuspringen, der etwa so alt war wie er. Edmund sah einen Dachs und einen Zwerg, die sich, in eine Art Ringkampf verkeilt, auf dem Boden wälzten. Trumpkin sah sich dem Warzenweib gegenüber. Ihre Nase und ihr Kinn ragten vor wie die Griffe eines Nussknackers, das schmutzige graue Haar flog ihr ums Gesicht und sie hatte soeben Doktor Cornelius an der Kehle gepackt. Trumpkins Schwert sauste durch die Luft und ihr Kopf rollte über den Boden. Dann wurde die Lampe umgestoßen und für etwa sechzig Sekunden war alles nur noch ein Wirrwarr von Schwertern, Zähnen, Klauen, Fäusten und Stiefeln. Dann herrschte Stille.

»Alles in Ordnung, Ed?«

»Ich – ich glaube schon«, keuchte Edmund. »Ich habe diesen Mistkerl Nikabrik erwischt, aber er lebt noch.«

»Wucht und Wackerstein!«, ertönte eine wütende Stimme. »Das bin *ich,* auf dem Ihr da sitzt. Runter mit Euch. Ihr seid so schwer wie ein kleiner Elefant.«

»Oh, tut mir leid, LKF«, sagte Edmund. »Besser so?«

»Au! Nein!«, bellte Trumpkin. »Jetzt steckt Euer Stiefel in meinem Mund. Geht weg.«

»Ist König Kaspian irgendwo?«, fragte Peter.

»Ich bin hier«, kam eine ziemlich schwache Stimme. »Irgendetwas hat mich gebissen.«

Nun hörten alle, wie jemand ein Streichholz anzündete. Es war Edmund. Die kleine Flamme beleuchtete sein Gesicht, das bleich und dreckig aussah. Er tappte eine Weile herum, bis er die Kerze gefunden hatte (die Lampe benutzten sie nicht mehr, da aus ihr das Öl ausgelaufen war), und zündete sie an. Als die Flamme stetig brannte, rappelten sich mehrere Leute vom Boden auf. Sechs Gesichter blinzelten einander im Kerzenschein an.

»Von unseren Feinden scheint keiner mehr übrig zu sein«, sagte Peter. »Da ist das Warzenweib, tot.« (Er wandte seinen Blick rasch wieder von ihr ab.) »Und Nikabrik, auch tot. Und das da, nehme ich an, ist ein Werwolf. Es ist lange her, dass ich einen gesehen habe. Der Kopf wie ein Wolf, der Körper wie ein Mensch. Das heißt, er war gerade dabei, sich von einem Menschen in einen Wolf zu verwandeln, als er getötet wurde. Und du, vermute ich, bist König Kaspian?«

»Ja«, sagte der andere Junge. »Aber ich habe keine Ahnung, wer du bist.«

»Das ist der Hochkönig, König Peter«, sagte Trumpkin.

»Eure Majestät ist uns sehr willkommen«, sagte Kaspian.

»Ebenso *Eure* Majestät«, sagte Peter. »Weißt du, ich bin nicht gekommen, um deinen Platz einzunehmen, sondern um ihn dir zu verschaffen.«

»Eure Majestät«, sagte eine andere Stimme an Peters Ellbogen. Er drehte sich um und sah sich dem Dachs gegenüber. Peter beugte sich vor, umarmte das Tier und küsste den pelzigen Kopf. Für ihn hatte das nichts Mädchenhaftes, er war schließlich der Hochkönig.

»Bester aller Dachse«, sagte er. »Du hast die ganze Zeit über nie an uns gezweifelt.«

»Das ist nicht mein Verdienst, Eure Majestät«, sagte Trüffeljäger. »Ich bin ein Tier und wir ändern uns nicht. Mehr noch, ich bin ein Dachs, und wir sind beständig.«

»Es tut mir leid um Nikabrik«, sagte Kaspian, »auch wenn er mich vom ersten Moment an, als er mich sah, gehasst hat. Er war vom langen Leiden und Hassen innerlich ganz verbittert geworden. Hätten wir rasch gesiegt, so wäre er vielleicht in Friedenszeiten ein guter Zwerg geworden. Ich weiß nicht, wer von uns ihn getötet hat, und darüber bin ich froh.«

»Du blutest«, sagte Peter.

»Ja, ich bin gebissen worden«, sagte Kaspian. »Das war dieses – dieses Wolfsding.« Es dauerte eine ganze Weile, bis sie die Wunde gereinigt und verbunden hatten, und als das erledigt war, sagte Trumpkin: »So. Jetzt brauchen wir erst einmal ein Frühstück.«

»Aber nicht hier«, sagte Peter.

»Nein«, sagte Kaspian mit einem Schaudern. »Und wir müssen jemanden herschicken, die Leichen wegzuschaffen.«

»Lasst das Gesindel in eine Grube werfen«, sagte Peter. »Aber den Zwerg werden wir seinem Volk übergeben, damit sie ihn nach ihrer Sitte bestatten.«

Endlich frühstückten sie in einem der anderen dunklen Gewölbe in Aslans Haug. Es war nicht das Frühstück, das sie sich ausgesucht hätten. Kaspian und Cornelius träumten von Fasanenpasteten und Peter und Edmund von Rühreiern und heißem Kaffee, doch was sie bekamen, war für jeden ein bisschen kaltes Bärenfleisch (aus den Taschen der Jungen), ein Brocken harter Käse und ein Krug Wasser. So, wie sie darüber herfielen, hätte freilich jeder gedacht, es wären die wunderbarsten Köstlichkeiten.

Der Hochkönig führt das Kommando

»So«, sagte Peter, nachdem sie ihre Mahlzeit beendet hatten, »Aslan und die Mädchen (das sind Königin Susan und Königin Lucy, Kaspian) sind irgendwo in der Nähe. Wir wissen nicht, wann er eingreifen wird. Zweifellos zu seiner Zeit, nicht zu unserer. In der Zwischenzeit möchte er, dass wir von uns aus tun, was wir können. Wie du sagst, Kaspian, sind wir nicht stark genug, um Miraz in offener Schlacht gegenüberzutreten.«

»Ich fürchte, so ist es, Hochkönig«, sagte Kaspian. Obwohl er Peter sehr mochte, war er ziemlich einsilbig. Es war für ihn viel seltsamer, den großen Königen aus den alten Geschichten zu begegnen, als es für sie war, ihn zu treffen.

»Nun gut«, sagte Peter, »dann werde ich ihm eine Herausforderung zum Zweikampf schicken.« Auf diese Idee war noch niemand gekommen.

»Bitte«, wandte Kaspian ein, »kann ich das nicht machen? Ich möchte meinen Vater rächen.«

»Du bist verwundet«, entgegnete Peter. »Und überhaupt, würde er über eine Herausforderung von dir nicht einfach lachen? Ich meine, wir haben gesehen, dass du ein König und ein Krieger bist, aber er sieht in dir nur ein Kind.«

»Aber, Sire«, sagte der Dachs, der ganz dicht bei Peter saß und seinen Blick nicht von ihm wandte. »Wird er denn von Euch eine Herausforderung annehmen? Er weiß doch, dass er die stärkere Armee hat.«

»Höchstwahrscheinlich wird er das nicht tun«, gab Peter zu, »aber es besteht immerhin die Möglichkeit. Und selbst wenn er es nicht tut, werden wir den größten Teil des Tages damit verbringen, Herolde hin und her zu schicken und so etwas. Bis dahin hat Aslan vielleicht schon gehandelt. Und zumindest kann ich die Armee inspizieren und unsere Position stärken. Ich werde die Herausforderung senden. Ich werde sie sogar sofort aufsetzen. Haben Sie Feder und Tinte, Meister Doktor?«

»Die hat ein Gelehrter immer bei sich, Eure Majestät«, antwortete Doktor Cornelius.

»Nun gut, ich werde diktieren«, sagte Peter. Und während der Doktor ein Pergament ausbreitete, sein Tintenhorn öffnete und seine Feder spitzte, lehnte sich Peter mit halb geschlossenen Augen zurück und rief sich die Ausdrucksweise in Erinnerung, in der er vor langer Zeit in Narnias Goldenem Zeitalter solche Dinge verfasst hatte.

»Gut«, sagte er schließlich. »Sind Sie so weit, Doktor?«

Doktor Cornelius tauchte seine Feder ein und wartete. Peter diktierte ihm Folgendes:

»Peter, von Aslans Gnaden, durch Wahl, Verordnung und Sieg Hochkönig über alle Könige in Narnia, Kaiser der Einsamen Inseln und Herr von Cair Paravel, Ritter vom Edelsten Orden des Löwen, entbietet Miraz, dem Sohne Kaspians des Achten, einst Reichsverweser von Narnia, der sich nun eigenmächtig König von Narnia nennt, seinen Gruß. Haben Sie das?«

»Narnia nennt, Komma, seinen Gruß«, murmelte der Doktor. »Ja, Sire.«

»Neuer Absatz«, fuhr Peter fort. *»Um Blutvergießen*

zu verhindern und alle anderen Unannehmlichkeiten zu vermeiden, die aus den kriegerischen Handlungen zu erwachsen drohen, die derzeit in unserem Reiche Narnia vonstatten gehen, geruhen wir, in höchsteigener königlicher Person, im Namen unseres vertrauten und geliebten Kaspian im ehrenvollen Wettkampf am Leibe Eurer Lordschaft zu beweisen, dass genannter Kaspian der rechtmäßige König in Narnia ist, sowohl von unseren Gnaden als auch nach den Gesetzen der Telmarer, und dass Eure Lordschaft des zweifachen Verrats schuldig ist, zum einen, indem Ihr dem genannten Kaspian die Herrschaft über Narnia vorenthaltet, zum anderen durch den verabscheuungswürdigen, blutigen und widernatürlichen Mord an Eurem ehrbaren Herrn und Bruder König Kaspian, dem Neunten dieses Namens. Darum rufen wir Eure Lordschaft ernstlich in aller Form, Herausforderung und Drohung zu besagtem Kampfe und Duell und übermitteln dieses Schreiben durch die Hand unseres geliebten und königlichen Bruders Edmund, zu manchen Zeiten König unter uns in Narnia, Herzog vom Laternendickicht und Graf der Westlichen Mark, Ritter vom Edlen Orden des Tisches, dem wir unumschränkte Vollmacht erteilen, mit Eurer Lordschaft alle Bedingungen des besagten Kampfes zu vereinbaren. Beurkundet in unserem Lager in Aslans Haug an diesem XII. Tag des Monats Gründach im ersten Jahre Kaspians des Zehnten von Narnia.

Das müsste reichen«, sagte Peter und holte tief Atem. »Und nun brauchen wir zwei Leute, die wir mit König Edmund hinschicken. Ich denke, einer davon sollte der Riese sein.«

»Er – er ist aber nicht sehr schlau, weißt du«, sagte Kaspian.

»Natürlich nicht«, erwiderte Peter. »Aber Eindruck machen kann jeder Riese, solange er den Mund hält. Außerdem wird es ihn wieder aufheitern. Aber wer sollte der andere sein?«

»Auf mein Wort«, sagte Trumpkin, »wenn Ihr jemanden haben wollt, der mit Blicken töten kann, dann wäre Riepischiep der Beste.«

»Das wäre er tatsächlich, nach allem, was ich hörte«, sagte Peter lachend. »Wenn er nur nicht so klein wäre. Sie würden ihn nicht einmal sehen, bis er direkt vor ihnen stünde!«

»Sendet Talsturm, Sire«, sagte Trüffeljäger. »Niemand hat je über einen Zentauren gelacht.«

Eine Stunde später blickten zwei hohe Befehlshaber in der Armee des Miraz, Lord Glozelle und Lord Sopespian, die gerade an ihren Linien entlangschlenderten und sich die Reste des Frühstücks aus den Zähnen stocherten, auf und sahen vom Wald her den Zentauren und den Riesen Wimbelwetter auf sich zukommen, die sie beide schon auf dem Schlachtfeld gesehen hatten. Zwischen ihnen eine Gestalt, die sie nicht erkannten. Wohl nicht einmal die anderen Jungen in Edmunds Schule hätten ihn erkannt, wenn sie ihn in diesem Moment hätten sehen können. Denn Aslan hatte ihn bei ihrer Begegnung angehaucht und er strahlte Erhabenheit aus.

»Was sollen wir tun?«, fragte Lord Glozelle. »Ist das ein Angriff?«

»Eher eine Unterhandlung«, erwiderte Sopespian. »Schaut, sie tragen grüne Zweige. Höchstwahrscheinlich kommen sie, um sich zu ergeben.«

»Der da zwischen dem Zentauren und dem Riesen geht, macht aber keine sehr ergebene Miene«, sagte Glozelle. »Wer kann das sein? Der junge Kaspian ist es nicht.«

»In der Tat«, sagte Sopespian. »Das ist ein fürchterlicher Krieger, das sage ich Euch, wo immer die Rebellen ihn aufgetrieben haben. Er ist (ganz unter uns gesagt, Eure Lordschaft) ein königlicherer Mann, als Miraz es je war. Und was für eine Rüstung er trägt! Dergleichen brächte keiner unserer Schmiede zustande.«

»Ich würde meinen gescheckten Hengst darauf verwetten, dass er eine Herausforderung bringt, keine Kapitulation«, meinte Glozelle.

»Wie das?«, fragte Sopespian. »Wir haben den Feind hier in der Hand. Miraz wäre niemals so schwachsinnig, seinen Vorteil für einen Zweikampf wegzuwerfen.«

»Vielleicht könnte man ihn dazu veranlassen«, erwiderte Glozelle mit gedämpfter Stimme.

»Leise«, sagte Sopespian. »Lasst uns ein paar Schritte außer Hörweite dieser Wächter treten. – So. Habe ich Eure Lordschaft richtig verstanden?«

»Sollte sich der König auf ein Duell einlassen«, flüsterte Glozelle, »nun, so würde er entweder töten oder getötet werden.«

»Und?«, fragte Sopespian und nickte bedächtig.

»Und wenn er tötete, hätten wir diesen Krieg gewonnen.«

»Gewiss. Und wenn nicht?«

»Nun, wenn nicht, so sollte es uns ohne des Königs Gnaden ebenso gut gelingen, ihn zu gewinnen, wie mit ihm. Denn ich brauche Eurer Lordschaft nicht zu sagen, dass Miraz kein sehr großer Feldherr ist. Und danach wären wir sowohl siegreich als auch königlos.«

»Und wollt Ihr damit andeuten, Mylord, dass Ihr und ich ohne einen König ebenso gut in der Lage wären, dieses Land zu führen, wie mit einem?«

Glozelle verzog das Gesicht zu einer Fratze. »Nicht

zu vergessen«, sagte er, »dass wir es waren, die ihn auf den Thron brachten. Und welcher Lohn ist uns zuteil geworden, in all den Jahren, in denen er darauf saß? Welche Dankbarkeit hat er uns erwiesen?«

»Ihr braucht kein Wort mehr zu sagen«, antwortete Sopespian. »Aber schaut – man kommt, um uns zum Zelt des Königs zu rufen.«

Als sie Miraz' Zelt erreichten, sahen sie davor Edmund und seine zwei Begleiter sitzen und sich an Kuchen und Wein laben, mit dem man sie bewirtete, nachdem sie die Herausforderung überbracht und sich dann zurückgezogen hatten, während der König darüber nachdachte. Als sie sie so aus der Nähe erblickten, fanden die beiden telmarischen Lords alle drei äußerst furchterregend.

Drinnen fanden sie Miraz, der unbewaffnet war und gerade sein Frühstück beendete. Sein Gesicht war rot angelaufen und seine Stirn gerunzelt.

»Da!«, knurrte er und schleuderte ihnen das Pergament über den Tisch hinweg entgegen. »Schaut, was für einen Haufen Ammenmärchen unser Rotzbengel von einem Neffen uns geschickt hat.«

»Mit Verlaub, Sire«, sagte Glozelle, »wenn der junge Krieger, den wir gerade draußen gesehen haben, jener König Edmund ist, der in diesem Schreiben erwähnt wird, dann würde ich ihn nicht als Ammenmärchen bezeichnen, sondern als einen äußerst gefährlichen Krieger.«

»König Edmund, pah!«, entgegnete Miraz. »Glauben Eure Lordschaft etwa jene Altweiberlegenden von Peter und Edmund und den anderen?«

»Ich glaube meinen Augen, Eure Majestät«, erwiderte Glozelle.

»Nun, das führt uns nicht weiter«, sagte Miraz, »aber

was diese Herausforderung angeht, so nehme ich an, dass wir alle einer Meinung darüber sind?«

»Das nehme auch ich in der Tat an, Sire«, sagte Glozelle.

»Und die wäre?«, fragte der König.

»Die Herausforderung ist ganz zweifellos zurückzuweisen«, sagte Glozelle. »Denn obwohl man mich nie einen Feigling genannt hat, muss ich offen gestehen, dass ein Zweikampf mit jenem jungen Mann mehr ist, als ich meinem Herzen zutrauen würde. Und wenn (wie man annehmen muss) sein Bruder, der Hochkönig, noch gefährlicher ist als er – nun, bei Eurem Leben, mein Herr und König: Habt nichts zu schaffen mit ihm!«

»Die Pest über Euch!«, rief Miraz. »Solchen Rat kann ich nicht gebrauchen. Meint Ihr, ich will von Euch wissen, ob ich mich davor fürchten müsste, diesem Peter gegenüberzutreten (falls es den Mann überhaupt gibt)? Glaubt Ihr, ich fürchte mich vor ihm? Ich wollte Euren Rat, was Euch in dieser Sache taktisch klug erscheint. Ob wir den Vorteil, den wir haben, für einen Wettkampf aufs Spiel setzen sollten.«

»Worauf ich nur antworten kann, Eure Majestät«, erwiderte Glozelle, »dass alle Gründe dafür sprechen, die Herausforderung zurückzuweisen. Aus dem Antlitz des fremden Ritters blickt der Tod.«

»Jetzt fangt Ihr schon wieder an!«, sagte Miraz, dem die Zornesader schwoll. »Wollt Ihr es etwa so hinstellen, als wäre ich ein ebenso großer Feigling wie Eure Lordschaft?«

»Eure Majestät können sagen, was Euch beliebt«, entgegnete Glozelle eingeschnappt.

»Ihr redet wie ein altes Weib, Glozelle«, sagte der König. »Was meint Ihr, Lord Sopespian?«

»Lasst Euch nicht darauf ein, Sire«, kam die Antwort. »Und was Eure Majestät über die taktische Klugheit der Sache sagen, kommt sehr gelegen. Es verschafft Eurer Majestät vorzügliche Gründe für eine Ablehnung, ohne irgendwelchen Anlass zu geben, die Ehre oder Tapferkeit Eurer Majestät in Zweifel zu ziehen.«

»Bei allen Himmeln!«, rief Miraz und sprang von seinem Sitz auf. »Seid *Ihr* denn heute auch von allen guten Geistern verlassen? Denkt Ihr denn, ich suche nach Gründen für eine Ablehnung? Genauso gut könntet Ihr mir ins Gesicht sagen, dass Ihr mich für einen Feigling haltet.«

Da die Unterredung ganz nach den Wünschen der beiden Lords verlief, sagten sie nichts.

»Jetzt wird mir alles klar«, sagte Miraz, nachdem er sie angestarrt hatte, als wollten seine Augen aus den Höhlen springen, »Ihr habt selbst das Herz eines Hasen und besitzt die Unverfrorenheit, Euch einzubilden, das meine sei ebenso furchtsam wie Eures! Gründe für eine Ablehnung! Ausreden, um nicht zu kämpfen! Seid Ihr Soldaten? Seid Ihr Telmarer? Seid Ihr Männer? Und wenn ich ablehnte (wozu mich alle guten Gründe der Heerführung und Kriegstaktik drängen), werdet ihr denken und anderen weismachen, ich hätte Angst gehabt. Ist es nicht so?«

»Kein weiser Soldat«, erwiderte Glozelle, »würde einen Mann im Alter Eurer Majestät einen Feigling nennen, weil er sich weigert, sich einem großen Krieger in der Blüte seiner Jugend zum Zweikampf zu stellen.«

»Jetzt bin ich also nicht nur ein Hasenfuß, sondern auch ein Tattergreis, der mit einem Bein schon im Grabe steht!«, brüllte Miraz. »Ich werde Euch etwas sagen, meine Lords. Mit Euren weibischen Ratschlägen (mit denen Ihr ständig von der eigentlichen strategischen

Frage ablenkt) habt Ihr genau das Gegenteil von dem erreicht, was Ihr wolltet. Meine Absicht war, die Herausforderung abzulehnen. Aber ich werde sie annehmen. Annehmen, hört Ihr! Ich will nicht beschämt sein müssen, nur weil irgendeine Hexerei oder ein Verrat Euch das Blut hat gefrieren lassen.«

»Wir beschwören Eure Majestät –«, fing Glozelle an, doch Miraz war bereits aus dem Zelt gestürmt und sie hörten, wie er Edmund seine Annahme entgegenschleuderte.

Die beiden Lords sahen einander an und schmunzelten leise.

»Ich wusste, er würde es tun, wenn man ihn nur richtig anstachelt«, sagte Glozelle. »Aber dass er mich Feigling genannt hat, werde ich ihm nicht vergessen. Dafür wird er bezahlen.«

Es gab eine große Aufregung in Aslans Haug, als die Nachricht eintraf und sich unter den verschiedenen Geschöpfen herumsprach. Edmund hatte mit einem von Miraz' Befehlshabern bereits den Schauplatz des Zweikampfes markiert. Er war mit Seilen und Pflöcken abgesteckt worden. Als Kampfrichter würden zwei Telmarer an zwei Ecken und einer in der Mitte einer Seitenlinie stehen. Drei Kampfrichter für die anderen beiden Ecken und die andere Seite würden vom Hochkönig bestimmt werden. Peter erklärte gerade Kaspian, dass er keiner davon sein könne, weil es ja sein Thronrecht war, worum sie kämpften, als plötzlich eine schwerfällige, verschlafene Stimme sagte: »Eure Majestät, bitte.« Peter drehte sich um und sah den ältesten der Plauzenbären vor sich stehen. »Mit Verlaub, Eure Majestät«, sagte er, »ich bin ein Bär, jawohl.«

»Gewiss, das bist du, und ein guter Bär dazu, ganz ohne Zweifel«, sagte Peter.

»Ja«, sagte der Bär. »Aber es war von jeher ein Vorrecht der Bären, einen der Kampfrichter zu stellen.«

»Lasst das nicht zu«, flüsterte Trumpkin Peter zu. »Er ist ein guter Kerl, aber er wird uns allen Schande machen. Er wird einschlafen und er *wird* an seinen Tatzen nuckeln. Und das vor den Augen unserer Feinde.«

»Das ist nicht zu ändern«, sagte Peter. »Er hat nämlich völlig recht. Die Bären hatten dieses Vorrecht. Mir ist nur schleierhaft, wieso es all die Jahre in Erinnerung geblieben ist, wo doch so viele andere Dinge in Vergessenheit geraten sind.«

»Bitte, Eure Majestät«, sagte der Bär.

»Es ist euer Recht«, sagte Peter. »Und du wirst einer der Kampfrichter sein. Aber du *musst* daran denken, nicht an deinen Tatzen zu nuckeln.«

»Natürlich nicht«, sagte der Bär in einem Ton, als wäre das ein ganz und gar schockierender Gedanke.

»Aber du tust es ja sogar in diesem Augenblick!«, fuhr Trumpkin ihn an. Der Bär zog wie der Blitz seine Tatze aus dem Maul und tat so, als hätte er nichts gehört.

»Sire!«, ertönte eine schrille Stimme aus Bodennähe.

»Ah – Riepischiep!«, sagte Peter, nachdem er sich in alle Richtungen umgeschaut hatte, wie es die Leute meistens taten, wenn sie von der Maus angesprochen wurden.

»Sire«, sagte Riepischiep. »Mein Leben steht jederzeit zu Euren Diensten, aber meine Ehre gehört mir selbst. Sire, zu meinen Leuten gehört der einzige Trompeter in der Armee Eurer Majestät. Ich hatte angenommen, dass vielleicht auch wir mit entsandt worden wären, um die Herausforderung zu überbringen. Sire, meine Leute sind gekränkt. Vielleicht wäre es ihnen ein Trost, wenn es Eurer Majestät beliebte, mich zu einem der Kampfrichter zu machen.«

In diesem Moment ertönte von irgendwo über ihnen ein Geräusch, das sich fast wie ein Donnern anhörte, als der Riese Wimbelwetter in ein nicht sonderlich intelligentes Gelächter ausbrach, wie man es von den netteren Riesenarten hinlänglich kennt. Er brach jedoch sofort ab und hatte, als Riepischiep endlich entdeckt hatte, woher der Lärm kam, ein zutiefst trübseliges Gesicht aufgesetzt.

»Ich fürchte, das geht nicht«, sagte Peter, ohne eine Miene zu verziehen. »Manche Menschen fürchten sich vor Mäusen –«

»Das ist mir nicht entgangen, Sire«, sagte Riepischiep.

»Und es wäre nicht fair gegenüber Miraz«, fuhr Peter fort, »irgendetwas in sein Blickfeld zu bringen, was seinen Mut beeinträchtigen könnte.«

»Eure Majestät sind das Spiegelbild der Ehre«, sagte der Anführer der Mäuse mit einer seiner prachtvollen Verbeugungen. »Und in dieser Frage sind wir völlig einer Meinung … Ich glaubte gerade eben jemanden lachen zu hören. Sollte einer der Anwesenden mich zum Gegenstand seines Spotts auserkoren haben, so stehe ich ihm sehr gern zu Diensten – mit meinem Schwert – wann immer es ihm genehm ist.«

Auf diese Bemerkung folgte ein betretenes Schweigen, das Peter schließlich brach, indem er sagte: »Der Riese Wimbelwetter, der Bär und der Zentaur werden unsere Kampfrichter sein. Der Zweikampf findet um zwei Uhr nachmittags statt. Wir essen genau um zwölf.«

»Hör mal«, sagte Edmund, als sie davongingen. »Das wird doch auch gut gehen, oder? Ich meine, du wirst ihn doch besiegen können?«

»Um das herauszufinden, kämpfe ich ja mit ihm«, sagte Peter.

Wie alle sehr beschäftigt waren

Kurz vor zwei Uhr saßen Trumpkin und der Dachs mit den übrigen Geschöpfen am Rand des Waldes und schauten hinüber zu der schimmernden Linie der Armee des Miraz', die sich etwa zwei Pfeilschuss weit entfernt befand. Dazwischen war eine quadratische, ebene Grasfläche für den Zweikampf abgesteckt worden. An den beiden Ecken der gegenüberliegenden Seite standen Glozelle und Sopespian mit gezückten Schwertern. An den Ecken der eigenen Seite standen der Riese Wimbelwetter und der Plauzenbär, der trotz aller Warnungen an seiner Tatze nuckelte und, um die Wahrheit zu sagen, ausgesprochen albern aussah. Zum Ausgleich dafür sah Talsturm, der reglos an der rechten Linie stand, wenn er nicht gerade mit dem Hinterhuf aufstampfte, wesentlich imposanter aus als der telmarische Baron, der ihm auf der linken Seite gegenüberstand. Peter hatte gerade Edmund und dem Doktor die Hände geschüttelt und ging nun auf den Kampfplatz zu. Es war wie der Moment vor dem Startschuss bei einem wichtigen Rennen, nur viel schlimmer.

»Ich wünschte, Aslan wäre aufgetaucht, bevor es so weit kam«, sagte Trumpkin.

»Ich auch«, erwiderte Trüffeljäger. »Aber schau mal hinter dich.«

»Krug und Krähenfuß!«, murmelte der Zwerg, sobald er das getan hatte. »Was sind das denn für welche? Riesige Leute – wunderschöne Leute – wie Götter und

Göttinnen und Riesen. Hunderte, Tausende davon. Sie kommen hinter uns immer näher. Was sind das für welche?«

»Es sind die Dryaden und Hamadryaden und Silvaner«, sagte Trüffeljäger. »Aslan hat sie geweckt.«

»Hmpf!«, machte der Zwerg. »Das wird sehr nützlich sein, falls der Feind einen Verrat im Schilde führt. Aber es wird dem Hochkönig nicht sehr viel helfen, falls sich herausstellt, dass Miraz geschickter mit dem Schwert ist.«

Der Dachs antwortete nicht, denn nun betraten Peter und Miraz von entgegengesetzten Seiten her den Kampfplatz, beide angetan mit Kettenhemd, Helm und Schild. Sie gingen vorwärts, bis sie dicht voreinander standen. Beide verbeugten sich und schienen etwas zu sagen, aber es war unmöglich, die Worte zu verstehen. Im nächsten Moment blitzten die beiden Schwerter im Sonnenlicht. Eine Sekunde lang war ihr Aufeinanderprallen zu hören, doch es wurde sofort übertönt, denn nun begannen beide Armeen zu brüllen wie die Zuschauer bei einem Fußballspiel.

»Gut gemacht, Peter, oh, gut gemacht!«, rief Edmund, als er sah, wie Miraz einen ganzen und einen halben Schritt zurücktaumelte. »Nachsetzen, schnell!« Peter tat es und ein paar Sekunden lang sah es so aus, als ob der Kampf zu gewinnen wäre. Doch dann riss Miraz sich zusammen und begann seine Körpergröße und sein Gewicht richtig auszunutzen. »Miraz! Miraz! Der König! Der König!«, ertönte das Gebrüll der Telmarer. Kaspian und Edmund wurden bleich vor entsetzlicher Sorge.

»Peter muss einige furchtbare Hiebe einstecken«, sagte Edmund.

»Hallo!«, rief Kaspian. »Was ist denn jetzt los?«

»Sie gehen auseinander«, erwiderte Edmund. »Wohl ein bisschen außer Atem, nehme ich an. Schau. Ah, jetzt fangen sie wieder an. Diesmal gehen sie methodischer vor. Sie umkreisen sich, testen die Abwehr des anderen aus.«

»Ich fürchte, dieser Miraz versteht sein Handwerk«, murmelte der Doktor. Doch kaum hatte er das gesagt, da fingen die Alt-Narnianen begeistert an zu klatschen und zu bellen und ihre Mützen in die Luft zu werfen, dass es fast ohrenbetäubend war.

»Was war das? Was war das?«, fragte der Doktor. »Meine alten Augen haben es verpasst.«

»Der Hochkönig hat ihm eine Stich in die Achselhöhle beigebracht«, sagte Kaspian, der immer noch klatschte. »Genau da, wo die Armöffnung des Brustpanzers die Spitze durchlässt. Das erste Blut.«

»Aber jetzt sieht es wieder ziemlich übel aus«, sagte Edmund. »Peter setzt seinen Schild nicht richtig ein. Er muss am linken Arm etwas abbekommen haben.«

Genauso war es. Alle sahen, dass Peters Schild nutzlos herabhing. Die Anfeuerungsrufe der Telmarer schwollen mächtig an.

»Du hast mehr Kämpfe gesehen als ich«, sagte Kaspian. »Gibt es jetzt noch eine Chance?«

»Eine sehr geringe«, antwortete Edmund. »Er könnte es wohl gerade so schaffen. Mit Glück.«

»Oh, warum haben wir es überhaupt dazu kommen lassen?«, sagte Kaspian.

Plötzlich verstummten die Rufe auf beiden Seiten. Edmund war einen Moment lang verdutzt. Dann sagte er: »Oh, ich verstehe. Sie haben sich auf eine Pause geeinigt. Kommen Sie, Doktor. Sie und ich können vielleicht etwas für den Hochkönig tun.« Sie rannten hinunter zum Kampfplatz, während Peter über die Seile stieg und ihnen entgegenging. Sein Gesicht war rot und verschwitzt, sein Atem ging schwer.

»Ist dein linker Arm verletzt?«

»Eine Wunde ist es nicht wirklich«, sagte Peter. »Ich habe einen Hieb aus seiner Schulter heraus mit voller Wucht auf den Schild bekommen – es war wie eine Ladung Ziegelsteine – und der Rand meines Schildes wurde gegen mein Handgelenk gerammt. Gebrochen ist es nicht, glaube ich, aber es könnte verstaucht sein. Wenn ihr es mir ganz fest verbindet, komme ich wahrscheinlich zurecht.«

Während sie das taten, fragte Edmund besorgt. »Was hältst du von ihm, Peter?«

»Ein schwieriger Gegner«, erwiderte Peter. »Sehr schwierig. Ich habe eine Chance, wenn ich ihn in Bewegung halte, bis sein Gewicht und sein kurzer Atem sich gegen ihn wenden – gerade bei dieser heißen Sonne. Um die Wahrheit zu sagen, sonst hätte ich wohl kaum eine Chance. Du musst – du musst alle zu Hause von mir grüßen, wenn er mich erwischt, Ed. Da, er kommt wieder in den Ring. Bis dann, alter Junge. Auf Wiedersehen, Doktor. Und hör mal, Ed, sag etwas besonders Nettes zu Trumpkin. Er ist ein Pfundskerl.«

Edmund brachte keinen Ton heraus. An der Seite des Doktors ging er mit einem flauen Gefühl in der Magengegend zurück zu den eigenen Reihen.

Doch die neue Runde lief gut. Peter schien jetzt sein Schild recht gut einsetzen zu können, und auf jeden Fall zeigte er eine hervorragende Beinarbeit. Jetzt spielte er fast Fangen mit Miraz, indem er immer außer Reichweite blieb, die Stellung wechselte und den Gegner arbeiten ließ.

»Feigling!«, buhten die Telmarer. »Warum stellst du dich nicht? Gefällt dir wohl nicht, was? Wir dachten, du wärst gekommen, um zu kämpfen, nicht um zu tanzen. Buh!«

»Oh, hoffentlich hört er nicht auf sie«, sagte Kaspian.

»Er nicht«, sagte Edmund, »da kennst du ihn schlecht – Oh!« Miraz hatte endlich einen Treffer gelandet und Peter am Helm erwischt. Peter taumelte, stolperte zur Seite und fiel auf ein Knie. Das Gebrüll der Telmarer erhob sich wie das Getöse des Meeres. »Jetzt, Miraz«, schrien sie. »Jetzt. Schnell! Töte ihn.« Doch es war gar nicht nötig, den Thronräuber anzufeuern. Er war schon dabei, sich auf Peter zu stürzen. Edmund biss sich auf die Lippen, bis es blutete, als das Schwert auf Peter niedersauste. Es sah aus, als würde ihm der Hieb den Kopf abtrennen. Dem Himmel sei Dank! Er glitt von seiner rechten Schulter ab. Die von den Zwergen geschmiedete Rüstung hielt stand.

»Himmel!«, rief Edmund. »Er ist wieder auf den Beinen. Los, Peter, los!«

»Ich konnte nicht sehen, was los war«, sagte der Doktor. »Wie hat er das gemacht?«

»Er hat Miraz' Arm gepackt, als er herunterkam«, sagte Trumpkin, der vor Entzücken tanzte. »Das nenne ich einen Mann! Benutzt den Arm seines Gegners als Leiter. Der Hochkönig! Der Hochkönig! Auf, Alt-Narnia!«

»Schaut«, sagte Trüffeljäger. »Miraz ist wütend. Das ist gut.«

Jetzt gingen sie wirklich aufs Ganze. Es hagelte Hiebe auf beiden Seiten, sodass es unvorstellbar schien, dass nicht einer von ihnen getötet würde. Während die Erregung zunahm, verstummten die Rufe fast völlig. Die Zuschauer hielten den Atem an. Es war grauenhaft und großartig zugleich.

Plötzlich erhob sich ein mächtiger Aufschrei auf Seiten der Alt-Narnianen. Miraz lag am Boden – nicht von Peter niedergestreckt, sondern bäuchlings, nachdem er über ein Grasbüschel gestolpert war. Peter trat zurück und wartete, dass er wieder aufstand.

»O schade, schade, schade«, sagte Edmund bei sich. »Muss er denn so edelmütig sein? Na, er muss wohl. Das hat man davon, wenn man ein Ritter *und* ein Hochkönig ist. Ich nehme an, Aslan würde das gefallen. Aber gleich steht dieser Kerl wieder auf, und dann –«

Doch »dieser Kerl« stand nicht wieder auf. Die Lords Glozelle und Sopespian hatten andere Pläne. Kaum sahen sie ihren König am Boden liegen, da sprangen sie in den Ring und riefen: »Verrat! Verrat! Der narnianische Verräter hat ihn von hinten erstochen, während er hilflos am Boden lag. Zu den Waffen! Zu den Waffen, Telmar!«

Peter begriff kaum, was vor sich ging. Er sah zwei kräftige Männer mit gezückten Schwertern auf sich zurennen. Im nächsten Moment sprang der dritte Telmarer zu seiner Linken über die Seile.

»Zu den Waffen, Narnia! Verrat!«, rief Peter. Hätten sich alle drei gleichzeitig auf ihn gestürzt, so wären dies wohl seine letzten Worte gewesen. Doch Glozelle hielt inne, um seinen eigenen König, der am Boden lag, zu erstechen: »Das ist für Eure Beleidigungen von heute Morgen«, flüsterte er, während er ihm die Klinge in den Leib bohrte. Peter wirbelte zu Sopespian herum, mähte die Beine unter ihm weg und schlug ihm mit dem Rückschwung desselben Hiebs den Kopf ab. Nun war Edmund an seiner Seite und rief: »Narnia, Narnia! Für den Löwen!« Die ganze telmarische Armee stürmte auf sie zu. Doch nun stampfte der Riese vorwärts, beugte sich nieder und schwang seine Keule. Die Zentauren griffen an. Mit einem *twäng, twäng* hinter ihnen und einem *hiss, hiss* über ihren Köpfen kam der Pfeilhagel der Zwerge. Trumpkin kämpfte zu ihrer Linken. Die Schlacht war voll entbrannt.

»Komm zurück, Riepischiep, du kleiner Esel!«, rief Peter. »Du bringst dich um Kopf und Kragen! Das hier ist nichts für Mäuse.« Doch die putzigen kleinen Geschöpfe tanzten zwischen den Beinen beider Armeen hin und her und schlugen mit ihren Schwertern um sich. Mancher telmarische Krieger spürte an jenem Tag, wie sein Fuß wie von einem Dutzend kleiner Spieße durchbohrt wurde, hüpfte vor Schmerz fluchend auf einem Bein herum und kämpfte um sein Gleichgewicht. Wer fiel, dem gaben die Mäuse den Rest, wer nicht fiel, den streckten andere nieder.

Doch beinahe noch bevor die Alt-Narnianen richtig in Fahrt gekommen waren, stellten sie fest, dass die Feinde zurückwichen. Furchterregend aussehende Krieger wurden kreidebleich und starrten voller Entsetzen nicht auf die Alt-Narnianen, sondern auf etwas hinter ihnen, schleuderten ihre Waffen zu Boden und schrien: »Der Wald! Der Wald! Das Ende der Welt!«

Doch bald waren weder ihre Rufe noch das Getöse der Waffen mehr zu hören, denn beides ging in dem meeresgleichen Rauschen der Erwachten Bäume unter, die durch die Reihen von Peters Armee und weiter hinter den flüchtenden Telmarern herstürmten. Habt ihr je am Rand eines mächtigen Waldes gestanden, wenn an einem Herbstabend ein wilder Südwestwind mit voller Gewalt über ihn hereinbrach? Stellt euch dieses Geräusch vor. Und dann stellt euch vor, der Wald bliebe nicht an seinem Ort stehen, sondern stürmte auf euch zu; und es wäre gar kein Wald mehr, sondern lauter riesige Leute, dabei immer noch wie Bäume, denn ihre langen Arme schwankten wie Äste und ihre Köpfe schüttelten sich und das Laub fiele in Schauern um sie herab. So war es für die Telmarer. Selbst den Narnianen fuhr der Schreck in die Glieder. Binnen Minuten rannten alle Anhänger des Miraz' hinunter zum Großen Fluss, in der Hoffnung, über die Brücke in die Stadt Beruna zu gelangen und sich dort hinter Wällen und geschlossenen Toren verteidigen zu können.

Den Fluss erreichten sie zwar, aber es war keine Brücke mehr da. Irgendwann seit gestern war sie verschwunden. Da packte sie alle blankes Entsetzen und Grauen und sie ergaben sich.

Aber was war mit der Brücke geschehen?

Früh an jenem Morgen waren die Mädchen nach einigen Stunden Schlaf erwacht und hatten Aslan über sich stehen sehen, der zu ihnen sagte: »Heute machen wir einen Feiertag.« Sie rieben sich die Augen und schauten sich um. Die Bäume waren alle fort, aber immer noch zu sehen, wie sie sich als eine dunkle Masse in Richtung Aslans Haug bewegten. Bacchus und die Mänaden – seine wilden, verwegenen Mädchen – und Silenus waren immer noch bei ihnen. Lucy, die sich völlig ausgeruht fühlte, sprang auf. Alles war hellwach, alles lachte, Flöten spielten, Schellen erklangen. Aus allen Richtungen kamen Tiere – keine sprechenden Tiere – in Scharen auf sie zu.

»Was ist los, Aslan?«, fragte Lucy, deren Augen schon tanzten, während sie ihre Füße kaum stillhalten konnte.

»Kommt, Kinder«, sagte er. »Heute dürft ihr wieder auf meinem Rücken reiten.«

»Herrlich!«, rief Lucy, und die beiden Mädchen kletterten auf den warmen goldenen Rücken, wie sie es vor unzähligen Jahren schon einmal getan hatten. Dann setzte sich die ganze Schar in Bewegung – Aslan voraus, dahinter Bacchus und seine Mänaden mit Luftsprüngen, rennend und Purzelbäume schlagend, dann die Tiere, die um sie her tollten, und schließlich Silenus mit seinem Esel als Nachhut.

Sie wandten sich ein wenig nach rechts, jagten einen steilen Hang hinab und sahen schließlich die lange Berunabrücke vor sich. Doch noch bevor sie begonnen hatten, sie zu überqueren, erhob sich aus dem Wasser ein mächtiges, nasses, bärtiges Haupt, größer als das eines Mannes, gekrönt mit Binsen. Es sah Aslan an und aus seinem Mund kam eine tiefe Stimme.

»Sei gegrüßt, Herr«, sagte es. »Löse meine Ketten.«

»Wer ist *das* denn?«, flüsterte Susan.

»Ich denke, es ist der Flussgott, aber sei leise«, sagte Lucy.

»Bacchus«, sagte Aslan. »Befreie ihn von seinen Ketten.«

»Damit ist die Brücke gemeint, glaube ich«, dachte Lucy. Und so war es. Bacchus und sein Gefolge planschten in das seichte Wasser und kurz darauf begannen die seltsamsten Dinge zu geschehen. Lange, kräftige Efeuranken wanden sich an allen Pfeilern der Brücke empor und breiteten sich ebenso rasch aus wie ein Feuer, wickelten sich um die Steine herum und spalteten, brachen und lösten sie voneinander. Für einen Moment verwandelte sich das Mauerwerk der Brücke in Hecken voll mit Weißdorn; dann verschwanden sie, als das ganze Gebilde mit einem Rauschen und einem Rumpeln im aufgewühlten Wasser versank. Mit viel Geplansche, Geschrei und Gelächter wateten, schwammen oder tanzten die Feiernden durch die Furt (»Hurra! Jetzt ist es wieder die Furt von Beruna!«, riefen die Mädchen) und auf der anderen Seite die Böschung hinauf und in die Stadt.

Auf den Straßen ergriff alles vor ihnen die Flucht.

Das erste Haus, das sie erreichten, war eine Schule: eine Mädchenschule, in der etliche narnianische Mädchen mit straff nach hinten gebundenen Haaren und ekligen engen Kragen um die Hälse und dicken, kitzeligen Strümpfen an den Beinen gerade eine Geschichtsstunde hatten. Die Art von »Geschichte«, die in Narnia unter der Herrschaft des Miraz' gelehrt wurde, war langweiliger als die wahrste Geschichte, die ihr je gelesen habt, und dabei weniger wahr als die aufregendste Abenteuergeschichte.

»Wenn du nicht aufpasst, Gwendolen«, sagte die Lehrerin, »und endlich aufhörst, aus dem Fenster zu schauen, muss ich dir einen Eintrag ins Klassenbuch geben.«

»Aber Miss Prizzle, bitte ...«, fing Gwendolen an.

»Hast du gehört, was ich gesagt habe, Gwendolen?«, fragte Miss Prizzle.

»Aber Miss Prizzle, bitte«, wiederholte Gwendolen, »da ist ein LÖWE!«

»Das gibt gleich zwei Einträge, weil du dummes Zeug redest«, sagte Miss Prizzle. »Und nun –« Ein Gebrüll unterbrach sie. Efeu wand sich durch die Fenster des Klassenzimmers herein. Die Wände verwandelten sich in ein Wirrwarr aus schimmerndem Grün, und belaubte Äste schwangen sich über sie hinweg, wo eben noch die Decke gewesen war. Plötzlich stellte Miss Prizzle fest, dass sie auf einer Waldlichtung im Gras stand. Als sie sich an ihr Pult klammerte, um nicht vor Schreck umzufallen, entdeckte sie, dass ihr Pult ein Rosenbusch war. Wildes Volk, wie sie es sich nicht einmal vorstellen konnte, scharte sich um sie. Dann erblickte sie den Löwen und nahm mit einem Aufschrei Reißaus, dicht gefolgt von ihrer Klasse, die zum größten Teil aus plumpen, zimperlichen kleinen Mädchen mit dicken Beinen bestand. Nur Gwendolen zögerte.

»Bleibst du bei uns, Liebes?«, fragte Aslan.

»Oh, *darf* ich? Danke, danke!«, rief Gwendolen. Sogleich ergriff sie die Hände zweier Mänaden, die sie in einem ausgelassenen Tanz herumwirbelten und ihr halfen, ein paar von den unnötigen und unbequemen Kleidungsstücken auszuziehen, die sie anhatte.

Wo immer sie in der kleinen Stadt Beruna hinkamen, war es das Gleiche. Die meisten Leute flohen, einige schlossen sich ihnen an. Als sie die Stadt verließen, war ihre Schar noch größer und fröhlicher geworden.

Sie zogen über die ebenen Felder des nördlichen beziehungsweise linken Flussufers. Bei jedem Bauernhof kamen Tiere heraus, um sich ihnen anzuschließen. Traurige alte Esel, die nie Freude erlebt hatten, wurden plötzlich wieder jung; Kettenhunde rissen sich von ihren Ketten los; Pferde zerstampften ihre Fuhrwerke zu Kleinholz und trabten wiehernd mit ihnen – klopp-klopp –, dass die Erdbrocken nur so flogen.

An einem Brunnen auf einem Hof trafen sie einen Mann, der gerade einen Jungen verprügelte. Plötzlich fing der Stock in der Hand des Mannes an zu blühen. Er wollte ihn fallen lassen, aber er hing an seiner Hand fest. Sein Arm verwandelte sich in einen Ast, sein Körper in einen Baumstamm und seine Füße schlugen Wurzeln. Der Junge, der eben noch geweint hatte, fing an zu lachen und zog mit ihnen.

Auf halbem Weg nach Bibersdamm in einer kleinen Ortschaft, bei der zwei Flüsse zusammenflossen, kamen sie zu einer weiteren Schule, in der eine müde aussehende junge Frau einer Schar von Jungen, die wie kleine Schweinchen aussahen, Mathematikunterricht erteilte. Als sie zum Fenster hinausschaute und die göttlichen Feiernden singend durch die Straße ziehen sah, fuhr ihr ein Stich der Freude durchs Herz. Aslan blieb direkt unter ihrem Fenster stehen und blickte zu ihr hinauf.

»Oh, nicht, bitte nicht«, sagte sie. »Ich würde ja so gerne. Aber ich darf nicht. Ich muss bei meiner Arbeit bleiben. Und die Kinder hätten Angst, wenn sie dich sehen würden.«

»Angst?«, sagte der Junge, der einem Schweinchen am ähnlichsten sah. »Mit wem redet sie da durchs Fenster? Kommt, wir sagen dem Schulrat, dass sie sich durchs Fenster mit Leuten unterhält, während sie uns eigentlich unterrichten sollte.«

»Gehen wir mal schauen, wer das ist«, sagte ein anderer Junge, und sie drängten sich alle ans Fenster. Doch kaum kamen ihre gemeinen kleinen Gesichter zum Vorschein, ließ Bacchus ein mächtiges *Euan, euoi-oi-oi-oi* erschallen und die Jungen begannen alle vor Schreck zu heulen und sich gegenseitig niederzutrampeln, um zur Tür hinauszukommen und aus den Fenstern zu springen. Und hinterher erzählte man sich (ob es nun stimmte oder nicht), dass just diese kleinen Jungen nie wieder gesehen wurden, dass es aber in jenem Teil des Landes eine Menge besonders hübscher kleiner Schweinchen gäbe, die vorher nicht dort gewesen wären.

»So, mein Herz«, sagte Aslan zu der Lehrerin, und sie sprang herab und zog mit ihnen.

Bei Bibersdamm überquerten sie den Fluss erneut und gingen am Südufer entlang zurück nach Osten. Sie kamen zu einem kleinen Haus, in dessen Tür ein Kind stand und weinte.

»Warum weinst du, Liebes?«, fragte Aslan. Das Mädchen, das noch nie ein Bild von einem Löwen gesehen hatte, fürchtete sich nicht vor ihm. »Meine Tante ist sehr krank«, sagte sie. »Sie muss sterben.« Darauf schickte

Aslan sich an, durch die Tür ins Haus zu treten, aber sie war zu klein für ihn. Als er seinen Kopf hindurchgezwängt hatte, stemmte er sich mit den Schultern dagegen (dabei fielen Lucy und Susan von seinem Rücken) und hob das ganze Haus an, sodass es rückwärts kippte und auseinanderfiel. Und dort, immer noch in ihrem Bett, obwohl das Bett jetzt im Freien stand, lag eine kleine alte Frau, die aussah, als hätte sie Zwergenblut in sich. Sie stand an der Schwelle des Todes, aber als sie die Augen aufschlug und das Haupt des Löwen mit seiner leuchtenden Mähne in ihr Gesicht blicken sah, gab sie weder einen Schreckensschrei von sich noch fiel sie in Ohnmacht. Stattdessen sagte sie: »O Aslan! Ich wusste, dass es stimmt. Darauf habe ich mein ganzes Leben lang gewartet. Bist du gekommen, um mich mitzunehmen?«

»Ja, meine Liebe«, sagte Aslan. »Aber noch nicht auf die lange Reise.« Und während er sprach, kehrte die Farbe in ihr bleiches Gesicht zurück wie die Röte, die beim Sonnenaufgang über die Unterseite einer Wolke zieht; ihre Augen wurden hell und sie setzte sich auf und sagte: »Also wirklich, mir geht es sehr viel besser. Ich glaube fast, ich könnte heute Morgen ein kleines Frühstück vertragen.«

»Bitte sehr, Mütterchen«, sagte Bacchus, tauchte einen Krug in den Hausbrunnen und reichte ihn ihr. Doch darin war jetzt kein Wasser mehr, sondern ein herrlicher Wein, rot wie Johannisbeergelee, weich wie Öl, kräftig wie Fleisch, wärmend wie Tee, kühl wie Tau.

»Hoho, du hast irgendetwas mit unserem Brunnen angestellt«, sagte die alte Frau. »Eine nette Abwechslung, muss ich sagen.« Und damit sprang sie aus dem Bett.

»Reite auf mir«, sagte Aslan, und zu Susan und Lucy fügte er hinzu: »Ihr beiden Königinnen werdet jetzt laufen müssen.«

»Aber das gefällt uns genauso gut«, sagte Susan. Und weiter ging es.

Und so kamen sie schließlich mit Luftsprüngen, Tanz und Gesang, mit Musik und Gelächter und Gebrüll und Gebell und Gewieher alle zu der Stelle, wo Miraz' Armee stand, ihre Schwerter von sich warf und ihre Arme erhob, und wo Peters Kämpfer, die Waffen immer noch in der Hand und schwer atmend, sie mit ernsten und frohen Gesichtern umringten. Und das Erste, was dann passierte, war, dass die alte Frau von Aslans Rücken rutschte und hinüber zu Kaspian rannte und sie sich umarmten, denn sie war seine alte Kinderfrau.

Aslan öffnet ein Tor in der Luft

Beim Anblick Aslans nahmen die Wangen der telmarischen Soldaten eine talgige Farbe an, ihre Knie begannen zu schlottern und viele warfen sich flach auf den Boden. Sie hatten bisher nicht an Löwen geglaubt und das machte ihre Furcht noch größer. Selbst die Roten Zwerge, die wussten, dass er als Freund kam, standen mit offenen Mündern da und konnten nicht sprechen. Manche der Schwarzen Zwerge, die zu Nikabriks Schar gehört hatten, wichen unauffällig zurück. Doch alle sprechenden Tiere umringten den Löwen schnurrend und grunzend und quietschend und wiehernd vor Freude, streichelten ihn mit ihren Schwänzen, rieben sich an ihm, berührten ihn ehrfürchtig mit ihren Nasen und strichen unter seinem Körper und zwischen seinen Beinen herum. Wenn ihr je gesehen habt, wie eine kleine Katze mit einem großen Hund schmust, den sie kennt und dem sie vertraut, dann könnt ihr euch ziemlich gut vorstellen, wie sie sich benahmen. Dann bahnte sich Peter, gefolgt von Kaspian, einen Weg durch das Gedränge der Tiere.

»Das ist Kaspian, Sire«, sagte er. Und Kaspian kniete nieder und küsste die Pranke des Löwen.

»Willkommen, Prinz«, sagte Aslan. »Fühlst du dich der Aufgabe gewachsen, die Königsherrschaft über Narnia zu übernehmen?«

»Ich – ich glaube nicht, Sire«, sagte Kaspian. »Ich bin bloß ein Junge.«

»Gut«, sagte Aslan. »Hättest du dich stark genug gefühlt, so wäre das ein Beweis gewesen, dass du es nicht bist. Darum sollst du unter uns und unter dem Hochkönig König von Narnia, Herr von Cair Paravel und Kaiser der Einsamen Inseln sein. Du und deine Erben, solange dein Geschlecht besteht. Und deine Krönung – aber was haben wir denn hier?« In diesem Moment näherte sich ihnen eine seltsame kleine Prozession – elf Mäuse, von denen sechs etwas auf einer Bahre aus Zweigen trugen, doch die Bahre war nicht größer als ein großer Atlas. Niemand hat je so gramgebeugte Mäuse gesehen wie diese. Sie waren mit Schlamm bedeckt – manche auch mit Blut – und ihre Ohren und ihre Schnurrhaare hingen herab, ihre Schwänze schleiften hinter ihnen durchs Gras und ihr Anführer blies auf seiner schlanken Flöte eine wehmütige Melodie. Was da auf der Bahre lag, war kaum mehr als ein feuchter Haufen Fell. Mehr war von Riepischiep nicht übrig. Er atmete noch, doch er war mehr tot als lebendig, übersät mit unzähligen Wunden; eine Pfote war zermalmt, und da, wo einst sein Schwanz gewesen war, war nur noch ein verbundener Stummel.

»Nun, Lucy«, sagte Aslan.

Im Nu hatte Lucy ihr Diamantfläschchen hervorgeholt. Zwar war für jede von Riepischieps Wunden nur ein Tropfen nötig, aber seine Wunden waren so zahlreich, dass es ein langes, gespanntes Schweigen gab, bis sie fertig war und der Meister der Mäuse von der Bahre sprang. Seine Hand fuhr sofort zum Schwertgriff, während er mit der anderen seine Schnurrhaare zwirbelte. Er verneigte sich.

»Sei gegrüßt, Aslan!«, ertönte seine schrille Stimme. »Ich habe die Ehre –« Doch dann verstummte er plötzlich.

Die Sache war die, dass er immer noch ohne Schwanz war – sei es, dass Lucy ihn vergessen hatte oder dass ihr Elixier zwar Wunden heilen, aber keine Gliedmaßen neu wachsen lassen konnte. Auf diesen Verlust wurde Riepischiep aufmerksam, als er seine Verbeugung machte. Vielleicht wurde seine Balance dadurch beeinträchtigt. Er blickte über seine rechte Schulter nach hinten. Da er seinen Schwanz nicht sehen konnte, reckte er den Hals noch weiter, bis er seine Schultern drehen musste und sein ganzer Körper folgte. Doch dabei drehte sich freilich auch sein Hinterteil und geriet wieder außer Sicht. Daraufhin drehte er erneut den Kopf, so weit er konnte, um über seine Schulter zu schauen, doch das Ergebnis war dasselbe. Erst, als er sich dreimal vollständig um sich selber gedreht hatte, begriff er die furchtbare Wahrheit.

»Ich bin bestürzt«, sagte Riepischiep zu Aslan. »Ich bin ganz und gar fassungslos. Ich muss deine Nachsicht erflehen, dass ich auf so unschickliche Weise vor dir erscheine.«

»Es steht dir sehr gut, Kleiner«, erwiderte Aslan.

»Dennoch«, erwiderte Riepischiep, »wenn da irgendetwas zu machen ist … vielleicht Eure Majestät?«, wandte er sich mit einer Verbeugung an Lucy.

»Aber was willst du denn mit einem Schwanz?«, fragte Aslan.

»Sire«, sagte die Maus, »essen und schlafen und für meinen König sterben kann ich auch ohne ihn. Aber der Schwanz ist die Ehre und die Zierde einer Maus.«

»Ich habe mich schon manchmal gefragt, mein Freund«, sagte Aslan, »ob du nicht etwas zu viel an deine Ehre denkst.«

»Höchster aller Hochkönige«, erwiderte Riepischiep, »möge es mir gestattet sein, daran zu erinnern, dass uns

Mäusen nur eine sehr geringe Größe vergönnt ist, und wenn wir unsere Würde nicht schützten, so würden sich manche (die den Wert in Zoll bemessen) äußerst unpassende Belustigungen auf unsere Kosten erlauben. Deshalb bin ich auch stets bemüht kundzutun, dass niemand, der dieses Schwert nicht so nahe an seinem Herzen spüren möchte, wie ich reichen kann, in meiner Gegenwart über Fallen, geschmolzenen Käse oder Kerzen reden sollte. Nein, Sire – auch nicht der größte Narr in Narnia!« Hier warf er einen äußerst finsteren Blick hinauf zu Wimbelwetter, doch der Riese, der immer einen Schritt hinter dem Gang der Dinge her hinkte, hatte noch nicht mitbekommen, wovon da unten zu seinen Füßen die Rede war, sodass ihm die Spitze entging.

»Warum haben denn deine Untertanen *ihre* Schwerter gezogen, wenn ich fragen darf?«, erkundigte sich Aslan.

»Mit Verlaub, Eure Hohe Majestät«, sagte der Zweite in der Rangfolge der Mäuse, dessen Name Pierischiep war, »wir stehen alle bereit, uns ebenfalls die Schwänze abzuschlagen, wenn unser Anführer seinen entbehren muss. Wir werden nicht die Schande auf uns nehmen, uns mit einer Ehre zu schmücken, die dem Obersten der Mäuse versagt ist.«

»Ah!«, brüllte Aslan. »Ich gebe mich geschlagen. Eure Herzen sind groß. Nicht um deiner Würde willen, Riepischiep, sondern um der Liebe willen, die zwischen dir und deinem Volk herrscht, und mehr noch um der Freundlichkeit willen, die dein Volk mir vor langer Zeit erwiesen hat, als ihr die Seile durchnagtet, die mich an den Steinernen Tisch fesselten (und das, auch wenn ihr es schon lange vergessen habt, war der Moment, in dem ihr zu *sprechenden* Mäusen wurdet), sollst du deine Schwanz wiederhaben.«

Noch bevor Aslan zu Ende gesprochen hatte, war der neue Schwanz da. Dann schlug Peter auf Aslans Befehl hin Kaspian zum Ritter des Löwenordens und Kaspian wiederum verlieh, sobald er sich als Ritter erhoben hatte, die Ritterschaft an Trüffeljäger, Trumpkin und Riepischiep, ernannte Doktor Cornelius zu seinem Kanzler und bestätigte den Plauzenbären in seinem ererbten Amt als Kampfrichter. All das wurde von großem Applaus begleitet.

Danach wurden die telmarischen Soldaten mit fester Hand, aber ohne Spott und Schläge, über die Furt geführt und allesamt in der Stadt Beruna hinter Schloss und Riegel gebracht und mit Fleisch und Bier versorgt. Sie stellten sich ziemlich an, als sie durch den Fluss waten mussten, denn sie alle hassten und fürchteten fließendes Wasser ebenso sehr, wie sie Wälder und Tiere hassten und fürchteten. Doch schließlich war auch diese lästige Aufgabe erledigt und nun begann der schönste Teil dieses langen Tages.

Lucy, die nahe bei Aslan saß und sich himmlisch fühlte, rätselte über das Treiben der Bäume. Zuerst hatte sie den Eindruck, dass sie lediglich tanzten; auf jeden Fall gingen sie langsam in zwei Kreisen herum, der eine von links nach rechts und der andere von rechts nach links. Dann fiel ihr auf, dass sie dabei immerzu etwas in die Mitte beider Kreise warfen. Manchmal kam es ihr vor, als schnitten sie sich lange Strähnen von ihren Haaren ab. Dann wieder sah es so aus, als ob sie sich Stücke von ihren Fingern abbrächen – aber wenn es so war, dann hatten sie Finger im Überfluss, sodass es ihnen nichts ausmachte. Doch was immer sie dort hinwarfen, sobald es den Boden berührte, verwandelte es sich in Reisig oder trockene Zweige. Dann traten drei oder vier von den Roten Zwergen mit ihren Zunderbüchsen vor und setzten den Haufen in Brand; zuerst knisternd, dann lodernd, dann tosend, wie es sich für ein Waldlagerfeuer in der Mittsommernacht gehört. Und alle setzten sich in einem weiten Kreis um das Feuer herum.

Dann begannen Bacchus und Silenus und die Mänaden mit einem Tanz, der viel wilder war als der Tanz der Bäume. Sie tanzten nicht nur, weil es Spaß machte und schön war (obwohl auch das zutraf), es war ein Zaubertanz der Fülle, und überall da, wo sich ihre Hände berührten und wo ihre Füße hintraten, entstand ein Festmahl – Bratenstücke, die die Lichtung mit köstlichem Duft erfüllten, Weizenkuchen und Haferkuchen, Honig und Zucker in allen Farben, Sahne, so dick wie Haferbrei und so glatt wie eine unbewegte Wasserfläche, Pfirsiche, Nektarinen, Granatäpfel, Birnen, Weintrauben, Erdbeeren, Himbeeren – ganze Pyramiden und Wasserfälle von Früchten. Dann, in großen hölzernen Bechern und Schüsseln und Gefäßen, umkränzt mit Efeu, kamen die Weine; dunkle, schwere, die wie Sirup aus Maulbeersaft waren, und hellrote wie verflüssigtes rotes Gelee, und gelbe Weine und grüne Weine und gelbgrüne und grünlich gelbe.

Für die Baumleute freilich gab es andere Köstlichkeiten. Als Lucy sah, wie Clodsley Schoffel und seine Maulwürfe an verschiedenen Stellen (die Bacchus ihnen gezeigt hatte) die Erde aufwühlten, und begriff, dass die Bäume *Erde* essen würden, lief ihr ein Schauder über den Rücken. Doch als sie die verschiedenen Sorten Erde sah, die ihnen tatsächlich gebracht wurden, empfand sie das ganz anders. Sie begannen mit einem kräftigen, braunen Lehm, der fast genau wie Schokolade aussah; die Ähnlichkeit mit Schokolade war sogar so groß, dass Edmund ein Stück davon probierte, doch es schmeckte ihm überhaupt nicht. Als sie mit dem kräftigen Lehm ihren gröbsten Hunger gestillt hatten, griffen die Bäume zu einer fast rosafarbenen Erde, wie man sie in Somerset findet. Sie sei leichter und süßer, sagten sie. Zum Käsegang nahmen sie einen kalkigen Boden und dann fuhren sie mit köstlichen Konfekten aus den feinsten Kieseln fort, gepudert mit bestem silbrigen Sand. Wein tranken sie nur sehr wenig und die Stechpalmen wurden davon sehr gesprächig; zumeist stillten sie ihren Durst mit kräftigen Schlucken einer Mischung aus Tau und Regen, gewürzt mit Waldblumen und dem luftigen Aroma der dünnsten Wolken.

So bewirtete Aslan die Narnianen, bis die Sonne längst untergegangen und die Sterne zum Vorschein gekommen waren. Das große Feuer, heißer jetzt, aber nicht mehr so geräuschvoll, leuchtete wie ein Signal im dunklen Wald und die verängstigten Telmarer sahen es von fern und rätselten, was es bedeuten mochte. Das Allerbeste an diesem Festmahl war, dass niemand sich verabschieden oder fortgehen musste: Als die Gespräche stiller und gemächlicher wurden, begann einer nach dem anderen einzunicken und schlief schließlich ein, die Füße zum Feuer ausgestreckt und gute Freunde zu beiden Seiten, bis im ganzen Kreis Stille herrschte und wieder das Plätschern des Wassers über den Steinen an der Furt von Beruna zu hören war. Doch die ganze Nacht über blickten Aslan und der Mond einander mit Freude in den Augen an, ohne auch nur einmal zu blinzeln.

Am nächsten Tag wurden Boten (zumeist Eichhörnchen und Vögel) mit einer Bekanntmachung für die Telmarer – natürlich einschließlich der Gefangenen in Beruna – ins ganze Land ausgesandt. Man verkündete ihnen, Kaspian sei jetzt der König und von nun an werde Narnia den sprechenden Tieren, den Zwergen, den Dryaden, den Faunen und anderen Geschöpfen ebenso gehören wie den Menschen. Wer immer unter den neuen Verhältnissen bleiben wolle, der könne das tun; doch wem diese Vorstellung nicht gefiele, dem werde Aslan eine andere Heimat bieten. Wer dorthin übersiedeln wollte, musste am Mittag des fünften Tages zu Aslan und den Königen an die Furt von Beruna kommen.

Ihr könnt euch vorstellen, dass dies unter den Telmarern einige Verwirrung hervorrief. Manche von ihnen hatten wie Kaspian schon Geschichten über die alten Zeiten gehört und freuten sich darüber, dass sie nun wieder angebrochen waren. Sie hatten bereits begonnen, sich mit den anderen Geschöpfen anzufreunden. All diese beschlossen, in Narnia zu bleiben. Viele der älteren Menschen jedoch, besonders jene, die unter Miraz einen hohen Rang bekleidet hatten, waren verdrossen und verspürten keinen Wunsch, in einem Land zu leben, in dem sie nicht den Ton angeben durften. »Hier weiterleben mit einem Haufen blöder Zirkustiere? Von wegen«, sagten sie. »Und mit Geistern«, fügten einige schaudernd hinzu. »Was sonst sind denn diese Dryaden in Wirklichkeit? Das ist nicht geheuer.« Argwöhnisch waren sie auch. »Ich traue denen nicht«, sagten sie. »Nicht mit diesem schrecklichen Löwen und so. Der wird uns nicht lange mit seinen Krallen verschonen, ihr werdet schon sehen.« Freilich erweckte sein Angebot, ihnen eine neue Heimat zu geben, ebenso wenig ihr Vertrauen. »Höchstwahrscheinlich schleppt er uns in sein Loch und frisst uns einen nach dem anderen«, murmelten sie. Und je mehr sie miteinander redeten, desto verdrossener und argwöhnischer wurden sie. Dennoch war am festgesetzten Tag mehr als die Hälfte von ihnen zur Stelle.

Aslan hatte an einem Ende der Lichtung zwei Holzpfähle aufstellen lassen, etwas höher als ein Mensch und etwa drei Fuß voneinander entfernt. Ein drittes, leichteres Stück Holz wurde oben quer festgebunden, sodass es von einem Pfahl zum anderen reichte und das ganze Gebilde nun aussah wie eine Toröffnung, die aus dem Nichts ins Nichts führte. Davor stand Aslan selbst, mit Peter zu seiner Rechten und Kaspian zu seiner Linken. Um sie herum standen Susan und Lucy, Trumpkin und Trüffeljäger, Lord Cornelius, Talsturm, Riepischiep und andere. Die Kinder und die Zwerge hatten sich reichlich aus den königlichen Kleiderkammern im ehemaligen Schloss des Miraz' und jetzigen Schloss Kaspians bedient und sahen mit all der Seide und den golddurchwirkten Stoffen, mit dem schneeweißen Leinen, das durch geschlitzte Ärmel blinkte, mit den silbernen Kettenhemden und juwelenbesetzten Schwertgriffen, mit den vergoldeten Helmen und mit Federbüschen geschmückten Mützen fast zu blendend aus, um sie anzusehen. Selbst die Tiere trugen kostbare Ketten um die Hälse. Dennoch hatte niemand Augen für sie oder die Kinder. Das lebendige, zum Streicheln einladende Gold der Mähne Aslans überstrahlte alles. Die übrigen Alt-Narnianen standen zu beiden Seiten der Lichtung Spalier. Am anderen Ende standen die Telmarer. Die Sonne schien hell und Wimpel flatterten im leichten Wind.

»Menschen von Telmar«, sagte Aslan, »die ihr ein neues Land sucht, hört meine Worte. Ich werde euch alle in euer eigenes Land senden, das ich kenne, auch wenn ihr es nicht kennt.«

»Wir erinnern uns nicht an Telmar. Wir wissen nicht,

wo das liegt. Wir wissen nicht, wie es dort ist«, murrten die Telmarer.

»Ihr kamt aus Telmar nach Narnia«, sagte Aslan. »Aber nach Telmar kamt ihr von einem anderen Ort. Ihr gehört überhaupt nicht in diese Welt. Vor etlichen Generationen kamt ihr hierher aus derselben Welt, zu der Hochkönig Peter gehört.«

Darauf begann die Hälfte der Telmarer zu jammern: »Da habt ihr es. Habe ich es euch nicht gesagt? Er wird uns alle umbringen und geradewegs aus der Welt hinausschicken«, während die andere Hälfte sich in die Brust warf, sich gegenseitig auf die Schultern schlug und flüsterte: »Da habt ihr es. Darauf hätten wir auch selbst kommen können, dass wir nicht an diesen Ort mit all seinen seltsamen, scheußlichen, unnatürlichen Geschöpfen gehören. Wir sind von königlichem Geblüt, ihr werdet schon sehen.« Und selbst Kaspian, Cornelius und die Kinder wandten sich mit erstaunten Gesichtern Aslan zu.

»Ruhe«, sagte Aslan mit jener tiefen Stimme, die sich schon fast wie ein Knurren anhörte. Die Erde schien ein wenig zu erbeben und alle Lebewesen auf der Lichtung wurden stumm wie Steine.

»Du, Sir Kaspian«, sagte Aslan, »hättest wissen können, dass du kein wahrer König von Narnia sein könntest, wärst du nicht ebenso wie die alten Könige ein Adamssohn und kämst aus der Welt der Adamssöhne. Und das bist du auch. Vor vielen Jahren verschlug in jener Welt ein Sturm auf einem tiefen Meer, Südsee genannt, eine Schiffsladung Piraten auf eine Insel. Dort verhielten sie sich so, wie man es von Piraten erwarten würde: Sie töteten die eingeborenen Männer, nahmen sich ihre Frauen, machten sich Palmwein und tranken und waren betrunken und lagen im

Schatten der Palmen, wachten auf und stritten sich und brachten sich bisweilen gegenseitig um. Und bei einem dieser Handgemenge wurden sechs von ihnen von den anderen verjagt und flohen mit ihren Frauen auf einen Berg in der Mitte der Insel, wo sie, wie sie meinten, in eine Höhle gingen, um sich dort zu verstecken. Doch dies war einer der verzauberten Orte jener Welt, eine der Spalten oder Klüfte zwischen jener Welt und dieser. In alten Zeiten gab es viele solcher Spalten oder Klüfte zwischen den Welten, aber sie sind seltener geworden. Dies war eine der letzten; ich sage nicht, dass es *die* letzte war. Und so fielen oder stiegen oder stolperten oder stürzten sie geradewegs hindurch und fanden sich in dieser Welt wieder, im Lande Telmar, das damals unbewohnt war. Warum es freilich unbewohnt war, ist eine lange Geschichte; davon werde ich jetzt nicht erzählen. In Telmar lebten ihre Nachkommen und wurden zu einem kriegerischen, stolzen Volk. Nach vielen Jahren gab es eine Hungersnot in Telmar und sie drangen in Narnia ein, wo damals unsichere Zeiten herrschten (auch das wäre eine lange Geschichte), eroberten es und übernahmen die Herrschaft. Hast du mir gut zugehört, König Kaspian?«

»Das habe ich, Sire«, sagte Kaspian. »Ich hätte mir gewünscht, ich wäre von ehrenhafterer Herkunft.«

»Du stammst vom Herrn Adam und der Herrin Eva ab«, sagte Aslan. »Und das ist zugleich Ehre genug, um das Haupt des ärmsten Bettlers zu erheben, und Schande genug, um die Schultern des größten Kaisers auf Erden zu beugen. Sei zufrieden.«

Kaspian verneigte sich.

»Und nun«, fuhr Aslan fort, »ihr Männer und Frauen von Telmar, wollt ihr auf jene Insel in der Welt der

Menschen zurückkehren, von der eure Vorfahren einst kamen? Es ist kein schlechter Platz. Das Geschlecht der Piraten, die sie zuerst entdeckten, ist ausgestorben, und niemand lebt heute dort. Es gibt gute Quellen mit frischem Wasser, fruchtbare Erde und Holz zum Bauen und Fische in den Lagunen. Die anderen Menschen jener Welt haben sie noch nicht entdeckt. Die Kluft steht offen, damit ihr zurückkehren könnt, doch seid gewarnt: Sobald ihr hindurchgegangen seid, wird sie sich für immer hinter euch verschließen. Durch jenes Tor wird es kein Kommen und Gehen zwischen den Welten mehr geben.«

Einen Moment lang herrschte Stille. Dann schob sich ein stämmiger, ehrlich aussehender Bursche zwischen den telmarischen Soldaten durch und sagte: »Also, ich nehme das Angebot an.«

»Gut gewählt«, sagte Aslan. »Und weil du dich zuerst zu Wort gemeldet hast, liegt ein starker Zauber auf dir. Du wirst in jener Welt eine gute Zukunft haben. Komm nach vorn.«

Der Mann, der jetzt ein wenig bleich geworden war, trat vor. Aslan und sein Gefolge wichen zur Seite, um ihm den Weg zu dem leeren Durchgang aus Pfählen freizugeben.

»Geh hindurch, mein Sohn«, sagte Aslan, beugte sich zu dem Mann und berührte dessen Nase mit seiner. Kaum hüllte der Atem des Löwen ihn ein, trat ein neuer Ausdruck in die Augen des Mannes – erschrocken, aber nicht unglücklich – als versuche er, sich an etwas zu erinnern. Dann straffte er seine Schultern und trat in das Tor.

Alle Augen waren auf ihn gerichtet. Sie sahen die drei Holzbalken und durch sie hindurch die Bäume und das Gras und den Himmel von Narnia. Sie sahen den Mann zwischen den Torpfosten. Dann war er binnen einer Sekunde verschwunden.

Auf der anderen Seite der Lichtung erhob sich ein lautes Jammern unter den verbliebenen Telmarern. »Oh! Was ist mit ihm passiert? Wollt ihr uns ermorden? Wir gehen da nicht durch.«

Dann sagte einer der gebildeteren Telmarer: »Wir sehen keine andere Welt durch diese Pfähle. Wenn ihr wollt, dass wir daran glauben, warum geht nicht einer von *euch* hindurch? Deine Freunde halten sich alle hübsch fern von den Pfählen.«

Sogleich trat Riepischiep vor und verbeugte sich. »Wenn *mein* Beispiel von Nutzen sein kann, Aslan«, sagte er, »werde ich auf dein Geheiß hin ohne zu zögern elf Mäuse durch jenen Torbogen führen.«

»Nein, mein Kleiner«, erwiderte Aslan und legte seine samtige Pfote ganz leicht auf Riepischieps Kopf. »In jener Welt würden sie dir furchtbare Dinge antun. Sie würden dich auf Jahrmärkten vorführen. Andere müssen jetzt vorangehen.«

»Kommt«, sagte Peter plötzlich zu Edmund und Lucy. »Unsere Zeit ist um.«

»Wie meinst du das?«, fragte Edmund.

»Hier entlang«, sagte Susan, die genau Bescheid zu wissen schien. »Zurück zwischen die Bäume. Wir müssen uns umziehen.«

»Wieso denn umziehen?«, fragte Lucy.

»Na, schau uns doch an«, sagte Susan. »In *diesen* Sachen würden wir auf dem Bahnsteig eines englischen Bahnhofs ganz schön blöd aussehen.«

»Aber unsere anderen Sachen sind in Kaspians Schloss«, sagte Edmund.

»Nein, sind sie nicht«, sagte Peter, der immer noch vorausging, dahin, wo der Wald am dichtesten war. »Sie sind alle hier. Sie wurden heute Morgen in Bündeln hierher gebracht. Es ist alles vorbereitet.«

»Darüber hat Aslan also heute Morgen mit dir und Susan gesprochen?«, erkundigte sich Lucy.

»Ja – darüber und über etwas anderes«, sagte Peter, dessen Gesicht sehr ernst aussah. »Ich kann euch nicht alles sagen. Es gab Dinge, die er Su und mir sagen wollte, weil wir nicht mehr nach Narnia zurückkommen werden.«

»Nie wieder?«, riefen Edmund und Lucy bestürzt.

»Oh, ihr beiden schon«, antwortete Peter. »Zumindest hörten sich seine Worte für mich ganz so an, als wollte er, dass ihr eines Tages wiederkommt. Aber Su und ich nicht. Wir werden zu alt, sagt er.«

»O Peter«, sagte Lucy. »Das ist ja furchtbar. Kannst du das ertragen?«

»Nun, ich glaube schon«, sagte Peter. »Es ist ganz anders, als ich es mir vorgestellt habe. Ihr werdet das verstehen, wenn für euch das letzte Mal kommt. Aber jetzt rasch, hier sind eure Sachen.«

Es war seltsam und nicht sehr angenehm, ihre königlichen Gewänder abzulegen und in ihren Schulsachen (die jetzt nicht mehr sehr frisch waren) in jene große Versammlung zurückzukehren. Ein paar von den gemeineren Telmarern stießen höhnische Rufe aus. Doch die anderen Geschöpfe jubelten alle und erhoben sich zu Ehren von Hochkönig Peter, Königin Susan vom Horn, König Edmund und Königin Lucy. Es gab einen herzlichen und (auf Lucys Seite) tränenreichen Abschied von all ihren alten Freunden – tierische Küsse und Umarmungen von den Plauzenbären, endloses Händeschütteln mit Trumpkin und eine letzte kitzelige, schnurrhaarige Umarmung mit Trüffeljäger. Und natürlich bot Kaspian Susan an, ihr das Horn zurückzugeben, und natürlich sagte Susan ihm, er solle es behalten. Und dann, Wunder und Schrecken, hieß es Abschied nehmen von Aslan selbst.

Peter nahm seinen Platz ein, Susan legte ihm von hinten die Hände auf die Schultern, dann Edmund seine Hände auf ihre Schultern, dann Lucy ihre Hände auf seine Schultern, dann schloss sich der erste der Telmarer an Lucy an und so gingen sie in einer langen Reihe auf das Tor zu. Danach kam ein Moment, der schwer zu beschreiben ist, denn die Kinder schienen drei Dinge gleichzeitig zu sehen. Eines war die Öffnung einer Höhle, durch die das strahlende Grün und Blau einer Insel im Pazifik leuchtete, auf der sich alle Telmarer wiederfinden würden, sobald sie durch das Tor kamen. Das zweite war eine Lichtung in Narnia, die Gesichter von Zwergen und Tieren und die weißen Streifen auf den Wangen des Dachses. Doch das dritte (das rasch die anderen beiden verschlang) war die graue, kiesbedeckte Oberfläche eines Bahnsteigs auf einem Dorfbahnhof, eine Bank mit lauter Gepäck darum, auf der sie alle saßen, als hätten sie sich nie von der Stelle gerührt – im ersten Moment ein wenig öde und trostlos, nach allem, was sie durchgemacht hatten, gleichzeitig zu ihrer Überraschung aber auf seine eigene Weise schön, mit dem vertrauten Eisenbahngeruch und dem englischen Himmel und dem Sommerhalbjahr, das vor ihnen lag.

»Leute!«, sagte Peter. »*Das* war ein Erlebnis.«

»Mist!«, sagte Edmund. »Ich habe meine neue Taschenlampe in Narnia gelassen.«